PanagBotidan

ΑΥΓΗ ΣΤΗΝ ΕΡΗΜΟ

Copyright © 2001 by Waris Dirie with Jeanne D'Haem

Για την ελληνική γλώσσα:
© 2002 ΓΚΟΒΟΣΤΗΣ ΕΚΔΟΤΙΚΗ Α.Β.Ε.Ε.
Ζωοδόχου Πηγής 21
Τηλ. 010.38.15.433, 010.38.22.251 - fax: 010.38.16.661
e-mail: cotsos@govostis.gr
http://www.govostis.gr

ISBN 960-270-890-5

Γονόρις Ντίρι

και
Jeanne D'Haem

ΑΥΓΗ ΣΤΗΝ ΕΡΗΜΟ

Μετάφραση
Γ.Α. ΓΕΩΡΓΙΟΥ

ΕΚΔΟΣΕΙΣ ΓΚΟΒΟΣΤΗ

ΠΕΡΙΕΧΟΜΕΝΑ

Ένας άνθρωπος πήγε στον Μαντατοφόρο του Θεού
και είπε: «Ω Μαντατοφόρε του Θεού, ποιος δικαιούται
περισσότερο ν' αποκαλείται καλύτερός μου φίλος;»
Ο Προφήτης είπε: «Η μητέρα σου».
Ο άνθρωπος είπε: «Και μετά ποιος;»
Ο Προφήτης είπε: «Η μητέρα σου».
Ο άνθρωπος συνέχισε: «Και μετά ποιος;»
Ο Προφήτης είπε: «Η μητέρα σου».
Ο άνθρωπος ξαναρώτησε: «Και μετά ποιος;»
Ο Προφήτης είπε: «Μετά ο πατέρας σου».

ΑΠΟ ΤΗΝ ΠΑΡΑΔΟΣΗ ΤΗΣ ΣΟΜΑΛΙΑΣ
ΓΙΑ ΤΟΝ ΠΡΟΦΗΤΗ ΜΩΑΜΕΘ

1

Όνειρα της Ερήμου

ΣΤΗ ΣΟΜΑΛΙΑ, ΤΑ ΠΝΕΥΜΑΤΑ ονομάζονται *τζιν* και υπάρχουν παντού. Τρυπώνουν μέσα στους ανθρώπους, μέσα στα ζώα και προκαλούν αρρώστιες. Κάνουν κόλπα και σε τρελαίνουν. Όταν αφήνεις κάτι στο έδαφος και, κατόπιν, γυρνάς να το ξαναβρείς, αλλά αυτό δεν είναι πια εκεί, τότε ξέρεις ότι το έχει αρπάξει ένα *τζιν*. Η μητέρα μου, τους φώναζε: «Ε! Διαβόλια! Φύγετε από τα πράγματά μου! Δεν είναι για σας, δεν σας θέλουμε κοντά μας». Η μητέρα μου ήξερε τα πάντα για τα *τζιν* και πώς να τα ξεφορτώνεται κανείς. Γνώριζε ειδικά ξόρκια και ακριβώς ποια φύλλα ή ποιες φλούδες δέντρου θα μπορούσαν να τα διώξουν όταν αρρωσταίναμε. Έβραζε λουλούδια και ρίζες ή μας έδινε να τα μασάμε ωμά. Κάποια συγκεκριμένα βότανα και μανιτάρια τα φύλαγε μέσα σε ένα δερμάτινο πουγκί. Η μητέρα μου ήξερε να διαβάζει τον καπνό, τον αέρα, τα αστέρια και γνώριζε τη σωστή ώρα, για το καθετί. Όλοι τη σέβονταν και την τιμούσαν, γιατί ήταν προικισμένη με πολλές μαγικές δυνάμεις. Θυμάμαι, όταν ακόμη ήμουν μικρό κορίτσι, που της έφερναν άρρωστα ζώα, για να τα θεραπεύσει.

Γεννήθηκα στην έρημο της Σομαλίας. Δεν ξέρω πόσα

παιδιά ακριβώς είχε η μητέρα μου. Πολλά μωρά γεννιούνταν έτοιμα για τον τάφο. Όπως οι περισσότεροι Σομαλοί, εκτρέφαμε καμήλες και κατσίκια και ζούσαμε από το γάλα τους. Ακολουθώντας την παράδοση, τα αγόρια φρόντιζαν τις καμήλες, ενώ τα κορίτσια πρόσεχαν τα μικρότερα ζώα.

Η οικογένειά μου δεν έμενε ποτέ στο ίδιο μέρος για περισσότερο από τρεις ή τέσσερις βδομάδες. Όταν τα ζώα εξαντλούσαν το χορτάρι, έπρεπε να πάμε κάπου αλλού, να τους βρούμε τροφή.

Μια μέρα, όταν είχα ζήσει περίπου οκτώ γκου, ή οκτώ περιόδους βροχών, είχα πάει τα κατσίκια για βοσκή, όχι πολύ μακριά από τον καταυλισμό της οικογένειάς μας. Εκείνο το πρωί, ανεβοκατέβαινα τις απότομες, αμμουδερές όχθες του *Τούουγκ*, του ξεροπόταμου, πηγαίνοντας προς ένα σημείο που είχα ξεχωρίσει την προηγούμενη μέρα. Εκεί υπήρχε λίγο δροσερό χορτάρι και μερικές ακακίες. Οι μεγαλύτερες κατσίκες ορθώνονταν στα πισινά τους πόδια, τραβώντας προς τα κάτω τα κλαριά, ώστε να μπορέσουν να φάνε τα χαμηλότερα φύλλα. Τις περιόδους των βροχών, τα κατσίκια μένουν κοντά στους οικισμούς και δεν θέλουν πολλή φροντίδα. Τις περιόδους ξηρασίας, όμως, πρέπει να ψάχνει κανείς για τόπους όπου υπάρχει χορτάρι, ενώ δεν πρέπει να χάνει τα ζώα από τα μάτια του ούτε στιγμή, γιατί τα αρπαχτικά καραδοκούν πίσω από κάθε θάμνο. Κατά τη διάρκεια του καυτού απογεύματος, καθόμουν στη σκιά και σιγοτραγουδούσα στον εαυτό μου ή έπαιζα με τις κούκλες που είχα φτιάξει από μικρά ξυλαράκια. Πάντοτε ήξερα ακριβώς τι ήθελα να γίνω όταν θα μεγάλωνα. Από μικρό παιδί είχα ένα όραμα. Ήξερα ποιον άντρα θα παντρευόμουν. Έπαιζα κάνοντας ότι είχα ένα δικό μου σπίτι. Έβαζα μικρές πέτρες για κατσίκες και μεγαλύτερες πέτρες για καμήλες και γελάδια. Με την άμμο έκτιζα ένα μεγάλο, στρογγυλό σπίτι. Η υγρή άμμος ήταν τέλεια, μπορούσα να φτιάξω το σπιτάκι μου ακριβώς όπως ήταν το αληθινό μας καλύβι, μόνο που το δικό μου ήταν καλύτερο, το έχτιζα με το δικό μου προσωπικό γούστο. Η μητέρα μου έστηνε το σπίτι μας με ψάθες, πλεγμένες από μακρύ χορτάρι, ένα σπίτι έτοιμο να φορτωθεί στις καμήλες, κάθε φορά που κινούσαμε. Το δικό μου ψεύτικο σπιτάκι ήταν ένα όμορφο καταφύγιο, όπως το δικό της. Είχα, λοιπόν, σύζυγο και παιδιά και μέναμε μακριά από τους δικούς μου.

Τα καταμεσήμερο, με τη ζέστα του ήλιου, όλα φαίνονταν ακίνητα. Μπορούσα να αγναντεύω την κοίτη του αμμουδερού ξεροπόταμου σε μεγάλη απόσταση και προς τις δυο κατευθύνσεις. Κατά το σούρουπο, επιστρέφοντας στον καταυλισμό, είδα τα πονηρά, κίτρινα μάτια ενός κοπαδιού από ύαινες που μας παρακολουθούσαν, εμένα και τα κατσίκια. Φοβόμουν, γιατί οι ύαινες είναι πανέξυπνες. Αν δεν βρίσκεσαι σε συνεχή επιφυλακή, μπορούν, άξαφνα, να βρεθούν ανάμεσα σ' εσένα και ένα ζώο. Πρέπει να δείχνεις δυνατός κι ατρόμητος, ώστε να μην καταλάβουν ότι φοβάσαι.

Η Ασπρούλα, η αγαπημένη γίδα της μητέρας μου, σήκωσε το κεφάλι της και οσμίστηκε τον αέρα, έτσι κοίταξα κι εγώ. Είδα έναν άντρα να βαδίζει στο χείλος της όχθης του ξεροπόταμου, τραβώντας πίσω του μια καμήλα μ' ένα πλεχτό σκοινί. Συνήθως, οι καμήλες ακολουθούν μια καμήλα-αρχηγό, που φοράει στο λαιμό της ξύλινη κουδούνα. Το κοπάδι, ακολουθώντας τον κούφιο ήχο της κουδούνας, βαδίζει πίσω της σε μονή σειρά, όπως οι ελέφαντες, που κρατάνε ο ένας την ουρά του άλλου με τις προβοσκίδες τους. Αυτή η καμήλα μού φάνηκε αστεία, είχε το σώμα της γερμένο λοξά, σαν να ήθελε να στρίψει προς μια πλευρά, μ' έναν περίεργο τρόπο. Δεν αντιδρούσε στο χαλινάρι. Έτρεμε. Από το στόμα της έβγαιναν αφροί. Κάθε τόσο, σταματούσε και σα να σπαρταρούσε. Το ζώο αυτό, σίγουρα, είχε ένα

13

τζιν μέσα του, ένα κακό πνεύμα. Παρακολουθούσα τον άντρα που τραβολογούσε το άμοιρο ζώο, κατά μήκος της ξερής όχθης. Άξαφνα, το ζώο έπεσε κάτω κι έμεινε σωριασμένο στο έδαφος. Ο άντρας κραύγαζε και του φώναζε να σηκωθεί. Άρχισε να το χτυπάει στην κοιλιά, με μια βέργα. Η καμήλα όμως εξακολουθούσε να μένει πεσμένη, σφαδάζοντας πάνω στην άμμο, έκανε σαν τρελή. Μου φάνηκε ότι η καμήλα ήταν χάαλ, θηλυκιά και μάλιστα ετοιμόγεννη, ένα ζώο μεγάλης αξίας. Ο άντρας κάθισε στην άμμο κι έβαλε το κεφάλι του ανάμεσα στα χέρια του. Μου έκανε εντύπωση ένας ενήλικος άντρας να κάθεται κατάχαμα, στην άμμο. Οι νομάδες στέκονται πάντα όρθιοι. Ξεκουράζουν το ένα πόδι, που το ακουμπούν λυγισμένο στον μηρό του αντίθετου ποδιού, ενώ κρατούν την ισορροπία τους τυλίγοντας τα χέρια τους γύρω από ένα μακρύ μπαστούνι, το οποίο στηρίζουν στον ώμο τους. Μερικές φορές, καθόμαστε και ανακούρκουδα, αλλά οι άντρες ποτέ δεν κάθονται στην άμμο. Δεν είχα ποτέ μου ξαναδεί να χτυπούν έτσι μια καμήλα. Για την οικογένειά μου οι καμήλες ήταν πολύτιμες. Όποιος έχει στην κατοχή του πολλές καμήλες είναι άνθρωπος με μεγάλη δύναμη. Μπορεί να τις πουλήσει, να αγοράσει με αυτές μια γυναίκα ή να τις ανταλλάξει με οτιδήποτε άλλο επιθυμεί. Οι καμήλες είναι μαγικά ζώα. Ο πατέρας μου και οι θείοι μου ήταν αυστηροί με το κοπάδι, αλλά ποτέ τους δεν θα χτυπούσαν μια καμήλα, εκτός αν εκείνη τσίνιζε και δεν τους υπάκουε καθόλου. Οι καμήλες είναι ύπουλα ζώα. Είχα μάθει πώς να αποφεύγω τις κλοτσιές και τις δαγκωματιές τους.

Δεν τον άφησα να καταλάβει ότι τον παρακολουθούσα. Φοβόμουν μην φάω κι εγώ ξύλο. Ήθελα να τρέξω σπίτι, να το πω στη μητέρα μου, αλλά δεν τολμούσα να αφήσω μόνες τους τις κατσίκες. Ο πατέρας μου θα γινόταν έξω φρενών και θα με ξυλοκοπούσε άγρια, αν μάθαινε ότι τα ζώα είχαν ξεφύγει ή ότι έστω κι ένα κατσίκι το είχαν φάει οι ύαινες. Στεκόμουν ακίνητη, σαν μικρή γαζέλα, ξαφνιασμένη ανάμεσα στους θάμνους· δεν τολμούσα, σχεδόν, ούτε να αναπνεύσω.

Τελικά, η καμήλα σταμάτησε να τρέμει. Κοίταξε γύρω της για λίγο και μόνο τότε φάνηκε να καταλαβαίνει ότι βρισκόταν πεσμένη στο έδαφος. Πολέμησε να φέρει τα πόδια της κάτω από την κοιλιά της και, ξαφνικά, στάθηκε όρθια. Παρ' όλο που, όπως όλες οι καμήλες, ήταν όμορφη κι όλο χάρη, σάλια και αφρός έσταζαν από το στόμα της. Εκείνη τη στιγμή, σηκώθηκε κι ο ξένος κι άρχισε πάλι να την τραβολογάει. Έδειχνε σαν να τα είχε ξαναζήσει όλα αυτά, πάμπολλες φορές. Κατέβηκαν στην κοίτη του *Τούουγκ* κι ανέβηκαν την άλλη όχθη, με προορισμό τον καταυλισμό μας. Σκέφτηκα ότι ο άντρας θα ανησυχούσε πολύ για την άρρωστη καμήλα του. Αν την έχανε, θα έχανε και το μωρό στην κοιλιά της, επομένως και κάθε ευκαιρία να αυξήσει την περιουσία του.

Η ζέστη και η αναβροχιά είχαν διαρκέσει για περισσότερο καιρό από ό,τι μπορούσα να θυμηθώ. Ήξερα ότι οι γονείς μου ανησυχούσαν, αν και δεν έλεγαν τίποτε. Δεν είχαμε πολύ νερό. Τα πηγάδια κοντά στην άνυδρη κοίτη του ποταμού, μέρα με τη μέρα, ξεραίνονταν. Είχαμε μεταφέρει τον καταυλισμό πολλές φορές, για να βρούμε λίγο νερό για τα ζώα. Την προηγούμενη νύχτα, ένα νεογέννητο καμηλόπουλο είχε πεθάνει. Το είχε βρει το πρωί ο μικρός μου αδελφός, που τον φωνάζαμε Γέρο, γιατί τα μαλλιά του ήταν γεμάτα άσπρες τούφες. Ο Γέρος, παρ' όλο που ήταν μικρός, φαινόταν να γνωρίζει καθετί που συνέβαινε, πριν από τους άλλους. Ο πατέρας μου ψηλάφισε το ισχνό κουφάρι. Ήταν όλο πόδια και λαιμό. Αγνάντεψε τον ουρανό. Δεν είχε ούτε ένα σύννεφο. Σε περιόδους ξηρασίας κοιτούσε συνεχώς ψηλά, σαν να εκλιπαρούσε τον ουρανό και τον Αλλάχ για βροχή. Δεν μπορούσαμε να φάμε το κρέας του μικρού ζώου, γιατί η μωαμεθανική θρησκεία δεν επιτρέπει να

τρως ακάθαρτα ζώα, δηλαδή ζώα που δεν τα έχουν σφά-
ξει κανονικά, που δεν τους έχουν κόψει με μαχαίρι το
λαιμό. Τα όρνια είχαν ήδη αρχίσει να κάνουν θρασύτα-
τους κύκλους από πάνω μας. Πετούσαν τόσο χαμηλά,
που τα μακριά τους φτερά έριχναν σκιές στο έδαφος
κάθε φορά που περνούσαν. Θυμάμαι τον ήχο του ξερού
ανέμου, καθώς και την προσευχή της μάνας μου, που
έμοιαζε μοιρολόι.

Η μητέρα μου δεν παρέλειπε ούτε μια από τις καθη-
μερινές προσευχές, όσο δύσκολες κι αν ήταν οι συνθή-
κες. Οι πέντε προσευχές επιτρέπεται να μειώνονται σε
τρεις, όταν είναι κανείς άρρωστος. Επιπλέον, ο άρρω-
στος δεν χρειάζεται να πέφτει στο έδαφος. Η μητέρα
μου, όμως, πάντοτε προσευχόταν πέντε φορές την ημέ-
ρα. Οι μωαμεθανοί πριν από την προσευχή πλένονται,
για να είναι καθαροί και αγνοί, όταν συνομιλούν με τον
Θεό. «Αλλάχ, κάνε αυτή τη νίψη να εξαγνίσει την ψυχή
μου...» Εμείς σπανίως είχαμε αρκετό νερό για να κρα-
τηθούμε ζωντανοί ή να δώσουμε στα ζώα, κι έτσι δεν
υπήρχε νερό για να νιφτούμε. Η μητέρα μου, όταν δεν
έβρισκε νερό, νιβόταν με άμμο. Πέντε φορές την ημέρα,
με μεγάλη προσοχή, έσκαβε κι έβγαζε άμμο, κάτω από
τους θάμνους, για να μην την έχουν προηγουμένως αγγί-
ξει ζώα ή άνθρωποι. Γέμιζε τις φούχτες της, σαν να ήταν
νερό. Την έτριβε πάνω στο πρόσωπό της και στα πόδια
της. Κατόπιν, άπλωνε στο χώμα το πλεχτό χαλάκι της
προσευχής, έστρεφε το πρόσωπό της ανατολικά, προς
την ιερή πόλη, τη Μέκκα, και προσευχόταν γονατιστή
ψέλνοντας: «Ένας είναι ο Θεός, ο Αλλάχ, και Προφήτης
Του ο Μωάμεθ...» Ο ήλιος ήταν το μοναδικό μας ρολόι.
Μετρούσαμε τον χρόνο σύμφωνα με τις πέντε ημερήσιες
προσευχές: αυγή, μεσημέρι, πριν τη δύση του ήλιου, με-
τά τη δύση του ήλιου και νύχτα.

Η μητέρα μου, όταν τέλειωνε την προσευχή της στον
Αλλάχ, δίπλωνε το χαλάκι της και το έβαζε μέσα στο

16

στρογγυλό μας σπίτι. Το σπίτι το έστηνε μόνη της, χρησιμοποιώντας τις μακριές ρίζες ενός δέντρου, που λεγόταν γκαλόλ. Ξέθαβε τις ελαστικές ρίζες από το έδαφος και τις λύγιζε ώστε να σχηματίζουν ένα θόλο. Κατόπιν, τις σκέπαζε με ψάθες, που τις είχε πλέξει από ξερό χορτάρι. Η μητέρα μου ήταν ο εργάτης της οικογένειας. Μαγείρευε, φρόντιζε τα παιδιά, έστηνε το σπίτι, έπλεκε τις ψάθες, που πάνω τους κοιμόμαστε, κι έφτιαχνε επίσης καλάθια και ξύλινα κουτάλια. Ήταν ο μάγειρας, ο μάστορας, ο γιατρός και ο μόνος μου δάσκαλος. Η μητέρα μου δεν είπε τίποτε για τη μικρή ψόφια καμήλα· απλά, συνέχισε τις ασχολίες της ημέρας.

«Αν θέλει ο Θεός, τα κατσίκια θα έχουν γάλα σήμερα», είπε.

Αυτό έλεγε κάθε πρωί όταν φεύγαμε για να αρμέξουμε τις κατσίκες και τις καμήλες. Η μητέρα μου είχε μια ιδιαίτερη σχέση με τα ζώα. Όταν τα άρμεγε, εκείνα στέκονταν ακίνητα. Εγώ έπρεπε να τοποθετώ το κεφάλι του ζώου μέσα στις πτυχές του φορέματός μου, ανάμεσα στα πόδια μου, κι έπρεπε να σκύβω πάνω από την πλάτη του για να το εμποδίζω να κλοτσάει ή να κάνει τις ακαθαρσίες του μέσα στον κουβά με το γάλα. Με τη μαμά, όμως, τα ζώα συμπεριφέρονταν διαφορετικά, σαν να την ήθελαν κοντά τους, σαν να ήθελαν να τους αγγίζει τα μεταξένια μαστάρια τους. Κι η μαμά τραγουδούσε κι αστειευόταν καθώς τα άρμεγε.

Η Ασπρούλα έδωσε μπόλικο γάλα εκείνο το πρωί. Η μητέρα μου το μοίρασε για όλους, σε οκτώ μερίδες. Κοίταξε τον πατέρα μου κατάματα, πράγμα που σπάνια έκανε, κι όταν τοποθέτησε την κούπα της στο χέρι του, για λίγο τα χέρια τους έμειναν ενωμένα. Ο Πατέρας ήταν τόσο δυνατός, που μπορούσε να σηκώσει ψηλά τη μεγαλύτερή μας γίδα. Ήταν *Ντάαροντ*, ανήκε δηλαδή στη μεγαλύτερη και πιο σκληροτράχηλη φυλή σε όλη τη Σομαλία. Τους *Ντάαροντ*, χαϊδευτικά, τους λένε και *Λί-*

μπαχ, που σημαίνει λιοντάρι. Ήταν ο πιο ψηλός από όλους τους άντρες που γνώριζα και η όρασή του ήταν τόσο οξεία, που μπορούσε να ξεχωρίσει μια αρσενική από μια θηλυκή γαζέλα, στην άλλη μεριά της πεδιάδας. Ήξερα ότι ήταν ένας όμορφος άντρας, μπορούσα να το καταλάβω από τις γυναίκες που με τα πειράγματά τους ήθελαν να κερδίσουν την προσοχή του.

Παρατηρούσα τον ξένο με την καμήλα, που έμπαινε στον καταυλισμό. Παρ' όλο που δεν μπορούσα να αφήσω τα ζώα μόνα τους, ήθελα τόσο πολύ να μάθω τι γύρευε σ' εμάς αυτός ο πικραμένος άνθρωπος με την περίεργη καμήλα του. Ξαφνικά, είδα τον Γέρο να περπατάει στην άλλη όχθη του ξεροπόταμου, ψάχνοντας για καυσόξυλα.

«Κάλι, έλα εδώ», του φώναξα, σχηματίζοντας χωνί με τα χέρια μου.

Αναρωτιόμουν για ποιον λόγο έψαχνε για καυσόξυλα. Εκείνος κατηφόρισε και στάθηκε στην κοίτη.

«Τι συμβαίνει;» τον ρώτησα.

«Η μαμά θέλει μεγαλύτερη φωτιά», είπε. «Ένας ξάδελφος έφερε μια άρρωστη καμήλα για να δει αν μπορεί να την κάνει καλά».

Ο Γέρος, κάτω από τα εντυπωσιακά λευκά μαλλιά του, είχε ένα γλυκό προσωπάκι, με στρογγυλά μάτια σε χρυσαφί χρώμα, το χρώμα της ειλικρίνειας. Έμοιαζε με τη μητέρα μου, που ήταν η αληθινή καλλονή της οικογένειας. Αυτό, όμως, κανένας δεν τολμούσε να της το πει, γιατί, λέγοντάς το, θα προκαλούσε ένα τζιν, που θα έμπαινε μέσα του και κάτι κακό θα του συνέβαινε.

«Γέρο», του φώναξα, «έλα εδώ να σε βάλω να φυλάς τις κατσίκες. Πρέπει να πάω να δω τη μαμά».

Ο αδελφός μου δίστασε, αλλά του άρεσε να τον θεωρούν αρκετά μεγάλο, ώστε να μπορεί να φυλάει κατσίκες. Τα αγόρια, για να φτάσουν στο τιμητικό αξίωμα να βόσκουν καμήλες, εργάζονται σκληρά από μικρή ηλικία, φροντίζοντας τα γιδοπρόβατα. Συνήθως δεν τον άφηνα να πλησιάσει, λέγοντάς του ότι θα τρόμαζε τα ζώα. Σήμερα, όμως, ήθελα τόσο πολύ να δω τι συμβαίνει, που διακινδύνευα ένα γερό χέρι ξύλο, αν ο Γέρος έχανε κάποιο κατσίκι.

Ανησυχούσα μην τυχόν προσέξει κανείς ότι είχα εγκαταλείψει τα καθήκοντά μου, γι' αυτό και σύρθηκα προσεκτικά κοντά στο σπίτι μας. Πάντως, κανείς δεν έδωσε σημασία σ' ένα ακόμη κοκαλιάρικο παιδάκι. Μπορούσα να μυρίσω την κάπνα από τη φωτιά, ανάκατη με μυρωδιές από τσάι. Είδα την αδελφή μου να σερβίρει τσάι μέσα σε ένα από τα δυο μας ποτήρια. Κρατούσε την τσαγιέρα ψηλά, αφήνοντας τις δυνατές μυρωδιές να ελευθερωθούν στον αέρα. Σέρβιρε στον πατέρα μου και στον ξένο. Ούτε στιγμή δεν τους κοίταξε καταπρόσωπα, κρατούσε το βλέμμα της χαμηλά, σαν μια αξιοπρεπής γυναίκα. Αναρωτήθηκα γιατί δεν σέρβιρε η μαμά το τσάι στους δυο άντρες.

Η καμήλα, που στεκόταν δίπλα στην καλύβα μας, άρχισε πάλι να σφαδάζει και να τρέμει. Το ζώο βρισκόταν σε κατάσταση παροξυσμού. Η μητέρα μου, με τα χέρια στα γόνατα, σκυμμένη μέσα στον μακρύ, απογευματινό ίσκιο της καλύβας μας, παρακολουθούσε. Παρατηρούσε καθετί που έκανε το ζώο, το μελετούσε, σαν να επρόκειτο να το αγοράσει. Το χρώμα της καμήλας ήταν ανοιχτόχρωμο καφέ, σχεδόν σαν τη χαίτη των λιονταριών και η κοιλιά της ήταν πρησμένη από το μωρό που κουβαλούσε. Το σώμα της ήταν γεμάτο πληγές και τα γόνατά της αιμορραγούσαν από τα πολλά πεσίματα. Η μαμά κοιτούσε το ζώο τόσο έντονα, σαν να ήθελε να το απολιθώσει, χωρίς, όμως, να το φοβίζει. Εγώ κάθισα ανακούρκουδα, σιωπηλή, πίσω από τη μαμά. Ήθελα να γίνω θεραπεύτρια, να μάθω κι εγώ τι ακριβώς έκανε.

Η μητέρα μου κοίταξε τους άντρες που έπιναν τσάι. Ο ξένος ήταν μακρινός ξάδελφος του πατέρα μου. Δεν ήταν καθόλου ψηλός σαν τον μπαμπά, το κεφάλι του είχε ένα ιδιόρρυθμο σχήμα, ενώ ο λαιμός του ήταν μακρύς, σαν της στρουθοκάμηλου. Η μητέρα μου τον παρακολουθούσε, καθώς έπινε το τσάι του και συζητούσε με τον πατέρα μου για κάποιο πολιτικό κόμμα και για κάποιες μάχες στο Ογκαντέν της Αιθιοπίας. Προσπαθούσε να καταλάβει τι σόι άνθρωπος ήταν. Η μητέρα μου είδε το ξερό αίμα και τις τρίχες της καμήλας, κολλημένα πάνω στο ραβδί του. Κατόπιν, σηκώθηκε και πλησίασε την καμήλα, ψέλνοντας απαλά και μελωδικά: «Αλλάχ Μπαχ Βαιν», δηλαδή «Μέγας είναι ο Κύριος».

Άπλωσε το χέρι της και άγγιξε το μάγουλο της καμήλας. Με λεπτές κινήσεις έφτασε τα άκρα των δαχτύλων της ως το μακρύ λαιμό, το σβέρκο, πάνω από τους ώμους, καταλήγοντας στην κοιλιά. Η καμήλα δεν προσπάθησε να φύγει, έτρεμε, όμως, όλη την ώρα. Η μαμά πέρασε το χέρι της σε όλη την επιφάνεια της μεγάλης κοιλιάς, νιώθοντας την καινούργια ζωή εκεί μέσα. Το ζώο ήταν τόσο ασθενικό, που τα παΐδια του προεξείχαν, ακόμη και τώρα που κουβαλούσε μωρό. Η μαμά έβαλε το κεφάλι της πάνω στην κοιλιά του ζώου κι αφουγκράστηκε τους χτύπους της καρδιάς της νέας ζωής. Κατόπιν, οπισθοχώρησε καθώς σκούπιζε τους αφρούς που έσταζαν από τα μαύρα χείλια του ζώου. Έτριψε τον αφρό στα δάχτυλά της και δοκίμασε τη γεύση του. Άνοιξε το στόμα της καμήλας και περιεργάστηκε τα δόντια και την παχιά γλώσσα. Όταν το ζώο κατούρησε, εκείνη μάζεψε λίγη υγρή άμμο και τη μύρισε. Φαινόταν σαν να περίμενε τη σωστή ώρα, καθώς κοιτούσε τον ήλιο να δύει αργά, πίσω από τους μακρινούς λόφους. Γνώριζε τις κινήσεις των αστεριών και πότε θα άλλαζε η εποχή, περνώντας από τις βροχές του γκου στο χαγκάά, την περίοδο της ξηρασίας. Ήξερε πότε ακριβώς έπρεπε να ασχοληθεί με κάτι και πότε ήταν καλύτερα να περιμένει κανείς.

Η μαμά έπιασε το πλεχτό χαλινάρι και το τράβηξε

προς τα πίσω. Πρόσταξε την καμήλα να καθίσει. Είδα τα μακριά αυτιά του ζώου, το ένα μετά το άλλο, να στρέφονται προς την κατεύθυνση της φωνής της μητέρας μου. Το μεγάλο ζώο κάθισε βαριά στο έδαφος. Πρώτα γονάτισε στα μπροστινά πόδια, κατόπιν δίπλωσε τα πισινά και κάθισε, με τα τέσσερα πόδια κουβαριασμένα κάτω από το σώμα της. Οι καμήλες εκπαιδεύονται να γονατίζουν, γιατί είναι ψηλές και δεν μπορούν να φορτωθούν όρθιες. Η μαμά έσκυψε, ώστε το κεφάλι της καμήλας να έρθει στο ίδιο ύψος με το πρόσωπό της.

Σε ολόκληρο τον καταυλισμό επικρατούσε απόλυτη σιγή. Οι άντρες σταμάτησαν να μιλούν, οι γυναίκες σταμάτησαν να κάνουν θόρυβο με τα κατσαρολικά τους. Ακόμη και ο καπνός από τη φωτιά έμοιαζε να περιμένει. Η μαμά τεντώθηκε και πήρε ανάμεσα στα χέρια της το κεφάλι του ζώου, σαν να κρατούσε το πρόσωπο ενός παιδιού. Το κοιτούσε βαθιά στα μάτια, μετά άρχισε να του δίνει απαλά χτυπήματα.

«Βγες από εκεί μέσα διάβολε, βγες έξω! Δεν σε θέλουμε».

Ήξερε ακριβώς πόσες φορές έπρεπε να χτυπήσει και πόσο δυνατά, για να φύγει το τζιν. Προφέροντας ιερές επικλήσεις από το Κοράνι, έβγαλε το δερμάτινο φυλαχτό της, που πάντοτε φορούσε στο λαιμό, και το ακούμπησε στα ρουθούνια της καμήλας, εκεί που βρίσκεται η πύλη της ψυχής. Το ζώο έμεινε, για λίγες στιγμές, εντελώς ακίνητο. Μετά, οι τρεμούλες υποχώρησαν και η καμήλα άρχισε να μασάει, όπως πάντα κάνουν οι καμήλες, όταν αναπαύονται.

Η μαμά σηκώθηκε και, αφού κάλυψε το πρόσωπό της με τη μαντίλα της, πήγε στον πατέρα μου και τον ξάδελφό του. Με το βλέμμα στο έδαφος τους εξήγησε ότι ένα κακό πνεύμα, ένα συγκεκριμένο τζιν, είχε μπει μέσα στην καμήλα κι είχε προκαλέσει τους παροξυσμούς.

«Θα γεννήσει σύντομα», τους είπε, «πριν σκοτεινιάσει το φεγγάρι. Το τζιν των σπασμών έχει φύγει τώρα, αλλά η καμήλα χρειάζεται ξεκούραση, παραπάνω τροφή και νερό, μέχρι να γεννήσει. Αυτά θα τη βοηθήσουν να πολεμήσει το τζιν, αν αυτό επιχειρήσει να ξαναγυρίσει».

«Μα, αφού δεν τρώει», είπε ο ξάδελφος.

«Φοβάται το κακό πνεύμα», εξήγησε η μητέρα μου. «Πρέπει να τη χαϊδεύεις και να της μιλάς ήρεμα, τότε θα φάει και θα παχύνει».

«Χιέιγια, κατάλαβα». Ο πατέρας μου και ο ξάδελφός του κούνησαν καταφατικά τα κεφάλια τους, ταυτόχρονα.

«Θα σφάξουμε μια γίδα, θα στήσουμε πανηγύρι, θα πούμε πολλές προσευχές στον Αλλάχ, για να κρατήσει μακριά από μας αυτό το τζιν», είπε ο πατέρας μου. Όταν πρόφερε τη λέξη γίδα, μάλλον θα αναπήδησα απότομα, γιατί εκείνος γύρισε και με κοίταξε. Άπλωσε το χέρι του και άρπαξε το δικό μου, πριν προλάβω να τρέξω να φύγω. Με τράβηξε κοντά του και με χτύπησε τόσο δυνατά, που ένιωσα τη γεύση του αίματος, που έτρεχε από τη μύτη μου. Πριν προλάβει να με ξαναχτυπήσει, γλίστρησα από τα χέρια του, ελευθερώθηκα κι έτρεξα πίσω στα βοσκοτόπια. Η κοίτη του ξεροπόταμου ήταν πιο σκοτεινή κι από τον ίδιο τον νυχτερινό ουρανό και δεν έβλεπα τίποτε μέσα στο σκοτάδι, που ολοένα γινόταν πιο πυκνό. Έτρεχα πάνω σε κοφτερά βράχια, ενώ τα αγκάθια των γκαλόλ έσκιζαν το δέρμα μου. Μέσα στο σκοτάδι, άκουσα τον Μπέμπη, ένα από τα κατσίκια, να βελάζει. Τον λέγαμε Μπέμπη, γιατί πάντα έκανε πολύ φασαρία, σα μωρό παιδί. Ο Γέρος περπατούσε μέσα στην κοίτη, με τα κατσίκια να τον ακολουθούν πειθήνια. Χάρηκα τόσο πολύ όταν είδα τις ασημένιες ανταύγειες των μαλλιών του μέσα στο σκοτάδι. Έβαλα τα κλάματα και δεν μπορούσα να σταματήσω να κλαίω. Ένιωθα σαν να είχε σπάσει το χέρι μου και ήξερα ότι ο πατέρας θα με ξαναχτυπούσε, όταν επιστρέφαμε. Ήθελα το χέρι της μητέρας μου στο πρόσωπό μου, αντί για εκείνο το άκαρδο χαστούκι. Γιατί, άραγε, μια καμήλα άξιζε περισσότερο από μια κόρη;

❦ ❦ ❦

Πριν κάποια χρόνια, όταν με θεωρήσανε πια αρκετά μεγάλη για παντρειά, εγώ το έσκασα από τον πατέρα μου και τη σκληρή ζωή στη Σομαλία. Ανακάλυψα, όμως, ότι ο δυτικός κόσμος, από πολλές πλευρές, είναι ακόμη πιο σκληρός. Ένα πατρικό χαστούκι ήταν καλύτερο από τη μοναξιά που βρήκα στον σύγχρονο κόσμο. Όσες φορές έμεινα μόνη μου σε κάποιο ξενοδοχείο, στην Αμερική ή στη Βρετανία, με τους κακούς διαβόλους να κυκλοφορούν παντού μέσα στο δωμάτιο, πεθύμησα ένα ανθρώπινο άγγιγμα, ακόμη και ένα χαστούκι από χέρια που με αγαπούσαν. Ένιωθα τα μάτια μου να καίνε και να πρήζονται από το κλάμα. Ήμουν σαν χαμένη, χωρίς κατεύθυνση στη ζωή μου. Στη Σομαλία, η οικογένεια σημαίνει τα πάντα. Οι ανθρώπινες σχέσεις είναι κάτι ουσιαστικό για τη ζωή, όπως το νερό και το γάλα. Η χειρότερη κατάρα που μπορούσες να ξεστομίσεις ήταν: «Είθε οι γαζέλες να παίζουν μέσα στο σπίτι σου». Σημαίνει «Μακάρι να αφανιστεί η οικογένειά σου». Οι γαζέλες φοβούνται εύκολα, ποτέ δεν θα πλησίαζαν ένα σπίτι που δεν θα ήταν άδειο κι ερημωμένο. Για μας, το να μείνεις μόνος σου είναι χειρότερο κι από το θάνατο. Εγώ δεν ήμουν κοντά την οικογένειά μου, ενώ η σχέση μου με τον αρραβωνιαστικό μου, τον Ντάνα, είχε αρχίσει να φθείρεται. Ήθελα να πάω να βρω τη μητέρα μου, αλλά όταν ρώτησα ένα Σομαλό για τη Σομαλία, μου είπε: «Ξέχασέ την τη Σομαλία. Δεν υπάρχει πια». Το βλέμμα του ήταν κενό, σαν να είχε χάσει το φως της καρδιάς του. Ήταν σαν να μου έλεγε ότι δεν είχα μητέρα, πράγμα αδύνατον. Αν δεν υπάρχει η Σομαλία, τότε τι είμαι εγώ; Η

23

γλώσσα μου, ο πολιτισμός μου, τα έθιμα, είναι πράγματα μοναδικά, ακόμη κι η εμφάνισή μας παρουσιάζει μια ιδιαιτερότητα. Πώς είναι δυνατόν μια χώρα να εξαφανιστεί, σαν το νερό στην κοίτη ενός ξεροπόταμου;

Τώρα βρισκόμαστε στο 2000. Έχουν περάσει δεκαεννιά χρόνια από τότε που το έσκασα. Η χώρα μου έχει κουρελιαστεί από λιμούς και πολέμους, δεν ξέρω τι έχει απογίνει η οικογένειά μου. Ήμουν στο Λος Άντζελες, για να δώσω μια διάλεξη για τον ακρωτηριασμό των γυναικείων γεννητικών οργάνων (FGM). Είχα συμφωνήσει να μιλήσω, παρ' όλο που αυτό ήταν δύσκολο για μένα. Το 1995, μάλιστα, είχα σπάσει ένα δυνατό παραδοσιακό ταμπού, όταν είχα μιλήσει για τη δική μου προσωπική εκτομή. Είχα γίνει πρέσβειρα του ΟΗΕ γι' αυτό το ζήτημα, αλλά κάθε φορά που μιλούσα γι' αυτό ένιωθα να με καταβάλλουν οδυνηρές συναισθηματικές και σωματικές αναμνήσεις. Όταν ήμουν ακόμη μικρή, πραγματικά εκλιπαρούσα τη μητέρα μου να κάνουμε την εκτομή, γιατί είχα ακούσει ότι με αυτόν τον τρόπο θα γινόμουν καθαρή και αγνή. Μόλις έφτασα το μπόι μιας κατσίκας, η μητέρα μου με κράτησε γερά στα χέρια της, ενώ μια γριά γυναίκα έκοψε την κλειτορίδα μου και τα εσωτερικά μέρη του αιδοίου μου και έραψε τις ανοιχτές πληγές. Άφησε ανοιχτή μόνο μια μικρή οπή, ίσα ίσα στο μέγεθος της κεφαλής ενός σπίρτου, για τα ούρα και το αίμα από την περίοδο. Εκείνη την εποχή δεν είχα ιδέα για το τι συνέβαινε, αφού ποτέ, μα ποτέ δεν μιλούσαμε γι' αυτό. Το θέμα είναι ταμπού. Η όμορφη αδελφή μου, η Χαλίμο, είχε πεθάνει μετά από μια τέτοια επέμβαση. Παρ' όλο που κανείς στην οικογένειά μου δεν μου εξήγησε, είμαι σίγουρη ότι πέθανε από αιμορραγία ή από μόλυνση. Οι μιντγκάαν, οι γυναίκες που εκτελούν την εκτομή, χρησιμοποιούν ξυράφι ή μαχαίρι, ακονισμένο σε πέτρα, με το οποίο κόβουν τη σάρκα. Στην κοινωνία της Σομαλίας, θεωρούνται «ανέγγιχτες», γιατί ανήκουν σε μια φυλή που δεν κατάγεται από το γένος του Προφήτη Μωάμεθ. Χρησιμοποιούν μια αλοιφή από σμύρνα, για να σταματήσουν την αιμορραγία, αλλά, αν κάτι πάει στραβά, δεν έχουν πενικιλίνη. Αργότερα, όταν το κορίτσι παντρευτεί, ο γαμπρός, τη νύχτα του γάμου, προσπαθεί να παραβιάσει με δύναμη το ραμμένο αιδοίο της νύφης. Αν το άνοιγμα αποδειχθεί υπερβολικά στενό, το κορίτσι ανοίγεται με μαχαίρι. Ύστερα από πολύχρονη εσωτερική πάλη, είχα συνειδητοποιήσει ότι, στην ουσία, επρόκειτο για ακρωτηριασμό, αλλά ακόμη ένιωθα άσχημα, όταν αναφερόμουν στο ζήτημα. Φοβόμουν ότι κάτι κακό θα μου συνέβαινε, επειδή είχα σπάσει τον απόρρητο κώδικα της σιωπής.

Είχα αργήσει να φτάσω στο ξενοδοχείο όπου θα γινόταν το συνέδριο και δεν ήξερα ότι θα υπήρχαν εκδηλώσεις σε πολλές διαφορετικές αίθουσες. Δυσκολεύτηκα να καταλάβω που έπρεπε να πάω. Τελικά, κάποιος με οδήγησε στη μεγάλη σάλα όπου γίνονταν οι χοροί. Όταν άνοιξα τις διπλές πόρτες έμεινα εμβρόντητη από τη θέα πεντακοσίων ή εξακοσίων ανθρώπων στη γιγαντιαία αυτή αίθουσα. Η πρόεδρος, η Νάνσυ Λίνο, καθόταν ήδη πίσω από το τραπέζι, μαζί με τους υπόλοιπους ομιλητές πάνω στη σκηνή. Έχω μάθει, σε παρόμοιες καταστάσεις, να συμπεριφέρομαι σαν να γνωρίζω ακριβώς τι πρέπει να κάνω. Πήρα βαθιά αναπνοή, κράτησα ψηλά το κεφάλι μου και ανέβηκα τη μικρή σκαλίτσα, από το πλάι της σκηνής. Η Νάνσυ σηκώθηκε και ήρθε να με χαιρετήσει. Ήταν προστατευτική και καθησυχαστική, κάτι που με ηρέμησε αρκετά.

Μίλησα σε ένα πάνελ, μαζί με μια δικηγόρο, ειδικευμένη σε θέματα παροχής ασύλου, καθώς και με μια Σουδανέζα γιατρό. Κι οι δυο γυναίκες είχαν στοιχεία και αριθμούς για να τεκμηριώνουν αυτά που έλεγαν. Υπολογίζεται ότι περίπου εβδομήντα εκατομμύρια γυναίκες έχουν πέσει θύματα της αρχαίας αυτής παράδοσης. Οι ρίζες, όμως, αυτού του τελετουργικού χάνονται μέσα στην ίδια του την απόλυτη μυστικότητα. Υπάρχουν διάφορες βαθμίδες κακοποίησης, στα διάφορα μέρη του κόσμου. «Σούνα» είναι η αποκοπή μόνο της κλειτορίδας. Η «Εκτομή», όμως, συμπεριλαμβάνει και την αφαίρεση τμημάτων των μεγάλων χειλέων. Τα κορίτσια στη Σομαλία υποβάλλονται στη χειρότερη μορφή ακρωτηριασμού γυναικείων γεννητικών οργάνων, τη λεγόμενη «φαραωνική περιτομή» ή ακρωτηριασμό. Η κλειτορίδα και ολόκληρα τα εσωτερικά χείλη αποκόβονται, ενώ η πληγή κλείνεται με ράμματα, τα οποία αφήνουν μόνο ένα μικρό άνοιγμα για να φεύγουν ούρα και αίμα. Η γιατρός είπε ότι ο FGM, εφαρμόζεται στο 84% των κοριτσιών της Αιγύπτου, ηλικίας μεταξύ τριών και δεκατριών χρόνων. Επιπλέον, σήμερα, η πρακτική αυτή δεν περιορίζεται μόνο σε μουσουλμανικές χώρες· πάνω από 6.000 νεαρά κορίτσια στη Δύση υποβάλλονται σε αυτήν.

Προσπάθησα να εξηγήσω τι ακριβώς μου είχε συμβεί ως μικρό κορίτσι στη Σομαλία και για τις δυσκολίες που είχα με τα ούρα και την περίοδο. Η μητέρα μού είχε πει να μην πίνω πολλά υγρά για να επουλωθεί γρήγορα η πληγή, καθώς και να κοιμάμαι ξαπλωμένη ανάσκελα για να κλείσει ομαλά και καθαρά. Πίστευε ότι η πληγή θα εξασφάλιζε το μέλλον μου, γιατί μια κοπέλα με ανέπαφα τα γεννητικά όργανα τη θεωρούσαν ακάθαρτη, μια ανήθικη τσούλα. Καμιά μητέρα δεν θα δεχόταν μια τέτοια κοπέλα ως κατάλληλη σύζυγο για τον γιο της. Η μητέρα μου, όπως όλος ο κόσμος, πίστευε ότι η επέμβαση ήταν πρόσταγμα από το Κοράνι. Οι δημόσιες ομιλίες μου για τον ακρωτηριασμό των γεννητικών οργάνων μου, ήταν κατάρα και ευλογία συγχρόνως. Από τη μια χαιρόμουν που ο κόσμος ήθελε να κάνει κάτι ενάντια σε αυτό το βάρβαρο έθιμο, από την άλλη έπρεπε συνέχεια να ξαναζώ τον πόνο και τη μιζέρια που το έθιμο αυτό είχε φέρει στη ζωή μου. Κάθε φορά που μιλούσα εναντίον του ακρωτηριασμού των γυναικείων γεννητικών οργάνων, μιλούσα ενάντια σε κάτι στο οποίο πίστευαν η μητέρα μου, ο πατέρας μου και ολόκληρος ο λαός μου. Αρνιόμουν στην οικογένειά μου μια παράδοση που γι' αυτούς ήταν πολύ σημαντική. Ήθελα να παρηγορήσω τις γυναίκες που είχαν περάσει αυτή την επίπονη εμπειρία, αλλά με αυτόν τον τρόπο γινόμουν ένας εχθρός της ίδιας μου της χώρας. Αν ζούσα ακόμη με την οικογένειά μου, δεν θα τολμούσα ποτέ να μιλήσω δημόσια. Κάθε φορά που μιλούσα για τον FGM, ένιωθα φόβο και ανησυχία. Υπάρχουν ορισμένα πράγματα στον πολιτισμό μου για τα οποία δεν πρέπει ποτέ να μιλάει κανείς. Δεν μιλάμε, π.χ., για τους πεθαμένους και δεν λέμε σε κάποια κοπέλα «είσαι όμορφη». Έχουμε πολλά μυστικά κι απόρρητα. Αν μιλήσεις γι' αυτά ανοιχτά, σίγουρα κάτι κακό θα συμβεί. Αναστατώθηκα όταν η δικηγόρος είπε πως η γυναικεία περιτομή, σε τελευταία ανάλυση, είναι μια μορφή βασανιστηρίου. Η μητέρα μου δεν είχε σκοπό να με βασανίσει. Νόμιζε ότι με υπέβαλλε σε κάθαρση, για να γίνω μια καλή σύζυγος, σωστή μητέρα, να είμαι τιμή για την οικογένειά μου.

Αφού είχα τελειώσει την ομιλία μου, πολλοί άνθρωποι από το ακροατήριο ήθελαν να μάθουν περισσότερα. Εγώ, όμως, ντρεπόμουν και δεν είχα όρεξη να μιλήσω άλλο. Πίστευα ότι το δικό μου μέρος της παρουσίασης του θέματος ήταν μια αποτυχία. Εγκατέλειψα την αίθουσα από την πλαϊνή πόρτα, μπήκα στο ασανσέρ και πάτησα το κουμπί για τον ενενηκοστό όροφο. Πάντοτε φοβόμουν τα ψηλά κτίρια. Ο παιδικός μου κόσμος ήταν επίπεδος και ανοιχτός. Νιώθοντας, τώρα, το κορμί μου να ανεβαίνει κάθετα, κλεισμένο μέσα σε ένα μικρό κουτί, μ' έπιανε ναυτία, ήταν κάτι το αφύσικο.

Τα χέρια μου έτρεμαν καθώς έβαζα την κάρτα-κλειδί του δωματίου στην ηλεκτρονική υποδοχή κι όταν κρεμούσα στην πόρτα μου την ταμπέλα «Μην ενοχλείτε».

27

Έκλεισα τις βαριές καφετιές κουρτίνες, για να μην μπαίνει μέσα το φως του ήλιου. Έξω, ήταν μια καθαρή μέρα, χωρίς σύννεφα. Μου θύμιζε την πατρίδα μου, τη νότια Σομαλία. Κοίταξα το μίνι-μπαρ. Ένα τζιν μου χαμογελούσε και έλεγε: «Καλώς ήρθες! Καλωσόρισες!» Μάζεψα όλα τα μπουκαλάκια, τζιν, ρούμι, ουίσκι, και μ' αυτά στην αγκαλιά μου ανέβηκα στο κρεβάτι μου. Κάθε μπουκάλι ήταν κι ένας διαφορετικός διάβολος· τα ήπια όλα, το ένα μετά το άλλο.

Η μητέρα μου θα μπορούσε να είχε διώξει τους διαβόλους, αλλά δεν ήξερα που βρισκόταν, ούτε αν θα με αναγνώριζε πια. Εκείνη δεν καταλάβαινε καν τι ήταν μια φωτογραφία, που, λοιπόν, να καταλάβαινε τι ήταν ένα φωτομοντέλο. Θα μου έβγαζαν τα μάτια αν ήξεραν τι είχα πει για τον πολιτισμό μας. Ήθελα να γίνω γητεύτρα, θεραπεύτρια, σαν τη μητέρα μου, αλλά, μιλώντας ενάντια στα έθιμά μας, την προσέβαλλα. Μου είχε μάθει να μην ξεστομίζω ποτέ κακές κουβέντες, γιατί τα λόγια διοχετεύονται στο σύμπαν, παραμένουν εκεί έξω και δεν μπορείς να τα πάρεις πίσω. Ένας μαύρος άγγελος, ο Μαλίκ, κάθεται στον ένα σου ώμο και ένας λευκός διάβολος, ο Μπεχίρ, κάθεται στον άλλον. Όταν ο Μπεχίρ κατάφερνε τη μητέρα μου να πει κάτι απρεπές, εκείνη ζητούσε από τον Μαλίκ να το πάρει πίσω. «Πάρ' το πίσω, πάρ' το πίσω», έλεγε γρήγορα, πριν προλάβει να φύγει μακριά η άσχημη κουβέντα. «Το παίρνω πίσω, το παίρνω πίσω», φώναζα κι εγώ, αλλά ήξερα ότι ήταν πια αργά. Όλα τα υποτιμητικά λόγια που είχα πει για τον λαό μου ήταν διασκορπισμένα στο σύμπαν, δεν υπήρχε τρόπος να τα πάρω πίσω. Ήθελα να μείνω για πάντα σε εκείνο το δωμάτιο. Έβαλα το κεφάλι μου κάτω από τα σεντόνια και κρύφτηκα εκεί μέσα, σαν χελώνα. Ήμουν τρομαγμένη, ήμουν μόνη, ένιωθα ανάξια, μια σκέτη αποτυχία. Βαθιά αναφιλητά ξεκίνησαν από το στήθος μου και στριμώχνονταν να βγουν από το στόμα μου. Τα είχα καταπιέσει, βαθιά μέσα μου, πολύ καιρό τώρα. Ο φόβος τρυπούσε και ξεφούσκωνε κάθε μου σκέψη. Όταν επιτέλους με πήρε ο ύπνος, ονειρεύτηκα ότι δεν μπορούσα να βρω τις κατσίκες, ότι είχαν διασκορπιστεί κι εγώ έψαχνα παντού. Τα πόδια μου είχαν ματώσει, καθώς παραπατούσα πάνω στους βράχους και στους αγκαθωτούς θάμνους. Άκουγα τις κατσίκες να βελάζουν, δεν μπορούσα όμως να τις βρω. Όταν ξύπνησα κατάλαβα ότι δεν ήταν βέλασμα. Ήμουν εγώ που έκλαιγα με λυγμούς.

Παρ' όλο που δεν μ' ένοιαζε τι θα απογίνω, κάθε σκέψη για αυτοκτονία ήταν απαγορευμένη. Η μητέρα μού είχε διηγηθεί για μια δεκαπεντάχρονη κοπέλα που αυτοπυρπολήθηκε, επειδή οι γονείς της δεν την άφηναν να παντρευτεί το αγόρι που αγαπούσε. Εκείνοι δεν έθαψαν το σώμα της, ενώ τα όρνια δεν ήθελαν ούτε καν να το πλησιάσουν. Όταν άνοιξα τις βρύσες στο μπάνιο με τα αστραφτερά πλακάκια για να κάνω ένα ντους, το μόνο που μπορούσα να σκεφτώ ήταν η μητέρα μου να νίβεται με την άμμο, ενώ εγώ άφηνα ολόκληρα γαλόνια με νερό να πάνε χαμένα στην αποχέτευση. Κατόπιν, κοίταξα τον εαυτό μου στον καθρέφτη, που έπιανε ολόκληρο τον τοίχο. Η μητέρα μου ήταν μια εκπληκτικά όμορφη γυναίκα, αλλά ποτέ δεν είχε δει το είδωλό της σε καθρέφτη. Δεν είχε ιδέα πώς είναι το πρόσωπό της. Κοίταξα το σώμα μου κι ένιωσα ντροπή για τα πόδια μου. Είναι κάπως κυρτά, λόγω κακής διατροφής στην παιδική ηλικία και, εξαιτίας τους, με έχουν διώξει από πολλές δουλειές μόντελινγκ. Η χρόνια απειλή του λιμού, στη Σομαλία, μοιάζει με διαβόλους που περιμένουν στα σταυροδρόμια. Αναρωτήθηκα αν κάποιος από την οικογένειά μου ζούσε ακόμη. Νέα τους μάθαινα σπάνια και, όταν ακόμη μάθαινα, ήταν πάντοτε άσχημα νέα. Ο αδελφός μου, ο Γέρος, είχε πεθάνει, το ίδιο κι οι αδελφές μου, η Αμάν και η Χαλίμο. Αδέσποτες σφαίρες είχαν μπει από το παράθυρο της κουζίνας

29

στο Μογκαντίσου, κατά τη διάρκεια συγκρούσεων μεταξύ διαφορετικών φυλών, κι είχαν σκοτώσει τον χιουμορίστα αδελφό της μητέρας μου, τον Ουόλντ' αμπ, που τόσο της έμοιαζε. Και η μητέρα μου είχε χτυπηθεί από σφαίρες, αλλά είχε επιζήσει. Δεν ήξερα για κανέναν άλλον. Όταν ήμουν περίπου δεκατριών χρόνων, ο πατέρας μου προσπάθησε να με παντρέψει με έναν γέρο, γι' αυτό το 'σκασα. Στη Σομαλία, ο γαμπρός πρέπει να πληρώνει προίκα για μια παρθένα νύφη. Τότε, εκείνος ο καραφλός γέρος ακούμπησε πάνω στο οδοιπορικό του ραβδί και πρόσφερε αρκετές καμήλες για χάρη μου. Η γυναίκα, σε αυτές τις υποθέσεις, δεν έχει λόγο. Μια γυναίκα πρέπει να παντρευτεί. Δεν υπάρχει άλλος τρόπος να ζήσει στην έρημο. Οι μόνες δουλειές που μπορεί να κάνει μια ανύπαντρη γυναίκα είναι να εκδίδεται ή να ζητιανεύει. Έτσι κι αλλιώς ήξερα ότι δεν θα μπορούσα να βοσκάω γιδοπρόβατα και να υπηρετώ έναν γέρο, όλη μου τη ζωή. Το φευγιό μου ήταν μια προσβολή για τον πατέρα μου, σαν να τον είχα απαρνηθεί. Η μητέρα μου με βοήθησε, αλλά, μα την αλήθεια, δεν μπορώ να καταλάβω γιατί. Ίσως δεν ήθελε να έχω έναν κακό σύζυγο. Μου είχε μάθει το εξής τραγούδι:

Εσύ είσαι που ταξιδεύεις μες τη βαθιά νύχτα
μόνο και μόνο για να παντρευτείς
ένα σύζυγο που δεν σου ταιριάζει,
που σε χτυπάει με τη μαγκούρα
και, όταν φουντώνει ο καβγάς,
εσύ είσαι που χάνεις το κεφαλομάντιλό σου.

Τώρα, μεθυσμένη και μόνη μου, περιτριγυρισμένη από διαβόλους, ήθελα τη μαμά μου. Ήξερα ότι μπορούσε να με βοηθήσει. Από τη στιγμή που γεννήθηκε ο γιος μου, ο Αλήκε, πόνεσα τη μητέρα μου, μου 'λειπε η αγκαλιά της και η χαμηλή φωνή της σιμά στο αυτί μου να ψιθυρίζει:

«Όλα θα πάνε καλά». Δεν έχει σημασία πόσα χωρίζουν μάνα και παιδί, ούτε πόσο διαφορετικό δρόμο έχουν πάρει οι ζωές τους. Αναζητάς τη μητέρα σου όταν αποκτάς παιδί. Κάθε φορά που κρατώ στα χέρια μου τον Αλήκε, τεσσάρων χρόνων τώρα, νιώθω ότι μου λείπει η Αφρική και η μητέρα μου, που αποτελεί ένα μέρος της Αφρικής.

Η μητέρα μου πιστεύει στον Αλλάχ, με κάθε σταγόνα του αίματός της. Χωρίς τον Αλλάχ δεν μπορεί να αναπνεύσει, δεν μπορεί να κάνει τίποτε. Δεν μπορεί να κοπανήσει στο γουδί τους σπόρους, δεν μπορεί να αρμέξει τις κατσίκες, χωρίς να ευχαριστήσει τον Θεό. Με αυτόν τον τρόπο με έμαθε να ζω, αυτό είναι που με κάνει να τη λατρεύω. Στη Δύση έχω χάσει αυτό το είδος της ζωής, να βρίσκεσαι σε επαφή με τον Θεό σε κάθε σου βήμα. Άρχισα να νιώθω ότι θα έχανα τα πάντα, αν δεν πήγαινα πίσω στην πατρίδα της ψυχής μου, στην έρημο.

Το όνομά μου, Γουόρις, στη γλώσσα μας σημαίνει Λουλούδι της Ερήμου. Τα οβάλ πέταλά του είναι κίτρινα προς το πορτοκαλί και ο ταπεινός αυτός θάμνος σκύβει βαθιά για να αγκαλιάσει, με τις ρίζες του, το χώμα του Αλλάχ. Στη Σομαλία, μπορεί να περάσει και χρόνος μέχρι να ευλογήσει τον τόπο η βροχή. Παρ' όλ' αυτά, το μικρό εκείνο φυτό καταφέρνει πάντοτε να επιζεί. Όταν η βροχή επιτέλους φτάνει, θα το δεις να ανθίζει πλουσιοπάροχα, την επόμενη κιόλας μέρα. Τα άνθη προβάλλουν μέσα από τις ρωγμές της γης, λες κι είναι πεταλούδες-νομάδες. Αυτό το χαριτωμένο λεπτεπίλεπτο λουλουδάκι διακοσμεί την έρημο, όταν τίποτε άλλο δεν καταφέρνει να επιζήσει. Μια φορά ρώτησα τη μητέρα μου:

«Πώς μου βρήκες αυτό το όνομα;»

Εκείνη, αφού αστειεύτηκε λίγο, είπε:

«Νομίζω, επειδή είσαι μοναδική».

Αυτό που μου έρχεται στο νου, όταν ακούω το όνομά μου, είναι ότι πάντα καταφέρνω να επιζώ, όπως το λουλούδι της ερήμου. Το λέει κι η ψυχή μου. Ύστερα από τόσα που έχω περάσει, μου φαίνεται πως είμαι, τουλάχιστον, εκατόν τριάντα χρόνων. Ξέρω ότι βρέθηκα σε τούτη εδώ τη δύσκολη θέση πολλές φορές στο παρελθόν. Όταν έφερνα στον νου μου τα καλά και τα άσχημα στη ζωή μου, ήμουν πάντα σίγουρη, χωρίς καμιά αμφιβολία, ότι θα επιζούσα. Δεν ξέρω γιατί η μητέρα μου διάλεξε αυτό το φυτό, δεν ξέρω γιατί ο Αλλάχ διάλεξε εμένα, ξέρω μονάχα ότι εμείς οι δυο, εγώ και τ' όνομά μου, ταιριάζουμε απόλυτα. Το ξέρω με βεβαιότητα.

Αν έχεις γεννηθεί στη Σομαλία, τότε γνωρίζεις τι σημαίνει να σηκώνεσαι ορθός, να περπατήσεις, όταν δεν σου έχει απομείνει καθόλου δύναμη. Αυτό έκανα κι εγώ. Σηκώθηκα από εκείνο το κρεβάτι και συνέχισα να κινούμαι. Ήξερα ότι ήθελα να βρω τη μητέρα μου. Ήθελα να επιστρέψω στον τόπο που γεννήθηκα και να τον δω με τα καινούργια δικά μου μάτια. Μονάχα που δεν ήξερα πώς θα έβρισκα την οικογένειά μου. Μου φαινόταν αδύνατον, σχεδόν το ίδιο αδύνατον όπως το ν' αφήσει μια βοσκοπούλα της ερήμου τις καμήλες της και να γίνει φωτομοντέλο με παγκόσμια φήμη.

Μια γυναίκα χωρίς συγγενείς
Χορεύει με τα παιδιά της φορτωμένα στην πλάτη της.

ΠΑΡΟΙΜΙΑ ΤΗΣ ΣΟΜΑΛΙΑΣ

2

Μόνη

ΠΙΣΩ ΣΤΗ ΝΕΑ ΥΟΡΚΗ.

Ο πράκτορας ταξιδιών με κοιτούσε σαν να ήμουν τρελή. «Έχεις δει τις εφημερίδες; Το Μογκαντίσου βρίσκεται στην εμπόλεμη ζώνη». Ο Ντάνα αρνιόταν κάθε συζήτηση για ενδεχόμενο ταξίδι στη Σομαλία. Ήθελε να κάνει διάσημο το συγκρότημά του και δούλευε συνέχεια με τη μουσική του. Εγώ ήθελα απεγνωσμένα να δοκιμάσω να ξαναβρώ την οικογένειά μου. Κανείς όμως σ' ολόκληρη τη Νέα Υόρκη δεν φαινόταν πρόθυμος να με βοηθήσει ή να υποστηρίξει την προσπάθειά μου.

«Καλύτερα να τηλεφωνήσεις στο Υπουργείο Εξωτερικών, να μάθεις αν είναι ασφαλές να πας εκεί», είπε ο πράκτορας. «Ξέρεις ότι η Σομαλία είναι ένα από τα πιο επικίνδυνα μέρη σ' όλη τη γη;»

Όταν πήρα κι άλλες πληροφορίες για τη Σομαλία, αντιμετώπισα φοβερές προειδοποιήσεις: Οι Ηνωμένες Πολιτείες σας αποτρέπουν για ενδεχόμενα ταξίδια στη Σομαλία. Η Σομαλία, ουσιαστικά, δεν έχει κυβέρνηση. Η παρούσα πολιτική κατάσταση χαρακτηρίζεται ως αναρχία. Η χώρα σπαράσσεται από μάχες μεταξύ διαφόρων φυλών. Οι λεηλασίες κι οι ληστείες είναι συχνά φαινόμε-

35

να. Υπάρχουν συνεχώς καταγγελίες για απαγωγές, βιασμούς και δολοφονίες. Δεν υπάρχει εθνική κυβέρνηση να συντρέξει τους πολίτες, ούτε καν αστυνομία να τους προστατέψει. Το βόρειο τμήμα της χώρας, που αυτοανακηρύχτηκε Δημοκρατία της Σομαλίας, το 1991, είναι λιγότερο επικίνδυνο, αλλά στη χώρα δεν υπάρχει διπλωματική παρουσία.

Ο πράκτορας της αεροπορικής εταιρίας δεν ήξερε καν αν υπάρχουν πτήσεις για τη Σομαλία.

«Δεν έχω ιδέα πώς θα μπορούσες να φτάσεις ως εκεί», είπε. «Δεν χειριζόμαστε, συνήθως, τέτοια περιστατικά, δεν μπορώ να βρω μια προγραμματισμένη πτήση».

Ο πράκτοράς μου εξήγησε, επίσης, ότι για να πάω στην Αφρική πρέπει προηγουμένως να έχω εμβολιαστεί για κίτρινο πυρετό, ευλογιά, τυφοειδή πυρετό, ηπατίτιδα Β και πολιομυελίτιδα. Διάβασε στην οθόνη του υπολογιστή: «Τελευταία έχουν αναφερθεί κρούσματα ευλογιάς στη Σομαλία. Πρέπει, επίσης, να πάρεις χάπια για την ελονοσία». Με απογοήτευσε τόσο, που δεν μπήκα καν στον κόπο να του δείξω το διαβατήριό μου. Τα βρετανικά ταξιδιωτικά μου έγγραφα απαγορεύουν ρητά κάθε ταξίδι στη Σομαλία. Στο Λονδίνο, δεν ήθελαν να είναι υπεύθυνοι για την τύχη ενός Βρετανού υπηκόου στη Σομαλία.

«Τι θα λέγατε για ένα όμορφο νησί της Καραϊβικής καλύτερα;» μου πρότεινε ο πράκτορας. «Να ξεφύγετε για λίγο, να χαλαρώσετε».

Δεν ήθελα να ξεφύγω. Ήθελα να βρω την οικογένειά μου. Τηλεφώνησα σε ανθρώπους που γνώριζα στα Ηνωμένα Έθνη. Όλοι με συμβούλεψαν ότι θα ήταν παρακινδυνευμένο να πάω στη Σομαλία. Μου είπαν ότι θα χρειαζόμουν ένοπλη συνοδεία, όπου κι αν πήγαινα. Με συμβούλεψαν να προσλάβω ένοπλους φρουρούς και φορτηγό αυτοκίνητο, για όλη τη διάρκεια της διαδρομής. Ανησυχούσαν ότι μπορούσα να γίνω στόχος επίθεσης ή απαγωγής από ομάδες φανατικών μωαμεθανών, λόγω των απόψεων που είχα εκφράσει δημόσια για τον FGM.

Αποθαρρύνθηκα και γύρισα σπίτι μου. Το διαμέρισμα, ως συνήθως, είχε τα κακά του χάλια, βρόμικο και ακατάστατο. Ο νεροχύτης ήταν γεμάτος πιάτα, κουτιά από έτοιμα φαγητά και το μεγαλύτερο μέρος από μια μεγάλη πίτσα ήταν παρατημένο στο τραπέζι της κουζίνας. Δεν μπορώ να βλέπω να σπαταλούν έτσι το φαγητό. Όταν ήμουν μικρή το καθημερινό φαΐ δεν έφτανε για να μας χορτάσει. Μια φορά, ο αδελφός μου είχε αποτελειώσει τις δικές του τελευταίες σταγόνες από γάλα καμήλας και άπλωσε το χέρι του να πάρει και από τη δική μου μερίδα. Όταν του έσπρωξα το χέρι, εκείνος με χτύπησε τόσο δυνατά στο στήθος, που έπεσα κάτω κι έριξα την κούπα. Το νόστιμο γάλα χύθηκε στην άμμο κι εξαφανίστηκε. Δεν μπορούσαμε να το γλείψουμε από το έδαφος. Το μόνο που μας έμεινε να πιούμε ήταν τα δάκρυά μας.

Η τάπα της βρύσης στην κουζίνα δεν ήταν καλά κλεισμένη και το νερό έσταζε στον νεροχύτη. Δεν μπόρεσα ποτέ να καταλάβω πώς μπορούν να αφήνουν το νερό να πηγαίνει χαμένο. Όταν ήμουν μικρή το νερό ήταν ανεκτίμητο, δεν σπαταλούσαμε ούτε σταγόνα. Ακόμη δεν μπορώ να αφήνω το νερό να τρέχει όταν πλένω τα δόντια μου ή τα πιάτα. Κανείς δεν είχε ανοίξει τα παράθυρα κι ούτε έκαιγε κάποιο μυρωδικό για να φρεσκάρει τον αέρα. Το λιβάνι και η σμύρνα προέρχονται από τη Σομαλία. Πάντοτε τα ανάβουμε για να καλωσορίσουμε ένα επισκέπτη ή για μια μελλόνυμφη ή για ένα νεογέννητο μωρό. Όταν ο άντρας επιστρέφει από ταξίδι, η γυναίκα στέκεται πάνω από το λιβανιστήρι και εκθέτει τα φουστάνια της και τα μαλλιά της στους μυρωδάτους καπνούς.

Γύρισα από το ταξίδι μου στο Λος Άντζελες, πίσω σε ένα άδειο σπίτι. Ο Ντάνα είχε βγει έξω και ο Αλήκε ήταν στη γιαγιά του. Μάζεψα τις επιστολές και τους λογαριασμούς απ' το πάτωμα, να δω τι έπρεπε να πληρωθεί. Αυτό το σπίτι ήταν γεμάτο τζιν και προβλήματα. Όταν, τελικά, ο Ντάνα επέστρεψε, καταλήξαμε σε έναν απίστευτο και εξαντλητικό καβγά εφ' όλης της ύλης, που έληξε μ' εμένα να φωνάζω:

«Φύγε, δεν είσαι επιθυμητός εδώ μέσα!»

Κατόπιν, πήγα σε κάποιες φιλενάδες μου να πιω μερικές μπίρες, να ηρεμήσω. Το οινόπνευμα είναι αυστηρά απαγορευμένο για τους μωαμεθανούς, η μητέρα μου ποτέ δεν το άγγιξε. Ένιωθα ενοχές που έπινα, αλλά, επειδή είχα ήδη χάσει την πρώτη μου οικογένεια στη Σομαλία, τώρα μου φαινόταν ότι έχανα και την οικογένειά μου εδώ στη Δύση.

Στη Σομαλία, προσπαθούν να κρατήσουν ενωμένο ένα ζευγάρι για την τιμή των δυο οικογενειών, που εμπλέκονται στον γάμο. Οι γυναίκες δεν έχουν τα ίδια δικαιώματα με τους άντρες, να αποφασίσουν ένα χωρισμό. Οι άντρες αποφασίζουν πότε έχει τελειώσει ένας γάμος, πότε η γυναίκα πρέπει να απομακρυνθεί από τα παιδιά της και να καταλήξει να ζητιανεύει στους δρόμους, μην έχοντας άλλο τρόπο άμεσης επιβίωσης. Ένας άντρας μπορεί να πει «σε χωρίζω» ανοιχτά στη γυναίκα του, στην οικογένειά της και στη δική του οικογένεια. Αν οι οικογένειες δεν καταφέρουν να μεταπείσουν τον γαμπρό, ο γάμος έχει τελειώσει. Η γυναίκα έχει το δικαίωμα να εγκαταλείψει τον σύζυγο μονάχα αν εκείνος δεν της προμηθεύει τα απαραίτητα αγαθά, αλλά πού μπορεί να πάει; Τι μπορεί να κάνει; Οι άντρες πρέπει να δώσουν στη γυναίκα που χωρίζουν κάποια γιδοπρόβατα. Αυτά είναι τα μόνα υπάρχοντα που εκείνες μπορούν να πάρουν μαζί τους.

«Μπράβο σου Γουόρις», έλεγαν οι φιλενάδες μου,

«πρέπει να υψώνεις το ανάστημά σου στους άντρες, αλλιώς σε εκμεταλλεύονται».

Με εξέπληξαν. Εγώ περίμενα να μου πουν: «Έτσι είναι όλοι οι άντρες» και «πρόσεχε, αυτός θα σε χτυπήσει όταν γυρίσεις πίσω».

Μια φιλενάδα μου, η Σάρλα, είπε: «Ει, έλα να μείνεις μαζί μου λίγες μέρες».

Είχε δει εμένα και τον Ντάνα να μαλώνουμε στο παρελθόν, πίστευε ότι και τούτη τη φορά δεν ήταν παρά μια μπόρα, που θα περνούσε. Εγώ, όμως, είχα αντίθετη άποψη. Τούτη τη φορά είχαμε ξεπεράσει κάποια όρια. Η αλήθεια είναι πως δεν υπήρχαν πια, από πλευράς μου τουλάχιστον, κάποια συναισθήματα σε αυτή τη σχέση. Είχε γίνει σαν άδειο αυγό στρουθοκάμηλου, σαν την κοίτη ενός ξεροπόταμου. Ήταν χωρίς ψυχή. Υπήρχε ένα τραγούδι, που έλεγαν οι γυναίκες· θυμήθηκα κάποια αποσπάσματα.

Οι κατσίκες χρειάζονται να τις φροντίζεις με στοργή,
Οι καμήλες πρέπει να δένονται γερά,
Τα παιδιά σου έχουν πολλές ανάγκες,
Ένας σύζυγος χρειάζεται να του κάνεις τα θελήματα
Και να σε δέρνει για σφάλματα που δεν έχεις κάνει.

Όταν γύρισα ο Ντάνα δεν ήταν στο σπίτι. Δεν θα δίνονταν εξηγήσεις, δεν θα τα βρίσκαμε. Ο Αλήκε ήταν ακόμη με τη γιαγιά του κι εγώ ένιωθα μόνη μου με τα τζιν. Εκείνα περίμεναν κι εφόρμησαν, πηδώντας μέσα στο κεφάλι μου, δεν με άφησαν ήσυχη όλη νύχτα. Έμεινα πάλι ξάγρυπνη, ανήσυχη και θυμωμένη με τους πάντες και τα πάντα. Ήξερα ότι ήταν «ως εδώ και μη παρέκει».

Όταν γύρισε ο Ντάνα, του ζήτησα να τα μαζέψει και να φύγει. Με κοίταξε κουνώντας αρνητικά το κεφάλι του:

«Όχι, δεν θα πάω πουθενά. Αν οπωσδήποτε κάποιος πρέπει να φύγει, τότε εσύ είσαι αυτή που θα φύγει».

Ο Ντάνα τα είπε αυτά με τέτοια αποφασιστικότητα, που δεν χωρούσε καμιά αμφιβολία ότι τα εννοούσε στα σοβαρά. Στεκόμουν στην πόρτα και τον παρακολουθούσα για αρκετή ώρα, ενώ εκείνος προσπαθούσε να κάνει πως δήθεν αγνοούσε την παρουσία μου. Πληκτρολογούσε στον υπολογιστή και κοιτούσε επίμονα στην οθόνη. Ο Ντάνα γνώριζε καλά ότι δεν θα κατάφερνε ποτέ να τα βγάλει πέρα μόνος του με το νοίκι, αλλά δεν είχε και καμιά πρόθεση να το κάνει. Αυτό που ήθελε ήταν να με ταλαιπωρήσει όσο το δυνατόν περισσότερο κι αυτά που έλεγε, με άλλα λόγια, σήμαιναν τα εξής: «Γουόρις, αν με υποχρεώσεις να φύγω, τότε θα φύγεις κι εσύ μαζί μου. Γι' αυτό πήγαινε από τώρα να ψάξεις αλλού διαμέρισμα κι άσε με εμένα εδώ στην ησυχία μου».

Παρ' όλο που έχω ζήσει νομαδική ζωή, ποτέ δεν μου άρεσε να μετακομίζω. Όλοι μας απεχθανόμασταν τη μετακίνηση. Όταν οι καμήλες και οι κατσίκες είχαν εξαντλήσει το χορτάρι, έπρεπε να μεταφέρουμε τον καταυλισμό μας. Η τακτική του πατέρα μου ήταν να κινούμαστε τη νύχτα, για να προλάβουμε να φτάσουμε στα καινούργια βοσκοτόπια και στα νερά, πριν φτάσουν κάποιοι άλλοι. Κοιμόμασταν βαθιά όταν εκείνος άρχιζε να μας ταρακουνάει και να μας λέει να σηκωθούμε, για να φορτώσουμε τις καμήλες. Ήταν θεοσκότεινα κι όλοι σκοντάφταμε μέσα στο σκοτάδι, προσπαθώντας να βρούμε τα διάφορα πράγματα. Εκτός από τον πατέρα μου. Κατά κάποιο τρόπο εκείνος μπορούσε να βλέπει στο σκοτάδι.

«Πιάσε την κατσαρόλα, Γουόρις».

«Δεν τη βρίσκω».

«Είναι από την άλλη μεριά της θράκας».

Μπουσουλώντας προσπαθούσα να τη βρω, νιώθοντας το έδαφος κι ελπίζοντας να μην πατήσω πάνω σε κανένα αναμμένο κάρβουνο.

Εκείνος κι η μητέρα μου φόρτωναν τις καμήλες, με τα λιγοστά υπάρχοντά μας. Οι γυναίκες έπλεκαν σχοινιά από δέρματα ζώων, που ήταν πολύ δυνατά. Η μαμά περνούσε τα πλεχτά σχοινιά κάτω από την κοιλιά της καμήλας και από το πίσω μέρος των αυτιών της μέχρι κάτω από την ουρά. Με τα σχοινιά στερέωνε τα πράγματά μας. Κατόπιν, πρόσταζε την καμήλα να γονατίσει για να φτάνει την πλάτη της. Πρώτ' απ' όλα, έριχνε τις κουβέρτες μας πάνω στην καμπούρα, φτιάχνοντας, μ' αυτόν τον τρόπο, μια βάση. Όλα έπρεπε να δεθούν σφιχτά και να ισορροπηθούν σωστά για να μην πέσουν, ή γείρουν, κατά τη διάρκεια της μεγάλης διαδρομής. Τη νύχτα η ορατότητα είναι περιορισμένη, ορισμένες φορές ολόκληρο το φορτίο έπεφτε κάτω και διαλυόταν, οπότε ο πατέρας μου χτυπούσε τη μητέρα μου με το παπούτσι του. Η μαμά φόρτωνε τα βαριά πράγματα, όπως τα δοχεία του γάλακτος, μοιρασμένα και στις δυο πλευρές της καμήλας. Κατόπιν, στερέωνε τη χύτρα και τα μικρότερα δοχεία. Σε άλλη καμήλα φόρτωνε τις ψάθες, με τις οποίες καλύπταμε το στρογγυλό μας σπίτι, τυλιγμένες και ίσα μοιρασμένες στις δυο πλευρές του ζώου. Η μητέρα μου διαμόρφωνε ολόκληρο το φορτίο, ώστε να μοιάζει μ' ένα μικρό σπιτάκι, βολικό για την καμήλα να το κουβαλάει. Στη μέση μπορούσε κανείς να τοποθετήσει ένα μικρό παιδί ή ένα νεογέννητο ζώο, που δεν περπατούσαν γρήγορα και κινδύνευαν να μείνουν πίσω. Μας είχαν διηγηθεί αμέτρητες ιστορίες για παιδιά που δεν προλάβαιναν τους υπόλοιπους, έμεναν πίσω και πέθαιναν στην έρημο. Σκοντάφταμε και τρεκλίζαμε. Φοβόμαστε μην αφήσουμε τίποτε πίσω μας ή μη μείνουμε εμείς πίσω. Η μητέρα μου έλεγε το τραγούδι της δουλειάς, το *σάλσαλ*, καθώς εκείνη κι ο πατέρας μου φόρτωναν τις καμήλες.

Γκρίνιες και μπελάδες είναι οι σύντροφοι
Του άντρα που έχει πολλές συζύγους.

Δεν πιστεύω ότι αυτό το τραγούδι άρεσε τόσο πολύ

στον πατέρα μου, αλλά το τραγουδούσαν όλες οι γυναίκες. Έτσι, τι μπορούσε εκείνος να πει; Αφού είχαν φορτωθεί τα ζώα, η οικογένειά μου άρχιζε τη μεγάλη πεζοπορία, που διαρκούσε ολόκληρη τη νύχτα και το μεγαλύτερο μέρος της επόμενης μέρας. Ο λαός μου δεν καβαλάει στις καμήλες. Μόνο τα μωρά, οι γέροι ή οι ασθενείς θα μπορούσαν, ενδεχομένως, να ταξιδέψουν στη ράχη μιας καμήλας.

Έπρεπε να αποφασίσω: θα έφευγα εγώ, ή θα καβγάδιζα με τον Ντάνα, για να δούμε ποιος θα υποχωρούσε πρώτος; Πήγα στο γραφείο μου, κάθισα στην καρέκλα και πήρα βαθιές ανάσες, να ηρεμήσω. Το διαμέρισμα ήταν δικό μου. Εγώ πλήρωνα το νοίκι και τα άλλα μηνιαία έξοδα. Στη Σομαλία οι διαφορές των ζευγαριών συζητιούνται και τακτοποιούνται από τους άντρες, που έχουν κάποια σχέση με το ζευγάρι. Δεν υπάρχουν αφεντικά. Κάθε άντρας έχει την ευκαιρία να μιλήσει. Μια γυναίκα δεν θεωρείται μέλος της φυλής του συζύγου. Την αντιπροσωπεύουν τα αδέλφια της ή άλλοι συγγενείς, αν εκείνη βρεθεί σε συζυγική διαμάχη. Όταν η μητέρα μου παντρεύτηκε τον πατέρα μου, εκείνη δεν έγινε μέλος των *Ντάαροντ*. Ανήκε ακόμη στους *Μίτζερταϊν*. Οι άντρες μαζεύονται κάτω από ένα μεγάλο δέντρο και συζητούν το πρόβλημα, μέχρι να παρθεί μια απόφαση που θα ικανοποιεί και τις δυο πλευρές.

Δεν έμενα πια στη Σομαλία, έμενα στο Μπρούκλιν, είχα δικαιώματα. Αλλά, αφού το συμβόλαιο ήταν στο όνομα του Ντάνα, κανείς δεν μπορούσε να τον υποχρεώσει να φύγει. Την εποχή που βρήκα το διαμέρισμα ήμουν ετοιμόγεννη στον Αλήκε. Πήγα αεροπορικώς στην Ομάχα, να γεννήσω κοντά στην οικογένεια του Ντάνα. Δίσταζα να υπογράψω ένα κατεβατό νομικής φύσεως, όπως ήταν εκείνο το ενοικιαστήριο. Δυσκολευόμουν ακόμη και να το διαβάσω, δεν καταλάβαινα τι έλεγε. Κι έτσι έμεινε ο Ντάνα, με τις επιταγές μου, να συναντήσει τον σπιτο- νοικοκύρη και να υπογράψει το συμφωνητικό.

Ανέβηκα πάλι τις σκάλες, αλλά ένιωθα σαν αρσενική ζέβρα που έχει ηττηθεί σε μάχη και φεύγει στα μουλω- χτά, μόνη της και ματωμένη, χωρίς ανταμοιβή για τον πόνο και την προσπάθεια.

Για τους νομάδες, ένα σπίτι είναι πολύ σημαντικό, αφού το περιβάλλον τους συνέχεια αλλάζει. Τώρα, όμως, κοιτώντας τούτο το μέρος, αποφάσισα ότι έτσι κι αλλιώς δεν είναι ένας τόπος που ευφραίνει την ψυχή. Δεν θα μπορούσα να ζήσω σε ένα μέρος όπου το πνεύμα ήταν νεκρό, σε μια πηγή που είχε στερέψει, κοντά σε ένα άδειο πηγάδι. Το χορτάρι είχε εξαντληθεί, ο τόπος είχε γεμίσει τζιν που δημιουργούσαν προβλήματα παντού!

Ήξερα ότι έπρεπε να αλλάξω τον εαυτό μου, ήμουν κι εγώ μέρος του προβλήματος, αλλά δεν ήξερα τι ακριβώς έπρεπε να κάνω. Ήμουν πάντοτε προσεκτική με τους άντρες, όχι μόνο λόγω του πατέρα μου, αλλά εξαιτίας και άλλων περιστατικών που μου έχουν συμβεί. Πολλές συναντήσεις με άντρες στη ζωή μου αποδείχτηκαν ολέ- θριες, με αποτέλεσμα να είμαι επιφυλακτική και καχύ- ποπτη. Σκεφτόμουν ότι με τον Ντάνα θα ήταν διαφορε- τικά· ήταν τόσο ντροπαλός και γλυκός όταν πρωτοσυνα- ντηθήκαμε, αλλά τελικά ένιωθα ότι με θεωρούσε δεδο- μένη. Νόμιζα ότι είχα αφήσει πίσω μου όλους αυτούς τους τεμπέληδες άντρες στη Σομαλία, που θέλουν τις γυναίκες να κάνουν τα πάντα, αλλά την ίδια νοοτροπία βρήκα μπροστά μου και στη Δύση. Πάρα πολλοί άντρες με έχουν εκμεταλλευτεί, και ακόμη χειρότερα.

Όταν ήμουν ακόμη αρκετά μικρή, ένας θείος ήρθε να μείνει μαζί μας. Πρέπει να ήμουν εννιά ή δέκα χρόνων. Ήταν πιο κοντός από τον πατέρα μου και γι' αυτό τον φωνάζαμε Μικρό Θείο. Έμεινε με την οικογένειά μας όλη την περίοδο της ξηρασίας, δεν έφυγε παρά μόνο όταν άρχισαν οι βροχές. Ερχόταν από το Γελκάγιο, όπου είχε καβγαδίσει με έναν άντρα από άλλο σόι. Ο Μικρός Θείος είχε ένα μαχαίρι με το οποίο σχεδόν έκοψε σύρριζα το χέρι του άλλου. Όλα τα μέλη μιας οικογένειας θεωρούνται υπεύθυνα σε περίπτωση που χυθεί αίμα κι έτσι οι δικοί μας συγγενείς πλήρωσαν το τίμημα, για να τακτοποιηθεί το ζήτημα. Έστειλαν τον Μικρό Θείο να μείνει κοντά μας, μέχρι να ηρεμήσουν τα πνεύματα.

Ο Μικρός Θείος ήταν αστείος και πάντοτε με πείραζε. Άπλωνε τα μακριά του χέρια και τραβολογούσε το *γκουντίνο* μου, κάθε φορά που περνούσα μπροστά του. Με κοιτούσε πάντοτε κατάματα. Τον συμπαθούσα, πίστευα ότι πρόκειται για έναν ξεχωριστό άνθρωπο. Ένα απόγευμα με ρώτησε:

«Γουόρις, θέλεις να έρθω να σε βοηθήσω να μαζέψεις τα κατσίκια;»

Κολακεύτηκα που εκείνος ενδιαφερόταν για μένα, ένα μικρό κοριτσάκι.

Η Χαλίμο μού είπε:

«Μην τον εμπιστεύεσαι».

Αλλά εγώ δεν την άκουσα, εκείνη άλλωστε πάντοτε μου έδινε οδηγίες για το πώς πρέπει να συμπεριφέρομαι.

Περάσαμε τους θάμνους, κατεβήκαμε στην κοίτη κι ανεβήκαμε από την άλλη μεριά για να φωνάξουμε τα κατσίκια. Ο ήλιος γλιστρούσε πίσω από τους τελευταίους, απόμακρους λόφους. Ο θείος μου βρήκε μια όμορφη ακακία και μου είπε:

«Έλα να ξεκουραστούμε εδώ στη σκιά».

Έβγαλε τη ζακέτα του και με προσκάλεσε να πάω να καθίσω δίπλα του. Η συμπεριφορά του ήταν κάπως περίεργη κι έτσι του είπα:

«Όχι, ας μαζέψουμε τις κατσίκες για να φύγουμε».

Εκείνος, όμως, επέμενε να καθίσω πάνω στη ζακέτα του. Κάθισα στην άκρη. Εκείνος ήταν ξαπλωμένος ακριβώς δίπλα μου. Βρισκόταν τόσο κοντά, που μπορούσα να μυρίσω τον ιδρώτα του. Κοιτούσα τις κατσίκες που έβοσκαν και που έσκαβαν με τις μουσούδες τους στο χώμα για να ξεριζώσουν τα καλύτερα, μικρά βλαστάρια.

«Άκου, Γουόρις, θα σου διηγηθώ ιστορίες. Ξάπλωσε και κοίταξε τα αστέρια που αρχίζουν να φαίνονται».

Αυτό μου άρεσε κι έτσι ξάπλωσα, όμως, πάντα στην άκρη της ζακέτας, αρκετά μακριά του.

Εκείνος γύρισε στο πλάι, στήριξε το κεφάλι του στο χέρι του και με κοιτούσε. Με γαργάλησε στο σβέρκο και μου είπε μια ιστορία για ένα κορίτσι που είχε μεγάλη μύτη. Άγγιξε τη μύτη μου και μου είπε ότι εκείνο το κορίτσι είχε παχύ σβέρκο, μεγάλη κοιλιά και μεγάλα στήθη. Κάθε φορά που αναφερόταν στην κοπέλα της ιστορίας, με χάιδευε τρυφερά. Από τη μια στιγμή στην άλλη, παράτησε την ιστορία, τράβηξε το γκουντίνο μου, με άρπαξε στα χέρια του κι έλυσε τους κόμπους. Προσπάθησε να πέσει από πάνω μου, παρ' όλο που του φώναζα να φύγει. Φυσικά κανείς δεν μας άκουγε, γιατί ήμασταν μακριά από τον καταυλισμό. Κατέβασε το χέρι του, σήκωσε το φόρεμά μου και γλίστρησε πάνω μου. Το μα-α-βάις του ήταν ανοικτό, καθώς μου άνοιγε τα πόδια κι άρχισε να σπρώχνει με το σώμα του. Το πράμα του προσέκρουε πάνω στο μικρό μου αιδοίο, ενώ εγώ φώναζα, «Σταμάτα, σταμάτα! Τι κάνεις εκεί;»

Εκείνος, έβαλε τη χερούκλα του στο στόμα μου και, αμέσως, την επόμενη στιγμή, κατάλαβα ότι με πιτσίλισε κάτι. Ξεγλίστρησε από το σώμα μου, άρχισε να γελάει, ενώ εγώ είχα μείνει πασπαλισμένη με αυτό το υγρό που κολλούσε. Δεν είχα ποτέ πριν νιώσει αυτή τη μυρωδιά, ακόμη ως τώρα την απεχθάνομαι και τη μισώ. Σηκώθηκα, σκουπίστηκα κι έτρεξα κατευθείαν σπίτι. Αγκάλιασα τα πόδια της μητέρας μου και μύρισα το φουστάνι της – μύριζε καθαριότητα και φρεσκάδα, όπως μυρίζει η

45

γη. Δεν ήξερα τι να της πω, γιατί δεν γνώριζα τι ήταν αυτό που μου είχε συμβεί. Δεν ήξερα τίποτε για το σεξ, δεν μιλούσαμε ποτέ γι' αυτό. Εκείνος ο άντρας μού είχε κάνει κάτι κακό, αλλά δεν ήξερα τι είχε κάνει. Δεν μπορούσα να αρθρώσω λέξη κι έτσι έμεινα κολλημένη στα πόδια της μαμάς. Εκείνη μου χάιδεψε τα μαλλιά, λέγοντάς μου:

«Έλα μωρό μου, ηρέμησε, τι έχεις γλύκα μου; Τι έπαθες; Σε κυνήγησε καμιά ύαινα;»

Δεν μπορούσα να κλάψω, δεν μπορούσα να μιλήσω. Μονάχα στεκόμουν εκεί, δεν μπορούσα να το ξεπεράσω. Ένιωθα βρόμικη, ντρεπόμουν, αλλά δεν ήξερα γιατί. Μίσησα εκείνον τον άντρα. Μου είχε κάνει κάτι κακό, σ' εμένα, ένα μέλος της οικογένειας που του είχε προσφέρει καταφύγιο.

Ο χωρισμός με τον Ντάνα δεν έλυσε τα προβλήματά μου. Τώρα ήμουν μια ανύπαντρη μητέρα, άστεγη και χωρίς οικογένεια να τη βοηθήσει. Υποτίθεται ότι, διώχνοντάς τον από τη ζωή μου, θα ένιωθα καλύτερα. Έγινε όμως το αντίθετο. Όσο πιο μόνη έμενα, τόσο πιο πολύ ήθελα τη μητέρα μου, αλλά το όνειρό μου, να ξαναβρώ την οικογένειά μου, φαινόταν αδύνατον να πραγματοποιηθεί. Οι εφημερίδες έγραφαν μόνο άσχημα νέα για τη Σομαλία. Τον Οκτώβρη του 1992 διάβαζα: «Περίπου δύο εκατομμύρια Σομαλοί κινδυνεύουν να πεθάνουν από ασιτία. Ήδη πεθαίνουν με ρυθμούς 2.000 άτομα την ημέρα». Ο πληθυσμός της Σομαλίας ανέρχεται σε περίπου τεσσεράμισι εκατομμύρια κι έτσι πίστευα τους δημοσιογράφους που έγραφαν: «Η Σομαλία βυθίζεται στην Κόλαση». Δεν ήξερα τι είχε απογίνει η οικογένειά μου, σ' εκείνα τα χρόνια του λιμού και των εχθροπραξιών μεταξύ των διαφορετικών φυλών. Γνώριζα ότι η κυβέρνηση είχε καταρρεύσει από τότε που το 'χε σκάσει ο Μοχάμεντ Σιάντ Μπάρε, το 1991. Σχεδόν δέκα χρόνια αργότερα, καμιά κυβέρνηση δεν έχει καταφέρει να εδραιώσει την ειρήνη ανάμεσα στις διάφορες αντιμαχόμενες ομάδες.

Η μητέρα μου δεν γνώριζε ότι είχα αποκτήσει γιο. Δεν υπήρχε τρόπος να την ειδοποιήσω. Η υποτυπώδης ταχυδρομική υπηρεσία, που κάποτε υπήρχε στη Σομαλία, τώρα είχε εντελώς καταρρεύσει. Η οικογένειά μου, έτσι κι αλλιώς, δεν έμενε ποτέ κοντά σε κάποιο ταχυδρομείο. Επιπλέον, δεν ήξεραν να διαβάζουν, οπότε δεν θα κατάφερνα ποτέ να επικοινωνήσω μαζί τους με κάποιο γράμμα, με e-mail ή με φαξ. Η μικρή φτωχή μου χώρα δεν είχε προλάβει τις εξελίξεις της τεχνολογίας· αντίθετα, είχε οπισθοδρομήσει.

Ήμουν ένα άτομο χωρίς συγγενείς, δηλαδή σχεδόν χαμένη, πεθαμένη. Οι γαζέλες πλησίαζαν.

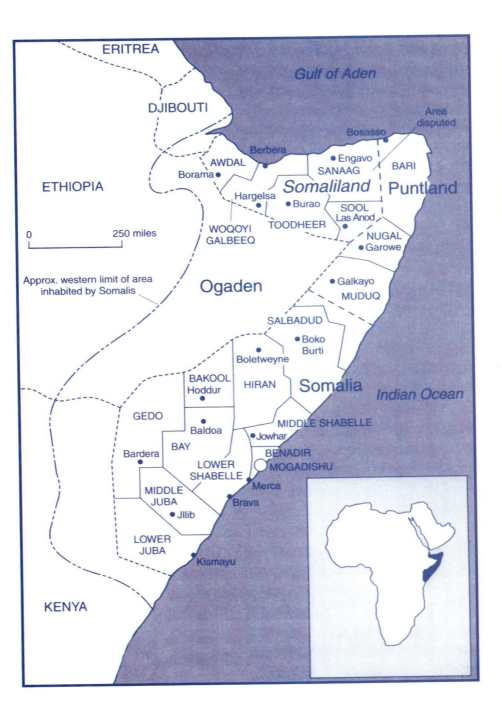

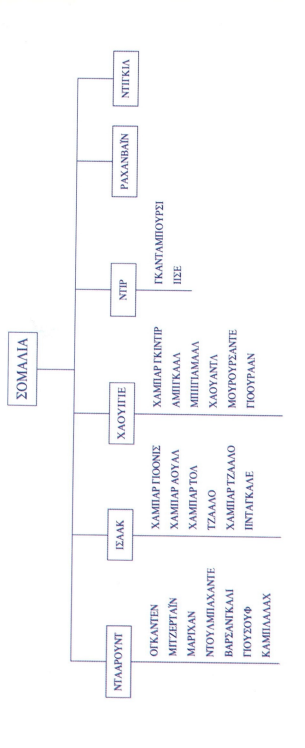

Η Γονόρις

Η Γουόρις και ο Αλήκε

Ώρα για τσάι

Χωριό στη Σομαλία

Η Γουόρις και ο Ράγκε επισκέπτονται το σχολείο

Καλύβα νομάδων

Ο Μοχάμεντ Ίννερ

Η Γουόρις με την μητέρα της

Η Γονόρις

Η Καλή Τύχη ταξιδεύει πάνω στα φτερά του Θεού.
Στο πλευρό της φαίνεται ένα καλό σημάδι.
Ξαναβρές την ηρεμία σου, αγόρι μου,
και μην απελπίζεσαι.

ΤΡΑΓΟΥΔΙ ΤΗΣ ΣΟΜΑΛΙΑΣ

3

Ο Τηλέγραφος της Ερήμου

ΕΝΑ ΣΥΝΝΕΦΙΑΣΜΕΝΟ ΑΠΟΓΕΥΜΑ χτύπησε το τηλέφωνο. Ήξερα μέσα μου ότι έπρεπε να απαντήσω. Ήταν ένα απλό προαίσθημα. Τηλεφωνούσαν εκ μέρους της κυρίας Όπρα Γουίνφρεϊ. Είναι μια δυναμική γυναίκα που την εκτιμώ και τη σέβομαι.

«Σχεδιάζουμε ένα πρόγραμμα στην τηλεόραση, με θέμα την εξάλειψη της βίας ενάντια στις γυναίκες σε παγκόσμιο επίπεδο», είπε η φωνή από την άλλη άκρη της γραμμής. «Θα θέλαμε να λάβετε μέρος στα γυρίσματα. Ένα μέρος της εκπομπής αναφέρεται σε γυναίκες που εκπροσωπούν διάφορες κινήσεις πάνω σ' αυτό το θέμα».

«Θέλετε να μιλήσω για τον FGM;»

«Ο ακρωτηριασμός είναι, πράγματι, ένα από τα θέματα που καλύπτουμε», είπε εκείνη, «αλλά το έχει αναλάβει η Καλίστα Φλόκχαρτ, που θα πάρει συνεντεύξεις για το θέμα αυτό από γυναίκες στην Αφρική».

«Η Καλίστα Φλόκχαρτ;» ρώτησα.

«Είναι η ηθοποιός που παίζει την Άλλυ ΜακΜπηλ στην τηλεόραση.

«Α!» είπα, αλλά μέσα μου αναρωτιόμουν τι μπορεί να ξέρει αυτή από ακρωτηριασμούς;

Αν δεν ήταν για τον FGM, δεν πήγαινε το μυαλό μου

σε άλλο θέμα για το οποίο θα μπορούσα να μιλήσω, ού-
τε για ποιον λόγο με χρειαζόταν η Όπρα.

«Θα θέλαμε να αναλάβετε το κομμάτι που έχουμε
ονομάσει "Θυμήσου το κουράγιο σου"».

«Κουράγιο;» ρώτησα. «Όχι FGM;»

Δεν το χώραγε ο νους μου. Ένιωθα σαν ελέφαντας
που προσπαθεί να κοιτάξει τα πισινά του.

«Ναι», είπε η γυναίκα, «πιστεύουμε πως θα είστε τέ-
λεια για το κομμάτι που είναι αφιερωμένο στην ανάκτη-
ση του κουράγιου».

Έμεινα έκπληκτη που δεν με ήθελαν για διάλεξη για
τον FGM. Σ' εκείνη την περίοδο της ζωής μου, το τελευ-
ταίο πράγμα που διέθετα ήταν το κουράγιο. Ένιωθα σαν
δοχείο γάλακτος, εκτεθειμένο στον ήλιο, όλα μέσα μου
ξερά, τίποτε καλό δεν είχε απομείνει. Δεν μπορούσα να
καταλάβω για ποιο λόγο η Όπρα Γουίνφρεϊ ήθελε εμένα
να μιλήσω για το κουράγιο και μια λευκή κοπέλα, που
δεν είχε υποστεί εκτομή, να μιλήσει για τον FGM. Τι σόι
κουράγιο έπρεπε, τέλος πάντων, να θυμηθώ; Μου φαι-
νόταν πως οτιδήποτε πήγαινα να κάνω αμέσως διαλυό-
ταν στο χέρι μου, σαν αλάτι. Της είπα ότι θα το σκεφτό-
μουν και θα επικοινωνούσα μαζί τους αργότερα. Η καρ-
διά μου και ο νους μου ξεχείλιζαν από προβλήματα, που
δεν έμοιαζα ικανή να τα λύσω.

Την ίδια βδομάδα, πολύ νωρίς ένα πρωί, με ξύπνησε
ο διαπεραστικός ήχος του τηλεφώνου. Κοίταξα το ρολόι
δίπλα στο κρεβάτι. Έλεγε πέντε η ώρα, αλλά, νυσταγμέ-
νη όπως ήμουν, δεν μπορούσα να θυμηθώ αν όντως ήταν
πέντε, όταν το ρολόι έλεγε πέντε, ή ήταν έξι. Ίσως να
ήταν τέσσερις, όταν το ρολόι έλεγε πέντε. Ένας φίλος με
είχε προειδοποιήσει για την αλλαγή της ώρας, αλλά δυ-
σκολευόμουν να το καταλάβω, ιδίως τώρα που ήμουν μι-
σοκοιμισμένη.

«Πες μου, γιατί πρέπει να αλλάζουμε την ώρα;» τον
είχα ρωτήσει. «Πώς είναι δυνατόν να αλλάζει ο χρόνος;»

«Μπροστά την άνοιξη και πίσω το φθινόπωρο», είπε εκείνος. «Βάζεις το ρολόι πίσω το φθινόπωρο, γιατί τότε ο ήλιος βγαίνει όλο και πιο αργά. Θέλουμε να έχουμε την ίδια ώρα, όταν ανατέλλει ο ήλιος».

«Και γιατί, λοιπόν, δεν σηκώνεστε με το πρώτο φως;» Στη Σομαλία, ποτέ δεν θα σκεφτόμαστε κάτι τέτοιο. Εκεί, κανείς δεν λέει στον ήλιο τι πρέπει να κάνει. Κοντά στον ισημερινό το φως της ημέρας έχει περίπου την ίδια διάρκεια, όλο το χρόνο. Μπορούσα να υπολογίσω πότε ο ήλιος έδυε από το μήκος των σκιών. Τα ρολόγια τι είχαν να κάνουν με τον ήλιο; Στις πόλεις της Δύσης υπάρχουν τόσα πολλά φώτα, που δεν μπορείς να ξεχωρίσεις τη νύχτα από τη μέρα. Εξάλλου, οι συχνές συννεφιές και η ρύπανση δεν σου επιτρέπουν να βλέπεις καθόλου τον ήλιο. Στη Σομαλία ο ήλιος κυβερνούσε τις ζωές μας. Όταν ήταν σκοτάδι, κοιμόμαστε. Όταν ο ήλιος έβγαινε, μας σήκωνε από το κρεβάτι. Ο φίλος μου αναφέρθηκε στους αγρότες, στο Μίσιγκαν, που έπρεπε να ξυπνούν για να αρμέξουν τις αγελάδες. Οι κατσίκες ξυπνούν όταν βγαίνει ο ήλιος, γιατί δεν μπορούν να κάνουν το ίδιο κι οι αγελάδες στο Μίσιγκαν;

Είχα ένα προαίσθημα ότι το τηλεφώνημα ήταν από την οικογένειά μου. Μόνο εκείνοι τηλεφωνούν σε τέτοιες ανάποδες ώρες. Σηκώθηκα από το κρεβάτι κι απάντησα. Ήταν ο μεγάλος μου αδελφός, ο Μοχάμεντ, τηλεφωνούσε από το Άμστερνταμ, όπου κατοικούσε. «Νιέιγια, γυναίκα», είπε και αυτό με συνέφερε αμέσως από τη νύστα. Χρειαζόταν λεφτά. Του είπα πως θα του έστελνα. Είναι χαρακτηριστικό του αδελφού μου να με ξυπνάει πέντε η ώρα το πρωί. Τον αγαπάω, αλλά όταν χρειάζεται λεφτά γίνεται επίμονος. Ο Μοχάμεντ μου είπε ότι είχε συναντήσει κάποιους συγγενείς, που μόλις είχαν γυρίσει από τη Σομαλία. Όχι μόνο δεν τους είχε παρουσιαστεί κάποιο πρόβλημα, αλλά, επιπλέον, είχαν επισκεφτεί δικούς μας ανθρώπους που ζούσαν κοντά στη μητέρα μας. Σύντομα θα επέστρεφαν στη Σομαλία κι ο Μοχάμεντ ήθελε να βρει λεφτά να της στείλει. Στην οικογένειά μου, αν κάποιος έχει λεφτά, τα μοιράζεται με τους υπόλοιπους· έτσι είμαστε εμείς.

Στην Αφρική ο κόσμος αστειεύεται για τον τηλέγραφο της ερήμου. Η επικοινωνία γίνεται χωρίς τηλέφωνα ή χαρτιά. Είναι κάποιο είδος αίσθησης, δεν μπορώ να το περιγράψω με λόγια. Συχνά, γνωρίζεις εκ των προτέρων όταν κάποιος έρχεται για επίσκεψη ή αν κάποιος είναι άρρωστος. Ήταν σαν θαύμα που ο αδελφός μου πήρε ακριβώς εκείνη τη στιγμή. Στη Δύση έχουμε τα κινητά τηλέφωνα, το φαξ, τον αυτόματο τηλεφωνητή. Καλά όλα αυτά, αλλά πιστεύω ότι, αν είσαι σε επαφή με τον Θεό, είσαι συνδεδεμένος με τα πάντα. Ο κόσμος συνέχεια με ρωτάει:

«Έχεις ανοίξει το φαξ; Έχω τόσα πολλά να σου στείλω».

«Όχι».

«Καλά, μήπως έχεις e-mail;»

Τους λέω: «Είμαι λίγο πίσω όσον αφορά την τεχνολογία στον κόσμο σας». Υπάρχουν κι άλλοι τρόποι, εξίσου σημαντικοί, που δεν έχουν σχέση με τεχνολογία, για να επικοινωνείς με αυτούς που αγαπάς.

Το τηλεφώνημα του Μοχάμεντ έγινε σε μια στιγμή που είχα σχεδόν εγκαταλείψει την ιδέα να πάω στη Σομαλία και γι' αυτό πιστεύω ότι ήταν ένα σημάδι από τον Αλλάχ. Ο αδελφός μου είπε ότι η μητέρα μας έμενε κοντά στα σύνορα με την Αιθιοπία, σε ένα χωριό όπου η κατάσταση ήταν σχετικά ήρεμη και ασφαλής. Ο πατέρας μου έμενε στην ύπαιθρο, κοντά στο Γελκάγιο. Παρ' όλο που η περηφάνια του δεν του επέτρεπε να ζει σε χωριό, δεν ήταν πια νομάδας. Οι συνεχείς πόλεμοι είχαν ως αποτέλεσμα να χάσει τις περισσότερες καμήλες του, ενώ είχε παρουσιαστεί πρόβλημα και με τα μάτια του. Ζούσε με τις δυο γυναίκες που είχε παντρευτεί μετά από τη μητέρα μου.

Ο Μοχάμεντ είχε μεγαλώσει στο Μογκαντίσου, μαζί με τον πλούσιο αδελφό του πατέρα μου, κι έτσι δεν τον είχα γνωρίσει πολύ καλά. Αυτό δεν είναι κάτι ασυνήθιστο για τον λαό μου. Ένας συγγενής με αρκετά χρήματα καλείται συχνά να βοηθήσει τα παιδιά των πιο φτωχών συγγενών. Ακόμη και η στρουθοκάμηλος βάζει τα αυγά της σε ξένη φωλιά. Η ανυποψίαστη μητέρα κλωσάει όλα τα αυγά και μεγαλώνει όλα τα στρουθοκαμηλάκια. Πολλές φορές βλέπεις ακόμη και δεκατρία αυγά μέσα σε μια φωλιά.

Όταν ο Μοχάμεντ κι εγώ ήμασταν ακόμη παιδιά, ο Σιάντ Μπαρέ ανέτρεψε την κυβέρνηση της Σομαλίας και κήρυξε στρατιωτική δικτατορία. Σύντομα, ο κόσμος άρχισε να τον φωνάζει Αφβάινε, Μεγάλο Στόμα. Βιαζόταν να κάνει αλλαγές στη χώρα. Στη Σομαλία δεν υπήρχε γραπτή γλώσσα γιατί οι θρησκευόμενοι και οι κυβερνώντες δεν μπορούσαν να συμφωνήσουν στο είδος της γραφής. Οι διανοούμενοι υποστήριζαν μια γραφή με λατινικούς χαρακτήρες, ενώ οι σεΐχηδες επέμεναν στην αραβική γραφή, στη γλώσσα που έχει γραφτεί και το Κοράνι. Ο Σιάντ Μπαρέ, ύστερα από διαπραγματεύσεις, κατάφερε να πάρει βοήθεια από τους Ρώσους και από τους Κινέζους, οπότε δεν ήθελε να δυσαρεστήσει αυτές τις δύο χώρες. Ο πρόεδρος Μάο, σε μια αντιπροσωπεία της Σομαλίας στην Κίνα, εξέφρασε την υποστήριξή του για τη λατινική γραφή και είπε πως ευχόταν να είχε καθιερωθεί και στην Κίνα από την αρχή. Οι Ρώσοι υποστήριζαν επίσης τη λατινική γραφή. Ο Σιάντ δήλωσε ότι τα σομαλικά θα γράφονταν με λατινικά στοιχεία. Η απόφαση αυτή έδωσε τέλος στη διαμάχη κι έτσι, για πρώτη φορά, υπήρξαν γραπτά σομαλικά. Η κυβέρνηση ανακοίνωσε την έναρξη μιας πολιτιστικής επανάστασης και επέμενε όλοι να μάθουν να γράφουν και να διαβάζουν, μέσα σε δυο χρόνια. Στο Μογκαντίσου άνοιξαν πολλά καινούργια σχολεία. Σε ένα από αυτά πήγε και ο Μοχάμεντ. Σπούδασε σομαλικά, ιταλικά και αραβικά. Τα αραβικά είναι η γλώσσα του Ιερού Κορανίου, τα μαθαίνουν όλοι οι σπουδαστές. Η νότια Σομαλία ήταν κάποτε ιταλική αποικία, με αποτέλεσμα πολλά δημόσια έγγραφα να είναι ακόμη στα ιταλικά.

Καθώς μεγάλωνε ο Μοχάμεντ, η πόλη κατέρρεε. Σχολεία και νοσοκομεία, που προορίζονταν να ανεγερθούν με ξένη οικονομική βοήθεια, δεν χτίστηκαν ποτέ. Μονάχα οι στρατιωτικές δυνάμεις αναπτύσσονταν. Ο Σιάντ Μπαρέ ήταν από τη φυλή των *Ντάαροντ*, τα μέλη της οποίας τώρα εύκολα μπορούσαν να κάνουν στρατιωτική καριέρα. Ο στρατός είχε ανάγκη από *κχατ* κι έτσι ο Μοχάμεντ έγινε έμπορος *κχατ*. Το *κχατ* είναι ένα πράσινο φύλλο που έχει μια τονωτική ουσία, συγγενική της αμφεταμίνης. Κατά παράδοση τα φύλλα αυτά τα μασούσαν οι θρησκευτικοί ηγέτες όταν απήγγελλαν, μέρα-νύχτα, το Κοράνι. Αργότερα άρχισαν να τα χρησιμοποιούν κι άλλοι ηλικιωμένοι, που κάθονταν τα απογεύματα, έκοβαν πράσινα φυλλαράκια από τα κλαριά του θάμνου *κχατ*, καθώς συζητούσαν πολιτική και άλλα θέματα. Μασούσαν τα φύλλα δημιουργώντας ένα σβόλο, που τον έκρυβαν στο πλαϊνό μέρος της στοματικής κοιλότητας, μέχρι που τα μάγουλά τους φούσκωναν από τον όγκο του. Τα δόντια τους ήταν κατάμαυρα. Κατά πάσα πιθανότητα μαύριζαν από αυτή την ουσία. Δεν μπορούσα ποτέ να καταλάβω τι έβρισκαν στο *κχατ*. Δεν έχει ούτε ωραία γεύση, ούτε ωραία όψη, καθώς τρέχει από τα χείλια των αντρών σαν ένα πράσινο υγρό. Ο Μοχάμεντ το έφερνε λαθραία στη χώρα από τα υψίπεδα της Αιθιοπίας και της Κένυας και το πουλούσε στον στρατό.

Για τους έφηβους φαντάρους το *κχατ* είχε γίνει της μόδας. Με το μάσημα του φυτού οι φανατικοί στρατιώτες γίνονται περισσότερο επιθετικοί και λιγότερο λογικοί. Τις πρώτες δυο ώρες ο χρήστης νιώθει ευφορία, αργότερα, όμως, παθαίνει κατάθλιψη, καταβάλλεται από εξάντληση, γίνεται καχύποπτος, ενώ του είναι αδύνατον να κοιμηθεί.

Μετά την κατάληψη της εξουσίας από τον Σιάντ Μπαρέ, στις αρχές της δεκαετίας του '70, θυμάμαι, ο θείος μου ο Αχμέτ ήρθε από το Γκελκάγιο, για να επιθεωρήσει τις καμήλες και τα κατσίκια του. Φαινόταν αναστατωμένος, καθώς μιλούσε για αρκετή ώρα με τον πατέρα μου. Η μητέρα μου κι εγώ πλέκαμε μακριές λωρίδες από δέρμα καμήλας, καθόμαστε, όμως, αρκετά κοντά για να ακούμε τι έλεγαν.

«Οι στρατιώτες του Σιάντ Μπαρέ ψάχνουν για νεαρά αγόρια».

«Να τα κάνουν τι;»

«Θέλουν να πάρουν όλα τα αγόρια που βρίσκουν, να τα πάνε σε ένα μέρος για στρατιωτική εκπαίδευση. Πίστεψέ με, πολλά αγόρια έχουν ήδη εξαφανιστεί, έχουν πέσει θύματα απαγωγής! Πρόκειται να γίνει πόλεμος με την Αιθιοπία, για την περιοχή του Ογκαντέν που μας έκλεψαν. Εγώ δεν θέλω να πολεμήσουν οι γιοι μου, είναι μικροί ακόμη, θα τους κρύψω».

«Πού θα βρουν όπλα να δώσουν στα αγόρια; Ποιος θα έδινε όπλο σ' ένα αγόρι;»

«Το Μεγάλο Στόμα παίρνει χρήματα από παντού! Η Ιταλία, οι ΗΠΑ, η Γερμανία, η Κίνα, η Ρωσία, όλοι του δίνουν χρήματα κι αυτός αγοράζει όπλα για τον στρατό του. Έχει όπλα, χρειάζεται όμως στρατιώτες». Ο θείος ρούφηξε τσάι κι έφτυσε στο έδαφος. «Αυτό το έχω ακούσει από πολλούς συγγενείς», είπε προειδοποιητικά. «Τα αγόρια εξαφανίζονται καθώς είναι έξω στην έρημο και βόσκουν τις καμήλες. Τα αρπάζουν οι στρατιώτες και κλέβουν και τα ζώα τους».

Όταν έφυγε, ο πατέρας κι η μητέρα μου σκέφτονταν να σκάψουν ένα λάκκο και να κρύψουν τα αγόρια της οικογένειας. Τελικά, ο πατέρας μου έστειλε τα αγόρια να μείνουν με κάποιους συγγενείς στον βορρά, μαθαίνοντας εμένα να τον βοηθάω με τις καμήλες. Ήμουν περήφανη και ήθελα να κάνω καλά τη δουλειά μου, γιατί συνήθως μόνο τα αγόρια έχουν την τιμή να φροντίζουν τις καμήλες.

Κάθε λίγες μέρες πήγαινα τις καμήλες στο πηγάδι από το μονοπάτι που είχε ανακαλύψει ο πατέρας μου. Έβρισκε νερό, ακόμη κι όταν κανείς άλλος δεν κατάφερνε να βρει. Οι καμήλες δεν αποθηκεύουν νερό στην καμπούρα τους. Στην καμπούρα αποθηκεύουν ένα είδος λιπαρής τροφής, είναι σαν ένα απόθεμα ενέργειας, από το οποίο ζουν. Η καμήλα-αρχηγός γνώριζε τη διαδρομή κι οι υπόλοιπες την ακολουθούσαν, ακούγοντας τους ήχους της ξύλινης κουδούνας. Κουβαλούσα ένα κομμάτι από δέρμα κατσίκας, που η μητέρα μου το είχε ράψει, ώστε να μοιάζει με κουβά. Το είχαμε δεμένο στην άκρη ενός μακριού σχοινιού, για να τραβάμε νερό από το πηγάδι. Μια μέρα βρήκα το μονοπάτι μου φραγμένο. Στρατιωτικά αντίσκηνα και φορτηγά παντού. Η καρδιά μου έπαψε να χτυπάει. Ήξερα ότι οι στρατιώτες βίαζαν κορίτσια κι έκλεβαν τα ζώα τους. Σκαρφάλωσα σε ένα λοφάκι και σύρθηκα κοντά για να βλέπω τους στρατιώτες, με τις κίτρινες στολές τους, τα μακριά ντουφέκια και τα μεγάλα, αυτόματα πυροβόλα στις καρότσες των φορτηγών. Άφησα μόνες τους τις καμήλες, αλλά εκείνες φοβούνταν τους θορύβους και τις περίεργες μυρωδιές. Βάδισαν γύρω γύρω, αποφεύγοντας το στρατόπεδο, ενώ εγώ έλπιζα ότι, ίσως μόνες τους, να έβρισκαν το δρόμο για το νερόλακκο. Σερνόμουν στο έδαφος, για να μην με δουν οι στρατιώτες, εκατοντάδες μέτρα ολόκληρα ως το πηγάδι. Τράβηξα νερό για τις καμήλες και ολόκληρο το υπόλοιπο βράδυ προχωρούσα μπουσουλώντας προς τον καταυλισμό, από το φόβο μου για τους στρατιώτες.

Ο πλούσιος θείος μου αποφάσισε να φύγει από το Μογκαντίσου. Έλεγε ότι η πόλη κατέρρεε.

«Οι άνθρωποι ζουν από μπαξίσια, ζητιανεύουν και βρίσκουν τρόπους να κλέβουν και να ληστεύουν», εξηγούσε στον πατέρα μου. «Το Μογκαντίσου έχει γεμίσει από μουριγιάαν, παιδιά του δρόμου, που δεν κάνουν άλλο, παρά να δημιουργούν προβλήματα».

«Άνθρωποι πεινασμένοι, χωρίς αίσθημα τιμής, μπορούν να φάνε οτιδήποτε, να κάνουν τα πάντα για να βρουν φαΐ», είπε ο πατέρας μου.

«Υπάρχουν άνθρωποι που δεν έχουν σπίτι να μείνουν και που δεν καταφέρνουν να εξασφαλίσουν τα απαραίτητα για να ζήσουν. Εμείς φεύγουμε, δεν θέλουμε ποτέ να γυρίσουμε πίσω σε αυτήν την πόλη. Η κυβέρνηση δεν είναι παρά μια συμμορία που προσπαθεί να αρπάξει ό,τι βρει για τον εαυτό της, ο απλός κόσμος δεν είναι πια ασφαλής».

Ο πόλεμος με την Αιθιοπία ξέσπασε το 1974 κι από τότε η Σομαλία υπέφερε από εμφύλιους σπαραγμούς κι αργότερα από λιμούς. Το 1991 οι δυνάμεις του Μπαρέ ηττήθηκαν και οι αντιστασιακές ομάδες κατέλαβαν τις περισσότερες περιοχές του Μογκαντίσου. Δεν κατάφεραν όμως να συμφωνήσουν ποιος θα είναι ο επόμενος πρόεδρος, με αποτέλεσμα να ξεσπάσουν ταραχές ανάμεσα στις φυλές.

Λίγο μετά την επίσκεψη του θείου μου, εγώ το 'σκασα από το σπίτι και βρέθηκα στο Λονδίνο. Νέα από την οικογένειά μου μάθαινα σπάνια, σύντομα, όμως, δεν μάθαινα πια τίποτε για αυτούς. Τον Δεκέμβρη του 1992, ακριβώς μόλις είχα φτάσει από το Λονδίνο στη Νέα Υόρκη, κάνοντας σταδιοδρομία ως μοντέλο, έτυχε να κοιτάξω το «Σάντεϊ Μάγκαζιν» των *Νιού Γιόρκ Τάιμς*. Ένας γνωστός μού είχε φέρει αυτό το τεύχος. Ίσα ίσα που άντεξα να κοιτάξω τις φωτογραφίες. Πάνω από 100.000 άνθρωποι είχαν υποκύψει στον τελευταίο λιμό. Κι αυτό δεν οφειλόταν στην παρατεταμένη ξηρασία, αλλά στον εμφύλιο που είχε ξεσπάσει, μετά την πτώση του καθεστώτος του Μπαρέ.

Τώρα δεν υπήρχε πια κυβέρνηση και οι συμμορίες, που έρχονταν σε συμφωνίες με άλλες συμμορίες, κυβερνούσαν τον τόπο. Κανείς δεν είχε πια τη δυνατότητα να καλλιεργήσει τη γη, ενώ, τα περισσότερα ζώα είχαν ψοφήσει. Οι φωτογραφίες ήταν ασπρόμαυρες, έδειχναν ανθρώπους που πέθαιναν από την πείνα. Οι ανθρωπιστικές οργανώσεις δεν κατάφερναν να διανέμουν τα τρόφιμα στους πεινασμένους. Ληστοσυμμορίες άρπαζαν τα αγαθά που προορίζονταν για τις γυναίκες και τα παιδιά. Οι εικόνες έδειχναν παιδιά που έκλαιγαν, με βαθυσκότεινες οπές ματιών, με τα κόκαλα του προσώπου να προεξέχουν. Μια γυναίκα έμοιαζε με παλιά παραπεταμένη ομπρέλα, σωριασμένη στην άκρη του δρόμου. Έμαθα ότι ένα στα τέσσερα παιδιά πέθαναν εκείνα τα φοβερά χρόνια. Φυσικά, οι γυναίκες και τα παιδιά υπέφεραν περισσότερο από όλους. Δεν υπήρχε τρόπος να μάθω νέα για την οικογένειά μου. Η εφημερίδα έγραφε: «Τυχεροί είναι μόνο όσοι ήδη έχουν πεθάνει σε αυτή τη χώρα, που έχει καταρρεύσει από τη λαίλαπα του πολέμου, την ξηρασία και τον λιμό». Στα τηλεοπτικά δελτία ειδήσεων έμαθα για την επιχείρηση «Ανάκτηση της Ελπίδας» και για τις απεγνωσμένες προσπάθειες που γίνονταν να απομακρυνθούν από τις πόλεις οι παράνομες ένοπλες συμμορίες.

Ένα εκατομμύριο Σομαλοί εγκατέλειψαν τη χώρα και ο αδελφός μου ο Μοχάμεντ ήταν ένας από τους τυχερούς που κατάφεραν να ξεφύγουν. Μου τηλεφώνησε όταν έφτασε στο Άμστερνταμ. Ένιωσα τόσο ευτυχισμένη που ακόμη ήταν ζωντανός. Πήρα το επόμενο αεροπλάνο για να τον συναντήσω.

Όταν είδα τον Μοχάμεντ δεν πίστευα ότι αυτός ο ξερακιανός άνθρωπος ήταν ο αδελφός μου. Το κάτω του χείλος ήταν σχισμένο στα δύο, μέχρι το κόκαλο, από τα μεγάλα χρονικά διαστήματα που ήταν υποχρεωμένος να ζει χωρίς νερό. Τα κόκαλα προεξείχαν μέσα από το πουκάμισό του. Έδινε την εντύπωση ότι υπήρχε ένα κενό

μέσα του. Έμοιαζε σαν κάτι να ήταν νεκρό ή άδειο. Τον έσφιξα στην αγκαλιά μου:
«Μοχάμεντ, τι έγινε, τι σου συνέβη;»
Έδειχνε βασανισμένος.
«Μας είχαν κλείσει πίσω από συρματοπλέγματα, μας κρατούσαν αιχμάλωτους για ατέλειωτους μήνες, χωρίς να μας δίνουν αρκετό φαΐ ή νερό».
«Γιατί σου το έκαναν αυτό;»
«Γουόρις, η κατάσταση ήταν εκτός ελέγχου. Οι στρατιώτες έπιναν και μασούσαν *κχατ* όλη μέρα. Μασούσαν *κχατ* για πρωινό, για μεσημεριανό, για βραδινό. Τσακώνονταν μεταξύ τους για ασήμαντα πράγματα και πυροβολούσαν για διασκέδαση, όταν τριγυρνούσαν με αυτοκίνητα στις συνοικίες της πόλης!»
«Χιέιγια», αναρωτήθηκα τι είχαν δει τα μάτια του Μοχάμεντ.
«Νωρίς το βράδυ, όλοι τους ήταν μαστουρωμένοι, φευγάτοι, τρελαμένοι. Οι αξιωματικοί υποπτεύονταν όποιον ήταν νηφάλιος, αφού όλοι ήταν τύφλα στο μεθύσι και την αποχαύνωση. Αν έλεγες: "Ει, ηρεμήστε, υπάρχουν άνθρωποι εδώ", εκείνοι σου έβαζαν τις φωνές. Χρησιμοποιούσαν τον στρατό για να επιβάλουν με τη βία τις κυβερνητικές αποφάσεις και δεν επιτρέπονταν συζητήσεις. Όταν η κυβέρνηση ανακοίνωσε ότι θα επιτρεπόταν στις γυναίκες να κληρονομούν περιουσία, πολλοί θρησκευτικοί ηγέτες διαμαρτυρήθηκαν ότι αυτό ερχόταν σε αντίθεση με την παράδοση του Ισλάμ. Δέκα σεΐχηδες εκτελέστηκαν εν ψυχρώ έξω από τα τζαμιά τους, από τους Κόκκινους Μπερέδες, τις ιδιωτικές στρατιωτικές δυνάμεις του Αφβάινε. Εκείνοι που διαμαρτυρήθηκαν με διαδηλώσεις εναντίον της δολοφονίας των θρησκευτικών τους ηγετών κατακρεουργήθηκαν στους δρόμους. Οι στρατιώτες πυροβολούσαν στο ψαχνό, βίαζαν γυναίκες και μικρά κορίτσια, σαν να ήταν παιγνίδι.
Τις επόμενες μέρες ο Μοχάμεντ μού είπε για τον

Αφβάινε, ο οποίος άρχισε να υποπτεύεται οποιονδήποτε ανήκε στις φυλές των *Μίτζερταϊν, Χαουίγιε* ή *Ισαάκ.* Επιστράτευσε άντρες από δική του, συγγενική φυλή, τους *Μάριχαν,* κάνοντάς τους μέλη του ΑΕΣ, δηλαδή του Ανώτατου Επαναστατικού Συμβουλίου, με αποτέλεσμα αυτοί οι άνθρωποι να κάνουν ακριβώς ό,τι ήθελε εκείνος. Ο αδελφός μου κατηγορήθηκε για ανεπαρκή αφοσίωση στον πρόεδρο και μια νύχτα τον πέταξαν φυλακή.

«Θεωρούσαν ύποπτο κάθε *Μίτζερταϊν* κι έτσι, μια νύχτα, με τράβηξαν από το κρεβάτι, με ξυλοκόπησαν και με άφησαν αλυσοδεμένο σε ένα σκοτεινό δωμάτιο, όπου έμεινα πάνω από μια βδομάδα. Ούτε δίκη, τίποτε, μονάχα τιμωρίες, για οτιδήποτε». Ο Μοχάμεντ δεν ήθελε να μιλήσει άλλο γι' αυτό.

«Πώς έτρωγες;» τον ρώτησα. Ήταν τόσο λιπόσαρκος, που τα μάτια του βούλιαζαν μέσα στο πρόσωπό του.

«Δεν μας τάιζαν. Μας έδιναν λίγο ρύζι και μια κούπα νερό, να πλενόμαστε».

«Ω, Θεέ μου, Μοχάμεντ», είπα. «Και πώς τα κατάφερες να φύγεις;»

«Όλοι τους ήταν μαστουρωμένοι όλη την ώρα κι ο θείος έχει αρκετά χρήματα. Δωροδόκησε τους φρουρούς για να με αφήσουν να δραπετεύσω. Ήξεραν ότι, αν έμενα στη Σομαλία, σύντομα θα ήμουν νεκρός. Οι συγγενείς μάζεψαν με κάποιο τρόπο λεφτά για μένα κι έτσι κατάφερα να φύγω από το Μογκαντίσου. Μου βρήκαν τρόπο να πάω στο Κισμάγιου, στις νότιες όχθες, όπου η φυλή του Αφβάινε δεν έχει τόσο μεγάλη δύναμη. Από εκεί πήρα μια φελούκα μέχρι τη Μομπάσα και, στη συνέχεια, αεροπορικώς έφυγα από την Αφρική.

Παρ' όλο τον τρόμο που είχε ζήσει, ο αδελφός μου διατηρούσε επαφή με τη Σομαλία, ακόμη κι οχτώ χρόνια μετά την απόδρασή του. Αν κάποιος μπορούσε να με βοηθήσει, ήταν αυτός.

«Μοχάμεντ», του είπα, «ονειρεύομαι να ξαναγυρίσω στη Σομαλία».

Ο αδελφός μου με είχε ξανακούσει να λέω τέτοια πράγματα και δεν με πίστευε.

«Ναι, ναι, ναι, γυναίκα», είπε. «Εσύ έφυγες πριν είκοσι χρόνια, νομίζεις ότι μπορείς να ξαναγυρίσεις τώρα; Καλύτερα να τους στείλεις λίγα χρήματα».

«Όχι, Μοχάμεντ, τούτη τη φορά το εννοώ στ' αλήθεια. Θέλω να γυρίσω σπίτι, αλλά ανησυχώ, δεν ξέρω πώς θα τα καταφέρω. Θα με βοηθήσεις;»

«Χιέιγια», είπε καταφατικά.

Χιέιγια; Περίμενα να με περιλούσει, όπως έκαναν όλοι οι άλλοι, μ' ένα σωρό προειδοποιήσεις, πόσο επικίνδυνο θα ήταν και ποιος ο λόγος να ξαναγυρίσει κανείς. Το «χιέιγια» σημαίνει περίπου «σ' ακούω». Ήταν σαν κάποιος ν' άναψε ένα σπίρτο στο σκοτάδι.

«Πιστεύεις ότι θα είναι αρκετά ασφαλές να πάω; Πιστεύεις ότι θα έβρισκα κάποιους γνωστούς; Έχω χρόνια να μιλήσω σομαλικά», είπα ανήσυχη, αλλά ταυτόχρονα πολύ ενθουσιασμένη.

Πριν μερικά χρόνια, το 1995, είχα κάνει συμφωνία για ένα ντοκιμαντέρ με το BBC, επειδή μου υποσχέθηκαν ότι θα βρουν τα ίχνη της μητέρας μου. Τη συνάντησα στο Γκαλάντι της Αιθιοπίας, κοντά στα σύνορα με τη Σομαλία. Τότε δεν είχα μπει στη χώρα, λόγω του αυξημένου κινδύνου. Δυσκολευόμουν, όμως, από τότε με τη γλώσσα.

Η πρότασή μου για τη Σομαλία ήταν σοβαρή. Ήθελα να το επιχειρήσω. Ο Μοχάμεντ συμφώνησε να έρθει μαζί μου, αρκεί να του πλήρωνα τα έξοδα. Ζει με ένα μικρό επίδομα από την κυβέρνηση, δεν του περισσεύουν χρήματα για τέτοιου είδους ταξίδια. Μιλάει τέλεια τα σομαλικά, πράγμα χρήσιμο σε περίπτωση που εγώ δεν κατάφερνα να ξαναθυμηθώ τη γλώσσα μου. Ένιωθα ασφάλεια να ταξιδέψω με τον αδελφό μου. Τον Αλήκε μπορούσα

63

να τον αφήσω με τη γυναίκα και τα παιδιά του Μοχάμεντ στο Άμστερνταμ. Αποφάσισα να ξεκινήσω την επόμενη κιόλας βδομάδα. Τα νέα από την περιοχή που έμενε η μητέρα μου θα μπορούσαν να αλλάξουν προς το χειρότερο και η πόρτα να κλείσει για πάντα. Όταν ο Μοχάμεντ μου είπε πως υπήρχε περίπτωση να βρούμε και τον πατέρα μου, το χέρι μου, που κρατούσε το τηλέφωνο, ίδρωσε. Μόνο και μόνο η σκέψη του πατέρα μου με γέμιζε ανυπομονησία, ακόμη κι ύστερα από τόσα χρόνια. Ο Μοχάμεντ ήταν το ίδιο ανυπόμονος για το ταξίδι. Είχε γλιτώσει παρά τρίχα τη ζωή του. Οι μνήμες από την απάνθρωπη μεταχείρισή του στο Μογκαντίσου κατέκλυζαν τα όνειρά του. Είχαν περάσει χρόνια μέχρι να χαρακτηριστεί επίσημα πολιτικός πρόσφυγας στην Ολλανδία, ενώ ακόμη δεν του επέτρεπαν να πάει σχολείο ή να δουλέψει. Τι του απέμενε; Η προοπτική της αναμονής. Προσδοκούσε να ξαναβρεί τον εαυτό του, όπως κι εγώ.

Το ίδιο απόγευμα τηλεφώνησα στους ανθρώπους της Όπρα λέγοντας ότι δεν θα δεχόμουν την πρότασή τους, γιατί θα βρισκόμουν στη Σομαλία, όταν θα άρχιζαν τα γυρίσματα για την εκπομπή. Δεν ήθελα να υποκρίνομαι ότι είχα κουράγιο, τη στιγμή που ένα κενό φώλιαζε στην καρδιά μου.

Μόλις πήρα την απόφαση να πάω να βρω τους δικούς μου μ' έπιασε πανικός. Οι γυναίκες της οικογένειάς μου είναι γνήσιες Σομαλές, δεν φορούν στενά παντελόνια, κοντομάνικα μπλουζάκια και καπελάκια του μπέιζμπολ. Είχα πετάξει όλα τα ξεφτισμένα σομαλικά μου φορέματα όταν ήμουν ακόμη στο Λονδίνο, σαν κάμπια που βγαίνει από το κουκούλι της. Τώρα αναζητούσα πάλι το κουκούλι μου. Έφαγα όλη τη Νέα Υόρκη, την παγκόσμια πρωτεύουσα ενδυμάτων, αλλά πουθενά δεν βρήκα τα σομαλικά φορέματα, τα ντίραχ. Το μάκρος τους φτάνει ως το έδαφος, για να καλύπτουν ολόκληρο το πόδι, κι είναι φτιαγμένα από ένα ελαφρύ, λεπτεπίλεπτο ύφασμα.

Τα φορέματα αυτά είναι πολύ απλά ραμμένα και τα υφάσματα διακοσμημένα με λουλούδια ή με γεωμετρικά σχήματα. Μετράς τέσσερις οργιές ύφασμα, από την άκρη του τεντωμένου σου χεριού ως τη μύτη σου. Οι ράφτες στα χωριά, που χρησιμοποιούν ποδοκίνητες ραπτομηχανές, παίρνουν το μακρύ ύφασμα, το διπλώνουν στα δύο και κόβουν μια τρύπα για το κεφάλι. Κατόπιν, ράβουν τις πλευρές, αφήνοντας ανοιχτές λίγες ίντσες για τα μανίκια, γαζώνουν τον στρογγυλό γιακά και στριφώνουν τον ποδόγυρο. Από κάτω οι γυναίκες φοράνε ένα μεσοφόρι. Δεν γνωρίζω καμιά γυναίκα με στήθη τόσο μεγάλα ώστε να χρειάζεται να φοράει σουτιέν. Άσε με εμένα! Οι γυναίκες φορούν στο κεφάλι μια μακριά μαντίλα, με την οποία καλύπτουν το πρόσωπό τους, όταν βγαίνουν έξω ή όταν συνομιλούν με άλλους άντρες, εκτός από τον σύζυγό τους ή τον πατέρα τους. Τα πόδια θεωρούνται ιδιαίτερα προκλητικά. Μια γυναίκα που θα τολμούσε να φορέσει σορτς ή στενό παντελόνι, θα τη λιθοβολούσαν ή κάτι ακόμη χειρότερο.

Ρώτησα τη φίλη μου τη Σάρλα κι εκείνη με έστειλε στο κατάστημα «Banana Republic».

«Τι έχετε για την έρημο;» ρώτησα.

«Έχουμε όμορφα παντελόνια, με πολλές τσέπες, χακί σορτς και καπέλα για σαφάρι».

«Χρειάζομαι κάτι άνετο, φαρδύ και χαλαρό, χωρίς φερμουάρ ή πιέτες», είπα. «Τα παντελόνια είναι πολύ ζεστά για την έρημο».

Μου έδειξε ένα μακρύ, μαύρο φόρεμα. Τη ρώτησα αν είχε κάτι πολύχρωμο.

«Μ' αρέσουν τα πολύχρωμα ρούχα, δεν θέλω να μοιάζω σαν την ίδια την έρημο», είπα.

Τα μόνα που βρήκα ήταν ινδικά σάρι. Μερικά από τα βαμβακερά ρούχα έμοιαζαν λίγο μ' αυτό που ζητούσα. Σκέφτηκα ότι θα μπορούσα να φτιάξω ένα γκουντίνο, τυλιχτό φόρεμα, αν και δεν θα ήταν ακριβώς σαν αυτά

5

που φορούν στην οικογένειά μου. Το ύφασμα για τα σάρι είναι πολύ πιο μακρύ, τυλίγεται γύρω από τη μέση, ενώ τα σομαλικά φορέματα πέφτουν ριχτά, κατευθείαν από τους ώμους.

Ήθελα να πάω δώρα για όλη την οικογένειά μου, ιδιαίτερα για τη μητέρα μου. Μόλις, όμως, άρχισα τα ψώνια, κόλλησα. Τι θα μπορούσα να τους πάω; Οι νομάδες δεν συνηθίζουν να κατέχουν πράγματα, μόνο και μόνο για να τα κατέχουν. Δεν είχα ιδέα τι θα χρειάζονταν ή θα ήθελαν πραγματικά.

Στην οικογένειά μου δεν θα ήξεραν τι να κάνουν με τους τενεκεδένιους ουρανοξύστες της Νέας Υόρκης ή τα πλαστικά αγαλματάκια της Ελευθερίας. Δεν φανταζόμουν η μητέρα μου να εκτιμούσε ιδιαίτερα ένα μεγάλο μολύβι με μια φούντα στην άκρη ή ένα μπλουζάκι με την εικόνα του Εμπάιαρ Στέιτ Μπίλντινγκ. Θα εκτιμούσαν μονάχα κάτι που θα είχε πρακτική αξία ή κάτι που θα τρωγόταν. Τελικά, αγόρασα μπέιμπι όιλ και λάδι καρύδας, γιατί είναι χρήσιμο για το ξηρό δέρμα στην έρημο. Αγόρασα επίσης χτένες, κίτρινα αρωματικά σαπούνια σε σχήμα κοχυλιών, λάδι για τα μαλλιά, οδοντόβουρτσες και οδοντόπαστες. Όταν ήμουν μικρή, χρησιμοποιούσαμε μικρά ξυλαράκια για να καθαρίζουμε τα δόντια μας. Τώρα, αναρωτιόμουν, αν η οικογένειά μου ακόμη μπορούσε να βρίσκει τους ειδικούς εκείνους θάμνους, από τους οποίους μαζεύαμε τα ξυλαράκια. Στη Σομαλία δεν έχουμε οδοντογιατρούς. Γι' αυτό σκέφτηκα ότι οι οδοντόβουρτσες θα ήταν πολύ χρήσιμες. Για τη μητέρα μου αγόρασα τον πιο όμορφο καθρέφτη που βρήκα. Ήθελα να δει τον εαυτό της, να δει πόσο όμορφη ήταν. Περπατούσα πάνω κάτω στους διαδρόμους των καταστημάτων, σκεφτόμουν όχι, όχι, όχι. Τα τρόφιμα, το νερό, τα ζώα, οι μετακινήσεις, όλα αυτά είναι ουσιώδη για την οικογένειά μου, που δεν δίνει μεγάλη σημασία στα αντικείμενα. Δεν χρησιμοποιούμε πετσετάκια, χαρτοπετσέτες, τραπεζομάντιλα μιας χρήσης, χαρτί υγείας, σερβιέτες, ταμπόν, πάνες. Οι γυναίκες, όταν έχουν περίοδο, φορούν ένα παλιό, σκούρο φόρεμα και κάθονται σπίτι. Δεν βάζουμε κραγιόν, πούδρα, ούτε βάφουμε τα μάτια μας με μολύβι ή μάσκαρα. Δεν έχουμε ρεύμα για πιστολάκι μαλλιών ή τοστιέρες. Σκέφτηκα να τους πάρω ρούχα, αλλά οι νομάδες έχουν μόνο αυτά που φοράνε. Δεν έχουν ντουλάπες γεμάτες με διαφορετικά ρούχα. Έτσι κι εμένα, δεν μου άρεσε ποτέ να έχω πολλά ρούχα. Μου αρέσει να τα φοράω στις επιδείξεις, αλλά όχι και να τα κρατάω για τον εαυτό μου.

Στο τέλος, αποφάσισα να πάρω πολύχρωμα μαντίλια για τις γυναίκες και πέδιλα για τη μητέρα μου και τον πατέρα μου. Δεν τρώμε γλυκίσματα και οποιαδήποτε άλλη τροφή θα αλλοιωνόταν μέχρι να φτάσω στη Σομαλία, γι' αυτό δεν πήρα μαζί μου τίποτε φαγώσιμο. Πήρα ξυραφάκια για να ξυρίζονται οι αδελφοί μου. Για τον πατέρα μου αγόρασα μια χτένα και ένα σετ με βούρτσες, αλλά τα επέστρεφα όλα στο κατάστημα. Ήμουν σίγουρη ότι θα τα μισούσε. Δεν θα ξεχάσω ποτέ αυτό που μου είχε πει: «Δεν ξέρω από που έχεις έρθει. Δεν είσαι μια από εμάς». Πώς μπορείς να πας μια χτένα και μια βούρτσα σε έναν τέτοιο άνθρωπο; Όλα τα δάκρυα που δεν πρόφτασα να χύσω, γιατί έπρεπε να επιβιώσω, ήταν ακόμη εκεί, παγιδευμένα στην καρδιά μου. Αλλά ούτε τώρα πρόφταινα να κλάψω. Είχα ένα ταξίδι να κάνω.

Οι άντρες συμπαραστέκονται ο ένας στον άλλον.
Έτσι γίνονται αδέλφια.
Θέλεις να βοηθήσουμε ο ένας τον άλλον
ή δες να χωρίσουμε;

ΕΡΓΑΤΙΚΟ ΤΡΑΓΟΥΔΙ ΤΗΣ ΣΟΜΑΛΙΑΣ

4

Διαφορές

ΓΙΑ ΝΑ ΠΑΩ ΣΤΟ ΑΜΣΤΕΡΝΤΑΜ, η υπάλληλος στο γραφείο της Αμέρικαν Εξπρές, μου είπε ότι θα έπρεπε να κάνω κράτηση είκοσι μία μέρες πριν ή να φύγω την Τρίτη ή την Τετάρτη και να επιστρέψω Τετάρτη ή Πέμπτη, με μια εξάπαντος διανυκτέρευση το Σάββατο. Της εξήγησα ότι ο αδελφός μου είχε ανακαλύψει πού βρισκόταν η μητέρα μου, η οποία σύντομα ίσως θα άλλαζε τόπο διαμονής, και θα έπρεπε ό,τι ήταν να κάνω να το κάνω αμέσως τώρα. Η γυναίκα με κοιτούσε από την άλλη μεριά του γραφείου, σαν να πίστευε ότι δεν ήμουν στα καλά μου. Μπαίνοντας στο γραφείο πρόσεξα ότι είχε μια τεραστίων διαστάσεων τσάντα στο τραπέζι της. Πριν ακόμη καθίσω, έβγαλε μια γιγαντιαία οικονομική συσκευασία κρέμας χεριών και άλειψε τα χέρια της. Αποτελεί μυστήριο για μένα ο λόγος που οι γυναίκες κυκλοφορούν από το πρωί ως το βράδυ κουβαλώντας μαζί τους ολόκληρο κατάστημα καλλυντικών. Κάποια σαν κι αυτή δεν θα μπορούσε ποτέ να καταλάβει μια νομάδα που της ζητούσε δυο εισιτήρια, ένα ολόκληρο κι ένα παιδικό, για την επόμενη βδομάδα.

«Θα πάω από το Άμστερνταμ στη Σομαλία», της είπα. «Δεν ξέρω με ποιο τρόπο και πώς θα γυρίσουμε, αλλά, πρώτα ο Θεός, όλα θα πάνε καλά και θα γυρίσουμε ασφαλείς».

Εκείνη γούρλωσε τα μάτια της, λέγοντας:

«Δεν ήξερα ότι μπορεί κανείς να πάει στη Σομαλία».

«Θα προσπαθήσω», της είπα. «Η μητέρα μου μένει εκεί».

Το βλέμμα της έγινε πιο απαλό και μου έγνεψε με κατανόηση. Μου εξήγησε ότι χρειαζόταν συγκεκριμένη ημερομηνία επιστροφής, αλλιώς τα εισιτήρια θα ήταν πιο ακριβά. Επίσης, με πληροφόρησε ότι ενδεχομένως θα υπήρχε πρόβλημα με τις υπηρεσίες μετανάστευσης, αν το εισιτήριό μου ήταν ανοιχτό. Έκλεισα ημερομηνία επιστροφής ακριβώς μια μέρα πριν το συμβούλιο που είχα στα Ηνωμένα Έθνη. Πλήρωσα το εισιτήριο με πιστωτική κάρτα και της είπα ότι δεν θα ήθελα ο υπάλληλος στο αεροδρόμιο να μου πει ότι δεν βρίσκει κάτι στον υπολογιστή, κάτι που δεν είχα σκεφτεί προηγουμένως. Ήθελα να του δείξω ένα εισιτήριο κι αυτό να είναι όλες κι όλες οι διατυπώσεις.

Εκείνη γέλασε και μου ομολόγησε:

«Έτσι νιώθω κι εγώ».

Φύγαμε Τρίτη βράδυ. Είχα πάρει τηλέφωνο τον Μοχάμεντ, το ίδιο απόγευμα, για να του πω τι ώρα να 'ρθει να μας συναντήσει. Εκείνος ακόμη δεν με πίστευε.

«Αλήθεια! Θα σε πιστέψω μονάχα όταν σε δω στην πύλη των αφίξεων», είπε, παρ' όλο που τον διαβεβαίωσα ότι βρισκόμαστε ήδη καθ' οδόν προς το αεροδρόμιο.

Στο αεροπλάνο ένιωσα πολύ περήφανη για τον Αλήκε. Καθόταν σαν άντρας και κοιτούσε τους ανθρώπους ή ζωγράφιζε σ' όλη τη διάρκεια της πτήσης. Αρέσει πολύ στον γιο μου να πετάει ή να ταξιδεύει με αυτοκίνητο, παρ' όλο που δεν μπορεί να τρέχει και να πηδάει από εδώ κι από εκεί, όπως κάνει όλη μέρα στο σπίτι. Όταν χρειάστηκε να πάει στην τουαλέτα, σηκώθηκε και περπάτησε στον διάδρομο κατευθείαν προς το μικρό θάλαμο, λες και ήταν κάτι που έκανε κάθε μέρα. Είναι ένας ταξιδιάρης νομάδας σαν κι εμένα.

Από τη θέση μου στο διπλανό κάθισμα, μπορούσα να βλέπω το πάνω μέρος του κεφαλιού του. Είχε κάποιο δερματικό πρόβλημα, δεν είχα ακόμη μάθει περί τίνος επρόκειτο. Τα μαλακά, σπογγώδη μαλλιά του έπεφταν τούφα τούφα και από κάτω μπορούσα να δω ότι είχε άσπρα εξανθήματα, στο πίσω μέρος του κεφαλιού. Είχα δοκιμάσει τα πάντα για να τα γιατρέψω. Πήρα αγνό λάδι ευκάλυπτου, πρόσθεσα μια σταγόνα νερό και τα έτριψα. Κοπάνησα ρίγανη μέχρι να γίνει πολτός, για να σκοτώσει τους μικροοργανισμούς, έφτιαξα ένα μείγμα από μέλι και σμύρνα. Όταν ξέμεινα από συνταγές βοτάνων, τον πήγα στον παιδίατρο, αλλά εκείνος το μόνο που είπε ήταν: «Αυτό το παθαίνουν συνέχεια τα παιδιά». Ο γιατρός μού έγραψε μια λευκή αλοιφή, αλλά δεν υπήρξε καμιά διαφορά. Τα άσπρα εξανθήματα παρέμεναν. Και τώρα πήγαινα να αφήσω το παιδί μου με κάποια που δεν γνώριζα, ενώ ήταν ακόμη άρρωστο.

Δεν είχα ποτέ μου συναντήσει τη γυναίκα του Μοχάμεντ, την Ντούρα. Η τελευταία φορά που συνάντησα τον Μοχάμεντ ήταν μόλις είχε φτάσει στο Άμστερνταμ, όταν είχε δραπετεύσει από το Μογκαντίσου. Δεν είχαν ακόμη γνωριστεί με την Ντούρα. Ήταν κι εκείνη από τη Σομαλία. Τα τελευταία δυο χρόνια, που μιλάω μαζί της στο τηλέφωνο, μου έχει δώσει την εντύπωση ότι είναι μια καλή γυναίκα, ένας άνθρωπος που νοιάζεται. Είχε καταφέρει τον αδελφό μου ν' ασχοληθεί με ορισμένα πράγματα και να προσέχει την οικογένειά του. Κάποτε ο Μοχάμεντ κι εγώ είχαμε μαλώσει και δεν μιλούσαμε ο ένας στον άλλον. Εκείνη τον προέτρεψε να μου τηλεφωνήσει.

«Μην είσαι χαζός», του είπε, «εσύ είσαι ο μεγαλύτερος. Έλα, πάρε τηλέφωνο την αδελφή σου, πες ένα γεια σου, πες της τα νέα από την Αφρική». Το ένιωθα μέσα μου ότι θα ήταν καλή με τον Αλήκε.

Το γεγονός ότι κάποιος είναι συγγενής δεν σημαίνει υποχρεωτικά πως θα δείξει φροντίδα στα παιδιά σου. Όταν ήμουν μικρή, στο ύψος του στήθους της μητέρας μου, πήγα να μείνω με μια θεία μου. Δυστυχώς, αρρώστησα μόλις έφτασα στο σπίτι της. Πρώτα καιγόμουν από πυρετό, μετά πάγωνα, το κεφάλι μου πονούσε συνέχεια κι ένιωθα τόσο αδύναμη, που δυσκολευόμουν να μιλήσω. Κατά πάσα πιθανότητα ήταν ελονοσία. Η θεία μου δεν πρόσφερε μεγάλη βοήθεια. Απλά, με άφηνε ξαπλωμένη, ενώ εκείνη έβγαινε να κουτσομπολέψει με τις φίλες της. Μου έλεγε να φροντίζω τα παιδιά της, παρ' όλο που ήμουν τόσο αδύναμη που δεν κατάφερνα να στέκομαι όρθια, χωρίς να ζαλίζομαι. Αναζητούσα τόσο πολύ τη μητέρα μου, προσευχόμουν στον Αλλάχ να της το διαμηνύσει. Η μαμά ήξερε τι έπρεπε να κάνει όταν κάποιος αρρώσταινε. Όλοι ένιωθαν καλύτερα με τις φροντίδες της. Μάζευε φλούδες και τις κοπανούσε μέχρι να γίνουν σκόνη, ενώ παράλληλα έψελνε θεραπευτικές προσευχές. Μερικές φορές, ένα άγγιγμα ή ένα δροσερό πανί μπορούν να έχουν το ίδιο αποτέλεσμα με ένα αντιβιοτικό. Η θεία μου δεν μου έφτιαχνε ούτε κάποια ειδικά, ζεστά ροφήματα, ενώ συμπεριφερόταν λες και φοβόταν μην τυχόν κολλήσει την αρρώστια μου. Με την Ντούρα, όμως, ένιωθα διαφορετικά. Ήμουν σίγουρη ότι θα πρόσεχε το παιδί μου, σαν να ήταν δικό της. Για μένα ήταν πάντοτε σημαντικό ο Αλήκε να μάθει τον σομαλικό τρόπο ζωής και σίγουρα, αυτό δεν θα τον μάθαινε από τον Ντάνα, ο οποίος δεν μπορούσε να καταλάβει τον αφρικανικό τρόπο σκέψης.

Όταν συνάντησα τον Ντάνα εκείνος ήταν περήφανος που ήμουν από την Αφρική. Με έβλεπε σαν κάτι το ιδιαίτερο, κάτι εξωτικό. Αργότερα αρχίσαμε να διαφωνούμε για τον δικό μου τρόπο να χειρίζομαι τις καταστάσεις. Είχαμε το ίδιο χρώμα δέρματος, αλλά ζούσαμε σε δυο εντελώς διαφορετικούς κόσμους. Ο Ντάνα είναι Αφρο-αμερικανός και εκφράζεται κάπως έτσι: «Ας χτυπήσουμε ένα κομμάτι πίτσα, πριν πάμε σινεμά». Στη Σομαλία δεν συμπεριφερόμαστε με αυτό τον τρόπο, η τροφή είναι δώρο απ' τον Αλλάχ. Πλενόμαστε και λέμε μια μικρή προσευχή, πριν αρχίσουμε το φαγητό. Τρώμε με τα χέρια, αργά, με σεβασμό για το φαΐ μας. Πάντοτε ένιωθα αποστροφή για τους Αμερικανούς, που στουμπώνουν τα στόματά τους με φαΐ, καθώς περπατάνε στο δρόμο. Γιατί άραγε διαφωνούσαμε με τον Ντάνα; Επειδή είχα μεγαλώσει στην Αφρική; Επειδή κέρδιζα χρήματα; Επειδή είχα γίνει διάσημη, λόγω της καριέρας μου σαν μοντέλο;

Από την πρώτη στιγμή που μπήκα στο κλαμπ, όπου έπαιζε ο Ντάνα με το συγκρότημά του, ένιωσα ότι ήταν μοναδικός. Άρχισα να χορεύω, για να τον βλέπω από κοντά. Εκείνη τη βραδιά φορούσα ένα πράσινο φούτερ, μακριές ψηλοτάκουνες μπότες, ενώ είχα σε στιλ άφρο τα μαλλιά μου. Μου είπε ότι δεν μπορούσε να πάρει τα μάτια του από εκείνο το κορίτσι με το πράσινο φούτερ και τα σγουρά μαλλιά. Αργότερα τον πείραζα: «Θα κάνω παιδί μαζί σου». Πραγματικά, αυτό τον τρόμαζε, πίστευε ότι είχα χάσει τα λογικά μου. Όταν έμεινα έγκυος στον Αλήκε, του ξαναθύμισα εκείνες τις κουβέντες. Από την πρώτη στιγμή που είδα αυτόν τον άντρα, ήξερα ότι θα γινόταν ο εκλεκτός μου.

Ο Ντάνα με εντυπωσίασε από την αρχή με τον χαρακτήρα του. Είχε μεγαλώσει στις κεντροδυτικές πολιτείες. Ήταν ευαίσθητος και ντροπαλός. Θαύμαζα την ειλικρίνειά του και την καλή του καρδιά. Για μένα είναι δύσκολο να εμπιστευτώ έναν άντρα. Η τρυφερότητα του Ντάνα, όμως, επέδρασε πάνω μου με έναν μαγικό τρόπο. Εκτός από τον ακρωτηριασμό μου, οι πρώτες μνήμες

75

που έχω από το σεξ είναι τρομακτικές. Είναι οι μνήμες απ' τους γονείς μου. Μια νύχτα, όταν ήμουν πολύ μικρή, άκουσα άγνωστους ήχους και είδα τη μητέρα μου ξαπλωμένη στην ψάθα της, στην άλλη άκρη της στρογγυλής μας καλύβας. Ο πατέρας μου ήταν από πάνω της. Εκείνη δεν έλεγε τίποτε, εκείνος, όμως, έσπρωχνε, αναστέναζε και γρύλιζε. Σηκώθηκα για να δω τι γίνεται και τους πλησίασα. Προσπάθησα να αποσπάσω την προσοχή της μητέρας μου, αλλά, την επόμενη στιγμή, εκσφενδονίστηκα στην άλλη άκρη του χώρου. Ο πατέρας μου με είχε αρπάξει από το πόδι και με είχε πετάξει ψηλά, προς τα πίσω. Έμεινα αποσβολωμένη, δεν μπορούσα ούτε να κλάψω, είχα μείνει άφωνη. Η μεγάλη μου αδελφή, η Χαλίμο, με πήρε στην αγκαλιά της.

«Ησύχασε, Γουόρις», μου ψιθύρισε. «Άσ' τη μαμά μόνη της τώρα». Το άλλο πρωί, όταν ρώτησα τη μητέρα μου για το συμβάν, εκείνη με έδιωξε από κοντά της. Το σεξ ήταν κάτι μυστικό.

Ο Ντάνα ήταν απαλός και δροσερός, σαν την πρωινή βροχή. Όσο περισσότερη άνεση και ασφάλεια ένιωθα κοντά του, τόσο πιο σέξι ένιωθα τον εαυτό μου. Μου έτριβε το χέρι κι εγώ ερεθιζόμουν. Δεν πιστεύω ότι ο ακρωτηριασμός μπορεί να νεκρώσει τον ερωτικό πόθο, σίγουρα όμως μ' έχει κάνει προσεχτική και εσωστρεφή. Πάντως, όταν νιώθω ασφάλεια και σιγουριά, μου αρέσει να με χαϊδεύουν σε όλο μου το σώμα. Η οικογένειά μου και ο λαός μου είναι πολύ τρυφεροί, αν και ο άντρας κι η γυναίκα ποτέ δεν συναναστρέφονται δημόσια. Δεν είναι ασυνήθιστο φαινόμενο δυο άντρες να κρατιούνται χέρι χέρι, περπατώντας στους δρόμους της πόλης. Οι Σομαλοί άντρες εκφράζουν τη φιλία τους με αγγίγματα, σαν τις γυναίκες, όταν είναι στενές φιλενάδες. Στη Δύση, αγκαλιάζεις μόνον έναν παλιό φίλο, όταν έχεις πολύ καιρό να τον δεις. Γι' αυτό ένιωθα όμορφα με τη σωματική επαφή που είχα με τον Ντάνα. Οι γυναίκες, που τους έχει αφαιρεθεί το στήθος λόγω καρκίνου, μπορούν ακόμη να νιώσουν σεξουαλική επιθυμία. Ένα μέρος του σώματός μου είχε αφαιρεθεί, αλλά δεν ένιωθα να λείπει κάτι, τη στιγμή που με φιλούσε ο Ντάνα. Για μένα το σεξ εξαρτάται από το πώς νιώθω για τον σύντροφό μου. Ένας οργασμός αρχίζει στο κεφάλι και τελειώνει στην καρδιά. Τρομάζω εύκολα, ο Ντάνα, όμως, με άγγιζε ντροπαλά κι έτσι τον ερωτεύτηκα.

Μετά τη γέννηση του Αλήκε οι διαφορές μας βγήκαν περισσότερο στην επιφάνεια. Δεν χρησιμοποιούμε πάνες στα μωρά, στη Σομαλία. Οι μητέρες βρίσκονται πάντοτε τόσο κοντά στα μωρά τους, που ξέρουν ακριβώς πότε εκείνα θέλουν να κάνουν την ανάγκη τους. Κάθεσαι κατάχαμα και βάζεις το παιδί καβάλα στα ανοιχτά σου πόδια. Το παιδί τα κάνει στην άμμο και μπορείς να χρησιμοποιήσεις ένα φύλλο για να καθαρίσεις τον ποπό του. Τα πετσετάκια του Αλλάχ. Κι όλη την ώρα τους μιλάς, τους λες τι είναι αυτό που κάνουν, ώστε να συνδυάσουν την πράξη με τα λόγια σου. Μόλις τα παιδιά περπατήσουν είναι εύκολο να τα μάθεις να καθίσουν ανακούρκουδα και να τα καταφέρουν μόνα τους. Όλα τα παιδιά φορούν μόνο ένα μπλουζάκι, μέχρι να γίνουν περίπου τριών χρόνων. Όταν μεγαλώσουν αρκετά, ώστε να φορέσουν φόρεμα ή σορτς, νιώθουν πολύ περήφανα.

Αυτό ο Ντάνα ποτέ δεν μπορούσε να το καταλάβει, ούτε και η γιαγιά του, εκείνη που τον είχε μεγαλώσει και την επισκεπτόμαστε συνέχεια. Η γιαγιά πίστευε ότι τα παιδιά πρέπει να φοράνε πάνες όλη την ώρα. Το καταλαβαίνω όταν κάνει κρύο, αλλά μέσα στο σπίτι εγώ άφηνα τον Αλήκε να μπουσουλάει, φορώντας του μονάχα μπλουζάκι. Ο Ντάνα πίστευε ότι ήταν λάθος να αφήνουμε τον Αλήκε χωρίς πάνες. Εγώ νομίζω ότι το σώμα ενός μωρού είναι πολύ όμορφο να το βλέπει κανείς, είναι τέλειο από φυσική άποψη. Στην οικογένεια του Ντάνα πίστευαν ότι δεν είναι σωστό να αφήνεις ένα μωρό γυμνό. Τα σχόλια που έκαναν πολλές φορές με πλήγωναν, αλλά, θέλοντας να γίνω αποδεκτή στην οικογένεια του Ντάνα, άρχισα να ντύνω τον γιο μου με πουκάμισα, παντελόνια, κάλτσες και παπούτσια. Πάντως, τις πάνες μιας χρήσης δεν κατάφερα να τις ξεπεράσω. Τι σπατάλη! Όλο αυτό το χαρτί από αμέτρητα μωρά πάει χαμένο; Πού καταλήγει τόσο πολύ χαρτί και πλαστικό;

Παρ' όλο που ο Ντάνα κι εγώ δεν ήμασταν παντρεμένοι όταν γέννησα τον Αλήκε, η γιαγιά του, που τη φωνάζαμε Γιαγιάκα, έδειξε μόνο αληθινή αγάπη για τον γιο μου. Ήταν πολύ ευτυχισμένη, που απέκτησε δισέγγονο. Κατά κάποιο τρόπο μου θύμιζε τη δική μου γιαγιά, με την εσωτερική της σιγουριά, τη δύναμή της και τους παλιομοδίτικους τρόπους της. Πιστεύω ότι είναι μια κλασική αμερικανίδα γιαγιά. Η γιαγιά μου στο Μογκαντίσου ήταν μια άψογη Σομαλή κυρία. Ποτέ δεν έβγαινε από το σπίτι με ακάλυπτο πρόσωπο. «Πώς μπορείς να βλέπεις από εκεί μέσα;» τη ρωτούσα πάντοτε. Είχε αναθρέψει ολομόναχη τα παιδιά της και χειριζόταν τα πράγματα με το σωστό τρόπο. Οι τρόποι της γιαγιάς του Ντάνα ήταν, βέβαια, πολύ διαφορετικοί από τους δικούς μου. Αμφισβητούσε καθετί που έκανα και τον τρόπο με τον οποίο το έκανα. Δεν φαινόταν να ήθελε να μάθει τους αφρικανικούς τρόπους, ήθελε, όμως, εγώ να μάθω τους δικούς της. Η Γιαγιάκα είχε ζήσει ολόκληρη τη ζωή της στην Ομάχα της Νεμπράσκα, δεν είχε ποτέ της δει τη θάλασσα. Της έλεγα στ' αστεία ότι μια μέρα θα την έπαιρνα και θα τη βουτούσα στον ωκεανό. Μονάχα τότε θα καταλάβαινε τον δικό μου κόσμο.

Πάντα ονειρευόμουν να θηλάζω η ίδια τα παιδιά μου, ακόμη και πριν μάθω να φροντίζω τις κατσίκες. Η μητέρα μου θήλαζε τ' αδέλφια μου κι εμένα μέχρι που γίναμε τριών έως τεσσάρων χρόνων, ακόμη κι όταν ήταν έγκυος. Στη Σομαλία δεν υπάρχουν μπιμπερό και, αν υπήρχαν, δεν θα είχαμε αρκετό νερό στη διάθεσή μας να τα πλένουμε. Η μητέρα μου, όταν καθαρίζει την ξύλινη κούπα της για το γάλα, την ξεπλένει με φρέσκα ούρα κατσίκας. Κατόπιν, παίρνει ένα αναμμένο κάρβουνο από τη θράκα και απολυμαίνει το εσωτερικό της κούπας. Χρησιμοποιεί στάχτη και άμμο για να καθαρίσει τα πιάτα μετά τη χρήση τους. Το στήθος της μητέρας μου ήταν η μοναδική πηγή τροφής και ασφάλειας, όταν ήμουν μωρό. Καθώς μεγάλωνα, έβλεπα τη μητέρα μου και τις άλλες γυναίκες να θηλάζουν κι ήθελα οπωσδήποτε να το προσπαθήσω κι εγώ. Αναρωτιόμουν τι είδους αίσθηση δημιουργούσε. Φαινόταν να υπάρχει επαφή και ζεστασιά. Τα μωρά κοιμούνται με τη μητέρα τους, η οποία τα κουβαλάει στην πλάτη, και μόλις κλάψουν τα γυρίζει μπροστά για θηλασμό.

Μια μέρα, όταν ήμουν ακόμη τόσο μικρή που δεν μπορούσα να δω πάνω από την κορυφή του ψηλού χορταριού, η θεία μου με άφησε να φυλάω το μικροσκοπικό μωρό της, για να πάει να μαζέψει καυσόξυλα. Δεν ήταν μεγαλύτερο από το κεφάλι μιας καμήλας και τα χέρια του και τα ποδαράκια του ήταν κολλημένα δίπλα στο σώμα του. Το φυλαχτό που φορούσε ήταν σχεδόν μεγαλύτερο απ' τη μικρή μωρουδίσια του κοιλιά. Ο μικρός άρχισε να φωνάζει κι εγώ σκέφτηκα: «Ας δοκιμάσω κάτι». Ήθελα να νιώσω πώς ήταν όταν ένα μωρό βυζαίνει το στήθος σου. Όταν τον έβαλα κοντά στο κοριτσίστικο επίπεδο στήθος μου, εκείνος τεντώθηκε να το πιάσει, σχηματίζοντας έναν κύκλο με τα χείλια του. Ήταν ένα αλλόκοτο συναίσθημα. Πρώτα, φάνηκε να παραξενεύεται που ήμουν διαφορετική από τη μητέρα του. Το έσφιξα πάνω μου για να φτάνει πιο εύκολα. Προσπάθησε, αλλά, δεν υπήρχε εκεί τίποτε να βάλει στο στόμα του. Ταράχτηκε και σούφρωσε το προσωπάκι του, σαν μια καμήλα έτοιμη να μουγκρίσει. Λύγισε την πλάτη του σαν τόξο, για να ξεφύγει από την αγκαλιά μου κι άρχισε, απαρηγόρητα, να ουρλιάζει. Δεν κατάφερα να τον συνεφέρω. Μόνο όταν τον έδεσα στην πλάτη μου για να μη με βλέπει, σώπασε. Σκέφτηκα ότι θα ήταν πιο εύκολο με τα δικά μου παιδιά.

Μια από τις μικρές αδελφές μου πέθανε λίγο μετά τη γέννα. Τα στήθη της μητέρας μου ήταν γεμάτα γάλα και πονούσαν. Προσπάθησε να αρμέξει τον εαυτό της, όπως αρμέγουμε τις κατσίκες, αλλά δεν έβγαινε σχεδόν τίποτε. Μετά από λίγες μέρες ήταν μεγάλα, κόκκινα και καίγανε όταν τα άγγιζες. Οι φλέβες προεξείχαν, όπως στη φλούδα των δέντρων. Η μητέρα μου άρχισε να κλαίει από τον πόνο κι εγώ φοβήθηκα, τρόμαξα. Δεν είχα ποτέ δει τη μητέρα μου να κλαίει, ακόμη κι όταν τη χτυπούσε ο πατέρας μου. «Μαμά», την ικέτεψα, «άσε με να σε βοηθήσω. Μπορώ να το ρουφήξω εγώ». Ρούφηξα γάλα από το στήθος της και το έφτυσα στο έδαφος. Ρουφούσα κι έφτυνα, ρουφούσα κι έφτυνα, μέχρι που εκείνη ένιωσε καλύτερα. Δεν είχε τη γεύση του γάλακτος που συνήθιζα να πίνω, μύριζε άσχημα κι ήταν κάπως ξινό.

Όταν έμαθα πως ήμουν έγκυος, δεν ανησύχησα καθόλου. Είχα δει τόσες μητέρες και τόσα πολλά μωρά, που ένιωθα ότι κι η ίδια είχα μείνει έγκυος πολλές φορές στο παρελθόν. Όταν ήμουν οχτώ μηνών έγκυος, πήγα στην Ισπανία για μια φωτογράφιση. Η οικογένεια του Ντάνα αναστατώθηκε, λες και η εγκυμοσύνη είναι αρρώστια. Δεν ήθελαν να μπω σ' αεροπλάνο, να πάω στην Ευρώπη. Η μητέρα μου κι οι θείες μου, όμως, ποτέ δεν σταμάτησαν να εργάζονται, λόγω εγκυμοσύνης. Αυτές οι δυτικές ιδέες ήταν εντελώς ξένες για μένα. Δεν φοβόμουν να δουλέψω, φόρεσα ένα φαρδύ φούτερ και μπήκα στο αεροπλάνο. Οι φωτογραφίες δείχνουν μια γυναίκα που ξεχειλίζει από χαρά. Ήταν μια όμορφη εγκυμοσύνη. Λάτρευα τη φουσκωμένη μου κοιλιά και τις κινήσεις στο εσωτερικό της. Ήταν μια ευλογία να κλείνεις μέσα σου τη ζωή, με τιμούσε ο Αλλάχ επιτρέποντάς μου να δημιουργήσω μια νέα οικογένεια. Ένιωθα δυνατή και βέβαιη ότι τίποτε δεν μπορούσε να με βλάψει.

Κάθε φορά που πήγαινα στον γιατρό για εξετάσεις, εκείνος με ρωτούσε:
«Θέλετε να μάθετε το φύλο του μωρού;»
«Δεν θέλω να το μάθω», του έλεγα. «Έχω ένα προαίσθημα, ξέρω τι θα είναι τούτο το παιδί».
Γνώριζα την προσωπικότητά του, πώς θα έμοιαζε το μωρό και πώς θα έβλεπε τον κόσμο.
«Θα έχει το παιδί δυο πόδια, δυο χέρια και δυο μάτια;» Αυτό ήταν το μόνο που με ενδιέφερε. Κάθε μέρα προσευχόμουν, με αντάλλαγμα ακόμη και τη ζωή μου, να είναι υγιές το μωρό.
Όταν ήμουν μικρό κορίτσι είχα δει μωρά που γεννιούνταν έτοιμα να ταφούν. Η μητέρα μου τα τύλιγε στα λευκά και ο πατέρας μου τα έθαβε στην όχθη του ξεροπόταμου, μέχρι να τα πάρει ο Αλλάχ. Όταν ο Αλήκε βγήκε από το σώμα μου σε τούτο τον κόσμο, ήξερα ότι η έμπνευσή μου ήταν σωστή. Ο Αλήκε είναι ο μικρός μου αδελφός, ο Γέρος, που ξαναγεννήθηκε σαν πνεύμα-οδηγός. Τη στιγμή που γεννήθηκε, όταν μου τον έφερε στην αγκαλιά μου η νοσοκόμα, κοιτάξαμε ο ένας τον άλλον κατάματα.
«Ω», του είπα, «εσύ είσαι, στ' αλήθεια, Γέρο;»
Ο Αλήκε μου ανταπέδωσε το βλέμμα αμέσως και τότε ήξερα ότι κι εκείνος ήξερε. Δεν ξέρω πώς να ευχαριστήσω τον Θεό που μου έκανε ένα τέτοιο δώρο, που έφερε πίσω στη ζωή τον μικρό μου αδελφό.
Κάναμε περιτομή στον Αλήκε μέσα στο νοσοκομείο, την επόμενη μέρα της γέννας. Αυτό είναι κάτι διαφορετικό από την εκτομή γυναικείων γεννητικών οργάνων, δεν έπρεπε καν να λέγεται περιτομή. Στα αγόρια γίνεται για ιατρικούς λόγους, για λόγους καθαριότητας.
Άκουσα τον Αλήκε να κλαίει όταν του έκαναν την επέμβαση, αλλά, μόλις τον πήρα στα χέρια μου, σταμάτησε. Παρ' όλα τα δυνατά, αρνητικά αισθήματα που τρέφω για το FGM, ήμουν σίγουρη ότι πράξαμε σωστά.

Ο γιος μου έχει ένα όμορφο πέος. Φαίνεται υγιές και καθαρό. Τις προάλλες μου είπε ότι έπρεπε να πάει στην τουαλέτα. «Μπορείς μόνος σου, είσαι μεγάλο αγόρι τώρα», του είπα. Εκείνος όμως επέμενε να πάω να τον δω. Το μικρό του πέος ορθωνόταν ίσιο και καθαρό, υπέροχο να το βλέπει κανείς!

Δυστυχώς, οι προσπάθειές μου να θηλάσω τον Αλήκε δεν στέφτηκαν με επιτυχία. Ήταν ένα υγιέστατο μωρό. αλλά φαινόταν σαν να μην του έφτανε το γάλα. Φώναζε κι έκλαιγε, δεν ήξερα τι να κάνω. Τα στήθη μου είχαν φουσκώσει πολύ, δεν πίστευα ποτέ ότι δεν είχα αρκετό γάλα. Εκείνος όμως έκλαιγε κι έκλαιγε. Έκανε την πλάτη του τόξο και προσπαθούσε να μου φύγει. Δεν μπορούσα να σκεφτώ πώς τα κατάφερναν η μητέρα μου και οι θείες μου. Φαινόταν τόσο εύκολο για εκείνες, δεν είχαν ποτέ πρόβλημα. Τα μωρά, απ' ό,τι καταλάβαινα, απλά ρουφούσαν. Η Γιαγιάκα και ο Ντάνα επέμεναν κι οι δυο τους:

«Δώσ' του το μπιμπερό, θα είναι καλύτερα για εκείνον».

Αφού έμεινα ξάγρυπνη τρεις νύχτες, του έδωσα το μπιμπερό κι εκείνος, απλά, το δέχτηκε. Χόρτασε, ικανοποιήθηκε κι έτσι εγκατέλειψα τις ιδέες περί θηλασμού.

Η Γιαγιάκα είπε:

«Τα έτοιμα γάλατα είναι καλύτερα για τα μωρά».

Δεν ήθελα να αρχίσω να διαφωνώ μαζί της. Ήθελα το μωρό μου να έχει ένα ευτυχισμένο χαμόγελο κι ένα γεμάτο στομάχι. Τα νεκρά παιδιά είναι τυλιγμένα στα λευκά, το χρώμα του διαβόλου, το χρώμα του πένθους.

Η μητέρα μου, όταν έπρεπε να πάει να κάνει την ανάγκη της ή να προσευχηθεί, έδινε σε μένα, στις αδελφές μου ή στις θείες μου να κρατήσουμε το παιδί. Δεν έχουμε παιδικά καρεκλάκια, σκαμνιά για μωρά ή παιδικά πάρκα. Αυτό ήταν κάτι που δεν μπορούσα να το πιστέψω! Ένα παιδί σε κλουβί είναι σαν ένα παγιδευμένο λιοντάρι ή τίγρη. Εγώ πάντοτε κρατούσα τον γιο μου στην αγκαλιά μου και του τραγουδούσα νανουρίσματα της πατρίδας μου, παρ' όλο που αυτά με έκαναν να νοσταλγώ την Αφρική.

> Ο πατέρας σέρνει την καμήλα του
> πέρα, πολύ μακριά.
> Μην ανησυχείς μωρό μου
> ο Αλλάχ θα τον ξαναφέρει
> πίσω στη φυλή μας.

Μερικές φορές έλεγα κι αυτό:

> Ο Πατέρας έχει πάει ταξίδι, ταξίδι, ταξίδι
> Η Θείτσα έχει πάει ταξίδι, ταξίδι, ταξίδι
> Ο Αδελφός έχει πάει ταξίδι, ταξίδι, ταξίδι
> Όταν γυρίσει ο Πατέρας, θα έχει μαζί του πολλά δώρα
> Όταν γυρίσει η Θείτσα, θα έχει μαζί της πολλά δώρα
> Όταν γυρίσει ο Αδελφός θα έχει μαζί του πολλά δώρα
> Όλα για το καλό μας αγοράκι.

Έμαθα στον Αλήκε να πίνει από την κούπα, όταν ήταν δύο μηνών, στην ίδια ηλικία που το είχα μάθει κι εγώ. Έβαλα λίγο γάλα σε μια κούπα και το παιδί στα γόνατά μου. Πίεζα λίγο τα μάγουλά του, ώστε το στόμα του να ανοίγει λιγάκι. Προσεκτικά, του έσταζα μέσα λίγες σταγόνες γάλα. Η Γιαγιάκα έλεγε:

«Όχι Γουόρις. Είναι πολύ νωρίς ακόμη για το παιδί να μάθει να πίνει από κύπελλο».

Πολύ παράξενο, σκεφτόμουν, αφού τα πηγαίνει μια χαρά. Την άφηνα, όμως, να τον σηκώνει και να τον ταΐζει με το μπιμπερό.

Με είδε όταν τον έπλενα στα γόνατά μου μ' ένα ζεστό πετσετάκι και προσφέρθηκε να μου δείξει πώς κάνουμε ένα «καλό μπάνιο» στο παιδί. Η Γιαγιάκα πίστευε ότι ήταν καλύτερο να τοποθετήσεις το μικρό πλασματάκι στον νεροχύτη που πλένουμε τα πιάτα. Ο Λήκι τρόμαξε κι άρχισε να φωνάζει όταν τον στρίμωξε μέσα σε εκείνη τη μεταλλική γούρνα. Χτυπούσε με τα χέρια του και κλοτσούσε με τα πόδια, προσπαθώντας να βγει από τον νεροχύτη, μέχρι που τον πήρα στην αγκαλιά μου και τον κούνησα πέρα δώθε.

Μετά το πλύσιμο των παιδιών, η μητέρα μου τα άλειφε με *σούμπακ γκε* ή βούτυρο.

Όταν είχαμε αρκετό γάλα κατσίκας ή καμήλας, η μαμά το έβαζε στο δοχείο γάλακτος, το *ντιλ.* Το *ντιλ* είναι ένα μακρόστενο, οβάλ καλάθι, πλεγμένο τόσο σφιχτά, που δεν το διαπερνάει τίποτε, ούτε καν ο ιδρώτας. Απέξω είναι τυλιγμένο με κλαδιά, που ακολουθούν το σχήμα του. Η μαμά έκλεινε ερμητικά το καπάκι και το άφηνε μια δυο μέρες, μέχρι που το γάλα γινόταν παχύρρευστο, σαν γιαούρτι. Κάτω από το *ντιλ* έβαζε ένα ύφασμα και το τύλιγε, για να ανακινείται πιο εύκολα. Όλη μέρα, ένα από τα παιδιά έπρεπε να κάνει αυτή τη δουλειά· να κουνάει το *ντιλ* πέρα δώθε. Όταν γύριζε η μαμά το απόγευμα, άνοιγε το μικρό καπάκι για να ελέγξει το περιεχόμενο. Αν έβγαινε γάλα, σήμαινε ότι δεν ήταν έτοιμο ακόμη. Αν δεν έβγαινε τίποτε, σήμαινε ότι το βούτυρο είχε γίνει κι ήταν έτοιμο. Η μαμά άνοιγε το *ντιλ* και μάζευε τους σβόλους από το *σούμπακ,* που είχαν επικαθίσει στον πάτο και στα τοιχώματα του δοχείου. Είναι ένα υπέροχο βούτυρο! Κατόπιν, μας έδινε το υπόλοιπο γάλα να το πιούμε. Κάθε φορά που η μητέρα μου έφτιαχνε *σούμπακ* ήταν μια ιδιαίτερη μέρα χαράς, γιατί σήμαινε πως υπήρχε αρκετό γάλα. Το *σούμπακ* χρησιμοποιείται για τηγάνισμα κρέατος και σαν συστατικό στη μαγειρική. Το βάζουμε στις τηγανίτες και στο τσάι. Το χρησιμοποιούμε σαν κρέμα για το σώμα και για τα μαλλιά. Η μητέρα μου το τρίβει στην επιδερμίδα των παιδιών, για να τη διατηρεί απαλή και λεία.

Μια παγερή φθινοπωρινή μέρα, όταν έμενα με την οικογένεια του Ντάνα, στερέωσα τον Λήκι στην πλάτη μου, χρησιμοποιώντας μια βαμβακερή μαντίλα. Ο Λήκι ήταν περίπου δυο ή τριών μηνών τότε. Έκανε κρύο, γι' αυτό φορούσα κι εγώ το πράσινο μπουφάν μου. Όταν κουβαλούσα τα αδελφάκια μου και τα ξαδελφάκια μου στην πλάτη, τους άρεσε πολύ και ήξεραν πώς γίνεται. Χρησιμοποίησα τη μαντίλα του κεφαλιού μου, που είναι σφιχτά πλεγμένη σα σεντόνι κρεβατιού, αλλά όχι τόσο φαρδιά. Η μαντίλα μου είναι ανοιχτοκίτρινη, με πράσινα και κόκκινα αφρικανικά σχέδια. Έσκυψα και τοποθέτησα απαλά τον Αλήκε στο επίπεδο μέρος της πλάτης μου. Καθώς δένεις σφιχτά το μαντίλι γύρω από το σώμα σου και το παιδί, κρατάς το ένα του χέρι κάτω από τη μασχάλη σου, για να μην πέσει. Περνάει πάνω από τον ώμο και κάτω από το αντίθετο χέρι, ενώ το δένεις ακριβώς στη μέση, ανάμεσα στα στήθη σου. Είναι αναπαυτικά, δεν είναι βαρύ και, επιπλέον, νιώθεις το μωρό τόσο κοντά σου, που καταλαβαίνεις την κάθε του ανάσα. Ποτέ δεν μπορούσα να καταλάβω πώς μπορούν και βάζουν τα παιδιά μόνα τους μέσα σε καρότσια. Ακόμη και πριν γεννηθεί ο Αλήκε, η γιαγιά έλεγε πως θα χρειαζόμαστε ένα παιδικό καροτσάκι. Της απάντησα:

«Δεν πιστεύω να χρειαστούμε κάτι τέτοιο».

Έδειξε έκπληκτη και είπε:

«Μα, τι εννοείς; Πώς θα πηγαίνεις για ψώνια; Πώς θα βγάζεις το μωρό βόλτα;»

Είπα:

«Εγώ θα μεταφέρω διαφορετικά το παιδί μου».

Εκείνη απάντησε:

«Άκουσέ με, Γούρις, άκου τη συμβουλή μου, είναι το πρώτο σου παιδί και, πραγματικά, μου φαίνεται ότι δεν ξέρεις τι κάνεις. Θα χρειαστείς ένα καροτσάκι. Δεν μπορείς να περπατάς κουβαλώντας παντού το παιδί».

Εγώ αντέταξα:

«Καταλαβαίνω τους δικούς σας τρόπους, εμείς, όμως, κουβαλάμε τα παιδιά μας με έναν διαφορετικό τρόπο». Εκείνη τελικά αγόρασε ένα καροτσάκι, ένα τεράστιο, άσχημο, γκρίζο. Το μισούσα, πραγματικά. Σταμάτησα να το χρησιμοποιώ λίγες βδομάδες αργότερα. Όχι από πείσμα. Τη Γιαγιάκα την αγαπούσα. Το καρότσι, όμως, ήταν μεγάλο, σαν αγελάδα. Ένιωθα περίεργα να σπρώχνω το καροτσάκι στους δρόμους. Στη Νέα Υόρκη έτσι κι αλλιώς δεν υπάρχει πολύς χώρος για τους πεζούς. Εγώ τώρα έπιανα ολόκληρο το πεζοδρόμιο κι οι άνθρωποι έπρεπε να παραμερίζουν για να περνάω. Ήταν αρκετά δύσκολο να ανεβοκατεβάζεις όλον αυτόν τον όγκο στα πεζοδρόμια. Το να μπεις, όμως, σε μαγαζί, ήταν εντελώς αδύνατον. Έπρεπε να σκύβεις να ανοίγεις την πόρτα και, συγχρόνως, γρήγορα να τραβάς μέσα το καροτσάκι, αφού πρώτα είχες περάσει εσύ. Πάντοτε ανησυχούσα μην τυχόν η πόρτα κλείσει και τσακίσει το μωρό μου. Ούτε λόγος να πάρεις το μετρό, έπρεπε να πηγαίνεις παντού με τα πόδια, ανεξάρτητα πόσο μακριά ήταν. Επιπλέον, έπρεπε να το αφήνω κάτω στην είσοδο, να κουβαλάω τον Αλήκε μέχρι το διαμέρισμα, να τον αφήνω μόνο του για να ξανατρέξω κάτω και να σύρω αυτό το ηλίθιο πράγμα κάτω από τα σκαλιά, για να μην σκοντάψει πάνω του κανείς. Αυτό είναι μια δήθεν πολυτέλεια που μπορώ να τα βγάζω πέρα και χωρίς αυτήν.

Τέλος πάντων, εκείνο το πρωί κατέβηκα τρέχοντας τα σκαλιά με τον Αλήκε στην πλάτη μου. Οι συνήθειες της παιδικής μου ηλικίας στην έρημο με ακολουθούν· πάντοτε τρέχω, ακόμη κι όταν δεν έχω συγκεκριμένο προορισμό. Το κεφαλάκι του, τόσο δα, ήταν κρυμμένο κάτω από το μπουφάν μου. Ένιωθα όμορφα. Είδα τη Γιαγιάκα στην κουζίνα, έπλενε τα πιάτα, της είπα:

«Θα σε δω αργότερα, Γιαγιάκα».

Μου φώναξε:

«Περίμενε μισό λεπτό. Πού είναι το μωρό; Είπες θα πας μια βόλτα με το παιδί. Πού 'ν' τος;»

Ήρθε μέχρι το χολ και στεκόταν με την πετσέτα για τα πιάτα στο χέρι της.

«Είναι στην πλάτη μου», είπα.

Εκείνη όμως, μα τον Θεό, δεν πίστευε τα λόγια μου. Έφερα τον Αλήκε μπροστά, περνώντας τον κάτω από τη μασχάλη μου, άνοιξα το μπουφάν και είπα:

«Νάτος, εδώ είναι».

Εκείνος την κοιτούσε με ένα φαρδύ, μωρουδίστικο χαμόγελο, όλο ευτυχία. Η κακόμοιρη γυναίκα τα 'χασε. Δεν μπορούσε να καταλάβει με ποιον τρόπο το παιδί κρεμόταν εκεί. Δεν είχε ξαναδεί τέτοιο σύστημα και δεν καταλάβαινε ότι το μωρό ένιωθε άνετα. Επέμενε ότι θα πνιγόταν και επαναλάμβανε συνεχώς:

«Σε ικετεύω, βγάλ' το αυτό το πράγμα».

Εγώ γέλασα λίγο και της είπα:

«Πηγαίνουμε μια βόλτα, θα σε δω αργότερα».

Το περιστατικό, όμως, με πείραξε. Χρειαζόμουν ανταπόκριση, προστασία, όχι κάποιον να μου λέει ότι πάω να πνίξω το παιδί μου. Θα ήθελα να με είχε ρωτήσει με ποιον τρόπο το είχα κάνει αυτό, όχι να υποθέσει ότι είναι λάθος, μόνο και μόνο επειδή ήταν αφρικανική συνήθεια.

Η γλώσσα και τα δόντια βρίσκονται πολύ κοντά.
αλλά ακόμη κι αυτά καβγαδίζουν.

ΠΑΡΟΙΜΙΑ ΤΗΣ ΣΟΜΑΛΙΑΣ

5

Ατέλειωτα ταξίδια

Το ΑΕΡΟΠΛΑΝΟ ΒΓΗΚΕ ΑΠ' ΤΑ ΣΥΝΝΕΦΑ και προσγειώθηκε στον διάδρομο, δίπλα στα χαμηλά και γκρίζα κτίρια του αεροδρομίου του Άμστερνταμ. Χαμογέλασα, παρ' όλο που η μέρα ήταν σκοτεινή και καταθλιπτική. Έξω από την πύλη των αφίξεων, μπορούσα να διακρίνω μια λεπτή, ψηλόσωμη φιγούρα, που σαν αγκάθι, προεξείχε πάνω απ' το πλήθος. Ήταν ο αδελφός μου, δεν χωρούσε αμφιβολία, με ύψος πάνω από ένα κι ενενήντα. Είχε έρθει μ' ένα φίλο του. Το χαμόγελό του ήταν το πιο φαρδύ χαμόγελο που έχω δει ποτέ μου. Τα μάτια του είχαν το χρώμα της Αφρικής, βαθύ καφετί, σκοτεινά, μυστηριώδη. Ο Μοχάμεντ, για κάμποσο καιρό, όταν είχε αποδράσει απ' το Μογκαντίσου, λιμοκτονούσε. Είχε μείνει χωρίς φαΐ, χωρίς νερό, χωρίς ελπίδα. Τώρα, δεν έδειχνε τόσο λιπόσαρκος, αλλά φαινόταν ακόμη κυνηγημένος και πεινασμένος. Το κάτω του χείλος ήταν ακόμη σκισμένο στα δύο, σημάδι από την εξοντωτική δίψα στις φυλακές του Μογκαντίσου. Δεν πιστεύω ότι αυτά τα σημάδια της φυλακής θα φύγουν ποτέ από πάνω του. Ο Μοχάμεντ φορούσε στρογγυλά γυαλιά και, καθώς πλησιάζαμε, μας παρατηρούσε, σαν καμήλα που περιμένει δίπλα στο πηγάδι να την ποτίσεις.

91

Μ' άρεσε που ξανάσφιξα τον αδελφό μου στην αγκαλιά μου, τον χάιδεψα και τον χαιρέτησα στα σομαλικά. Ο Αλήκε κοίταξε τον πανύψηλο θείο του, με ορθάνοιχτα μάτια, γεμάτα απορία. Ο Μοχάμεντ τον άρπαξε, τον σήκωσε στον αέρα και τον έβαλε στους ώμους του. Ο Αλήκε ξεφώνισε μ' ευχαρίστηση.

Όταν φτάσαμε στο λιτό διαμέρισμα του Μοχάμεντ, μια ώρα με τ' αυτοκίνητο απ' το Άμστερνταμ, η Ντούρα μας περίμενε στην εξώπορτα. Ήταν ακριβώς όπως την περίμενα, ακριβώς όπως την είχα φανταστεί. Μια γυναίκα με στρογγυλό πρόσωπο που, όταν γελάει, τα μάτια της λαμποκοπούν. Ψηλή, σαν τον αδελφό μου. Πιστεύω ότι ταιριάζουν. Η Ντούρα φορούσε ένα σομαλικό φόρεμα κι είχε τα μαλλιά της τυλιγμένα σε μαντίλα. Αμέσως μόλις μπήκα με αγκάλιασε, ενώ, όταν μας σύστησε ο Μοχάμεντ, εκείνη έσφιξε τα χέρια μου. Καθώς μου έδειχνε το διαμέρισμα και τον χώρο όπου θα κοιμόμαστ   αν, με κρατούσε όλη την ώρα απ' το μπράτσο. Μπορούσα να νιώσω τη ζέστα της και τη δύναμή της. Η Ντούρα κατάγεται κι αυτή απ' τη φυλή των *Ντάαροντ*. Έχει δυο παιδιά από προηγούμενο γάμο, ένα αγοράκι κι ένα κοριτσάκι. Ο γιος της, που τότε ήταν έντεκα χρόνων, λέγεται Μοχάμεντ. Στη Σομαλία, παραδοσιακά, στον πρώτο γιο δίνουν το όνομα του Προφήτη. Η κόρη της Ζάρα, δέκα χρόνων, δεν θα αργούσε να φτάσει τη μητέρα της στο μπόι. Ο πρώτος σύζυγος της Ντούρα εξαφανίστηκε μέσα στον γενικό παραλογισμό που επικρατούσε τότε στο Μογκαντίσου, ακόμη κι η οικογένειά του είχε χάσει τα ίχνη του. Μια νύχτα, ένας όλμος χτύπησε το σπίτι τους. Το μισό σπίτι γκρεμίστηκε κι έπεσε στον δρόμο. Η Ντούρα μαζί με τα παιδιά κατέφυγαν στο Κισμάγιου κι από κει με πλοίο στους προσφυγικούς καταυλισμούς, στη Μομπάσα. Όταν έφτασε στην Ολλανδία, εγκατέλειψε την ελπίδα ότι κάποτε θα ξανάβρισκε τον άντρα της. Αφού συμβουλεύτηκε μέλη της φυλής του κι εκείνοι συμφώνησαν μαζί της, πήρε διαζύγιο.

Τα παιδάκια κρύβονταν ντροπαλά πίσω απ' το φόρεμα της μαμάς τους και με κοιτούσαν μ' απαλό βλέμμα. Περιεργάζονταν τον Λήκι με πλατιά χαμόγελα ζωγραφισμένα στα πρόσωπά τους. Εκείνος, χωρίς να γυρίσει να με κοιτάξει, έτρεξε να παίξει μαζί τους. Ήμουν τόσο χαρούμενη που σχεδόν δάκρυσα. Πάντοτε ήθελα ο Αλήκε να 'χει ένα σωρό ξαδελφάκια, να παίζουν, να τρέχουν από δω κι από κει, να κάνουν αταξίες. Όπως κι εγώ, όταν ήμουν μικρή. Ο Αλήκε, μπήκε αμέσως στην παρέα, σαν να τους γνώριζε όλη του τη ζωή.

Η Ντούρα κι εγώ καθίσαμε να πιούμε τσάι με αρωματικά βότανα.

«Ανησυχώ που θ' αφήσω τον Αλήκε μόνο του, για να κάνω αυτό το ταξίδι», εξομολογήθηκα.

«Γουόρις», είπε εκείνη, χαϊδεύοντάς μου το χέρι, «θα περάσει καλά μαζί μας».

«Έχει κάτι σπυράκια στο κεφάλι του που δεν λένε να φύγουν», της είπα. Φώναξα τον Αλήκε να 'ρθει κοντά. Η Ντούρα έψαξε το κεφάλι του κι έσπασε ένα απ' τα σπυράκια, για να βγει το πύον. Ο Λήκι δεν φαινόταν να νοιάζεται, ήθελε μόνο να πάει πίσω, να συνεχίσει το παιχνίδι με τα ξαδελφάκια του.

«Κι ο γιος μου τα 'χε αυτά», είπε η Ντούρα, «αν δεν φύγουν σε λίγες μέρες, μπορώ να τον πάω σε γιατρό. Εδώ στην Ολλανδία, η ιατρική περίθαλψη είναι τζάμπα κι οι γιατροί είναι πολύ ευγενικοί μαζί μας».

«Τζάμπα;»

Έμεινα έκπληκτη.

«Στη Νέα Υόρκη πλήρωσα πάνω από εκατό δολάρια στον γιατρό κι η αλοιφή που μου έδωσε δεν βοήθησε καθόλου».

«Εδώ, δεν πληρώνουμε. Μας δίνουν δωρεάν το διαμέρισμα, μας πληρώνουν τα έξοδα διατροφής, αλλά ο Μοχάμεντ δεν επιτρέπεται να δουλέψει, έχει μονάχα προσωρινό προσφυγικό άσυλο, που σημαίνει ότι μπορούμε

93

να μείνουμε εδώ μέχρι να βελτιωθεί η κατάσταση στη Σομαλία. Δεν έχουμε άδεια μόνιμης παραμονής. Βρισκόμαστε συνέχεια σε αναμονή. Έχω πια πάψει να πιστεύω ότι κάποτε θα τον αφήσουν να δουλέψει ή να κάνει επαγγελματική μετεκπαίδευση. Ο Μοχάμεντ, κατά βάθος, δεν θέλει να ξαναγυρίσει μόνιμα στη Σομαλία».

Α, έτσι! σκέφτηκα. Ώστε τα δάκρυα που χύνει για τη Σομαλία είναι κροκοδείλια.

Το επόμενο πρωί ο Μοχάμεντ κι εγώ κατεβήκαμε στο κέντρο, να τακτοποιήσουμε τα εισιτήριά μας για την Αφρική. Φορούσα μια τυλιχτή, βαμβακερή φούστα που, ορισμένες φορές, όταν φυσούσε ο αέρας, άνοιγε από μπροστά αποκαλύπτοντας τα πόδια μου. Επίσης, φορούσα πουλόβερ, μπουφάν, κάλτσες και μπότες, γιατί έκανε αρκετό κρύο. Καθώς βγαίναμε απ' το διαμέρισμα ο αδελφός μου με κοίταξε λοξά και ρώτησε:

«Αυτά θα φορέσεις;»

«Ναι, γιατί;» του απάντησα.

«Δεν μ' αρέσει αυτή η φούστα».

«Τότε, πάω πίσω να βάλω το μπλουτζίν».

Γούρλωσε τα μάτια του κι αναφώνησε:

«Όχι! Αυτό είναι ακόμη χειρότερο».

Σταμάτησα να περπατάω και τον κοίταξα επίμονα στα μάτια.

«Τι έχεις πάθει;» τον ρώτησα.

«Δεν έχεις τίποτ' άλλο να φορέσεις;» είπε εκείνος, «μονάχα ένα μπλουτζίν κι αυτήν τη φούστα;»

«Αγαπημένε μου αδελφέ», του αντέτεινα, «ζούμε σε χειμωνιάτικο κλίμα, δεν ξέρω τι ακριβώς έχεις στο μυαλό σου, πάντως αυτά είναι τα ρούχα μου, αυτά φοράω».

«Πηγαίνουμε σ' ένα σομαλικό, ταξιδιωτικό γραφείο για να πάρουμε εισιτήρια για τη Σομαλία», αναστέναξε εκείνος εκνευρισμένα, «θα με ντροπιάσεις, αν δείξεις τα πόδια σου μ' αυτόν τον τρόπο. Δεν έχεις κάτι να βάλεις από κάτω;»

«Θέλεις ν' αρχίσουμε να καβγαδίζουμε, πρώτη μέρα, ακόμη δεν βγήκαμε απ' το σπίτι;» του είπα. «Δεν πρόκειται να συμπεριφερθώ σαν Σομαλή γυναίκα, να σκεπάζω ολόκληρο το σώμα μου και να μην λέω κουβέντα. Βλέπω, ότι αυτό απαιτείς απ' την Ντούρα, δικαίωμά σου, αλλά στο λέω από τώρα, εγώ δεν θα το δεχτώ».

«Γουόρις, δεν ξέρεις πώς είναι τα πράγματα εδώ», επέμενε εκείνος.

«Πάψε», του είπα. «Εγώ έφυγα απ' το σπίτι όταν ήμουν μικρή και τα 'χω καταφέρει μόνη μου. Ούτε εσύ, ούτε κανένας άλλος άντρας δεν θα μου λέει πώς να ντύνομαι ή κάτι τέτοιο. Πληρώνω η ίδια τους λογαριασμούς μου, ενώ εσύ μου ζητάς χρήματα, συνέχεια. Γνωρίζω πολύ καλά ότι τα πόδια στη Σομαλία, θεωρούνται το πιο ερωτικό μέρος του σώματος και είναι πάντα σκεπασμένα. Τώρα, όμως, βρισκόμαστε στην Ολλανδία, πρέπει να προσαρμοστείς».

Ο Μοχάμεντ με κοίταξε κατάπληκτος. Δεν πιστεύω ότι υπήρξε γυναίκα να του είχε ποτέ αντιμιλήσει μ' αυτόν τον τρόπο. Τα μάτια του είχαν πάρει το σχήμα των γυαλιών του.

Πριν φύγω απ' τη Νέα Υόρκη, είχα αγοράσει ταξιδιωτικές επιταγές της Αμέρικαν Εξπρές. Θα ταξιδεύαμε σε τόσα μέρη, δεν ήθελα να το διακινδυνέψω να πάρω μαζί μου μετρητά. Έπρεπε, λοιπόν, πρώτα απ' όλα να πάμε σε μια τράπεζα, να χαλάσω τουλάχιστον τέσσερα χιλιάρικα. Πήραμε το τρένο για το κέντρο και πήγαμε στη μεγαλύτερη τράπεζα του Άμστερνταμ. Ήταν ένα ολόλευκο κτίριο, με επιβλητικές κολόνες και μια μπρούντζινη πόρτα. Η ουρά για το ταμείο του συναλλάγματος ήταν τεράστια. Όταν ήρθε η σειρά μου, έδωσα στον υπάλληλο τις επιταγές και το διαβατήριό μου. Ήταν ένας χλωμός άντρας, με παχύ λαιμό και κόκκινη μύτη, με κοίταξε μέσα απ' το τζάμι του ταμείου και με ρώτησε:

«Δικές σας είναι αυτές οι επιταγές;»

«Φυσικά είναι δικές μου».

«Μπορείτε να υπογράψετε εδώ;» μου είπε και μου πέρασε ένα χαρτί κάτω απ' το τζάμι της θυρίδας.

Αφού έβαλα την υπογραφή μου, εκείνος περιεργάστηκε το χαρτί, γυρίζοντάς το στα χέρια του αρκετές φορές. Κατόπιν, είπε:

«Δυστυχώς, φοβάμαι ότι αυτές οι υπογραφές δεν ταιριάζουν μεταξύ τους».

«Αυτό είναι το διαβατήριό μου. Τ' όνομα είναι το ίδιο, η υπογραφή είναι η ίδια».

Στο σακίδιό μου είχα επιπλέον επιταγές, αξίας, τουλάχιστον, πέντε χιλιάδων δολαρίων. Τον ρώτησα αν ήθελε να τις δει. Παρ' όλο που δεν έχω πάει σχολείο και ποτέ μου δεν είχα κάποιον δάσκαλο να μου μάθει να γράφω, τ' όνομά μου, τουλάχιστον, ξέρω να το γράφω σωστά.

Ο λαιμός του υπαλλήλου κοκκίνισε.

«Όχι, δεν μπορώ να εγκρίνω αυτήν τη συναλλαγή. Πρέπει να πάτε αλλού να αλλάξετε τα χρήματά σας», είπε.

«Μα, αφού η υπογραφή είναι σωστή».

Με κοίταξε μ' ένα παγωμένο βλέμμα και, αργά αργά, επανέλαβε:

«Δεν ταιριάζουν».

Όρθωσα τ' ανάστημά μου λέγοντάς του:

«Θα ήθελα να δω τον προϊστάμενο, παρακαλώ».

Τα μάτια του στένεψαν, σαν να 'χε μόλις βγει στον ήλιο, ενώ με πολύ επίσημη φωνή μου ανακοίνωσε:

«Εγώ είμαι ο προϊστάμενος».

Ήξερα ότι δεν ήταν ο προϊστάμενος, έλεγε ψέματα. Ο Μοχάμεντ με σκούντηξε στο χέρι, ήθελε να φύγουμε.

«Πάμε», μου ψιθύρισε, «το βλέπεις, δεν ταιριάζουν οι υπογραφές, πάμε να φύγουμε από δω πέρα».

Όταν είδε ότι έμενα ακίνητη, άρχισε ν' ανησυχεί.

«Δεν βλέπεις; Οι υπογραφές δεν ταιριάζουν», είπε, μαζεύοντας γρήγορα τις επιταγές απ' το ταμείο. «Έλα τώρα, δεν πειράζει, πάμε να φύγουμε».

Δεν μπορούσα να το πιστέψω ότι τα παρατούσε τόσο εύκολα.

«Σταμάτα!» του είπα.

Μου ερχόταν να τον βαρέσω, έτσι που έκανε σαν μικρό παιδάκι. Βαριανασαίνοντας, του τσίριξα:

«Μη μου μιλάς μ' αυτόν τον τρόπο! Ξέρω τι κάνω».

Κατόπιν, γύρισα προς τον δήθεν προϊστάμενο:

«Και πού μου συστήνετε να πάω;»

Ο δήθεν προϊστάμενος είπε:

«Υπάρχει μια τράπεζα της Αμέρικαν Εξπρές στην άλλη άκρη της πόλης. Εκεί θα μπορέσουν να ελέγξουν αν είναι γνήσιες οι επιταγές σας».

Μας είπε να πάρουμε το τάδε τρένο, ν' αλλάξουμε στον τάδε σταθμό, να πάμε στην τάδε περιοχή, όπου πρέπει να περπατήσουμε έξι τετράγωνα, να στρίψουμε αριστερά και στη μέση κάποιου δρόμου...

«Θα χάσουμε όλη τη μέρα μας, τρέχοντας από δω κι από κει, μόνο και μόνο επειδή εσείς δεν πιστεύετε ότι η υπογραφή μου είναι γνήσια;» του είπα. Με κοιτούσε επίμονα. Όταν είδε ότι δεν έφευγα απ' τη μέση, έγνεψε στον επόμενο πελάτη να περάσει στο ταμείο. Ο Μοχάμεντ είχε ήδη αρχίσει να κάνει όπισθεν κατευθυνόμενος προς την έξοδο. Ήξερα ότι έπρεπε ή να βάλω τις φωνές ή να σηκωθώ να φύγω. Τι θα μπορούσα, όμως, να πω σ' έναν άνθρωπο σαν κι αυτόν; Σηκώθηκα κι έφυγα.

Σ' όλη τη διαδρομή προς την άλλη τράπεζα, ο αδελφός μου με ψεγάδιαζε, λέγοντας ότι εγώ έφταιγα:

«Αφού δεν ακούς τι σου λένε», γκρίνιαζε. «Πρέπει πάντα να κοιτάς και ν' ακούς τι γίνεται γύρω σου. Οι υπογραφές φαίνονταν διαφορετικές».

«Ναι, αλλά ήταν διαφορετικό και το στυλό», μουρμούρισα. «Επίσης, απ' ό,τι θυμάμαι, στη Νέα Υόρκη για να υπογράψω, χρησιμοποίησα το αριστερό μου χέρι, ενώ εδώ το δεξί».

Μας πήρε αρκετή ώρα να πάμε στην άλλη τράπεζα, έπρεπε ν' αλλάξουμε πολλά τρένα και να περιμένουμε τις ανταποκρίσεις στους σταθμούς. Ο Μοχάμεντ συνέχιζε να με επικρίνει, αλλά εγώ δεν έλεγα τίποτε. Πιστεύω ότι πρέπει να υπερασπίζεσαι τον εαυτό σου και να μην αφήνεις τους άλλους να σε ταλαιπωρούν χωρίς λόγο. Δεν ήθελα, όμως, ν' αρχίσω κι άλλον καβγά ο Μοχάμεντ, έτσι κι αλλιώς, δεν θα μ' άκουγε.

Η άλλη τράπεζα ήταν παράρτημα της Αμέρικαν Εξπρές κι εκεί δεν είχαν κανένα πρόβλημα με την υπογραφή στις επιταγές μου. Ο υπάλληλος πήρε τις επιταγές και είπε:
«Πώς τα θέλετε τα χρήματα;»
Τίποτε άλλο δεν ρώτησε. Του ανέφερα τι είχε γίνει στην προηγούμενη τράπεζα. Έδειξε έκπληκτος.
«Αλήθεια! Γιατί δεν ήθελαν να εξοφλήσουν τις επιταγές σας; Ποιο ήταν το πρόβλημα;» ρώτησε.
«Δεν έχω ιδέα. Ίσως ο κύριος δεν συμπαθεί τους Αφρικανούς».

Κατόπιν βιαστήκαμε να πάμε στο γραφείο, όπου, σύμφωνα με τον αδελφό μου, θα βρίσκαμε φτηνά εισιτήρια. Και πάλι, δεν τον ρώτησα γιατί τόση βιασύνη, απλά τον άφησα να με οδηγεί όπως ήθελε.
Ο Μοχάμεντ με πήγε σ' ένα σομαλικό γραφείο, με μουσική, χάρτες κι άλλα διάφορα απ' την πατρίδα μας. Ήθελα να ρίξω μια ματιά γύρω γύρω, αλλά ο αδελφός μου δεν είχε καθόλου υπομονή.
«Κάτσε εκεί», μου είπε, «μπορεί να σε χρειαστώ».
Δεν είχα ποτέ μου ξαναδεί κάτι τέτοιο, δεν είχα ξαναδεί τον αδελφό μου να κάνει κάτι. Πηγαινοερχόταν πέρα

δώθε μιλώντας μ' έναν φίλο του και κάποιους άλλους άντρες. Στεκόταν όρθιος, αλλάζοντας συνέχεια τη θέση των ποδιών του. Δεν άντεχα να τον βλέπω σ' αυτήν την κατάσταση. Βγήκα έξω, παρ' όλο που είχε υγρασία κι έκανε κρύο. Σε λίγο ήρθε κι ο Μοχάμεντ μ' έναν φίλο του, τον Αλί. Όλοι μαζί έπρεπε να τρέξουμε σ' ένα άλλο ταξιδιωτικό γραφείο, στην ίδια περιοχή. Τα εισιτήρια κόστιζαν περίπου δυο χιλιάδες δολάρια το ένα. Έβγαλα κι έδωσα τα μετρητά στον αδελφό μου. Αυτός ήταν ο ρόλος μου, να δίνω χρήματα. Αγοράσαμε εισιτήρια για το Μποσάσο, στην κεντρική Σομαλία. Επειδή σε δεκατρείς μέρες έπρεπε να 'μαι πίσω στη Νέα Υόρκη, ρώτησα αν μπορούσαμε να πάρουμε μια κατ' ευθείαν πτήση, την επόμενη κιόλας μέρα. Ο πράκτορας μού είπε πως δεν υπάρχουν κατ' ευθείαν πτήσεις για τη Σομαλία. Δεν υπάρχει κάτι τέτοιο, για οποιοδήποτε αεροδρόμιο της χώρας. Έπρεπε να περιμένουμε μέχρι το Σάββατο. Πρωινή πτήση για το Λονδίνο κι από κει, αλλάζοντας δυο φορές αεροπλάνο, θα φτάναμε στο Μποσάσο.

Από το Ναϊρόμπι στο Μογκαντίσου υπάρχουν μόνο λίγες ανταποκρίσεις κάθε βδομάδα, οι οποίες, μάλιστα, όταν στη σομαλική πρωτεύουσα ξεσπούν ένοπλες συγκρούσεις, ματαιώνονται. Στο μεταξύ, δεν υπάρχει ασφαλής τρόπος να πάει κανείς οδικώς από την Κένυα ή την Αιθιοπία στη Σομαλία. Εκτός κι αν συμμετέχεις σε κομβόι διεθνούς υποστήριξης προσφύγων, αλλά κάτι τέτοιο δεν είχα καταφέρει να το οργανώσω, μέσα απ' τις επαφές μου στον ΟΗΕ. Πρόσφατα είχε γίνει επίθεση από κάποιους ένοπλους εναντίον μιας κυβερνητικής αντιπροσωπείας, που θα συμμετείχε σε ειρηνευτικό συνέδριο, με αποτέλεσμα να σκοτωθούν εννέα άτομα. Ο Μοχάμεντ είχε ακούσει από πρόσφυγες στο Άμστερνταμ πολλές ιστορίες για τους κινδύνους που διατρέχει κανείς, ταξιδεύοντας οδικώς στη Σομαλία. Παντού υπάρχουν συμμορίες ληστών, που λέγονται σίφτα. Διαθέτουν κάθε είδους οπλισμό, ελαφρύ και βαρύ. Στήνουν ενέδρες σ' ανθρώπους που προσπαθούν να εγκαταλείψουν τη χώρα, ειδικά αν τους υποπτεύονται ότι έχουν μαζί τους λεφτά. Ή δίνεις ό,τι έχεις και δεν έχεις ή σ' εκτελούν επιτόπου. Οι φίλοι του Μοχάμεντ μας είπαν ότι η πτήση για το Μπορσάσο ήταν ο πιο σίγουρος τρόπος να φτάσει κανείς στη Σομαλία. Κι όσο πιο βόρεια, τόσο πιο λίγα προβλήματα θ' αντιμετωπίζαμε. Ο Μοχάμεντ κι ο Αλί επέμεναν ότι όντως αυτός ήταν ο καλύτερος τρόπος. Κι έτσι αγόρασα τα εισιτήρια.

«Πώς θα πάμε απ' το Μποσάσο στην οικογένειά μας;» ρώτησα τον Μοχάμεντ.

«Μπορούμε να νοικιάσουμε αυτοκίνητο στο αεροδρόμιο και να πάμε στο Γκελκάγιο. Η μαμά μένει σ' ένα χωριό, εκεί κοντά», είπε εκείνος. «Θέλω να μείνω μακριά απ' το Μογκαντίσου».

Ο αδελφός μου δεν ήθελε ούτε καν να πλησιάσουμε το Μογκαντίσου. Ούτε καν να πετάξουμε από πάνω με το αεροπλάνο.

«Εκείνοι οι άχρηστοι αξιωματικοί δεν μπορούν να ξεχωρίσουν ένα επιβατικό, από ένα στρατιωτικό αεροπλάνο», είπε ο Μοχάμεντ. «Αν βαριούνται ή είναι φτιαγμένοι και δεν βλέπουν την τύφλα τους, πυροβολούν οτιδήποτε, εκτός από λαθρεμπόρους κχατ».

«Και με τι πυροβολούν;»

«Γουόρις, έχουν πυραύλους Σκουντ», μου απάντησε, σαν να 'μουν καμιά χαζή. «Πρώτον, οι πύραυλοι είναι παλιοί κι επικίνδυνοι. Δεύτερον, βρίσκονται στα χέρια ανεκπαίδευτων, απελπισμένων ανθρώπων, που υπακούν σε διαταγές άλλων, ακόμη πιο τρελών».

«Μοχάμεντ», ρώτησα, «τι έχει απογίνει το Μογκαντίσου;»

Όταν ήμουν μικρή, μου φάνταζε η ομορφότερη πόλη του κόσμου. Το Χαμαβάιν, το πιο παλιό τμήμα της πόλης, βρίσκεται στις ακτές του Ινδικού Ωκεανού. Κατέβαινα συχνά στην παραλία, περπατούσα στην άμμο και θαύμαζα τα διώροφα και τριώροφα αρχοντικά κτίρια, που έλαμπαν στο φεγγαρόφωτο. Πριν πάω στο Μογκαντίσου, ποτέ μου δεν είχα ξαναδεί σκαλοπάτια. Ο θείος μού έλεγε ότι η πόλη ήταν πιο όμορφη απ' τη Μομπάσα και τη Ζανζιβάρη. Δεν είχα λόγο να αμφισβητήσω αυτά που έλεγε. Τα σπίτια τα είχαν χτίσει σουλτάνοι, που εμπορεύονταν με την Κίνα, την Περσία, την Ινδία. Μετέφεραν τις πραμάτειες με φελούκες, που διέσχιζαν τον Ινδικό Ωκεανό. Ένα απ' τα σπίτια το έλεγαν «Μέλι γάλα». Ο σουλτάνος που το είχε χτίσει ήταν τόσο πλούσιος, που είχε βάλει μέλι και γάλα στη λάσπη της οικοδομής. Το χρώμα του αρχοντικού ήταν χρυσαφί, με φόντο το βαθύ γαλάζιο της θάλασσας. Ο κόσμος έλεγε ότι το σπίτι αυτό ποτέ δεν θα γκρεμιζόταν, γιατί ήταν φτιαγμένο με τόσο γερή λάσπη. Η θεία μου έλεγε ότι στον πάνω όροφο υπήρχε ένας διάδρομος με τέσσερις σκαλιστές πόρτες σε κάθε πλευρά. Πίσω απ' αυτές τις πόρτες, που άνοιγαν μόνο απ' έξω, ο Σουλτάνος κρατούσε κλειδωμένο το χαρέμι του.

«Γουόρις», είπε ο Μοχάμεντ, «σχεδόν ολόκληρη η πόλη είναι ερειπωμένη. Εκεί που κάποτε υπήρχαν κτίρια, τώρα υπάρχουν μόνο χαλάσματα. Οι δρόμοι είναι γεμάτοι από καμένα φορτηγά και σωρούς από πέτρες, που είχαν χρησιμοποιηθεί για οδοφράγματα. Οι στρατιώτες, φτιαγμένοι με κχατ, έβγαιναν έξω κι έριχναν αδιακρίτως χειροβομβίδες στα σπίτια, για να διασκεδάζουν. Τους άρεσε να βλέπουν τα πάντα να γκρεμίζονται. Οι άθλιοι».

«Αλλάχ».

«Όλοι τους ήταν τόσο τρελαμένοι από κχατ κι άλλα ναρκωτικά, δεν ήξεραν τι έκαναν, δεν ήθελαν να ξέρουν. Τ' απογεύματα, τις ώρες που μασούσαν το κχατ, η πόλη ήταν ήσυχη. Το κακό άρχιζε λίγο αργότερα, μετά τη δύση του ήλιου. Μόλις περνούσε η επίδραση των ναρκωτικών, όλα πάλι ησύχαζαν».

101

Τα μάτια του Μοχάμεντ άστραφταν. Ένιωθα ότι βαθιά μέσα σ' αυτόν τον άνθρωπο υπήρχε μεγάλος θυμός και πολλή οργή. Όταν μιλούσε γι' αυτά τα πράγματα, λες κι είχε στερέψει η χαρά μέσα του, έμοιαζε γερασμένος, καταπονημένος. Κάτι μέσα του ήταν νεκρό, τελειωμένο. Ίσως γι' αυτό δεν έβλεπα την κοιλιά της Ντούρα να φουσκώνει με καινούργια ζωή, μ' ένα παιδί του Μοχάμεντ.

Όταν επιστρέψαμε στο διαμέρισμα του Μοχάμεντ, άκουσα τον Αλήκε, στο πίσω δωμάτιο, να παίζει με τα ξαδελφάκια του. Παρ' όλο που τ' άλλα παιδιά ήταν μεγαλύτερα, εκείνος τα κυνηγούσε από δω κι από κει. Ο γιος μου είναι ένας μικρός πολεμιστής, ένας αληθινός Σομαλός, ένας Αφρικανός. Η λέξη άντρας στα σομαλικά σημαίνει και πολεμιστής. Κοντά στον αδελφό μου θυμήθηκα πώς ήταν οι Σομαλοί άντρες. Ένας τέτοιος υπήρχε και μέσα στον γιο μου. Στην έρημο, όπου μεγάλωσα, οι άντρες ήταν είτε πολεμιστές είτε βοσκοί. Οι πολεμιστές θεωρούνται ανώτεροι κι ο μικρός Αλήκε μου ήταν, χωρίς αμφιβολία, ένας πολεμιστής.

Φοβόμουν ότι μεγαλώνοντας θα ένιωθε μοναξιά, όπως κι εγώ, ότι θα ένιωθε διαφορετικός και δεν θα είχε την αίσθηση της οικογενειακής του κληρονομιάς. Ήταν μέλος μιας δυνατής και σπουδαίας φυλής. Ήθελα να τον πάρω μαζί μου πίσω στην πατρίδα, να τον παρουσιάσω στη μητέρα μου, τη γιαγιά του, για να τη γνωρίσει προσωπικά κι όχι μονάχα με τ' όνομά της. Την προσωπικότητά της, τη σχέση της με τη ζωή, τις γνώσεις της, όλ' αυτά ήθελα να δείξω στον γιο μου. Είναι δυνατόν να νιώσει περήφανος για τον εαυτό του, αν δεν νιώθει περήφανος για την καταγωγή του; Θα 'θελα να γνωρίσει την οικογένειά του στην Αφρική, αλλά ήξερα ότι δεν υπήρχε περίπτωση να τον πάρω μαζί μου, τον μονάκριβο γιο μου, που τον αγαπούσα περισσότερο απ' τον ίδιο μου τον εαυτό. Το μόνο που μπορούσα να κάνω ήταν να ελπίζω σ' ένα πετυχημένο κι ειρηνικό ταξίδι, που θα μας φέρει πίσω σώους κι ασφαλείς. Όσο περισσότερο ο Μοχάμεντ μιλούσε για σφαίρες στο Μογκαντίσου και για ληστές στα σύνορα της Αιθιοπίας, τόσο πιο πολλή ανησυχία και φόβο ένιωθα μέσα μου.

Ίνσαλλαχ, αν θέλει ο Θεός, θα πάω μια άλλη φορά μαζί με τον Αλήκε. Θέλω η μητέρα μου να δει πόσο ο γιος μου μοιάζει με τον Γέρο, τον μικρό μου αδελφό που πέθανε. Ο Αλήκε είναι φτυστός ο Γέρος, του μοιάζει στα πάντα, ακόμη και στη συμπεριφορά. Αν της το 'λεγα δεν θα με πίστευε, πρέπει να τον δει με τα ίδια της τα μάτια. Έτσι, αποφάσισα να μην της πω τίποτε.

Έδειξα στην Ντούρα τα ρούχα που είχα φέρει μαζί μου και γελάσαμε όταν της περιέγραψα τις δυσκολίες που είχα στη Νέα Υόρκη να βρω κάτι να φορέσω για το ταξίδι μου.

«Ο Μοχάμεντ ποτέ δεν θα μ' άφηνε να φοράω τέτοια τυλιχτή φούστα», είπε.

«Κι εγώ νόμιζα ότι δεν ήθελε πια να γυρίσει στη Σομαλία», της είπα. «Γιατί δεν ντύνεσαι σαν τις Ολλανδέζες;»

Η Ντούρα μου χαμογέλασε διστακτικά.

«Θα δούμε», είπε. Τη ρώτησα αν υπήρχαν μαγαζιά με σομαλικά φορέματα στην περιοχή. Μου είπε ότι τα φορέματα εκεί τα έφτιαχναν οι ίδιες οι γυναίκες και μου πρότεινε να δανειστώ κάποια απ' τα δικά της ρούχα για το ταξίδι. Μου έδωσε μια *ντίραχ,* με λουλούδια στο αγαπημένο μου χρώμα, το έντονο κίτρινο. Μου έδωσε να βάλω από κάτω ένα γαλάζιο μεσοφόρι, ασημοκέντητο. Μου έδωσε και μια ταιριαστή, λουλουδάτη, μεταξωτή μαντίλα, για να σκεπάζω κεφάλι και πρόσωπο. Όταν τα φόρεσα όλα αυτά, η Ντούρα ανήγγειλε ότι τώρα, πραγματικά, έμοιαζα με μια καθώς πρέπει Σομαλή κυρία, μόνο τα μάτια μου είχαν μείνει ακάλυπτα. Έκανα

τον γύρο του δωματίου, κατεβάζοντας κι άλλο τη μαντί-
λα, για να φανεί το χαμόγελό μου. Το φόρεμα θρόιζε και
τυλιγόταν γύρω απ' τα πόδια μου. Παραλίγο να πατήσω
τον Αλήκε, που εκείνη τη στιγμή έμπαινε μέσα στο δω-
μάτιο για να δει προς τι τα γέλια και τα χαχανίσματα.

Από μικρή είχα δυσκολίες μ' αυτά τα μακριά φορέμα-
τα. Μια νύχτα, ο πατέρας μου μας ξύπνησε και μας είπε
ότι πρέπει να ξεστήσουμε τον καταυλισμό και να κινή-
σουμε για καινούργιο βοσκότοπο. Η μητέρα μου κι εγώ
σηκώσαμε τις ψάθες που κάλυπταν τον σκελετό του
στρογγυλού μας σπιτιού, τις τυλίξαμε και τις τακτοποιή-
σαμε. Εκείνη μόνη της έβγαλε απ' την άμμο τους πασσά-
λους του σπιτιού κι όλα μαζί τα φόρτωσε στη ράχη μιας
καμήλας. Σε μια άλλη καμήλα φορτώσαμε τα ζεμπίλια
για το γάλα και τ' ασκιά με το νερό. Ο πατέρας μου οδη-
γούσε τις καμήλες, ενώ οι υπόλοιποι ακολουθούσαμε,
προσέχοντας τα γιδοπρόβατα. Βαδίζαμε με γοργό ρυθμό,
χωρίς διαλείμματα, από τα μεσάνυχτα κι όλη την επόμενη
μέρα, μέχρι που ο ήλιος άρχισε να δύει πίσω από τους γα-
λάζιους, απόμακρους λόφους. Τότε, ο πατέρας μου έκανε
σήμα να σταματήσει το καραβάνι. Είχαμε φτάσει σ' έναν
καινούργιο, χορταριασμένο, κομμάτι γης, που θα μας φι-
λοξενούσε μέχρι να ξαναγεμίσει το φεγγάρι.

Ο πατέρας μου είπε ότι κάπου εκεί κοντά υπήρχε ένα
πηγάδι, που ανήκε στη φυλή μας. Πρώτα, όμως, όπως
πάντα, έπρεπε να περιφράξουμε έναν χώρο για τις κα-
τσίκες και τις καμήλες. Ο πατέρας μού είπε:

«Γουόρις, πάμε να φέρουμε ξερόκλαδα, να φτιάξου-
με ένα μαντρί εδώ για τα ζώα, πριν σκοτεινιάσει». Μου
φαινόταν σαν να μην υπήρχε ούτε ένα δέντρο ή ένας θά-
μνος χωρίς αγκάθια, σ' ολόκληρη τη Σομαλία. Ήξερα ότι
θα κατέληγα με γρατζουνιές παντού, μετά το κουβάλη-
μα. Ο πατέρας έκοβε τους κορμούς των δέντρων με τον
μπαλτά του κι έβαζε εμένα να σπάω τα κλαριά, με τα
χέρια.

«Πάρε τούτο το δεμάτι και πήγαινέ το εκεί που η μητέρα σου στήνει το σπίτι μας», είπε.

Κατόπιν γύρισε και, με σβελτάδα, βάδισε προς το επόμενο δεντρόφυτο κομμάτι. Στο μεταξύ, είχε σηκώσει αέρα και το φόρεμά μου πιανόταν στ' αγκάθια κάθε φορά που πήγαινα να πιάσω τα κλαριά. Ήταν το μοναδικό μου φόρεμα, έπρεπε να προσέχω πολύ για να μην σκιστεί, καθώς προσπαθούσα να το ξεμπλέξω απ' τα αγκάθια – ήταν το μοναδικό ρούχο που είχα. Μόλις έχασα τον πατέρα απ' τα μάτια μου, τύλιξα το φόρεμα και το κράτησα ανάμεσα στα πόδια μου, για να το γλιτώσω από τ' αγκάθια. Κατόπιν, φορτώθηκα το δεμάτι με τα κλαριά και τράβηξα για τον καταυλισμό.

«Γουόρις! Περίμενε!» φώναξε ο πατέρας μου.

Ήξερα ότι ποτέ δεν θα μ' άφηνε να έχω το φόρεμα διπλωμένο πάνω απ' τα γόνατα, όπως το 'χα εκείνη τη στιγμή. Πήρα, λοιπόν, ένα μεγάλο αγκάθι και, αφού γρατζούνισα λίγο τον εαυτό μου, πασαλείφτηκα ολόκληρη με αίμα, δήθεν πως είχα ματώσει παντού. Ο πατέρας, όταν έφτασε και με είδε καταματωμένη, απόρησε:

«Τι έπαθες;»

«Τίποτε, μια χαρά είμαι», απάντησα, «καλά είμαι, δεν έχω τίποτε, αλλά, άκου πατέρα, έχω ματώσει παντού κι εσύ νομίζεις ότι μπορώ να περπατήσω φορτωμένη κλαριά μ' αυτό το φόρεμα, που το παίρνει ο αέρας, που μπλέκεται στους θάμνους και που με κάνει συνέχεια να σκοντάφτω. Όχι, δεν τα καταφέρνω!»

«Καλά, εντάξει», είπε εκείνος, «άσ' το όπως είναι, για τώρα, αλλά μην τυχόν σε δει έτσι ο κόσμος. Μόλις τελειώσεις τη δουλειά σου πρέπει να το ξανακατεβάσεις αμέσως. Μην το ξεχάσεις, δεν πρέπει να φαίνονται τα πόδια σου, Αφντόλκε».

Αυτό είναι το παρατσούκλι μου, Αφντόλκε, Μικρό Στόμα.

«Δεν θα το ξεχάσω», του υποσχέθηκα.

Ήμουν πανευτυχής που τον είχα καταφέρει να μ' αφήσει να 'χω το φόρεμα μαζεμένο ψηλά. Καθώς χοροπηδούσα χαρούμενη προς τον καταυλισμό, ο πατέρας μου έμεινε πολύ πίσω. Τι θα μπορούσε, όμως, να μου κάνει; Ήμασταν κι οι δυο φορτωμένοι κλαριά.

Ο αδελφός μου, ο Μοχάμεντ, εκείνες τις δυο μέρες που περιμέναμε την πτήση, πήγε να με τρελάνει εντελώς. Τον άκουγα να φωνάζει στην Ντούρα:

«Φέρε μου την καρό πουκαμίσα. Πού είναι η θήκη των γυαλιών μου;»

Δεν έμενε ούτε λεπτό ακίνητος. Απ' τη μια, λυπόμουν που τον έβλεπα έτσι, απ' την άλλη, είχα θυμώσει μαζί του. Ενώ έτρεχε από δω κι από κει χωρίς σταματημό, κάθε τόσο έμπαινε και στο δωμάτιό μου, για να ελέγξει αν ήμουν έτοιμη με το πακετάρισμα. Το βράδυ πριν την αναχώρηση, είχα πάρει τον Αλήκε στα πόδια μου για να τον ταΐσω λίγο γάλα. Ο Μοχάμεντ μας είδε και με ρώτησε:

«Ακόμη δεν είσαι έτοιμη;»

«Ει, αδελφέ πολεμιστή, άκου!» του είπα. «Αφού ξέρεις τι ώρα φεύγει το αεροπλάνο. Ακριβώς στις εννιά το πρωί. Κι αφού θα κοιμηθούμε εδώ απόψε, πιστεύω ότι έχουμε αρκετό χρόνο στη διάθεσή μας πριν έρθει η ώρα να φύγουμε».

«Πώς θα τα προλάβεις όλα;» ρώτησε. «Τα πράγματά σου βρίσκονται σκορπισμένα παντού, σ' ολόκληρο το σπίτι».

«Δεν έχω τελειώσει ακόμη», του είπα, «αλλά τα περισσότερα πράγματα τα έχω ήδη ετοιμάσει, δεν ανησυχώ καθόλου μήπως και δεν προλάβουμε».

Ο Μοχάμεντ δεν ήθελε να πάρω μαζί μου τον σάκο με τα δώρα, που είχα φέρει απ' την Αμερική.

«Μην το πάρεις μαζί αυτό», είπε, δείχνοντας τον σάκο με το δάχτυλο. «Κάτω δεν έχουν ανάγκη απ' αυτά τα σκουπίδια που θέλεις να κουβαλήσεις μαζί σου. Πρέπει να πάρουμε μαζί μας μόνο τα απολύτως απαραίτητα».

«Ο σάκος είναι δικός μου. Θα τον πάρω μαζί μου», του απάντησα.

«Δεν μπορώ να καταλάβω πώς θα τα κουβαλήσεις μόνη σου όλ' αυτά. Κι ούτε πώς θα καταφέρεις να τα περάσεις στο αεροπλάνο», είπε, σηκώνοντας τους ώμους του.

Παρ' όλο που δεν θα φεύγαμε πριν απ' τις πέντε το πρωί, εκείνος είχε ήδη στήσει την καφετιά βαλίτσα, μαζί με τα υπόλοιπα πράγματά του, όλα έτοιμα δίπλα στην εξώπορτα, από τις πέντε η ώρα το προηγούμενο απόγευμα. Εγώ πήγα στο πίσω δωμάτιο, για να ετοιμάσω τις τελευταίες, δικές μου βαλίτσες. Στις μιάμιση τη νύχτα είχα τελειώσει. Κατόπιν, για τελευταία φορά, έβαλα τον μικρό μου Αλήκε για ύπνο. Του χάιδεψα τα μαλλιά και τον νανούρισα:

«Η μάμα θα πάει στην Αφρική», του τραγούδησα, «δεν θα 'ναι εδώ, όταν ξυπνήσεις. Σύντομα, όμως, θα γυρίσει και πάλι κοντά σου».

Αποκοιμήθηκε τόσο γλυκά, που για μια στιγμή αμφέβαλα αν θα άντεχα να τον αφήσω μόνο του. Αλλά είμαι σίγουρη ότι στη ζωή υπάρχουν στιγμές που πρέπει κανείς να κάνει αυτό που προστάζει η ψυχή σου. Συχνά, η ζωή είναι μια πορεία σε δύσβατο μονοπάτι. Πρέπει, όμως, να βάζουμε τα δυνατά μας και να προχωράμε.

Θα ξεκινούσαμε για το μεγάλο μας ταξίδι πριν βγει ο ήλιος.

Εκείνη τη νύχτα δεν μπορούσα ν' αποκοιμηθώ. Μόλις πήγε να με πάρει λίγο ο ύπνος, ο Μοχάμεντ βρόντηξε την πόρτα. Δεν είχα ακόμη προσαρμοστεί στη διαφορά ώρας μεταξύ Ευρώπης και Νέας Υόρκης κι έτσι νόμιζα ότι ήταν ακόμη βαθιά νύχτα.

«Σήκω! Είναι ώρα να φύγουμε», φώναξε.

«Ει, έχουμε καιρό ακόμη».

«Γουόρις, πρέπει να φύγουμε», συνέχισε αναστατωμένος, «πρέπει να πάμε στο αεροδρόμιο».

Ο Μοχάμεντ είχε φοβερό άγχος μην τυχόν, για κάποιο λόγο, χάσουμε το αεροπλάνο. Έτσι σηκώθηκα, ετοιμάστηκα βιαστικά κι έτρεξα στο αυτοκίνητο. Φύγαμε απ' το σπίτι αρκετά πριν τις πέντε το πρωί. Κάναμε μιάμιση ώρα να βγούμε από την πόλη που ακόμη κοιμόταν. Στο αεροδρόμιο φτάσαμε δυο ώρες πριν την ανακοίνωση για επιβίβαση. Απ' το παράθυρο του αυτοκινήτου, σ' όλη τη διαδρομή έβλεπα τον ήλιο ν' ανατέλλει, μέσα από σύννεφα, που έμοιαζαν φτιαγμένα από δέρμα ελέφαντα. Προσευχόμουν στον Αλλάχ να ευλογήσει το ταξίδι μας.

Στο αεροδρόμιο επιβιβαστήκαμε στην πτήση Άμστερνταμ-Λονδίνο, που θα ήταν και η πρώτη της διαδρομής μας. Μόλις το αεροπλάνο έφτασε στον διάδρομο της απογείωσης κι άρχισε να επιταχύνει, ο Μοχάμεντ ξαφνικά ήθελε να πάει στην τουαλέτα. Τον είχε πιάσει απόγνωση κι άρχισε να συμπεριφέρεται σα μικρό παιδί. Το σήμα «προσδεθείτε» ήταν αναμμένο, εκείνος, όμως, συνέχιζε να παραπονιέται:

«Πρέπει να πάω στην τουαλέτα. Πρέπει οπωσδήποτε να πάω».

«Κρατήσου δυο λεπτά», του είπα, «το σήμα όπου να 'ναι θα σβήσει. Μόλις απογειωθούμε, θα το κλείσουν και τότε θα μπορέσεις να πας».

«Δεν μπορώ να περιμένω άλλο, δεν μπορώ!» στέναξε, καθώς κουνιόταν μπρος πίσω στο κάθισμα τρέμοντας. Τελικά δεν άντεξα, του είπα:

«Αν πραγματικά δεν μπορείς άλλο, αν είναι απόλυτη ανάγκη, τότε σήκω και πήγαινε».

Ο Μοχάμεντ σηκώθηκε από το κάθισμα, αλλά μια συνοδός τον είδε, έτρεξε κοντά του και τον υποχρέωσε να ξανακαθίσει:

«Όχι, όχι κύριε, καθίστε στη θέση σας, δεν μπορείτε να σηκωθείτε τώρα».

Εκείνος ξανακάθισε, αλλά τώρα με σταυρωμένα πόδια και κρατώντας το στομάχι του. Τον κοίταξα και σκέφτηκα ότι ο Αλήκε θα τα κατάφερνε καλύτερα. Ο γιος μου θα σηκωνόταν και θα 'λεγε στην αεροσυνοδό να φύγει απ' τη μέση. Ο αδελφός μου καθόταν εκεί και γκρίνιαζε, ολοένα πιο δυνατά. Ο κόσμος άρχισε να μας κοιτάει κι εγώ τού ψιθύρισα απειλητικά:

«Έι, αδελφέ, μ' έχεις ντροπιάσει, κάνεις σα μικρό παιδί. Αν είναι ανάγκη να πας, πήγαινε. Αν χρειαστεί, κάν' τα ακόμη και πάνω της, αλλά πήγαινε».

«Αφού δεν μ' αφήνουν», κλαψούρισε ξανά.

«Κανείς δεν έχει το δικαίωμα να σ' εμποδίσει. Αν κάποιος επιβάτης έχει ανάγκη να πάει, πρέπει να πάει», τον ενθάρρυνα. «Τι την ακούς, αυτή τη σκύλα;» Κι όμως, εκείνος την άφηνε να του συμπεριφέρεται σαν σ' ένα χαζό ανθρωπάκι, δεν μπορώ να καταλάβω γιατί δεν είχε πάει στην τουαλέτα απ' την πρώτη στιγμή. Κάθε φορά που σηκωνόταν, εκείνη τον κοιτούσε επίμονα, οπότε εκείνος ξανακαθόταν στη θέση του. Δεν μπορώ να καταλάβω για ποιο λόγο την άφηνε να του υπαγορεύει τι έπρεπε να κάνει.

Στο αεροδρόμιο του Χίθροου επιβιβαστήκαμε στο επόμενο αεροπλάνο, που μας μετέφερε μέχρι το μακρινό Μπαχρέιν. Πετούσαμε συνολικά δεκαεφτά ώρες, χώρια τον χρόνο αναμονής στο τράνζιτ, χώρια τη διαδρομή προς το αεροδρόμιο στην Ολλανδία. Μ' όλες αυτές τις αλλαγές δεν μπορούσα να καταλάβω τι ώρα ήταν, ούτε πόσην ώρα ταξιδεύαμε πραγματικά. Είχα κουραστεί κι είχα πια βαρεθεί αυτά τα στενά καθίσματα, την κλεισούρα και το φριχτό φαγητό. Μόλις αποβιβαστήκαμε στο Μπαχρέιν, ρώτησα τον Μοχάμεντ πόσον καιρό θα κάναμε ακόμη, μέχρι να βρεθούμε κοντά στη μητέρα μας.

«Ούτε τη μισή διαδρομή δεν έχουμε κάνει ακόμη», μου απάντησε εκείνος. Έβγαλε τα εισιτήρια κι έδειξε προς έναν άλλο τομέα του αεροδρομίου:

«Πρέπει να ξαναλλάξουμε αεροπλάνο για να πάμε στο Άμπου Ντάμπι».

«Στο Άμπου Ντάμπι; Δεν ήξερα ότι πρέπει να περάσουμε κι απ' το Άμπου Ντάμπι». Είχα κακές εμπειρίες απ' αυτό το μέρος. Η αδελφή μου έμενε εκεί, αλλά την τελευταία φορά που είχα περάσει από εκεί έγινε τέτοια φασαρία με τα χαρτιά μου και δεν μπόρεσα να βγω από το αεροδρόμιο για να τη δω.

«Ναι», απάντησε ο Μοχάμεντ, «αλλά η πτήση για το Άμπου Ντάμπι διαρκεί μόνο μια ώρα. Κι από κει θα φτάσουμε στη Σομαλία».

Σ' αυτές τις ατέλειωτες πτήσεις η καρδιά μου ξεχείλιζε αμφιβολίες. Ποιους θα έβλεπα; Ποιοι θα είχαν ακόμη την υγειά τους; Ποιοι θα ήταν ακόμη ζωντανοί, σ' αυτή την ανεμοδαρμένη χώρα της κακοτράχαλης ερήμου, τη δοκιμασμένη από πολέμους και λιμούς; Πώς θα μπορούσε ποτέ η μητέρα μου ν' αποδεχτεί ότι δεν είχα παντρευτεί τον πατέρα του γιου μου; Στη Σομαλία, μια ανύπαντρη μητέρα δεν μπορεί να 'ναι τίποτε άλλο, παρά μονάχα πόρνη.

Ήθελα να με δει ο πατέρας μου, να με κοιτάξει, εμένα, την κόρη του, καταπρόσωπα. Χιλιάδες άνθρωποι, σ' όλο τον κόσμο, έχουν δει φωτογραφίες του προσώπου μου. Περιοδικά και φωτογράφοι προσφέρουν πολλά χρήματα για να με τραβήξουν φωτογραφίες, για ν' απαθανατίσουν το πρόσωπό μου στο φιλμ. Κι όμως, πιστεύω, ότι ο ίδιος μου ο πατέρας ποτέ του δεν έχει δει το πρόσωπό μου. Όταν ήμουν μικρή, εκείνος ενδιαφερόταν μόνο για τ' αγόρια. Τα κορίτσια έπρεπε να σερβίρουν το τσάι και να μην πολυφαίνονται. Απαγορευόταν να μιλήσω σ' έναν άντρα, αν δεν μου απηύθυνε εκείνος, πρώτα, τον λόγο. Κι όταν κουβέντιαζαν οι μεγάλοι, εμείς έπρεπε σχεδόν πάντα να φεύγουμε από κοντά τους. Τώρα, ζούσα σε μια χώρα όπου άντρες και γυναίκες μιλούσαν ανοιχτά μεταξύ τους. Ποτέ δεν πίστεψα ότι αυτό είναι κάτι κακό ή ότι κάτι κακό θα συμβεί ή, ακόμη, ότι οι καβγάδες μπορούν να προσελκύσουν τα τζιν.

«Γουόρις, να κοιτάς κάτω όταν μιλάς με τον πατέρα σου», με δασκάλευε η μητέρα μου, από τότε που ήμουν πολύ μικρή και μόλις μπορούσα να κουβαλήσω μια κούπα με γάλα.

«Γιατί;» τη ρωτούσα, κοιτάζοντάς τη στα μάτια.

«Εμπγουάιγε, ντροπή, ντροπή!» έλεγε και ξανάλεγε, χωρίς να δίνει άλλη εξήγηση. Το ίδιο όταν καθόμουν με τα πόδια ανοιχτά ή όταν το φόρεμά μου ήταν ανασηκωμένο. Ποτέ δεν απαντούσε στις ερωτήσεις μου και ποτέ δεν μου εξηγούσε: Γιατί είναι ντροπή; Τι δείχνει αυτό, τι μπορεί να σημαίνει; Έτσι έχουν τα πράγματα στη Σομαλία. Όταν ήμουν μικρή, δεν μ' άρεσαν. Τώρα, που έχω ζήσει στη Δύση, τα μισώ. Σέβομαι τον πολιτισμό μου, αλλά θα ήθελα να κοιτάξω τον πατέρα μου κατάματα. Εκείνος δεν θα απέστρεφε ποτέ το βλέμμα του, θα περίμενε να χαμηλώσω εγώ το δικό μου, σαν ένδειξη σεβασμού. Όχι, δεν θα το έκανα. Θα τον κοιτούσα στα μάτια επίμονα και θα κρατούσα ακίνητο το βλέμμα μου. Τότε, θα μ' έβλεπε. Θα 'βλεπε ότι ήμουν εγώ, η Γουόρις, η κόρη του, που την πούλησε σ' έναν γέρο για λίγες καμήλες, η μικρή του κόρη, που τώρα κερδίζει τα δικά της λεφτά. Θα έβλεπε το πρόσωπο που ποτέ του δεν είχε προσέξει, το πρόσωπο που 'χει γίνει εξώφυλλο σε μεγάλα περιοδικά. Θα 'βλεπε μια κόρη, που τώρα έχει γίνει ακόμη και συγγραφέας, παρ' όλο που εκείνος αρνιόταν να τη στείλει στο σχολείο, όταν ήταν μικρή. Την κόρη του που ήταν ειδική πρέσβειρα του ΟΗΕ για την Ειρήνη.

Η εκτομή είναι ένα άλλο θέμα για το οποίο θα 'θελα να μιλήσω. Η οικογένειά μου, φυσικά, ποτέ δεν ήθελε το κακό μου. Η επέμβαση ήταν κάτι που 'χαν περάσει όλες οι γυναίκες της οικογένειας, η μητέρα μου, οι αδελφές της κι η δικιά τους μητέρα, η γιαγιά μου. Πίστευαν βαθιά κι ειλικρινά ότι μ' αυτόν τον τρόπο θα εξαγνιζόμουν, θεωρούσαν ότι ήταν ιδιαίτερο πρόσταγμα απ' το Κοράνι. Τώρα, όμως, εγώ έχω μάθει την αλήθεια. Δεν υπάρχει καμιά αναφορά στο Κοράνι γι' αυτό το τελετουργικό. Αυτό, όμως, δεν τους το λένε οι Ουαντάντο, οι ιερωμένοι. Στην οικογένειά μου κανείς δεν ήξερε γράμματα, πώς λοιπόν να διαβάσουν το Κοράνι ή το *Χαντίθ*; Η μητέρα μου άκουγε τους σεΐχηδες και ποτέ δεν τους αμφισβητούσε.

Αλλά ούτε στον πατέρα μου κρατούσα κακία για εκείνη την αγοραπωλησία με τις καμήλες του γέρου, που ήθελε να με κάνει γυναίκα του. Ο πατέρας μού είχε πει:

«Γουόρις, έχεις παραγίνει δυνατή κι ατίθαση. Πρέπει να παντρευτείς, αλλιώς σε λίγο, όπως πας, κανείς δεν θα σε θέλει».

Πίστευε ότι, αν παντρευόμουν, θα έπαυα να λέω τα πράγματα με τ' όνομά τους και θα σταματούσα να συμπεριφέρομαι σαν αγόρι. Η επιλογή συζύγου δεν είναι θέμα αγάπης κι έρωτα. Αποφασίζεται απ' τους γονείς, με σκοπό την εξασφάλιση του μέλλοντος, την αναπαραγωγή και, ακόμη, τη σύσφιγξη συμμαχικών δεσμών με άλλες φυλές.

Η τιμή που πληρώνει ένας άντρας για μια γυναίκα είναι ένδειξη της ικανότητάς του να τη συντηρεί. Αν δεν έχει τίποτε να προσφέρει, προστρέχει σε άλλα μέλη της φυλής του για βοήθεια. Αν δεν έχει καλές σχέσεις με τη φυλή του, δεν έχει κανέναν να τον συντρέξει και δεν θεωρείται ικανός να αναλάβει την ευθύνη μιας γυναίκας.

«Αυτή θα πιάσει πολλές θηλυκές καμήλες και λευκές γίδες, όταν έρθει η ώρα της να παντρευτεί», έλεγαν πάντα οι θείες μου για τη μεγάλη μου αδελφή, τη Χαλίμο.

«Κοιτάξτε εδώ!» έλεγε η μητέρα μου, σηκώνοντας ψηλά το φόρεμα της Χαλίμο, όταν δεν υπήρχαν άντρες τριγύρω, για να δείξει στις άλλες τα πόδια της κόρης της. Η Χαλίμο έφερνε βόλτες κι έδειχνε με περηφάνια τους χαριτωμένους αστραγάλους της. Οι θείες μου της τραβούσαν το φόρεμα, για να την πειράξουν. «Αυτήν εδώ δεν την αφήνω παρακάτω από είκοσι καμήλες, σας το λέω», καυχιόταν η μαμά. Το δικό μου φόρεμα ποτέ δεν το σήκωνε για να δείξει στις άλλες τα πόδια μου, που ήταν στραβά και πετάγονταν προς τα έξω. Τα πόδια μου μπορεί να μην ήταν όμορφα, αλλά ήταν δυνατά και γοργά. Όταν βόσκεις καμήλες, είσαι υποχρεωμένος να κινείσαι γρήγορα. Πρέπει να ξέρεις ν' ανοίγεις το βήμα του, αν θέλεις να φτάσεις έγκαιρα στον προορισμό σου πριν σκοτεινιάσει, πριν καταφτάσουν οι ύαινες, που βλέπουν καλά στο σκοτάδι. Πίστευα ότι ο πατέρας θα ένιωθε περήφανος για μένα, που μπορούσα ν' αναμετρηθώ με τους άντρες στο τρέξιμο, όμως έβρισκα πάντοτε τον μπελά μου, επειδή αντιμιλούσα ή επειδή σήκωνα ψηλά τις φούστες μου. Δεν ήμουν παρά μονάχα ένα κορίτσι.

Όταν ο πατέρας μου θύμωνε, εμείς κρυβόμαστε πάντοτε πίσω από τη μαμά. Θυμάμαι, μια φορά, όταν είχαμε μεταφέρει τον καταυλισμό μέσα στη νύχτα, είχαμε φτάσει σ' έναν καινούργιο βοσκότοπο και μόλις είχαμε ξεφορτώσει τις καμήλες. Ο πατέρας μ' έστειλε αμέσως να προσέξω τις κατσίκες. Ήμουν τόσο κουρασμένη απ' την ολονύχτια πορεία, που με πήρε ο ύπνος κάτω απ' τη σκιά ενός δέντρου. Ήμουν μονάχα ένα μικρό παιδί, δεν μπορούσα να κρατήσω ανοιχτά τα μάτια μου. Όταν ξύπνησα ο ήλιος είχε ανέβει αρκετά κι επειδή δεν βρισκόμουν πια στη σκιά, είχα κατακαεί απ' τη μια πλευρά του σώματός μου. Και, το χειρότερο απ' όλα, τα ζώα είχαν φύγει, είχαν εξαφανιστεί! Πανικόβλητη άρχισα να ψάχνω για αχνάρια, αλλά υπήρχαν τόσα πολλά εκεί γύρω, που δεν μπορούσα να καταλάβω προς τα πού είχαν πάει τα ζώα. Τελικά, σκαρφάλωσα στο πιο ψηλό δέντρο της πε-

113

ριοχής κι από κει, σε πολύ μεγάλη απόσταση, μέσα στο ψηλό χορτάρι, κατάφερα να διακρίνω τα μικρά τους κεφάλια. Έτρεξα να τα προλάβω, σαν μικρή γαζέλα. Ανακουφισμένη που είχα βρει τουλάχιστον κάποια ζώα, δεν μπήκα στον κόπο να μετρήσω πόσα έλειπαν. Επέστρεψα στον καταυλισμό, σαν να μην είχε συμβεί τίποτε.

Ο πατέρας μου μετρούσε τα ζώα ένα ένα κάθε βράδυ πριν τα βάλει στο μαντρί και κάθε πρωί, πριν τ' αφήσει να βγουν για βοσκή. Μόλις άρχισε να μετράει, εγώ πήγα και κρύφτηκα πίσω απ' τη μητέρα μου. Άρχισε το μέτρημα, αργά αργά: «Κόε, λάμπα, σούνταχ, άφρα, σουν», μέχρι το πενήντα. Όσο μεγάλωναν οι αριθμοί, τόσο πιο πολύ εγώ σφιγγόμουν πάνω στη μητέρα μου. Θα 'θελα να μπορούσα να μπω μέσα της. Ο πατέρας μου τα ξαναμέτρησε, για σιγουριά. Τελικά έλειπαν δύο, ένα ερίφι και μια μεγάλη κατσίκα. Ο πατέρας μου με φώναξε κοντά του:

«Γουόρις, έλα αμέσως εδώ».

Εγώ δεν κουνήθηκα απ' τη θέση μου, οπότε άρχισε να πλησιάζει εκείνος:

«Δεν ακούς που σου μιλάω;»

«Συγνώμη πατέρα», του είπα, «δεν κατάλαβα ότι φώναζες εμένα».

«Έλα δω», είπε.

Ήξερα ότι, αν πήγαινα κοντά του, θα μου τις έβρεχε για τα καλά κι έτσι αποφάσισα να μείνω κολλημένη πίσω απ' τη μητέρα μου.

«Όχι!» του απάντησα.

Κανείς, μα κανείς, δεν είχε ποτέ πει όχι στον πατέρα. Ήξερα ότι, έτσι κι αλλιώς, θα μ' έσπαγε στο ξύλο, οπότε πάνω στην απόγνωσή μου προσπαθούσα να σκεφτώ οτιδήποτε για να γλιτώσω. Σκέφτηκα να τρέξω, αλλά πού να πήγαινα; Αργά ή γρήγορα, θα μ' έβρισκε, όπου και να κρυβόμουν. Δεν μπορούσα να σκεφτώ κανέναν άλλον τρόπο να τον αποφύγω.

Ο πατέρας μου βούτηξε ένα ραβδί, ενώ η μητέρα μου

σήκωσε τα χέρια της ψηλά, για να με προστατέψει, καθώς προσπαθούσε να τον ηρεμήσει:

«Μην τη χτυπήσεις, είναι μωράκι. Καλύτερα να κάτσουμε να σκεφτούμε πού μπορεί να έχουν πάει αυτά τα ζώα», του είπε.

Δεν πρόλαβε να τελειώσει τη φράση της και δέχτηκε ένα χτύπημα, τόσο δυνατό, που πετάχτηκε ως τον απέναντι φράχτη. Έμεινε σωριασμένη στο έδαφος, με τη μύτη και τα χείλη της να τρέχουν αίμα. Ήξερα ότι, αν δεν έφευγα μακριά από τη μαμά, εκείνος ήταν ικανός να μας σκοτώσει και τις δυο.

Ο πατέρας, όταν θύμωνε, μου θύμιζε οργισμένο λιοντάρι. Δεν ένιωθε οίκτο, τίποτε δεν μπορούσε να τον σταματήσει. Τα λιοντάρια μοιάζουν με βασιλιάδες ή βασίλισσες. Κάθονται όλη μέρα στην ησυχία τους, αλλά, όταν πεινάσουν, κυνηγούν και σκοτώνουν με σβελτάδα και περίσσεια χάρη. Χτυπούν το θύμα κατ' ευθείαν στον λαιμό ή στο κεφάλι, ο θάνατος είναι ακαριαίος. Συνήθως διακατέχονται από μια μεγαλοπρεπή ηρεμία, αλλά μισούν εκείνους που τους διαταράσσουν την ησυχία τους, ειδικά τις ύαινες. Μια φορά είχα δει μια ύαινα που δεν σταματούσε να ενοχλεί ένα χρυσαφί λιοντάρι. Στην αρχή το λιοντάρι καθόταν υπομονετικά, δεν αντιδρούσε. Ξαφνικά, όμως, δεν άντεξε άλλο, έκανε ένα αστραπιαίο άλμα, άρπαξε την ύαινα απ' την πλάτη και, τινάζοντας απότομα το κεφάλι του, τη σκότωσε. Κρατώντας τη στο στόμα, την κούνησε για λίγο πέρα δώθε και μετά την πέταξε μακριά.

Όσο μεγαλώνει κανείς, πρέπει ν' απαγκιστρώνεται απ' αυτά που τον βαραίνουν. Σκόπευα να πάω πίσω στον πατέρα μου, να του δείξω τι μπορεί να καταφέρει μια γυναίκα, πώς μπορεί να φτιάξει μια καλή, δική της ζωή.

Καθώς προσγειωνόμασταν στο Άμπου Ντάμπι, ένιωσα έναν κόμπο να σφίγγει το στομάχι μου. Ήταν σαν να βαδίζει κανείς μέρες ολόκληρες για να βρει νερό και τελικά να φτάνει σε ξεροπήγαδο. Είχα άσχημες αναμνή-

σεις απ' το Άμπου Ντάμπι κι απ' τα Ενωμένα Αραβικά
Εμιράτα. Ευχόμουν, τούτη τη φορά, να μην συνέβαινε
κάτι κακό.

Τελικά, ο Μοχάμεντ κι εγώ δεν βρίσκαμε τις απο-
σκευές μας. Περιμέναμε μέχρι κι ο τελευταίος επιβάτης
να πάρει τη βαλίτσα του από την κυλιόμενη ταινία. Μου
'ρθε να βάλω τα κλάματα. Ένιωθα ότι τώρα θ' άρχιζαν
τα προβλήματα και φοβόμουν πως θα χάναμε την πτήση
μας για τη Σομαλία. Κατ' αρχάς, σκέφτηκα μήπως περι-
μέναμε σε λάθος σημείο. Όλες οι ταμπέλες ήταν στ'
αραβικά, δεν τις καταλάβαινα.

«Μοχάμεντ», ρώτησα, «είσαι σίγουρος ότι θα έφτα-
ναν σε τούτη την ταινία;»

«Ναι», μου απάντησε, «είδα κι άλλους απ' την πτήση
μας να περιμένουν εδώ».

«Τότε, τι μπορεί να 'χουν απογίνει τα πράγματά
μας;»

«Άσε, θα το κανονίσω εγώ», μου απάντησε στα σο-
μαλικά, «είναι δική μου υπόθεση».

«Μοχάμεντ, άσε να τους μιλήσω εγώ καλύτερα. Έχω
κάνει πολλά ταξίδια, μου 'χει ξανασυμβεί να χάσω τις
αποσκευές».

«Όχι, όχι, είναι δική μου ευθύνη», επέμενε εκείνος.

Πήγε σ' ένα μικρό γραφείο, έξω απ' τον χώρο των
αποσκευών, όπου καθόταν μια γυναίκα. Έξω απ' το
τζάμι, τον έβλεπα που προσπαθούσε να της εξηγήσει τι
είχε συμβεί. Εκείνη δεν φαινόταν και σε τόσο καλή διά-
θεση, μονάχα κουνούσε αρνητικά το κεφάλι της κι έδει-
χνε συνέχεια προς τον πάνω όροφο. Προφανώς η γυναί-
κα δεν είχε σχέση με αποσκευές και, σίγουρα, δεν ήξερε
πού μπορούσε να βρίσκονταν οι δικές μας. Ο Μοχάμεντ,
όμως, έχασε την ψυχραιμία του, της έβαλε τις φωνές στα
σομαλικά και αναστατωμένος βγήκε απ' το γραφείο.

«Αδελφέ», του είπα, «άσε να τους μιλήσω εγώ, εσύ
πας να τα κάνεις θάλασσα».

116

Μπήκα στο γραφείο κι η γυναίκα μού είπε ν' ανεβούμε στον πάνω όροφο, να ρωτήσουμε στις πληροφορίες. Πήγαμε στον πάνω όροφο.

«Ψάχνουμε τις αποσκευές μας», είπα στον υπάλληλο πίσω απ' το τζάμι, όταν έφτασε η σειρά μας. Εκείνος ούτε καν σήκωσε το βλέμμα του να με κοιτάξει. Χωρίς να πει κουβέντα, έδειξε με το δάχτυλο, προς έναν άλλον τομέα του αεροδρομίου.

«Συγνώμη», του είπα, «μιλάτε αγγλικά;»

Εκείνος έδειξε πάλι με το δάχτυλό του. Κατάλαβα ότι δεν ήθελε να μας βοηθήσει. Έπρεπε να βρούμε κάποιον άλλον. Ο επόμενος, που η στολή τού έπεφτε στενή, μας είπε:

«Να πάτε στους πράκτορες, στην πύλη των αφίξεων».

Κι έτσι υποχρεωθήκαμε να επιστρέψουμε εκεί, απ' όπου είχαμε έρθει. Στο μεταξύ, το φόρεμα που μου είχε δανείσει η Ντούρα, μου έπεφτε μακρύ. Κι επειδή συνέχεια ξεχνούσα να το ανασηκώνω, κάθε φορά που επιχειρούσα να κάνω ένα βήμα μπρος, σκόνταφτα, ήταν σαν να με φρέναρε. Στην πύλη των αφίξεων, ο υπεύθυνος μας κοιτούσε σαν να ήμασταν τρελοί.

«Περιμένετε ένα λεπτό», είπα, «μας έστειλαν εδώ να ρωτήσουμε για τις βαλίτσες μας. Τι στο καλό γίνεται! Θα 'θελα να μου δώσετε κάποιες απαντήσεις».

Ο άντρας κοίταξε τον Μοχάμεντ, σήκωσε τους ώμους του, μας γύρισε την πλάτη κι άρχισε ν' απομακρύνεται. Εγώ του έβαλα τις φωνές:

«Και τι θα κάνουμε τώρα; Θα μείνουμε έτσι; Πότε θα φτάσουν οι βαλίτσες;»

«Δεν ξέρω πότε θα έρθουν οι αποσκευές σας», είπε ο υπάλληλος, απευθυνόμενος στον Μοχάμεντ. «Να πάτε να καθίσετε εκεί, να περιμένετε», έδειξε προς μια σειρά από σκληρούς, ξύλινους πάγκους, «μέχρι να 'ρθει κάποιος υπεύθυνος να σας ενημερώσει».

Αεροπλάνα έρχονταν κι έφευγαν. Κόσμος περνούσε,

άλλοι χαιρετούσαν συγγενείς, άλλοι κουβαλούσαν μωρά. Σχεδόν όλες οι γυναίκες ήταν από την κορυφή μέχρι τα νύχια σκεπασμένες με μαύρα τσαντόρ. Οι άντρες ήταν ελεύθεροι να φορούν ό,τι θέλουν. Ορισμένοι φορούσαν πουκάμισο και παντελόνι, ενώ άλλοι ήταν ντυμένοι με παραδοσιακές κελεμπίες. Ο ήλιος άρχισε να δύει. Όταν είχε πια σκοτεινιάσει, ρώτησα τον αδελφό μου:

«Μοχάμεντ, για δες τα εισιτήρια, τι ώρα είναι η πτήση μας για τη Σομαλία. Δεν θέλω να τη χάσουμε».

Ο Μοχάμεντ έβγαλε τα εισιτήρια, αλλά δυσκολευόταν να καταλάβει τις ώρες που έγραφαν.

«Δώσ' μου τα εισιτήρια», του είπα, «θα πάω να ρωτήσω κάπου για την αναχώρηση. Δεν πρέπει να τη χάσουμε».

Έβαλα τη μαντίλα στο κεφάλι μου και προσπάθησα να καλύψω το πρόσωπό μου. Η μαντίλα, όμως, ήταν μεταξωτή και γλιστρούσε. Όσο κι αν προσπαθούσα, δεν κατάφερνα να την κρατήσω στη θέση της. Τελικά, με τα εισιτήρια στο χέρι, πήγα πίσω στη θυρίδα των πληροφοριών.

«Περιμέναμε τις αποσκευές μας όλη μέρα και πρέπει να μάθω τι ώρα είναι η πτήση μας για τη Σομαλία. Χρειάζομαι επειγόντως κάποιες πληροφορίες, για να μην χάσουμε την ανταπόκριση».

«Δεν υπάρχουν άλλες πτήσεις για Σομαλία σήμερα», μου ανακοίνωσε ο υπάλληλος, χωρίς να σηκώσει το βλέμμα του απ' τα χαρτιά που τακτοποιούσε στο γραφείο.

«Με συγχωρείτε», του είπα, αφήνοντας τη μαντίλα μου να πέσει στους ώμους. Δεν μ' ένοιαζε πια αν πίστευε ότι δεν ήμουν μωαμεθανή. «Χάσαμε την πτήση; Κανείς δεν μας ενημέρωσε. Κανείς δεν θέλει να μας εξυπηρετήσει. Τι γίνεται, τέλος πάντων;»

«Δεν υπάρχουν πτήσεις για Σομαλία σήμερα», επανέλαβε, κοιτώντας πάντοτε τα χαρτιά του.

Χτύπησα τα δάχτυλά μου στη θυρίδα για να τον κάνω να με κοιτάξει:

«Δεν μπορεί, κάποιο λάθος θα έχει γίνει».

«Για να δω τα εισιτήριά σας», αναστέναξε σαν να τον ενοχλούσε αφόρητα η παρουσία μου.

Του έδωσα τα εισιτήρια. Τα ξεφύλλισε και μου έδειξε κάποιους αριθμούς μέσα σε τετραγωνάκια.

«Ορίστε, για κοιτάχτε εδώ», κάγχασε, «γράφει ημερομηνία αναχώρησης απ' την Ολλανδία, τριάντα Σεπτεμβρίου. Στη Σομαλία δεν μπορείτε να πάτε πριν τις δύο Οκτωβρίου».

«Πώς;» ψέλλισα.

«Σήμερα», συνέχισε αργά, πλαταγιάζοντας τη γλώσσα στο στόμα του, «έχουμε τριάντα Σεπτεμβρίου. Η πτήση σας είναι για τις δύο Οκτωβρίου, δηλαδή δυο μέρες από σήμερα».

Μ' έκανε να νιώσω χαζή και τιποτένια. Τέτοιο ήταν το ύφος που είχε πάρει, καθώς μου έδειχνε τι έγραφαν τα εισιτήρια. Τελικά, μου τα πέταξε πίσω με αποστροφή κάτω απ' το τζάμι της θυρίδας, σαν να ήμουν μολυσμένη με καμιά μεταδοτική ασθένεια.

«Μοχάμεντ», φώναξα αγαναχτισμένη, «έχεις καταλάβει ότι πρέπει να μείνουμε σε τούτο το σιχαμερό αεροδρόμιο, δυο ολόκληρες μέρες; Δεν είχα ιδέα γι' αυτό!»

Έδειχνε συγχυσμένος κι ανήσυχος.

«Αυτοί εδώ μ' έχουν γράψει στα παλιά τους τα παπούτσια», συνέχισα, «δεν μου μιλούν επειδή είμαι γυναίκα. Με συγχωρείς πάρα πολύ, αλλά είμαι κι εγώ μωαμεθανή».

Ο Μοχάμεντ γύρισε και με κοίταξε χωρίς να πει κουβέντα, με τα δάχτυλα πλεγμένα ανάμεσα στα πόδια του.

Πήρα βαθιές ανάσες κι όταν, επιτέλους, κατάφερα να ηρεμήσω, θυμήθηκα ξαφνικά ότι η αδελφή μας, η Φαρτούν, έμενε στο Άμπου Ντάμπι. Δούλευε υπηρέτρια σε

μια σαουδαραβική οικογένεια, όχι μακριά απ' το αερο-
δρόμιο.

«Ας πάρουμε ένα ταξί, να πάμε στη Φαρτούν», πρότει-
να στον Μοχάμεντ. «Έτσι, θα δούμε την αδελφή μας, θα
κάνουμε ένα ντους, θα μας προσφέρουν κι ένα κρεβάτι μέ-
χρι μεθαύριο που είναι η πτήση μας». Ήθελα πολύ να δω τη
Φαρτούν, είχα είκοσι χρόνια να τη συναντήσω. Η Φαρτούν
είχε πρόσφατα επισκεφτεί τη μητέρα μας, θα μπορούσε να
μας πει περισσότερα για την τύχη της οικογένειάς μας, για
να μπορέσουμε να τους βρούμε πιο εύκολα.

Συμμαζέψαμε τα πράγματά μας κι εγώ πήγα στις
τουαλέτες για να ρίξω λίγο νερό στο πρόσωπό μου. Ξα-
ναπροσπάθησα να στερεώσω σωστά τη μαντίλα. Δεν εί-
ναι ευχάριστο να 'χεις συνέχεια το κεφάλι και το πρόσω-
πό σου ολότελα τυλιγμένα μέσα σ' ένα ύφασμα. Τι κακό
είχα κάνει για να μου αξίζει αυτή η τιμωρία;

Στην έξοδο ο Μοχάμεντ πέρασε τον έλεγχο διαβατη-
ρίων χωρίς κανένα πρόβλημα. Τα χαρτιά του ήταν απ'
την Ολλανδία, δεν χρειαζόταν βίζα. Κατόπιν, ήρθε η σει-
ρά μου. Ο αξιωματικός, που 'χε μια μύτη γαμψή σαν γε-
ράκι, πήρε το διαβατήριό μου και το περιεργάστηκε με
προσοχή, σελίδα προς σελίδα.

«Δεν υπάρχει βίζα για τα Ενωμένα Αραβικά Εμιρά-
τα», είπε αργά αργά, σα να μιλούσε σε μικρό παιδί.

Δεν μπορούσα να το πιστέψω. Ένιωθα το στόμα μου
να στεγνώνει, δεν μπορούσα να πάρω ανάσα.

«Σας παρακαλώ, βοηθήστε με», τον ικέτευσα. «Πη-
γαίνω στη Σομαλία, με τον αδελφό μου, έχω είκοσι χρό-
νια να δω την οικογένειά μου. Η πτήση μας είναι σε δυο
μέρες και το μόνο που θέλω είναι να πάω να μείνω λίγο
με την αδελφή μου, μέχρι να φύγουμε».

Ο αξιωματικός συνέχιζε να ξεφυλλίζει νευρικά το δια-
βατήριό μου, με τα χοντρά του δάχτυλα.

«Δεν έχετε βίζα για να σας επιτραπεί η είσοδος στη
χώρα», είπε ξερά.

«Μα αφού πηγαίνω στη μητέρα μου στη Σομαλία. Δεν βλέπετε ότι είμαι Σομαλή;»

Είχε το πρόσωπό του γυρισμένο προς τα εμένα, αλλά δεν με κοιτούσε, κοιτούσε τον τοίχο. Ποτέ δεν θα με κοιτούσε κατάματα.

«Σας παρακαλώ, κύριε, κάντε μου τη χάρη», συνέχισα να ικετεύω, «το μόνο που θέλω είναι να δω την αδελφή μου, για δυο μέρες».

«Δεν έχετε τα απαραίτητα έγγραφα για να μπείτε στη χώρα», επέμενε εκείνος. «Δεν μπορείτε καν να βγείτε απ' το αεροδρόμιο».

«Εννοείτε ότι δεν μπορώ να βγω από δω μέσα; Δεν μπορώ να βγω καθόλου απ' το αεροδρόμιο;» ρώτησα.

«Ακριβώς», απάντησε εκείνος, σαν να μη συνέβαινε τίποτε. Κατόπιν, μου πέταξε ψυχρά πίσω το διαβατήριο κι έκανε νόημα να περάσει ο επόμενος στη σειρά.

Ποτέ μου δεν θα καταλάβω αυτή την ανάγκη για σφραγίδες κι επίσημα έγγραφα. Γιατί ασκούν τόση δύναμη πάνω στους ανθρώπους και τους υπαγορεύουν τι πρέπει και τι δεν πρέπει να κάνουν; Στη Σομαλία, κανείς δεν έχει χαρτιά. Δεν χρειαζόμαστε διαβατήριο για να βοσκήσουμε τα γιδοπρόβατα. Αν θέλουμε να συναντήσουμε κάποιον, πηγαίνουμε και τον βρίσκουμε. Δεν υπάρχουν έγγραφα, να κρατούν ορισμένους μέσα κι άλλους απ' έξω. Ο καθένας κάνει αυτό που νιώθει ότι πρέπει να κάνει. Είσαι άνθρωπος κι όχι ένας αριθμός, κάποια γράμματα ή μια σφραγίδα πάνω σ' ένα χαρτί. Έναν νομάδα δεν τον ενδιαφέρει από πού έρχεται, αλλά πού βρίσκεται. Στην έρημο, οι αριθμοί δεν έχουν καμιά σημασία.

Κάποτε ρώτησα τη μητέρα μου ποια χρονιά είχα γεννηθεί, αλλά εκείνη δεν θυμόταν.

«Μου φαίνεται πως είχαμε βροχές», είπε, «αλλά δεν είμαι σίγουρη».

«Μαμά, τελικά θυμάσαι ή όχι;» της είπα.

«Σε παρακαλώ παιδί μου, δεν θυμάμαι», απάντησε. «Αλλά τι σημασία έχει αυτό;»

Πραγματικά, έχω την αίσθηση ότι γεννήθηκα σε περίοδο βροχών. Κι αυτό γιατί λατρεύω το νερό, ειδικά της βροχής. Τρελαίνομαι για το βρόχινο νερό, γι' αυτό πιστεύω ότι γεννήθηκα σε περίοδο βροχών. Αλλά δεν ξέρω ποια χρονιά, δεν ξέρω ακριβώς πόσων χρόνων είμαι.

Πριν είκοσι χρόνια, όταν ήμουν περίπου δεκατεσσάρων χρόνων, ο θείος μου αποφάσισε να με πάρει μαζί του στην Αγγλία, σαν οικιακή βοηθό. Μου είχε πει:

«Αν είναι να σε πάρω μαζί μου στο Λονδίνο, πρέπει να σου βγάλω διαβατήριο, έτσι δεν είναι;»

«Ναι», του είπα, αλλά δεν είχα ιδέα τι μπορούσε να ήταν ένα διαβατήριο.

Με πήγε σ' ένα μέρος όπου τραβήξαμε φωτογραφίες και το επόμενο πρωί κρατούσε στα χέρια του το διαβατήριο. Την προσοχή μου τράβηξε αμέσως η φωτογραφία, τα γράμματα μου ήταν εντελώς αδιάφορα. Ήταν η πρώτη φορά που έβλεπα τον εαυτό μου σε φωτογραφία. Μ' έδειχνε να κοιτάω προς τα πάνω, προς τον ουρανό κι όχι προς τον φακό. Όταν ο φωτογράφος μου είχε πει «άνοιξε τα μάτια σου», δεν ήξερα προς τα πού έπρεπε να κοιτάξω κι έτσι κοίταξα προς τα πάνω. Στην πραγματικότητα προσευχόμουν στον Θεό, γιατί φοβόμουν ότι κάτι κακό θα συνέβαινε, δεν ήξερα τι ήταν η φωτογράφιση. Πέρασαν χρόνια στο Λονδίνο, μέχρι να καταλάβω τελικά τι ακριβώς ήταν ένα διαβατήριο. Ο θείος μου είχε βάλει μια τυχαία χρονολογία γεννήσεως, δικής του επινόησης, σ' εκείνο το πρώτο μου διαβατήριο. Ακόμη δεν θυμάμαι ποια ήταν αυτή.

Άφησα τον αδελφό μου μόνο του μέσα στο πλήθος. Έπρεπε να κάνω κάτι, να κινηθώ. Πήγα στον πάνω όροφο κι ανακάλυψα ότι υπήρχε ξενοδοχείο στο αεροδρόμιο.

«Υπάρχει κάποιο ελεύθερο δωμάτιο;» ρώτησα τον ρεσεψιονίστα.

«Μάλιστα, υπάρχουν δωμάτια, αλλά δεχόμαστε πληρωμές μόνο σε μετρητά». Συμπεριφερόταν σα να μην πίστευε ότι είχα αρκετά χρήματα να πληρώσω.

«Τότε, δώστε μου ένα δωμάτιο», συνέχισα εγώ.

«Στοιχίζουν εκατόν πενήντα δολάρια τη βραδιά», *απάντησε. «Αμερικάνικα δολάρια», διευκρίνισε, σαν να επρόκειτο για κάτι πολύ σοβαρό.*

Θεέ μου, σκέφτηκα, ευτυχώς που έχω λεφτά. Έκλεισα το δωμάτιο, δεν μ' ένοιαζε η τιμή, γιατί ήμουν εξαντλημένη από την κούραση. Ήταν ένα μίζερο δωματιάκι, με φτηνές, φθαρμένες πετσέτες κι ένα βρόμικο καφετί κάλυμμα, πάνω στο μονό κρεβάτι. Μόλις έμεινα μόνη μου, έβαλα τα κλάματα. Σκεφτόμουν τον γιο μου, που τον είχα αφήσει μόνο του, για να κάνω τούτο το τρελό ταξίδι στο πουθενά. Είχε μια μόλυνση, το κεφαλάκι του ήταν γεμάτο με φριχτά, άσπρα σπυράκια, που δεν ήξερα καν τι ήταν. Μήπως μ' αυτόν τον τρόπο, προσπαθούσε να μου πει κάτι ο Θεός; Μήπως με τιμωρούσε ο Θεός; Δεν υπάρχει χειρότερο συναίσθημα απ' το να νιώθεις παγιδευμένος κι αβοήθητος.

Μου φαινόταν ειρωνεία της τύχης ότι βρισκόμουν και πάλι σε τούτο το αεροδρόμιο του Άμπου Ντάμπι, που μου έφερνε τόσες φριχτές αναμνήσεις. Ακριβώς απ' αυτό το αεροδρόμιο με είχαν κάποτε απελάσει. Ακριβώς από τούτο το μέρος. Ίσως μου έχουν ρίξει κάποια κατάρα. Ποιος ξέρει;

Ήταν τότε που η μητέρα μου είχε βρεθεί σε διασταυρούμενα πυρά, ανάμεσα σε αντιμαχόμενες φυλές. Είχε βγει για καυσόξυλα, δεν είχε πειράξει κανέναν, αλλά οι στρατιώτες άνοιξαν πυρ μεταξύ τους. Προσπάθησε να ξεφύγει, αλλά δυο σφαίρες τη βρήκαν στο στήθος. Έστειλα χρήματα στη Φαρτούν, που την έφερε στο Άμπου Ντάμπι για χειρουργική επέμβαση. Εγώ, φυσικά, πήρα το πρώτο αεροπλάνο για να τη συναντήσω εκεί. Στη Νέα Υόρκη με διαβεβαίωναν ότι δεν χρειαζόμουν βίζα για τα Εμιράτα. Όταν έφτασα, ύστερα από ταξίδι δεκαοκτώ ωρών, δεν με άφησαν να βγω έξω απ' το αεροδρόμιο. Ένας χοντρός, άσχημος άντρας μου είπε ότι δεν μπορούσα να μπω στη χώρα χωρίς την απαραίτητη βίζα. Η μητέρα μου κι η αδελφή μου με περίμεναν έξω από την αίθουσα αφίξεων, αλλά δεν μου επέτρεψαν να τις δω. Το πείσμα μου, όμως, ήταν τέτοιο, που επέστρεψα με το επόμενο αεροπλάνο στη Νέα Υόρκη, πήγα κατ' ευθείαν στην πρεσβεία των Ενωμένων Αραβικών Εμιράτων και πήρα τη βίζα που χρειαζόμουν. Ξόδεψα 2.704 δολάρια επιπλέον για να επιστρέψω ξανά στο Άμπου Ντάμπι. Όταν ξαναέφτασα, ο ίδιος άκαρδος, άσχημος, κοντόχοντρος άντρας βρισκόταν στον έλεγχο των διαβατηρίων. Του έλειπαν τα δυο μπροστινά του δόντια κι αν μπορούσα θα τον είχα κλοτσήσει, να του φύγουν και τα υπόλοιπα. Πήρε το διαβατήριό μου και μ' άφησε να περιμένω όρθια, στον χώρο του τελωνείου. Περίμενα και περίμενα όλη μέρα. Φοβόμουν να πάω να πάρω κάτι να φάω ή να πάω στην τουαλέτα, μην τυχόν επιστρέψει και δεν με βρει εκεί. Τελικά, φώναξε τ' όνομά μου, αλλά, όταν τον πλησίασα, μου ανακοίνωσε σαρκαστικά ότι δεν επιτρεπόταν η είσοδός μου στη χώρα.

«Σας παρακαλώ», τον ικέτευσα, «πήγα πίσω μέχρι τη Νέα Υόρκη να πάρω τη βίζα που μου ζητήσατε. Ποιο είναι τώρα το πρόβλημα; Μπορείτε να μου εξηγήσετε; Η μητέρα μου είναι τραυματισμένη, με περιμένει εκεί έξω, αφήστε με να τη δω, σας παρακαλώ θερμά».

Εκείνος με κοίταξε και μου γρύλισε:

«Δεν επιτρέπεται η είσοδός σας στη χώρα, πάει, τελείωσε». Μου έδωσε το διαβατήριό μου και πρόσθεσε: «Πού επιθυμείτε να πάτε; Πρέπει να εγκαταλείψετε τη χώρα με την επόμενη πτήση».

«Δεν φεύγω αν δεν μου εξηγήσετε ποιο είναι το πρόβλημα».

«Σε λίγη ώρα, έχει μια αναχώρηση για Λονδίνο και θα σας βάλω σ' αυτό το αεροπλάνο», είπε ψυχρά.

Του εξήγησα ότι δεν έμενα στο Λονδίνο· «Γιατί θέλετε να με στείλετε εκεί, αφού μένω στη Νέα Υόρκη». Έβαλα τα κλάματα, τον παρακαλούσα, εκείνος, όμως, δεν άκουγε τίποτε.

«Βλέπετε τις γυναίκες εκεί απέναντι;» είπε απειλητικά, δείχνοντας μια ομάδα ένστολων γυναικών με φριχτή όψη. «Αν δεν φύγετε με την πτήση που σας είπα, θα γίνουν σκληρές μαζί σας. Ειλικρινά, θα σας βάλουν στο αεροπλάνο με το ζόρι και θα σας πονέσουν, δεν αστειεύομαι».

Καθώς οι ένστολες γυναίκες με συνόδευαν μέχρι το αεροπλάνο, άκουγα τον κόσμο ολόγυρα να γελάει μαζί μου, δεν θα το ξεχάσω ποτέ.

Και τώρα, να 'μαι πάλι εδώ, παγιδευμένη στο ίδιο αεροδρόμιο, ξοδεύοντας πάνω από εκατόν πενήντα δολάρια για ένα μίζερο δωμάτιο ξενοδοχείου. Η απάνθρωπη μεταχείριση μου είχε καθίσει στον λαιμό, είχε περάσει το δέρμα μου, μου είχε δηλητηριάσει το αίμα. Δεν βρίσκω λέξεις, σε καμιά γλώσσα, να περιγράψω αυτό το συναίσθημα.

Ισλάμ σημαίνει υποταγή. Ένας μωαμεθανός πρέπει να δείχνει υποταγή στον Θεό. Έτσι κι εγώ, έπεσα στα γόνατα και παρακάλεσα τον Αλλάχ:

«Θεέ μου, βοήθησέ με». Αναρωτιόμουν αν θα μπορούσε να βγει κάτι καλό και χαρούμενο, μετά από τόσες δοκιμασίες.

«Ίνσαλλαχ. Ίνσαλλαχ. Ο Αλλάχ ας βάλει το χέρι του», έλεγα και ξανάλεγα. Το καθετί έχει μιαν αιτία. Στήριζα τις ελπίδες μου στον Θεό, όλα να 'ναι για το καλό.

125

Προσευχή ενάντια στο Κακό

Το Κακό κρυφά ακολουθεί τ' αχνάρια μας. Θεέ μου.
βάλε το χέρι Σου να το σταματήσεις.
Το Κακό καραδοκεί μπροστά μας.
κάν' το να τραπεί σε φυγή.
Το Κακό αιωρείται από πάνω μας.
φυλάκισέ το μ' αδιάρρηκτα δεσμά.
Το Κακό φυτρώνει από κάτω μας.
κάνε ν' αστοχίσουν τα βέλη του.
Το Κακό βαδίζει δίπλα μας. πέταξέ το μακριά.

ΓΚΕΜΠΑΪ, ΛΑΪΚΟ ΤΡΑΓΟΥΔΙ ΤΗΣ ΣΟΜΑΛΙΑΣ

6
Ένα νυχτερινό ταξίδι

ΓΕΙΑ ΣΟΥ, ΜΑΝΑ ΑΦΡΙΚΗ, το τραγούδι ηχούσε μέσα μου, καθώς το αεροπλάνο προσγειωνόταν στην πατρίδα μου, την έρημο, μετά από τουλάχιστον είκοσι χρόνια απουσίας μου.

«Γεια σου, μάνα Αφρική, πώς είσαι; Εγώ είμαι καλά, εύχομαι το ίδιο και για σένα», τραγουδούσα, κατεβαίνοντας τη σκάλα αποβίβασης, μ' ένα τεράστιο χαμόγελο ζωγραφισμένο στα χείλη μου. Είχα επιστρέψει! Ο ουρανός με καλωσόρισε. Τρέχοντας και χοροπηδώντας κουτρουβάλησα τα μετάλλινα σκαλιά μέχρι τον διάδρομο προσγείωσης. Ένα μεγάλο μαύρο σκαθάρι ήρθε κι έκατσε στον ώμο μου, το έδιωξα αμέσως. Αγνάντεψα το τοπίο γύρω μου κι η καρδιά μου άρχισε να χτυπά δυνατά, πιότερα απ' όλα, όμως, το καρδιοχτύπι ήταν γι' αυτόν τον μοναδικό ουρανό της ερήμου. Ο ουρανός είναι το σπίτι του ήλιου και της σελήνης, είναι παντοτινός, αγκαλιάζει τον χρόνο. Ο ουρανός της Σομαλίας είναι απέραντος, με κάνει να νιώθω όχι τόσο δα μικρή, αλλά απεριόριστα μεγάλη. Τέντωσα τα χέρια μου προς τα πάνω, όσο έφταναν, για να νιώσω την απεραντοσύνη και την ελευθερία του ανοιχτού αυτού χώρου. Η αστραφτερή δύναμη του ήλιου κάνει τα πράγματα να ξεχωρίζουν, όλα δείχνουν να 'ναι πολύ κοντά. Στο βάθος, διέκρινα τον Ινδικό Ωκεανό. Ένα μικρό βήμα αν έκανα, μου φάνηκε, θα 'μουν εκεί, να πέσω στα κύματά του. Πάνω απ' την αχανή έρημο φυσούσε γλυκά ο άνεμος, είχε περάσει καιρός, τόσος καιρός, είχα σχεδόν ξεχάσει αυτόν τον ήχο. Όλα ήταν τόσο γνώριμα. Οι ακακίες, τα σκαθάρια, τα βουναλάκια που φτιάχνουν οι τερμίτες, οι μικρές αντιλόπες ντικ-ντικ, οι στρουθοκάμηλοι, ακόμη κι ο ήχος που κάνουν οι χελώνες, όταν σκάβουν στο χώμα. Βαδίζοντας προς την έξοδο, παρατηρούσα τους ανθρώπους, τους συμπατριώτες μου. Τους καταλάβαινα τόσο καλά, πώς σκέφτονταν, πώς συμπεριφέρονταν. Ύστερα από τόσα χρόνια στην ξενιτιά, που έκανα προσπάθειες να μαντέψω κάθε φορά τι γινόταν γύρω μου, βάζοντας τα δυνατά μου να ταιριάξω στο άγνωστο περιβάλλον, τώρα ένιωθα αγαλλίαση. Ξαφνικά, μου 'ρθε μια έντονη μυρωδιά, που αμέσως αναγνώρισα. Κάπου εκεί κοντά τηγάνιζαν *άντζελα*, το παραδοσιακό μας πρωινό, κάτι εντελώς διαφορετικό απ' όλ' αυτά τα ζαχαρωτά που τρώνε στη Δύση. Είναι ένα είδος ξινής τηγανίτας, πολύ θρεπτικής, που σε κρατάει χορτάτο όλη μέρα. Δάκρυσα όχι από λύπη αλλά από χαρά. Μονάκριβη, μάνα Σομαλία, πόσο μου είχες λείψει! Πώς μπόρεσα να μείνω μακριά σου τόσον καιρό; Τι είναι αυτό που με κράτησε μακριά σου; Οι άνθρωποι γύρω μου με κοιτούσαν, αλλά δεν με κοιτούσαν περίεργα. Αντίθετα, μ' έκαναν να νιώσω ότι σ' αυτούς ανήκα. Τα όνειρά μου είναι από κει. Είμαι μια κόρη της Αφρικής. Ήθελα να πάω αμέσως να βρω τη μητέρα μου, κοντά της θα ένιωθα ότι πραγματικά είχα γυρίσει σπίτι.

Ο ήλιος βρισκόταν κατακόρυφα πάνω από τα κεφάλια μας, στη μέση ενός καταγάλανου ουρανού. Έκανε ζέστη, πολύ ζέστη, ζεμάτούσε. Ύστερα από το Λονδίνο και τη Νέα Υόρκη, ο απότομος καύσωνας μου 'κοψε την ανάσα. Από το έδαφος, σαν ανάποδη βροχή, αναδύονταν κύματα καυτού αέρα. Σ' απόσταση λαμπύριζε ο

Ινδικός Ωκεανός και, προς μεγάλη μου ανακούφιση, μια θαλασσινή αύρα μας δρόσισε λιγάκι, απαλύνοντας κάπως το ασφυκτικό αίσθημα, που προκαλούσε η τροπική θερμοκρασία. Στην ανυπόφορη ζέστη πρέπει να ξέρεις να χαλαρώνεις. Δεν μπορείς να τρέχεις αλαφιασμένος από δω κι από κει.

Δεν υπήρχαν λεωφορεία ή τρένα, από εκείνο το μικρό αεροδρόμιο. Αν δεν είχες αυτοκίνητο, έπρεπε να περπατήσεις. Στον δρόμο, έξω απ' το φρεσκοασβεστωμένο κτίριο του αεροδρομίου, περίμεναν οδηγοί με αγοραία αμάξια. Ιδιοκτήτες των αυτοκινήτων αυτών, πολλές φορές, είναι γυναίκες. Προτίμησαν να πάνε στη Σαουδική Αραβία να δουλέψουν ως ιερόδουλες, παρά να πεθαίνουν απ' την πείνα ή ν' αναγκάζονται να ζητιανεύουν στους καταυλισμούς προσφύγων. Με τα χρήματα που κέρδισαν, αγόρασαν αυτοκίνητα και τα έφεραν στη Σομαλία. Τώρα, έχουν προσλάβει οδηγούς και διατηρούν επιχειρήσεις με ταξί. Στη Σομαλία, οι γυναίκες δεν οδηγούν οι ίδιες αυτοκίνητο, αλλά, αν είναι ιδιοκτήτριες ταξί, θεωρούνται ευκατάστατες.

«Άσε, θα κανονίσω εγώ», είπε ο Μοχάμεντ κι άρχισε να κόβει βόλτες πάνω κάτω και να παρατηρεί τους ταξιτζήδες. Δεν άργησε να δει κάποιον συγγενή, απ' τη φυλή μας, που τον ήξερε απ' το Μογκαντίσου και μου φώναξε:

«Εδώ είναι κάποιος γνωστός που μπορούμε να πάρουμε. Ο Αμπντιλάχι είναι δικός μας, της φυλής μας, *Μίτζερταϊν*».

«Αδελφέ, καλύτερα να φροντίσουμε να πάρουμε κάποιον με γερό αυτοκίνητο, που δεν θα διαλυθεί στα μέσα της διαδρομής», τον παρακάλεσα.

Ο αδελφός μου, όμως, είχε ήδη αποφασίσει.

«Πάντοτε μπορείς να εμπιστεύεσαι ανθρώπους της φυλής σου», με πληροφόρησε. «Για να δούμε αν μπορεί να μας πάει στο Γκελκάγιο».

Ο Αμπντιλάχι είχε ένα παλιό, ταλαιπωρημένο στέισον

131

βάγκον, τσαλακωμένο από τρακαρίσματα και με το καπό δεμένο, για να μην ανοίγει. Τα λάστιχα ήταν φθαρμένα και σε ορισμένα σημεία φαίνονταν από μέσα οι σαμπρέλες. Τα καθίσματα ήταν σχισμένα και τρύπια. Σ' ένα τζιπ Τσερόκι, που κάποτε είχα νοικιάσει για τον Ντάνα, υπήρχαν ανάλογα σημάδια φθοράς, αλλά ποτέ μου δεν είχα ξαναδεί κάτι τέτοιο. Ο Μοχάμεντ χαιρέτισε τον Αμπντιλάχι. Οι δυο άντρες έδωσαν τα χέρια, με τη χαρακτηριστική διπλή χειραψία των μωαμεθανών και αγκαλιασμένοι έπιασαν την κουβέντα. Ο Αμπντιλάχι ήταν ψηλός, με μακρύ πρόσωπο, που κατέληγε σε μια μικρή, τραγίσια γενειάδα. Πάνω απ' το παραδοσιακό *μα-α-βάις*, φορούσε μιαν άσπρη πουκαμίσα. Το *μα-α-βάις* είναι ένα μακρύ, εμπριμέ ύφασμα, που οι άντρες το τυλίγουν γύρω απ' τη μέση και το διπλώνουν, δένοντάς το μπροστά. Συνήθως, φτάνει ως τη γάμπα. Οι περισσότεροι άντρες στο αεροδρόμιο φορούσαν *μα-α-βάις*. Ο Μοχάμεντ κι ο Αμπντιλάχι πήγαν πίσω στα γραφεία, για να πληρώσουν τον φόρο αεροδρομίου και να πάρουν τα διαβατήριά μας. Μας τα είχαν κρατήσει στο αεροπλάνο. Το διαβατήριό μου είναι βρετανικό και αναφέρει ρητά ότι δεν επιτρέπεται να ταξιδέψω στη Σομαλία. Φοβόμουν μην τυχόν με απελάσουν ή, ακόμη χειρότερα, με συλλάβουν για παράνομη είσοδο, αλλά ο Μοχάμεντ επέμενε πως θα τα τακτοποιούσε όλα. Ο ήλιος έκαιγε αφόρητα. Ένιωθα τον ιδρώτα να τρέχει πάνω μου ποτάμι. Η θερμοκρασία μου φαινόταν ότι έφτανε τους 60 βαθμούς. Οι δυο άντρες αργούσαν κι άρχισα ν' ανησυχώ. Ήθελα να πετάξω από πάνω μου αυτήν τη μαντίλα, που 'χε γίνει μούσκεμα και κολλούσε πάνω στο κεφάλι και στην πλάτη μου. Δεν έβλεπα την ώρα και τη στιγμή να μπούμε σ' ένα αμάξι, να φύγουμε.

Τελικά, τους είδα να βγαίνουν. Ο Αμπντιλάχι ήταν φανερά αναστατωμένος.

«Ο αδελφός σου καβγάδισε με την αστυνομία», μου είπε.

«Αφού δεν έχουν δικαίωμα να κρατήσουν τα χαρτιά μας. Είναι υποχρεωμένοι να μας τα επιστρέψουν, όταν πληρώσουμε τον φόρο αεροδρομίου», επέμενε ο Μοχάμεντ.

«Τι ακριβώς συνέβη εκεί μέσα;» ρώτησα τον Αμπντιλάχι, που φαινόταν πιο λογικός απ' τον Μοχάμεντ.

«Ο αδελφός σου εκνευρίστηκε με τον υπάλληλο και του έβαλε τις φωνές. Παραλίγο να ρίξει κάτω έναν αστυνόμο που προσπαθούσε να τον απομακρύνει», είπε ο Αμπντιλάχι.

Ο Μοχάμεντ ήταν ακόμη έξαλλος, περπατούσε νευρικά πέρα δώθε. Ο Αμπντιλάχι γύρισε προς το μέρος του, σηκώνοντας ψηλά τις παλάμες.

«Ηρέμησε, πρέπει να ηρεμήσεις», του είπε.

«Δεν μπορούν να μου μιλούν μ' αυτόν τον τρόπο», είπε ο Μοχάμεντ. «Πλήρωσα τον ειδικό φόρο. Δεν έχουν κανένα δικαίωμα να...»

Ο Αμπντιλάχι τον διέκοψε, κουνώντας το χέρι του μπροστά στο πρόσωπο του αδελφού μου:

«Εδώ, φίλε, δεν είναι Ευρώπη. Εδώ, τα όπλα που κρατούν τα χρησιμοποιούν. Δεν τους καίγεται καρφί, ποιος είσαι εσύ ή ποιο είναι το πρόβλημα. Πρέπει να αποφεύγεις τους καβγάδες, ποτέ να μην λογομαχείς με κάποιον που βαστάει όπλο. Δεν θα έχει καμιά σημασία ποιος είχε δίκιο, όταν θα σ' έχει πυροβολήσει».

Ο Αμπντιλάχι πήρε τον αδελφό μου παράμερα, μην τυχόν πιαστεί στα χέρια με κανέναν. Στο μεταξύ, η αστυνομία είχε επιστρέψει τα χαρτιά μας, αλλά ακόμη φοβόμουν μήπως αλλάξουν γνώμη. Πλησίασα τους δυο άντρες και διέκοψα τη συζήτηση που είχαν πιάσει για τη στρατηγική της αστυνομίας, για στρατιώτες και για κχατ.

«Αμπντιλάχι, πιστεύεις ότι θα μπορέσεις να βρεις τη μητέρα μου;» ρώτησα, καθώς βιαζόμουν να φύγουμε απ' τον χώρο του αεροδρομίου.

«Κοίτα να δεις, η οικογένειά σου μένει κοντά στα σύνορα με την Αιθιοπία», απάντησε ο Αμπντιλάχι. «Από εκείνα τα μέρη ερχόμουν, οδηγούσα όλη νύχτα για να προλάβω το αεροπλάνο. Πίστεψέ με, θα τους βρω».

«Έχεις κάποιον χάρτη;» ρώτησα, ακόμη ανήσυχη και σκεπτική.

Ο Αμπντιλάχι με κοίταξε μ' έναν περίεργο τρόπο σα να διασκέδαζε και είπε:

«Αφού είμαι Σομαλός».

«Θα τους βρει», γέλασε ο Μοχάμεντ. «Τι να τον κάνει τον χάρτη; Τα 'χει όλα μες στο μυαλό του».

«Και πότε θα φτάσουμε;» ρώτησα, τώρα μ' ενθουσιασμό. Ανυπομονούσα να σφίξω τη μητέρα μου στην αγκαλιά μου, ν' αγγίξω το πρόσωπό της.

«Περίπου οχτώ με εννιά ώρες, ανάλογα την κατάσταση των δρόμων και τα στρατιωτικά μπλόκα», απάντησε ο Αμπντιλάχι, χαϊδεύοντας το μικρό του γενάκι.

«Τι εννοείς οχτώ ώρες;» αναφώνησα. Δεν μπορούσα να το πιστέψω. Είχα ήδη ξοδέψει τρεις ολόκληρες μέρες απ' τον πολύτιμο χρόνο μου σε αεροπλάνα και σ' ένα μίζερο ξενοδοχείο. Και τώρα, μια ολόκληρη μέρα ακόμη στον δρόμο. Ο ήλιος είχε ήδη γείρει στα μισά τ' ουρανού. Μ' έπιασε υστερία. Άρχισα να βηματίζω νευρικά, πατώντας τον ποδόγυρο του φορέματός μου. Με μια απότομη κίνηση έβγαλα τη μαντίλα, που μου έσφιγγε τον λαιμό. Μέσ' στο λιοπύρι δυσκολευόμουν ν' αναπνεύσω, έπρεπε να κινηθώ, να τελειώνω με τούτο το ταξίδι. Οχτώ ώρες μέσα στο αυτοκίνητο σήμαινε δυο μέρες λιγότερο κοντά στην οικογένειά μου, υπολογίζοντας και τη διαδρομή πίσω στο Μπορσάσο, για να πάρουμε το αεροπλάνο της επιστροφής. Ο Μοχάμεντ κι ο Αμπντιλάχι με κοιτούσαν σαν να ήμουν τρελή. Για εκείνους, ο χρόνος δεν μετρούσε, δεν είχαν προθεσμίες κι επείγοντα ραντεβού. Ήταν σα να ζούσαν σ' έναν άλλον πλανήτη, έναν κόσμο εντελώς διαφορετικό απ' τον δικό μου. Κι όμως, δεν είχα επιλογές. Έπρεπε να ηρεμήσω και να κάνω αυτό που ήταν να κάνω.

«Πόσα θέλεις για να μας πας ως εκεί;» ρώτησε ο Μοχάμεντ.

Ο Αμπντιλάχι ζήτησε τριακόσια αμερικάνικα δολάρια. Ο Μοχάμεντ του πρόσφερε εκατό, αλλά εκείνος αρνήθηκε.

«Μοχάμεντ», του ψιθύρισα, «δώσ' του αυτά που ζητάει, για να φύγουμε επιτέλους από δω. Ας μην ξοδεύουμε άσκοπα τον χρόνο μας».

Ο Μοχάμεντ μου έριξε ένα φαρμακερό βλέμμα, σαν να μου έλεγε να κοιτάω τη δουλειά μου και να μην τον ενοχλώ. Έτσι, ξαναγύρισα στον καυτερό ήλιο, ενώ εκείνοι συνέχιζαν το παζάρι τους.

«Τριακόσια δολάρια είναι υπερβολική τιμή», είπε ο Μοχάμεντ. «Είμαστε *Μίτζερταϊν* κι οι τρεις μας, δεν είμαστε ξένοι».

«Είμαι φτωχός, χρειάζομαι χρήματα για να ταΐσω τα παιδιά μου».

«Άκουσέ με, Αμπντιλάχι, εκατό αμερικάνικα δολάρια είναι πολλά λεφτά, το ξέρουμε κι οι δυο. Πολύ περισσότερα απ' την κανονική τιμή για ένα ταξίδι σαν κι αυτό. Κι εκτός απ' αυτό», αστειεύτηκε ο Μοχάμεντ, «θα 'χεις ήδη καταλάβει ότι είμαι τρελός!»

«Αυτό, σίγουρα!» είπε ο Αμπντιλάχι. «Απ' ό,τι φαίνεται, πρέπει να πάρω εσένα και την αδελφή σου μακριά από δω πέρα, πριν μπλέξετε ακόμη πιο άσχημα. Δεν έχω καμιά όρεξη, επειδή είμαστε συγγενείς, να μου φορτώσουν εμένα το τίμημα του αίματος, αν τύχει και τραυματίσεις κάποιον».

«Οπότε, εκατό δολάρια», είπε ο Μοχάμεντ και του έσφιξε το χέρι, για να κλείσει η συμφωνία. Έδωσα στον Αμπντιλάχι τα χρήματα για τη διαδρομή που θα περνούσε απ' την κεντρική Σομαλία, ως εκείνο το μικρό χωριουδάκι, όπου τελευταία είχαν δει τη μητέρα μου. Ο Αμπντιλάχι φαινόταν έξυπνος άνθρωπος, σαν να ήξερε τι έκανε, αλλά δεν μπορώ να πω ότι τον θεωρούσα και πολύ ευγενικό. Μου συμπεριφερόταν όπως συμπεριφέρονται σ' όλες τις γυναίκες στη Σομαλία. Δεν είχε καμιά σημασία ότι εγώ πλήρωσα τα ναύλα. Οι δυο άντρες μ' άφησαν να φορτώσω μόνη μου το αμάξι, μ' όλα μας τα πράγματα, ενώ εκείνοι πήγαν να βρουν κάποιους συγγενείς. Τους είδα από απόσταση ν' αγκαλιάζονται, να χαιρετιούνται και να πιάνουν κουβέντα με άλλους άντρες.

Μόλις προσγειωθήκαμε στη Σομαλία κι ο Μοχάμεντ άρχισε να μιλάει σομαλικά, σαν να έγινε άλλος άνθρωπος. Η πλάτη του ίσιωσε κι έτσι έδειχνε ακόμη πιο ψηλός. Κρατούσε το σαγόνι του ψηλά, έδειχνε επιθετικός και περήφανος, σαν κόκορας. Μου θύμισε τον Μοχάμεντ που ήξερα, όταν ήμαστε ακόμη παιδιά, όταν ερχόταν στον καταυλισμό μας για επίσκεψη. Μια φορά που είχε έρθει, άρχισε να σκαλίζει στο χώμα.

«Ει, εσύ εκεί πέρα», μου φώναξε το περίεργο εκείνο αγόρι. «Είσαι έτοιμη να μάθεις την αλφαβήτα σου;» Έδινε την εντύπωση ενός ανθρώπου που κανονίζει τα πάντα και που τα ξέρει όλα. Με είχε πιάσει περιέργεια και πήγα κοντά του, για να δω τι ακριβώς έκανε.

«Κάτσε κάτω», διέταξε. Εγώ, όμως, φοβόμουν το ραβδί που κρατούσε στο χέρι του κι έμεινα όρθια, για να 'μαι σίγουρη ότι θα μπορούσα να το σκάσω, αν προσπαθούσε να με χτυπήσει. Χάραζε γράμματα στο χώμα, αλλά εγώ δεν καταλάβαινα τι ήταν, αφού ποτέ μου δεν είχα ούτε καν ακούσει για γραφή κι ανάγνωση.

«Ποιο είναι αυτό;» ρώτησε επιτακτικά, δείχνοντας ένα από τα γράμματα που τόσο γρήγορα είχε χαράξει με το μακρύ ραβδί του. Εγώ, φυσικά, δεν είχα ιδέα.

«Λοιπόν, ποιο είναι αυτό το γράμμα;» ξαναρώτησε, κουνώντας το ραβδί μπροστά απ' τα μάτια μου. Δεν καταλάβαινα τι ζητούσε αυτό το τρελό αγόρι από μένα κι έτσι έμεινα εκεί να τον κοιτάω, καθώς χάραζε γραμμές στο έδαφος. Σε λίγο, άρχισε να μου φωνάζει:

«Είσαι μια χαζή νομάδα βοσκοπούλα. Τι κάθεσαι και με κοιτάς; Τα γράμματα πρέπει να κοιτάς και να τα προφέρεις».

Φώναζε τόσο πολύ, που έβαλα τα γέλια. Όταν προσπάθησε να με χτυπήσει με το ραβδί, έτρεξα και του ξέφυγα. Εκείνος συνέχιζε να φωνάζει πίσω μου:

«Εσείς εδώ στην έρημο είστε τεμπέληδες και βλάκες! Δεν θα μάθετε ποτέ να διαβάζετε και να γράφετε. Ξέχνα το, δεν θέλω πια να σου μάθω, δεν θα ξοδεύω εγώ τον χρόνο μου με κορίτσια». Πήρε μια πέτρα και μου την πέταξε· με βρήκε στον αστράγαλο και με χτύπησε άσχημα. Η μητέρα μού είπε να μην ξανακάνω παρέα μαζί του. Πάντως, σίγουρα, δεν ήθελα πια να ξανακούσω για γραφή κι ανάγνωση.

Τώρα πάλι κόμπαζε κι έκανε πως τα ήξερε όλα και πως εγώ δεν ήμουν παρά μια μικρή νομάδα βοσκοπούλα. Έκανε φοβερή ζέστη όταν μπήκα στο αυτοκίνητο κι όταν κατέβασα το τζάμι, άρχισαν να μπαίνουν μέσα μύγες, γι' αυτό άλλαξα γνώμη και ξαναβγήκα έξω στον ήλιο που έκαιγε. Ο Μοχάμεντ, όταν επέστρεψε, μου είπε να μπω στ' αμάξι μ' έναν απότομο τρόπο, λες κι ήμουν εγώ η αιτία που είχαν καθυστερήσει. Εκείνος κάθισε μπροστά, εγώ πίσω.

«Μου το χρωστάς», γύρισε και μου είπε, μόλις ξεκινήσαμε.

Δεν του απάντησα. Κοιτούσα έξω το τοπίο, που τόσο μου είχε λείψει. Έτσι είναι οι άντρες στη Σομαλία. Δεν ακούν ποτέ μια γυναίκα, ανεξάρτητα από το ποια ή τι είναι αυτή. Στην Αφρική προσαρμόζεσαι στις συνήθειες, δεν τις αλλάζεις.

Ο δρόμος που ακολουθήσαμε φεύγοντας απ' το αεροδρόμιο κατά διαστήματα ήταν χαλικόστρωτος. Σε λίγο φτάσαμε σε κάτι που έμοιαζε με βενζινάδικο. Ο Αμπντιλάχι έβαλε βενζίνη και, επιπλέον, γέμισε δυο τεράστια εφεδρικά ντεπόζιτα, που τα φόρτωσε στο πίσω μέρος του σαράβαλου αμαξιού του. Ανησυχούσα, επειδή ταξιδεύαμε χωρίς χάρτη και χωρίς συνοδεία. Ευχόμουν να μην είχαμε προβλήματα σε κάποιο μπλόκο του στρατού. Αλλάχ, βάλ' το χέρι σου, να 'μαστε καλοτάξιδοι, προσευχόμουν. Βοήθησέ με να βρω τη μητέρα μου.

Ήταν εποχή ανομβρίας, όλα γύρω μας ξεραμένα κι άγονα. Το αυτοκίνητο σήκωνε σκόνη, που έμπαινε απ' τα παράθυρα, σκέπαζε κάθε επιφάνεια και τρύπωνε σε κάθε χαραμάδα. Στην αρχή ο δρόμος ήταν μια χαρά, σε μερικά σημεία, μάλιστα, ήταν ακόμη και πλακόστρωτος. Σύντομα, όμως, χειροτέρεψε, έγινε κακοτράχαλος κι άρχισε να διακλαδίζεται, προς αμέτρητες κατευθύνσεις. Παρακαλούσα ο Αμπντιλάχι να έβρισκε τον δρόμο του και να κατάφερνε να μας περάσει σώους απ' αυτές τις δύσβατες περιοχές, μέσα από απότομους αμμόλοφους και κατολισθήσεις βράχων.

Ο Αμπντιλάχι σύντομα σταμάτησε, κοντά σε κάποιες άθλιες πλίνθινες καλύβες.

«Πρέπει να βρούμε λίγο κχατ», είπε. «Ήμουν στο τιμόνι όλη νύχτα και πρέπει να κρατηθώ ξύπνιος άλλο τόσο».

Οι άνθρωποι του οικισμού, όταν μας είδαν, σηκώθηκαν απ' τη σκιά που τεμπέλιαζαν κι έτρεξαν κοντά μας, κρατώντας στα χέρια τους κλαδιά με κχατ, κλαδιά με μικρά, πράσινα φυλλαράκια. Βλαστάρια των διαβόλων τα έλεγα. Βλαστάρια του Σατανά. Μισώ το κχατ και, πιστέψτε το, έχει καταστρέψει την πατρίδα μου. Αυτό ήταν το πρώτο πράγμα που είδα σε τούτο το ταξίδι του γυρισμού. Το κχατ δεν φυτρώνει στη Σομαλία. Όλα τα χρήματα από το λαθρεμπόριο πηγαίνουν στην Αιθιοπία ή στην Κένυα.

Ο Αμπντιλάχι οδηγούσε αργά και κοιτούσε τα κλαδιά που του πρόσφεραν οι χωρικοί. Όμως, δεν φάνηκε να του αρέσουν. Έτσι, συνέχισε να οδηγάει ανάμεσα σε ορδές από ρακένδυτους πωλητές. Είδα ταλαιπωρημένα και ξυπόλυτα μικρά αγόρια να καπνίζουν τσιγάρα. Τα χέρια τους και τα πόδια τους ήταν λεπτά, σαν οδοντογλυφίδες. Ήταν, όλα τους, το πολύ εφτά-οχτώ χρόνων κι έμοιαζαν με αράχνες. Όταν πεινούσαν μασούσαν *κχατ* για να μην νιώθουν την πείνα τους. Ο Αμπντιλάχι λίγο πιο κάτω σταμάτησε. Κι εκεί, έγιναν πάλι τα ίδια. Γριές γυναίκες και παιδιά έτρεξαν κοντά μας για να μας προσφέρουν χόρτο. Ο Αμπντιλάχι φώναξε σε μια μαυροντυμένη χήρα, που είχε την ποδιά της γεμάτη πράσινα φυλλαράκια:

«Έλα εδώ εσύ, κυρά μου, έλα εδώ. Τι καλό έχεις για μας; Είναι φρέσκο το χόρτο σου ή μήπως είναι μπαγιάτικο;» Το *κχατ* χάνει σε δύναμη μια δυο μέρες αφότου το μαζέψουν. Οι λαθρέμποροι πηγαινοέρχονται συνέχεια, αυτοί ποτέ δεν αντιμετωπίζουν προβλήματα στα αεροδρόμια.

«Μα, αφού ξέρεις, η αναβροχιά φέτος το παρατράβηξε», απάντησε η γυναίκα, «αλλά, να, τούτο δω το πράμα μόλις ήρθε χθες το βράδυ απ' την Αιθιοπία».

Ο Αμπντιλάχι πήρε το χόρτο στα χέρια του και το περιεργάστηκε. Το έτριψε στα δάχτυλά του, το μύρισε, ήθελε να καταλάβει πότε το είχαν κόψει.

«Έλα, Αμπντιλάχι», του φώναξα, «πάρ' το όπως είναι, να φύγουμε!»

«Φαίνεται καλό», είπε εκείνος, «δώσ' της είκοσι σελίνια, τ' αξίζει».

«Αποκλείεται. Εγώ να πληρώσω το δικό σου *κχατ*;»

«Μα, βοηθάει στην οδήγηση κι έχουμε μακρύ δρόμο μπροστά μας. Ξέρεις, δεν έχω κοιμηθεί καθόλου, οδηγούσα όλη νύχτα για να προλάβω το αεροπλάνο. Το χόρτο θα με κρατήσει ξύπνιο».

«Σου έχω ήδη δώσει εκατό δολάρια. Πες μου, τι το θέλεις αυτό το σιχαμερό πράμα;»

«Κοπέλα μου», είπε εκείνος, «χωρίς εμένα θα κάνατε άλλες δυο μέρες για να φτάσετε εκεί που θέλετε. Εγώ γνωρίζω τα κατατόπια και θα βρω γρήγορα την οικογένειά σας. Άσε που, αν τύχει να 'χουμε προβλήματα με στρατιώτες ή αστυνόμους, θα τους δώσουμε κχατ. Ναρκωτικά: αυτό είναι το μόνο που ζητούν».

«Δεν σου δίνω σελίνι γι' αυτό το σιχαμερό πράμα. Να τ' αγοράσεις με δικά σου λεφτά», επέμενα εγώ.

Τελικά ο Αμπντιλάχι έκανε πίσω. Αγόρασε το χόρτο με δικά του λεφτά, για να ξεκινήσει το ταξίδι. Πρώτα το χάιδεψε, μετά το έβαλε κοντά του στο κάθισμα, για να το έχει εύκαιρο. Πού και πού, έκοβε μερικά φύλλα και στούμπωνε μ' αυτά το στόμα του. Τα μασούσε μέχρι να γίνουν μια εύπλαστη μάζα. Κατόπιν, τα στρίμωχνε κάτω απ' τα ούλα του, για να έχει χώρο να μασήσει καινούργια. Ήξερα ότι σε λίγο τα μάγουλά του θα 'ταν σαν πρησμένα, ενώ απ' τα χείλια του θα έτρεχε ένα πρασινωπό υγρό. Θα 'ταν κεφάτος, ξύπνιος, γεμάτος ενέργεια. Σύντομα, ο Αμπντιλάχι έβαλε ένα μικρό κασετόφωνο να παίζει στη διαπασών. Όλο το απομεσήμερο τραγουδούσε γκεμπάι, λαϊκά σομαλικά τραγούδια.

Αυτός που το κεφάλι ακούμπησε
Στα στήθια της ανάμεσα
Μια ζωή ολόκληρη έζησε.
Θεέ μου, μη μου αρνηθείς ποτέ
Το πηγάδι της ευτυχίας.

Ο Αμπντιλάχι ήταν παράφωνος και τραγουδούσε τσιριχτά. Επιπλέον, έπρεπε να τραγουδάει μόνο με την άκρη του στόματός του, για να μην του φεύγει το κχατ από μέσα. Δεν έπαψε, όμως, το τραγούδι ούτε στιγμή.

Όταν η μοίρα αποφασίσει
Κακές μέρες να 'ρθούνε

140

Όλη η φυλή πρέπει να μαζευτεί.
Ακόμη και τα σύννεφα κάνουνε πλάι
Όταν περνάνε οι καταραμένοι.
Όλο και πιότερο τρεκλίζουν οι γέροι,
Πιο πολύ αδυνατίζουν.
Όπως σκεπάζουν τα φρούτα
Να μην τα δει ο ήλιος,
Έτσι κι ο Θεός σκεπάζει
Τη γνώση και το φως
Μακριά από τα μάτια της φυλής.

Ξαφνικά, η μουσική σταμάτησε. Μας είχε πιάσει λάστιχο, είχαμε πέσει σε ξερόλακκο. Ο Αμπντιλάχι πήγε το αμάξι στην άκρη του δρόμου. Ήταν ερημιά. Δεν υπήρχε κανένας να μας βοηθήσει. Αραιά και πού περνούσαν κάποια φορτηγά, χωρίς όμως να σταματάνε. Ο Αμπντιλάχι, συνεχίζοντας να μασάει κχατ, έσκυψε, έβαλε τον γρύλο κι άρχισε να ξεβιδώνει τον μπροστινό τροχό, σαν να ήταν κάτι που έκανε κάθε μέρα, όλη την ώρα. Έκανε φοβερή ζέστη μέσα στο αυτοκίνητο, γι' αυτό βγήκα να πάρω λίγο αέρα. Ο ήλιος έκαιγε. Ολόγυρα δεν υπήρχε ίχνος σκιάς. Δεν είχα τι άλλο να κάνω, παρά να κοιτάω τον Αμπντιλάχι να μαστορεύει και να μασάει χόρτο. Έβγαλε το σκασμένο λάστιχο, έβαλε τη ρεζέρβα, άντε και δώσ' του, άλλη μια φούχτα φυλλαράκια στο στόμα. Αν μας έσκαγε και η ρεζέρβα, θα έπρεπε να μείνουμε σε εκείνο το μέρος, να σταματήσει κάποιος να μας βοηθήσει ή να μας ληστέψει ή κάτι ακόμη χειρότερο. Ο Αμπντιλάχι προσπαθούσε ν' αποφύγει τις απότομες λακκούβες και τα ξερά ρυάκια, που ήταν διάσπαρτα σ' όλο το φάρδος του δρόμου. Ήταν η πιο ζεστή ώρα της ημέρας. Μέσα από την έρημο, η ζέστη ανυψωνόταν, σαν πυκνός ατμός. Ο Αμπντιλάχι πίστευε ότι όχι μόνο η λακκούβα αλλά κι ο ήλιος που ζεμάτούσε έφταιγαν για το λάστιχο. Μόλις φτάσαμε σε χωριό, ο Αμπντιλάχι σταμάτησε κι αγόρασε καινούργιο λάστιχο. Τους άφησε το σκασμένο λάστιχο, εκείνοι θα το μπάλωναν και θα το πωλούσαν στον επόμενο πελάτη. Αλλάχ, γιατί αργούσαμε τόσο! Αλλάξαμε τουλάχιστον τέσσερα λάστιχα σε εκείνο το ταξίδι, που δεν έλεγε να τελειώσει. Κάναμε δεκατέσσερις ώρες στο δρόμο, μ' όλες αυτές τις στάσεις. Ο Αμπντιλάχι πρέπει να ξόδεψε το μεγαλύτερο μέρος από τα εκατό δολάρια που είχε πάρει σε λάστιχα κείνη τη μέρα.

Στην έρημο, τις αποστάσεις δεν μπορείς να τις υπολογίσεις. Βλέπεις τον ορίζοντα γύρω σου σε άπειρη απόσταση. Με το αυτοκίνητο δεν καταλαβαίνεις ότι κινείσαι, παρά μόνο από τη σκόνη που πάντοτε ακολουθάει. Ο δρόμος ήταν κακοτράχαλος. Πεταγόμουν πάνω κάτω στο κάθισμα, όταν περνούσαμε από λακκούβες. Τον ένιωθα τον δρόμο μέσα μου. Μαζί με τα σκαμπανεβάσματα, ήμουν κι εγώ ένα μέρος αυτού του τόπου. Ταξιδεύαμε σ' ένα τοπίο πέρα από κάθε φαντασία. Ταξιδεύαμε σε τρεις διαστάσεις, πάνω, κάτω, μπρος.

Κι η καρδιά μου ράγιζε, μ' όλα αυτά που βλέπαμε στον δρόμο. Παιδιά, όχι πιο ψηλά απ' την κοιλιά μιας καμήλας, ντυμένα στα κουρέλια, στέκονταν στην άκρη του δρόμου, με κενά βλέμματα, σαν ολότελα χαμένα. Πού βρίσκονταν οι γονείς τους; Είδα άντρες με δόντια κατάμαυρα από το κχατ. Σε μια στάση, που κάναμε για αλλαγή λάστιχου, ένας γέρος στεκόταν στην κορυφή ενός κοντινού λόφου και μας παρατηρούσε σιωπηλά. Δεν έκανε την παραμικρή κίνηση, ούτε καν τις μύγες που 'χαν μαζευτεί γύρω απ' τα μάτια του δεν τον ένοιαζε να διώξει. Περίμενα να συναντήσουμε καραβάνια με καμήλες, όμορφες καμήλες, με χρυσαφί τρίχωμα, ακούραστα πλοία της ερήμου. Μα βλέπαμε μόνο αξιολύπητους ανθρώπους, χωρίς ζώα. Το χειρότερο που είδα ήταν μια κοκαλιάρα γυναίκα, που κουβαλούσε το παιδί της στην πλάτη, στη μέση του πουθενά. Μας έκανε νοήματα να σταματήσουμε, να την πάρουμε μαζί μας για λίγο. Είχε πέσει το σούρουπο, είχαμε να δούμε χωριό εδώ και ώρες. Η γυναίκα φορούσε στο ένα της πόδι μόνο το μπροστινό μέρος ενός παπουτσιού. Και τα δυο της πόδια ήταν πρησμένα και ματωμένα. Έμοιαζαν πόδια καμήλας, είχαν χοντρή πέτσα και ουλές. Δεν θύμιζαν σε τίποτε πόδια ανθρώπου. Δεν άντεξα, άρχισα να φωνάζω:

«Σταμάτα, σε παρακαλώ, σταμάτα, στο όνομα της μητέρας μας, της αδελφής μας, να πάρουμε αυτή την κακομοίρα τη γυναίκα!»

«Τι έπαθες;» ρώτησε ο Μοχάμεντ.

«Έχει χάσει τα παπούτσια της!» είπα. «Έχει μείνει ξυπόλυτη, με ματωμένα πόδια». Κάποτε κι εγώ το είχα περάσει αυτό, πόδια πρησμένα, με βαθιές πληγές, που έμοιαζαν με λασπόλακκους σε άνυδρο τοπίο. Το μόνο που σκεφτόμουν ήταν ότι θα μπορούσαμε να της απαλύνουμε λίγο τον πόνο, αν την παίρναμε μαζί μας για ένα διάστημα. Είχε δρόμο μπροστά της και σε λίγο θα έπεφτε το σκοτάδι. Κι οι ύαινες, σίγουρα, θα έβαζαν στο μάτι εκείνο το μωρό. Συχνά, υποχρεώνεσαι να περάσεις τη νύχτα στην έρημο, γιατί δεν καταφέρνεις πάντα να φτάσεις στον προορισμό σου, πριν πέσει η νύχτα. Όταν το 'χα σκάσει απ' τον πατέρα μου, έβγαλα πολλές νύχτες στην έρημο ολομόναχη, χωρίς φαΐ, χωρίς προστασία. Φοβόμουν ν' αποκοιμηθώ, γιατί ήξερα ότι εκεί έξω, στο σκοτάδι, καραδοκούσαν πεινασμένα θηρία. Μια φορά είχα ξυπνήσει με την ανάσα ενός λιονταριού στο πρόσωπό μου.

«Σε παρακαλώ, σταμάτα», επέμενα. «Μπορώ να τη βάλω να κάτσει μαζί μου, εδώ πίσω, υπάρχει αρκετός χώρος».

Ο Αμπντιλάχι την προσπέρασε λέγοντάς μου:

«Μη στενοχωριέσαι».

Τίναξε το χέρι του, σαν να προσπερνούσε κάτι το ασήμαντο. Κι οι δυο άντρες έλεγαν:

«Γυναίκα είναι, γιατί θέλεις να την πάρουμε στ' αμά-
ξι; Είναι συνηθισμένη στο περπάτημα».

Τα μάτια μου είχαν βουρκώσει, αλλά εκείνοι δεν μ'
άκουγαν. Όλη μέρα προσπερνούσαμε γυναίκες και μι-
κρά παιδιά, που τ' αφήναμε πίσω μας να ψήνονται μέσα
στην άμμο. Πάλι θυμήθηκα τότε που το 'χα σκάσει κι εί-
χα βρεθεί ολομόναχη στην έρημο, παρέα μόνο με τις μύ-
γες και την καυτή άμμο. Ο Μοχάμεντ είχε μάθει από
συγγενείς ότι ο πατέρας μου βρισκόταν μάλλον κι εκεί-
νος ολομόναχος στην έρημο.

Πριν τρεις περιόδους βροχών, ο Ρασίντ, ο μικρός μου
αδελφός, είχε βγάλει τις καμήλες του πατέρα μου για
βοσκή, κοντά στα πηγάδια της φυλής μας, στην περιοχή
Χαούντ. Ο Ρασίντ δεν ενοχλούσε κανέναν, κοιτούσε μό-
νο τη δουλειά του. Είχε καθίσει στο χορτάρι κι οι καμή-
λες έβοσκαν τριγύρω του. Άξαφνα, άκουσε έναν ήχο.
Σηκώθηκε όρθιος να δει τι ήταν. Την επόμενη στιγμή
βρέθηκε μέσα σε βροχή από σφαίρες. Άρχισε να τρέχει,
αλλά κάποιοι άντρες τον κυνήγησαν, πυροβολώντας
τον. Ο Ρασίντ δέχτηκε μια σφαίρα στο μπράτσο κι έπεσε
κάτω λιπόθυμος. Οι στρατιώτες, ή ό,τι άλλο ήταν αυτοί
οι οπλοφόροι, τον πέρασαν για νεκρό, τον άφησαν πε-
σμένο στο έδαφος κι έκλεψαν τις καμήλες.

Ο Ρασίντ, όταν συνήλθε, ανακάλυψε ότι όλα τα ζώα
έλειπαν, ολόκληρο το κοπάδι του πατέρα μου είχε εξα-
φανιστεί. Η έρημος γύρω του ήταν βυθισμένη σε απόλυ-
τη σιωπή, δεν ακουγόταν τίποτε, εκτός από το κούφιο
σφύριγμα του ανέμου. Ήταν όλη η ζωή του πατέρα μου
αυτό το πλούσιο κοπάδι, που το 'χε φτιάξει από ένα και
μοναδικό, αρχικό, ζευγάρι ζώα. Αυτό το κοπάδι, που 'χε
καταφέρει να το κρατήσει ζωντανό σε μεγάλες ξηρασίες
κι άλλες αντίξοες συνθήκες, ήταν η περιουσία του, ολό-
κληρο το βιος του, η περηφάνια του. Και τώρα είχε χα-
θεί. Ο Ρασίντ κατάφερε να φτάσει τρεκλίζοντας μέχρι
τον καταυλισμό, όπου του περιποιήθηκε την πληγή η μη-

τέρα μου. Ευτυχώς, η σφαίρα είχε διαπεράσει το μπρά-
τσο του χωρίς ν' αγγίξει κόκαλο· ο αδελφός μου, θα γι-
νόταν σύντομα καλά. Ο πατέρας μου, όμως, ήταν συντε-
τριμμένος. Στη Σομαλία έχουμε μια παροιμία που λέει
ότι ένας άντρας σ' απόγνωση θα ψάξει για τις καμήλες
του, ακόμη και μες στο δοχείο με το γάλα. Μετά το συμ-
βάν, ο πατέρας μου εξαφανίστηκε. Η σπίθα της ζωής
τον είχε εγκαταλείψει, σα να είχε χάσει την ψυχή του.
Καθόταν για μέρες με το κεφάλι στα χέρια του και, μια
νύχτα, χωρίς προειδοποίηση, έφυγε. Κανείς δεν ξέρει
προς τα που πήγε. Δεν ξέρουν αν ακολούθησε τους πο-
λεμιστές για να τους σκοτώσει και να πάρει πίσω την
περιουσία του ή αν η απόγνωσή του ήταν τέτοια, που
αποφάσισε να παραδώσει τα όπλα και να πάει να βρει
ένα μέρος για να πεθάνει.

Στο όνομα του Αλλάχ. του Σπλαχνικού. του Ελεήμονα...
Οδήγησέ μας στο σωστό μονοπάτι.
το μονοπάτι των ανθρώπων που έχεις ευεργετήσει.
...όχι στο μονοπάτι εκείνων που έχουν παραστρατήσει.

ΚΟΡΑΝΙ, ΠΡΟΟΙΜΙΟ

7

Μητέρα

ΟΔΗΓΟΥΣΑΜΕ ΑΣΤΑΜΑΤΗΤΑ προς τους απόμακρους γαλάζιους λόφους στον ορίζοντα, ποτέ, όμως, δεν φάνηκε να πλησιάζουμε. Ο απέραντος ουρανός απλωνόταν γύρω μας κι όριζε έναν κύκλο χωρίς τελειωμό. Τελειωμό, όμως, δεν είχε ούτε η αφόρητη ζέστη. Ο Αμπντιλάχι είπε ότι αυτή η ζέστη μπορεί να σκοτώσει όποιον δεν προστατεύεται απ' τον φονικό ήλιο. Οι θάμνοι κι οι λόφοι γύρω μας μου θύμισαν την παιδική μου ηλικία και ειδικά τη μητέρα μου. Μεγάλωσα τρέφοντας αληθινό πάθος για τη μητέρα μου. Κάθε μέρα προσευχόμουνα μην της συμβεί τίποτε κακό. Κάποτε την έπαιρνα από πίσω, όλη την ώρα, ακόμη και τότε που δεν ήξερε ότι την ακολουθούσα. Η μητέρα μου ήταν ο κόσμος ολάκερος. Δεν μπορώ να καταλάβω πώς βρήκα το θάρρος να την εγκαταλείψω. Θυμάμαι στην αρχή δεν φανταζόμουν ποτέ ότι θα την έχανα. Μετά, όμως, το ένα βήμα έφερε το άλλο και, κάπου στον δρόμο, τελικά χαθήκαμε. Στα σομαλικά η λέξη *νούρρο* σημαίνει κάτι σαν ένστικτο. Είναι αυτό που 'χουν τα ζώα, αυτό που αποχτούν αυτοί που ξέφυγαν απ' τον θάνατο. Είναι δώρο απ' τον Αλλάχ. Είναι αυτό που κάνει τους τερμίτες να χτίζουν τη φωλιά τους, με το σάλιο τους. Αυτό που κάνει το νεογέννητο σαυράκι να σπάει το τσόφλι του αυγού, να βγαίνει έξω και μετά να ξέρει, αμέσως, προς τα πού να τρέξει για να βρει τροφή. Για τον αδελφό μου κι εμένα, που βρισκόμασταν σ' αυτό το δύσκολο και μακρύ ταξίδι, δεν ήταν καθόλου σίγουρο ότι στο τέλος θα βρίσκαμε τη μητέρα μας. Ήθελα να νιώσω και να εμπιστευτώ το *νούρρο* μου, αλλά φοβόμουν πως είχα λείψει τόσο πολύ, που είχα ξεχάσει να διαβάζω τα σημάδια. Ίσως μετά από αυτό το τόσο μακρινό ταξίδι να μην καταφέρναμε να βρούμε τη μητέρα μας. Με είχε πιάσει απόγνωση μέσα στ' αυτοκίνητο. Μετά βίας κρατιόμουν να μη βάλω τα κλάματα. Μπορεί να την είχαμε χάσει τη μητέρα, για πάντα.

Η νύχτα μας πρόλαβε, σκοτεινή σα μαύρο φίδι. Η ολοήμερη λάβρα, τα ασταμάτητα σκαμπανεβάσματα κι οι σκέψεις μου μέσα σ' αυτή την κακοτοπιά με είχαν εξαντλήσει, με είχαν αποκαρδιώσει. Με προβλημάτιζε ο Αμπντιλάχι. Τι θα γινόταν αν δεν κατάφερνε να βρει το σωστό χωριό; Τότε θα ήμαστ+αν χαμένοι, ολότελα χαμένοι.

Ξαφνικά κι απροειδοποίητα, το αυτοκίνητο έστριψε κι έφυγε απ' τον δρόμο, πέρασε πάνω από έναν ξερόλοφο, όπου ο Αμπντιλάχι φρέναρε απότομα κι έσβησε τη μηχανή. Η απόλυτη σιγή της ερήμου έπεσε πάνω μας σα βαθύς ύπνος. Γύρω μας, πίσσα το σκοτάδι. Μόλις που διέκρινα έναν μικρό καταυλισμό. Δεν φαινόταν, όμως, ούτε το παραμικρό φως. Παρ' όλ' αυτά, ο Αμπντιλάχι μας ανακοίνωσε περήφανα:

«Φτάσαμε. Εδώ είναι».

Μεμιάς, ένιωσα ξύπνια και ζωηρή, γεμάτη ενέργεια. Πετάχτηκα πάνω απ' το πίσω κάθισμα και ρώτησα μ' ενθουσιασμό:

«Αλήθεια; Είσαι σίγουρος; Εδώ μένει η μητέρα μου;»

«Ναι, Γουόρις», είπε ο Αμπντιλάχι, «εδώ είναι».

«Δοξασμένος να 'ναι ο Αλλάχ», ξεφώνισα. Ήμουν τόσο χαρούμενη. Είχαμε καταφέρει να περάσουμε ολόκληρη τη χώρα, χωρίς κανένα πρόβλημα. Κανείς δεν μας είχε ενοχλήσει, μονάχα λίγο είχαμε υποφέρει απ' αυτούς τους κατσικόδρομους και τα λάστιχα, μες στο ανελέητο λιοπύρι.

Πετάχτηκα έξω, ακούμπησα πάνω στ' αμάξι και οσμίστηκα τον αέρα. Αλλάχ, τι υπέροχη ευωδιά ήταν αυτή; Η γλυκιά μυρωδιά της πατρίδας μου, ναι, είχα φτάσει σπίτι.

Μόλις τα μάτια μας άρχισαν να συνηθίζουν το σκοτάδι, διακρίναμε αμυδρά στο βάθος το σκιαγράφημα ενός μικρού χωριού. Ο Αμπντιλάχι έδειξε ένα τετράγωνο χαμόσπιτο, στην άκρη του σιωπηλού οικισμού.

«Εκεί μένει η οικογένειά σας», είπε στο Μοχάμεντ.

Οι δυο τους προχώρησαν μέχρι το σπίτι κι άρχισαν να χτυπούν την πόρτα. Μετά από λίγα λεπτά, η πόρτα άνοιξε. Στην είσοδο φάνηκε ένας ψηλός άντρας, που τύλιγε γύρω του το παραδοσιακό μα-α-βάις. Ο Μοχάμεντ είπε ότι ήταν ένας ξάδελφός μας, ο Αμπντουλάχ. Ο ξάδελφος ήξερε ακριβώς πού έμενε ο καθένας απ' το σόι μας. Μας οδήγησε μέσα από στενά δρομάκια σ' ένα άλλο φτωχόσπιτο. Εκεί, χτύπησε τα παντζούρια. Μια γυναίκα απάντησε. Όταν βγήκε στην είσοδο, είδα πως ήταν έγκυος. Μας περιεργαζόταν με νυσταγμένα μάτια, καθώς ο Αμπντουλάχ της εξήγησε ποιοι ήμασταν.

«Ποια είσαι εσύ;» τη ρώτησα.

«Είμαι η γυναίκα του αδελφού σας, του Μπούρχααν», είπε. «Αλλά δεν είναι εδώ. Τ' όνομά μου είναι Νουρ».

Ο Μοχάμεντ της εξήγησε πως θέλαμε να βρούμε τη μητέρα μας. Τότε, εκείνη φόρεσε αμέσως τη μαντίλα της, με πήρε απ' το χέρι και μας οδήγησε όλους μαζί, μες στο σκοτάδι. Βρεθήκαμε σ' ένα απόμερο στενό, το μόνο που ακουγόταν ήταν τα βήματά μας, πάνω στη σκληρή, ξεραμένη λάσπη. Πλησιάσαμε μια μικρή καλύβα, που μόλις μπορούσαμε να διακρίνουμε το περίγραμμά της. Φτάνοντας πιο κοντά, είδα ότι ήταν ένα μοναχικό κατάλυμα, φτιαγμένο από ξύλα, σφηνωμένα στο έδαφος, δεμένα μεταξύ τους με πλεχτό χορτάρι. Για σκεπή είχε μερικά κομμάτια σκουριασμένης λαμαρίνας. Σταματήσαμε απ' έξω. Πήρα βαθιές ανάσες.

«Περιμένετε λίγο», παρακάλεσα τον αδελφό μου και τη Νουρ. «Μη μιλήσετε, μέχρι να την αγκαλιάσω πρώτα και να της δώσω ένα φιλί».

Φυσικά δεν υπήρχε κλειδαριά στην πόρτα. Δηλαδή ποια πόρτα; Δεν ήταν παρά ένα κομμάτι λαμαρίνας, που την κρατούσαν στη θέση του δυο σύρματα, αντί για μεντεσέδες. Το κατασκεύασμα αυτό στηριζόταν στα ξύλα του σπιτιού κι έτσι έπρεπε να το σηκώσω προς τα πάνω, να το ανοίξω, και να μπω. Εσωτερικά, το σπίτι ήταν τόσο μικρό που σκόνταψα πάνω σε πόδια κι έπεσα χάμω, προσπαθώντας να μπω μέσα. Ήταν τα πόδια της ξαπλωμένης μητέρας μου, που ξαφνιάστηκε στον ύπνο, ανασηκώθηκε και ρώτησε τις σκιές:

«Ποιος είναι;»

Ήταν κατασκότεινα, δεν έβλεπα τίποτε, απλώς μπουσούλισα ακολουθώντας τη φωνή της. Για να μπει κανείς στην καλύβα, έπρεπε να σκύψει. Ο Μοχάμεντ, όμως, που ήταν πολύ ψηλός, μπαίνοντας χτύπησε το κεφάλι του, παρ' όλο που μπήκε σκυφτός. Ο κούφιος ήχος έκανε τη μητέρα μας να ξαναρωτήσει:

«Ποιος είναι εκεί;»

Δεν ήθελα, ακόμη, να μιλήσω. Την πλησίασα γονατιστή. Ήθελα να νιώσω αυτή τη μοναδική στιγμή, βαθιά μες στην καρδιά μου.

«Ποιος είναι; Ποιος είναι;» φώναζε εκείνη.

Μες στο σκοτάδι βρήκα το κεφάλι της, άγγιξα το πρόσωπό της, το πήρα ανάμεσα στα χέρια μου, τη φίλησα κι ακούμπησα το μάγουλό μου πάνω στο δικό της μάγουλο, για να καταλάβει ότι έκλαιγα. Για λίγες στιγμές, το μόνο που ακουγόταν ήταν η ανάσα μου που έτρεμε. Κατόπιν, η μητέρα μου μ' έφερε μπροστά της, σα να ήθελε να δει το πρόσωπό μου και ψιθυριστά ρώτησε:

«Ποια είσαι εσύ;»

«Εγώ είμαι, μαμά, η Γουόρις».

Κατάλαβα, απ' την ανάσα της που κόπηκε, ότι είχε αναγνωρίσει τη φωνή μου. Αμέσως μ' έσφιξε πάνω της σαν ένα μωρό, που μόλις το είχε προλάβει πριν πέσει στη φωτιά.

«Γουόρις; Είσαι στ' αλήθεια η κόρη μου η Γουόρις;» είπε, καθώς άρχισε να γελάει και να κλαίει ταυτόχρονα.

«Ναι, μαμά, εγώ είμαι», απάντησα, «είναι κι ο Μοχάμεντ μαζί μου».

Έψαξε στο σκοτάδι, τον βρήκε, κράτησε τα χέρια του στα δικά της, έκλαιγε απ' τη χαρά της, ενώ εγώ ένιωθα τα δάκρυά της να στάζουν στο μπράτσο μου.

«Από πού ήρθατε; Σας είχα για πεθαμένους. Αλλάχ! Αλλάχ! Η κόρη μου, ο γιος μου!»

Άξαφνα, τέντωσε τα χέρια της κι άρχισε να με κουνάει απότομα πέρα δώθε, σα να με μάλωνε:

«Για όνομα του Αλλάχ! Γουόρις, με κατατρόμαξες! Τι θέλατε και μπήκατε έτσι στα κρυφά;»

Κατόπιν, άρχισε πάλι μια να γελάει και μια να κλαίει. «Να γυρίσεις σπίτι σου όπως ήρθες», είπε, «εγώ πια είμαι γριά, δεν αντέχω τέτοιες συγκινήσεις». Αμέσως μετά, με ξαναγκάλιασε λέγοντας: «Μα τι δουλειά έχεις εσύ εδώ, κορίτσι μου;»

Έβαλα τα γέλια. Πέρασαν τόσα χρόνια απ' την τελευταία φορά που μ' είχε δει. Και τώρα, που εμφανίστηκα ξαφνικά κι απ' το πουθενά στη νύχτα, εκείνη βάλθηκε να κάνει αστεία. Μακάρι, σκέφτηκα, να έχω πάρει κάτι απ' τη μάνα μου.

«Μοχάμεντ», είπε η μητέρα μου, αγκαλιάζοντας τον αδελφό μου, «έπρεπε να καταλάβω ότι ήσουν εσύ, ο Μοχάμεντ, ο Ψηλολέλεκας, όταν άκουσα το κεφάλι σου να βροντάει». Ψηλολέλεκας ήταν το παρατσούκλι του αδελφού μου, που ήταν ψηλός σα μια όρθια καμήλα.

Κοντά στη μητέρα μου κοιμόταν ένα παιδάκι. Παρ' όλες τις φωνές μας, δεν ξύπνησε.

«Ποιο είναι αυτό το αγόρι;» ρώτησα.

«Είναι ο μεγαλύτερος γιος του αδελφού σου, του Μπούρχααν. Τον λένε Μοχάμεντ Ίνυερ, ο μικρός Μοχάμεντ», είπε η μητέρα μου, χαϊδεύοντας το απαλό του κεφάλι.

Ο Αμπντιλάχι κι ο αδελφός μου προσφέρθηκαν να πάνε να κοιμηθούν στο σπίτι του θείου μου, επειδή δεν θα χωρούσαμε όλοι στο μικρό καλυβάκι. Όταν εκείνοι έφυγαν, η μητέρα μου άναψε το λυχνάρι, που εμείς το λέμε φεϊνούς και που λάμπει με πολύ απαλή φλόγα. Επιτέλους, μπορούσα να δω το πρόσωπο της μητέρας μου, την καλλίγραμμη μύτη της και τα μάτια της, που έχουν το χρώμα της κανέλας. Με έβαλε να κάτσω κοντά της και συνέχεια με ψηλαφούσε, σαν να ήμουν ένα όνειρο, που φοβόταν να χάσει ξυπνώντας.

Η Νουρ, εγώ κι η μητέρα μου πιάσαμε την κουβέντα για κάμποση ώρα.

Η Νουρ είπε ότι την είχε ξυπνήσει ο ήχος του αυτοκινήτου κι οι άγνωστες φωνές μας έξω απ' το σπίτι της. Όλη την ώρα μ' αγκάλιαζε και μου χάιδευε το χέρι ή το φόρεμα. Εγώ διηγήθηκα τα σχετικά με το ταξίδι μας και με όλα όσα μας είχαν συμβεί. Η μητέρα μου δεν έμεινε ακίνητη ούτε στιγμή. Μ' αγκάλιαζε, γελούσε, ήταν τόσο συνεπαρμένη, σαν να είχαμε φτάσει στο καλύβι της με μαγικό χαλί.

«Νουρ, άκουσέ με», είπα στη γυναίκα του αδελφού μου. «Σου ζητώ συγνώμη που υποχρεώθηκα να ρωτήσω, να μάθω ποια είσαι. Όμως, δεν ήξερα ότι ο Μπούρχααν ήταν παντρεμένος, δεν ήξερα ότι είσαι η γυναίκα του. Δεν ήξερα καν ότι είναι η δεύτερη φορά που παντρεύεται κι ούτε πως έχεις κιόλας μια κόρη κι ότι περιμένεις κι άλλο παιδί». Ένιωθα λίγο αμήχανα, θα 'πρεπε να ήμουν καλύτερα πληροφορημένη, αλλά τι να κάνουμε, έτσι μπερδεμένη είναι η ζωή στη Σομαλία. Η Νουρ με χτύπησε φιλικά στον ώμο κι αναστέναξε:

«Για φαντάσου! Είμαι τόσα χρόνια παντρεμένη με τον αδελφό σου κι εσύ δεν ήξερες καν ότι υπάρχω». Αμέσως μετά αστειεύτηκε: «Δηλαδή, αυτό σημαίνει ότι δεν μου έχεις φέρει ούτε και δώρα».

«Αυτό είναι αλήθεια», της είπα. «Ο αδιόρθωτος αδελφός μου Μοχάμεντ δεν μου λέει τίποτε, να με συμπαθάς». Δεν είχα αγοράσει τίποτε για εκείνη, τίποτε για την κορούλα της, ούτε για το μωρό που σε λίγο καιρό θα γεννιόταν. Έδειξα την τσάντα μου και είπα:

«Συγνώμη που δεν σας έφερα τίποτε, αλλά να, ό,τι βρεις και σ' αρέσει μέσα σε κείνη την τσάντα μπορείς να το πάρεις.

«Τι απόγινε η πρώτη γυναίκα του Μπούρχααν;» ρώτησα.

Ακολούθησε βαθιά σιωπή. Κατόπιν, η μητέρα μου είπε:

«Την πήρε ο Αλλάχ στα περιβόλια της Εδέμ».

«Ω, λυπάμαι, ειλικρινά λυπάμαι», είπα. «Πώς πέθανε;»

«Και πού θες να ξέρω εγώ;» απάντησε απότομα η μαμά.

«Θα 'χε έρθει η ώρα της κι έτσι την πήρε ο Αλλάχ».

Οι Σομαλοί αποφεύγουν να μιλούν για τον θάνατο. Αν ρωτήσεις πώς πέθανε κάποιος, σου απαντούν: «Και τι είμαι εγώ; Ο Θεός; Μόνο ο Θεός ξέρει τις αιτίες». Έτσι είναι γι' αυτούς, όταν έρθει η ώρα σου να φύγεις, θα φύγεις. Οι Σομαλοί πιστεύουν ότι στο φεγγάρι φυτρώνει ένα δέντρο. Το δέντρο της ζωής. Εκεί κάθε άνθρωπος έχει το δικό του φύλλο. Όταν πέσει το φύλλο του απ' το δέντρο, έχει έρθει η ώρα του να πεθάνει. Κι όταν πεθάνει, πηγαίνει κατ' ευθείαν στον Αλλάχ. Ο θάνατος, είναι αυτό που μας χωρίζει απ' τον Αλλάχ. Ήξερα, λοιπόν, ότι κανείς δεν θα μου μιλούσε για το πώς πέθανε η μητέρα του μικρού Μοχάμεντ. Η μητέρα μου είχε αναλάβει τη φροντίδα του παιδιού, χωρίς πολλές σκέψεις. Αφού το αγόρι είχε την ανάγκη της, αμέσως προσφέρθηκε να βοηθήσει. Ο Μοχάμεντ ήταν περίπου τριών χρόνων κι ήταν φανερό πως η μητέρα μου τον λάτρευε. Ο μικρός δεν ξύπνησε με τη φασαρία, αντίθετα, η γνώριμη φωνή της γιαγιάς του φαινόταν να τον κοιμίζει ακόμη βαθύτερα.

Η μητέρα μου δεν είχε αλλάξει, ήταν όπως πάντοτε τη θυμόμουν, μια δυνατή ηλικιωμένη γυναίκα. Το δέρμα της σαν έβενος περασμένος με βερνίκι. Όταν χαμογελούσε, φαινόταν ότι της έλειπε ένα μπροστινό δόντι. Πιστεύω ότι της το 'χε σπάσει ο πατέρας μου, μια φορά όταν την έδειρε. Πάντως, εκείνη δεν είχε πει τίποτε γι' αυτό ποτέ. Η μητέρα μου δεν έδειχνε γερασμένη. Οι ρυτίδες στο μέτωπο την έκαναν να δείχνει πιο αξιοπρεπής. Η μαμά έχει περάσει πολλά. Έχει σημάδια πάνω της από πολλές εμπειρίες και κακουχίες. Σημάδια που μαρτυρούν ότι ο πόνος από τις κακουχίες δεν είναι ο ίδιος με τον ψυχικό.

Άξαφνα, άκουσα δυνατό θόρυβο στην τσίγκινη οροφή. Πετάχτηκα και ρώτησα, ξαφνιασμένη:

«Τι είναι αυτό;» Δεν μπορούσα να συνδυάσω αυτόν τον θόρυβο με τίποτε γνώριμο. Ήταν ένας εκκωφαντικός ήχος κι είχε αρχίσει εντελώς απότομα, δεν μπορούσα να καταλάβω τι ήταν.

Η μητέρα μου κι η κουνιάδα μου απάντησαν κι οι δυο μαζί γελώντας:

«Είναι η βροχή, Γουόρις. Επιτέλους, βροχή!»

Η μητέρα μου κοίταξε προς τα πάνω και είπε:

«Δόξα να 'χει ο Αλλάχ, σ' ευχαριστούμε Θεέ μου».

Ήταν ένας ξαφνικός κατακλυσμός. Όχι σταγόνα σταγόνα, σαν τις βροχούλες στη Δύση, αλλά νερό με τη σέσουλα, σα χαστούκια στο πρόσωπο. Η βροχή πάνω στη λαμαρίνα ακουγόταν σαν πιατικά που σπάνε.

«Μαμά», είπα, «η βροχή θα μας δροσίσει. Τη λατρεύω».

Η μητέρα μου με κοίταξε επίμονα, μέσα απ' το αχνό φως του λυχναριού.

«Κόρη μου», είπε, «έχει να βρέξει πάνω από χρόνο».

«Μαμά, εγώ έφερα τη βροχή, εγώ την έφερα», είπα.

Εκείνη πλατάγισε τη γλώσσα της προειδοποιητικά: «Γουόρις, δεν είσαι ο Θεός. Πάρ' τα λόγια σου πίσω. Πάψε να λες τέτοια πράγματα, μη προσπαθείς να συγκριθείς με τον Θεό. Ο Αλλάχ έστειλε τη βροχή, δεν έχει τίποτε να κάνει με τον ερχομό σου».

«Με συγχωρείς, θα πάψω», είπα. Ήταν καλό που μου θύμιζε τη δική της τάξη πραγμάτων. Ένιωσα ευγνωμοσύνη για τη βροχή. Ένιωσα ότι μ' ευλογούσε ο ίδιος Αλλάχ.

Η μητέρα μου γέλασε κι είπε:

«Το 'ξερα πως θα 'ρχόσουν».

Μου έκανε εντύπωση η απόλυτη σιγουριά της.

«Και πώς το ήξερες αυτό, μαμά;» τη ρώτησα.

«Τις προάλλες, είχα δει ένα όνειρο για την αδελφή σου. Την είδα να κουβαλάει νερό, σ' ένα ασκί, φορτωμένο στην πλάτη της. Τραγουδούσε για το νερό κι η φωνή της, μες στο όνειρο, συνεχώς δυνάμωνε. Ήξερα ότι μια απ' τις κόρες μου θα 'ρχόταν, αλλά δεν ήξερα ποια».

«Αχ, μάνα», αναστέναξα.

Τα μάτια μου είχαν βουρκώσει, γιατί, παρ' όλο που 'χαμε περάσει χώρια τόσα βάσανα κι είχαμε μείνει μακριά η μια απ' την άλλη, τόσα χρόνια, είμαστε ακόμη στενά δεμένες μεταξύ μας. Τελικά, περισσότερο απ' όλα, αυτό που μου είχε λείψει ήταν το γήινο πνεύμα της, η πηγαία της δύναμη. Ένιωσα ότι θα 'πρεπε να την επισκέπτομαι πιο συχνά, έπρεπε πάντοτε να 'χω επαφή με τη ζωντάνια της ψυχής της. Αν θέλει ο Θεός, δεν θα ξαναλείψω τόσον καιρό από κοντά της. Τώρα που έμαθα το δρόμο, θα βρίσκω τον τρόπο να 'ρχομαι.

Αυτή, λοιπόν, ήταν η μητέρα μου, που την είχα αφήσει όταν ήμουν παιδί, αλλά την ένιωθα ακόμη βαθιά μες στην καρδιά μου. Πιστεύω ότι είναι ένα συναίσθημα γνώριμο σ' όλους, δεν μπορώ να το εξηγήσω. Την τελευταία φορά που την είχα δει, στην Αιθιοπία, της είχα πει: «Μαμά, έλα μαζί μου στη Νέα Υόρκη, εκεί θα 'χεις τα πάντα, ό,τι θέλεις». Μ' είχε κοιτάξει περίεργα τότε, καθώς μου έλεγε:

«Κορίτσι μου, τι εννοείς τα πάντα; Ό,τι χρειάζομαι το 'χω εδώ».

Κάποτε είχα νιώσει ότι η ζωή της ερήμου δεν ήταν για μένα και γι' αυτό το 'σκασα. Τώρα, είχα επιστρέψει κοντά στη μητέρα μου, για να καταλάβω κάτι απ' τους τρόπους της και να μοιραστώ τους θησαυρούς της. Δεν ήθελα ποτέ να τους ξαναχάσω.

«Μαμά», ρώτησα, «έχεις κανένα νέο απ' τον πατέρα; Ο Μοχάμεντ μου είπε ότι είχε εξαφανιστεί, όταν του 'κλεψαν τις καμήλες. Κι ο Ρασίντ; Είναι καλά;»

«Ώστε έμαθες για τη συμφορά μας; Ο Ρασίντ είναι εντάξει τώρα. Έχει ξαναπιάσει δουλειά με τα ζώα. Η σφαίρα βγήκε απ' την άλλη μεριά του χεριού του. Όχι σαν και μένα, που έχω ακόμη τις σφαίρες στο στήθος. Ο πατέρας σου το 'χε πάρει απόφαση να ξαναβρεί τις καμήλες του. Ποτέ, όμως, δεν τις βρήκε, οι πιο πολλές εξαφανίστηκαν για πάντα. Ίσως να τις φόρτωσαν για τη Σαουδική Αραβία ή ίσως να τις έσφαξαν οι ίδιοι οι ληστές, για να τις φάνε. Ο πατέρας σου απελπίστηκε και γύρισε πίσω. Τώρα είναι εκεί έξω, στην ερημιά, κάπου προς τα κει», έδειξε μια κατεύθυνση μέσα στο σκοτάδι.

Η Νουρ μου εξήγησε ότι ο πατέρας τώρα ζει με μια άλλη γυναίκα, όχι πολύ μακριά απ' το χωριό. Αρνείται να μείνει σε οικισμό. Προτιμά τη ζωή στην έρημο, με λιγοστά ζώα, αυτά που κατάφερε να ξαναπάρει πίσω. Οι συγγενείς τον βοήθησαν να διεκδικήσει λίγες καμήλες που 'χαν βρεθεί κι είχαν τη σφραγίδα της οικογένειάς μας. Η Νουρ είπε πως ο πατέρας, δεν πρέπει να 'χει πάνω από πέντε ζώα, μαζί με κάποια γιδοπρόβατα. Ο Ρασίντ τον βοηθούσε να τα φροντίζει. Σκέφτηκα όλους αυτούς τους άδειους λόφους και τις κακοτοπιές που 'χαμε περάσει για να φτάσουμε στο χωριό. Αναρωτιόμουν, αν θα κατάφερνα ποτέ να τον έβρισκα. Η μητέρα μου ακόμη τον αγαπούσε. Εκείνος, όμως, είχε παντρευτεί μια άλλη γυναίκα, μικρότερη, τότε που εγώ ήμουν παιδί. Τον περισσότερο καιρό έμενε μαζί της στην έρημο.

«Άκουσα ότι πήρε και τρίτη γυναίκα», είπα, περιμένοντας να μάθω τι σκεφτόταν γι' αυτό η μητέρα μου.

«Είναι αλήθεια, αλλά του έφυγε ή τη χώρισε πριν λίγο καιρό», ισχυρίστηκε η μητέρα μου.

«Τι;» είχα μείνει κατάπληκτη. «Πώς έγινε αυτό;»

«Παιδί μου, δεν ξέρω γιατί έφυγε. Ίσως δεν είχε όρεξη να δουλέψει, ποιος ξέρει;» είπε η μαμά ξερά.

Στο μεταξύ, το λυχνάρι είχε αρχίσει να καπνίζει. Η μαμά έσκυψε για να ρυθμίσει το φιτίλι. Στην πατρίδα μου λένε ότι ο καπνός που ανεβαίνει φανερώνει μυστικά. Το μυστικό, όμως, της μητέρας μου, το τι σκεφτόταν για τις άλλες γυναίκες του πατέρα, παρέμενε αξεδιάλυτο μυστήριο. Στη Σομαλία, συχνά, μια δεύτερη σύζυγος είναι καλοδεχούμενη, γιατί οι δουλειές είναι πολλές κι έτσι μπορεί να βοηθάει η μια την άλλη. Πάντως, η μητέρα μου δεν επρόκειτο να μιλήσει άλλο για τις συζύγους του πατέρα. Σιώπησε, όπως όταν είχε πάψει να μιλάει και για το θάνατο της πρώτης γυναίκας του Μπούρχααν.

«Ο πατέρας σου, πριν δυο μέρες, έκανε μια εγχείρηση έξω στην έρημο», ψιθύρισε η Νουρ. «Ο Μπούρχααν έμαθε πως κάτι δεν πήγε καλά κι έφυγε κατά κει, για να τον βρει».

«Εγχείρηση στην έρημο;»

«Ακριβώς».

«Πριν δυο μέρες;» αναφώνησα.

Γιατί δεν είχαμε φτάσει λίγο πιο νωρίς; Σκεφτόμουν εκείνο το αναθεματισμένο ξενοδοχείο στο Άμπου Ντάμπι και τις μέρες που είχαμε περάσει άσκοπα εκεί.

«Τι είδους εγχείρηση;» ψέλλισα.

«Στα μάτια», απάντησε ήρεμα η Νουρ. «Είχε πρόβλημα με τα μάτια του».

«Αλλάχ, τα μάτια του», αναστέναξα.

Είχα ακούσει για κάποιο πρόβλημα με τα μάτια του, όμως νόμιζα ότι σύντομα θα γινόταν καλά, όπως συνήθιζε. Υπέθετα ότι θα 'χε κάποια μικρή ενόχληση με την όραση κι ότι, αν έβαζε γυαλιά, όλα θα 'ταν εντάξει. Όμως, ο πατέρας μου χρειαζόταν τη βοήθειά μου κι εγώ δεν ήμουν εκεί να του την προσφέρω.

«Μάθαμε ότι τυφλώθηκε κι ότι πονάει πολύ», συνέχισε η Νουρ. «Ο Μπούρχααν πήγε να τον ψάξει κι αν καταφέρει να τον βρει, θέλει να τον μεταφέρει στο πιο κοντινό νοσοκομείο στο Γκελκάγιο. Δεν είμαστε σίγουροι τι ακριβώς έχει συμβεί. Ελπίζω να γίνει καλά».

Ξαφνικά, μ' έπιασε απόγνωση και φόβος. Μια εγχείρηση στη μέση της ερήμου; Ποιος του την είχε κάνει; Ποιος τόλμησε να επιχειρήσει κάτι τέτοιο; Δεν το χωρούσε ο νους μου. Το μόνο που μπορούσα να κάνω ήταν να ελπίζω ότι όλα θα πάνε καλά. Πώς έβρισκε τον δρόμο του, αφού είχε τυφλωθεί; Πώς κατάφερνε να φροντίζει τα ζώα και να βρίσκει νερό; Από την περιγραφή της Νουρ υπέθεσα ότι είχε καταρράκτη. Θα το 'χε πάθει από τον εκτυφλωτικό ήλιο και τις επικίνδυνες αντανακλάσεις στην άμμο, τόσα χρόνια που 'χε μείνει στην έρημο.

«Θα ξεκινήσω, αύριο κιόλας, να τον βρω», είπα.

Ακόμη κι αν αυτό θα σημαίνει άλλο ένα ατέλειωτο ταξίδι.

Όταν ρώτησα τη μητέρα μου, αν θα μοιραζόμασταν κι οι τρεις μας το στρώμα της, εκείνη απάντησε ότι μάλλον δεν θα χωρούσαμε. Το στρώμα δεν ήταν παρά λίγες κουρελούδες, απλωμένες σε μια ψάθα. Από πάνω, κρεμόταν μια ταλαιπωρημένη κουνουπιέρα, που ίσα ίσα κάλυπτε εκείνη και τον μικρό Μοχάμεντ.

Όταν ήμουν μικρή, κοιμόμασταν συνήθως έξω απ' το σπίτι. Μέσα, έκανε πολύ ζέστη και δεν υπήρχαν παράθυρα, για ν' αερίζεται ο χώρος. Έξω, σχεδόν πάντοτε, όταν ο ήλιος χανόταν πίσω από την άκρη του κόσμου κι όταν πρόβαλλαν τ' άστρα στον νυχτερινό ουρανό, φυσούσε μια γλυκιά αύρα.

Δεν θα είχα πρόβλημα να κοιμηθώ έξω απ' το σπίτι της μητέρας μου. Μερικά σεντόνια θα μου έφταναν, όταν σταματούσε η βροχή. Το μόνο πρόβλημα θα ήταν τα κουνούπια, που, ειδικά μετά τη βροχή, γίνονταν πολύ επιθετικά.

Τελικά, πήγα να ξαπλώσω στο σπίτι της κουνιάδας μου, που μόλις τώρα πρωτογνώρισα. Μοιραστήκαμε μια ψάθα κι οι τρεις μας, εγώ, εκείνη κι η μικρή της κόρη. Η ανιψιά μου είναι σχεδόν δύο χρόνων. Παρέα τους κοιμήθηκα και τις υπόλοιπες νύχτες της επίσκεψής μου. Η μαμά επέμενε να μένει πάντα στο καλύβι της, που το 'χε φτιάξει με τα ίδια της τα χέρια. Το σπίτι του Μπούρχααν ήταν τετράγωνο και χαμηλοτάβανο, χτισμένο με άσπρες πλίθες. Είχε δυο δωμάτια έτοιμα κι ένα ακόμη υπό κατασκευή. Ελπίζω η μητέρα να πάει να μείνει μαζί τους, όταν ετοιμαστεί όλο το σπίτι. Όλη της τη ζωή την έχει βγάλει σε πρόχειρες καλύβες που τις έστηνε με τα ίδια της τα χέρια.

Εκείνη τη νύχτα ένιωθα εξαντλημένη απ' την ταλαιπωρία του ταξιδιού κι απ' όλα τα έντονα συναισθήματα που είχα νιώσει. Ο φόβος κι η ανησυχία, όμως, δεν μ' άφησαν να κλείσω μάτι. Εξάλλου, περίμενα με αγωνία να τους δω όλους το επόμενο πρωί. Έμεινα ξαπλωμένη δίπλα στην κουνιάδα μου και την κόρη της, προσπαθώντας να κάνω το μυαλό μου να σταματήσει να με βασανίζει. Ακούγοντας τις τελευταίες σταγόνες της βροχής να πέφτουν στη σκεπή, κάπως ηρέμησα. Σκέφτηκα ότι, επιτέλους, είχα βρει τη μητέρα μου. Ήξερα ότι ο πατέρας μου ήταν ακόμη ζωντανός, αν και χρειαζόταν να πάει σε νοσοκομείο. Και γύρω μου είχα ξανά τους συγγενείς μου.

Άξαφνα, ένιωσα κάτι στο πόδι μου. Μες στο μισοσκόταδο διέκρινα κάτι πάνω στη γάμπα μου και ακριβώς κάτω απ' το γόνατό μου. Ευτυχώς, την είδα έγκαιρα αυτή τη σκιά, που δεν μπορούσε να 'ναι τίποτε άλλο από έναν τεράστιο σκορπιό. Έμεινα ακίνητη για αρκετό διάστημα. Κατόπιν, ψιθύρισα στη Νουρ:

«Είναι αυτό που νομίζω;»

Της μίλησα όσο πιο ήρεμα μπορούσα, προσπαθώντας να μην κάνω την παραμικρή κίνηση και να μην πανικοβληθώ. Το είχα μάθει από μικρή ηλικία, σε τέτοιες καταστάσεις δεν πρέπει να σε πιάνει πανικός. Το μοιραίο μπορεί να έρθει αστραπιαία, πριν καταλάβεις καλά καλά τι έχει γίνει. Αυτό μας έλεγαν πάντοτε, μην κάνετε την παραμικρή κίνηση. Αν έχεις τύχη, απλά ο σκορπιός θα περάσει από πάνω σου· ποτέ, όμως, δεν ξέρεις. Ίσως νομίζεις ότι μπορείς να κινηθείς γρήγορα, πριν εκείνος προλάβει να σε τσιμπήσει, αλλά εγώ έχω μάθει να μένω ακίνητη, μέχρι να 'μαι απόλυτα βέβαιη ότι ελέγχω την κατάσταση. Παρακολουθούσα το επικίνδυνο έντομο, τρομαγμένη, μέσα στο βαθύ σκοτάδι. Ξαναρώτησα τη Νουρ:

«Είναι αυτό που νομίζω;»

«Ω, ναι», μου ψιθύρισε εκείνη στ' αυτί.

Στα σομαλικά, αυτό το είδος του σκορπιού το λέμε *χανγκράλα.* Όταν ο σκορπιός έφυγε απ' το γόνατό μου, είδα το χαρακτηριστικό κεντρί στην άκρη της ουράς του κι ήμουν σίγουρη ότι ήταν ένας *χανγκράλα.* Είναι ο προπάππος ή η μητέρα όλων των σκορπιών. Φαίνεται ότι είχε έρθει για να με καλωσορίσει στη Σομαλία. Ξαφνικά, αναπήδησα και, με μια απότομη κίνηση, τον πάτησα δυνατά. Συγγνώμη, αλλά δεν γινόταν αλλιώς, τον σκότωσα.

Όταν ξανάπεσα για ύπνο, παραδόξως, δεν φοβόμουν καθόλου πια. Απ' το μυαλό μου είχα διώξει όλες τις έγνοιες, το άγχος και τη σύγχυση. Άφησα να μπουν μέσα μου το σομαλικό σκοτάδι κι αυτή η απέραντη σιγή της ερήμου. Πολλοί λένε ότι η Σομαλία είναι το πιο επικίνδυνο μέρος σ' όλο τον κόσμο, εγώ, όμως, εκεί είχα βρει τη γαλήνη μου. Πουθενά αλλού δεν είχα νιώσει τόσο βαθιά ανακούφιση.

Κοιμήθηκα καλά, όσο ποτέ. Τελικά, βολεύομαι μια χαρά στο πάτωμα. Δεν υπάρχει κίνδυνος να πέσεις, αν κουνηθείς στον ύπνο σου και δεν έχεις φόβο να σπάσεις κάτι, αν τεντώσεις απότομα τα πόδια σου. Το σκληρό πάτωμα είναι ευεργετικό και για την πλάτη. Είχα χρόνια να κοιμηθώ τόσο βαθιά. Στη Νέα Υόρκη δεν με παίρνει εύκολα ο ύπνος και, όταν με πάρει, συχνά ξυπνάω από έγνοιες κι ανησυχίες. Όταν γνωρίζεις τον τρόπο ζωής ενός τόπου –όπως εγώ που έχω μεγαλώσει στην έρημο και γνωρίζω τον τρόπο ζωής εδώ– παύεις να νιώθεις ανασφαλής. Μπορείς ν' αφήσεις ελεύθερο το μυαλό σου, ν' αφήσεις τους φόβους σου να εξαφανιστούν, όπως χάνεται το νερό που πέφτει σε ξερό χώμα. Κάθε βράδυ, στη Σομαλία, αποκοιμόμουν με τους παράξενους ήχους που έκαναν οι ύαινες στους απόμακρους λόφους. Ακούγονται σαν γριές που γελούν με κακεντρέχεια, σα να συνωμοτούν και να καταστρώνουν σχέδια. Εμείς, όμως, δεν φοβόμαστε. Δεν φοβόμαστε μήπως κατέβουν στο χωριό κι αρπάξουν κανέναν άνθρωπο. Μας προστατεύει το χέρι του Θεού, μας κάνει να νιώθουμε ασφαλείς, χωρίς έγνοιες για το χθες και το αύριο.

Συκώτι με αίμα

Υλικά: 2 κούπες αίμα. 1/2 κιλό συκώτι.
2 κουταλιές βούτυρο σούμπακ γκε

Αφού ξεπλύνετε καλά το συκώτι. το ψιλοκόβετε.
Το βάζετε σε μικρό τηγάνι και προσθέτετε τα υπόλοιπα
συστατικά. Αφήνετε το μείγμα να σιγοψήνεται πάνω
σε θράκα. Ανακατεύετε συνεχώς. Μην φυσάτε
τα κάρβουνα. για να μην πάει στάχτη στο φαΐ.
Αφήνετε το μείγμα στη φωτιά. μέχρι να γίνει τρυφερό
και με πολύ λίγο ζουμί.

8

Τα όνειρα της ερήμου
βγαίνουν αληθινά

Το ΕΠΟΜΕΝΟ ΠΡΩΙ ΞΥΠΝΗΣΑ σ' έναν εντελώς διαφορετικό κόσμο. Το ψημένο απ' τον ήλιο χώμα είχε μεταμορφωθεί σε βαθυκόκκινη γη, γεμάτη τεράστιους νερόλακκους. Στο σπιτάκι της μητέρας μου, τα πάντα ήταν μούσκεμα. Μέσα από τις παλιές, στραβές λαμαρίνες στην οροφή, μπορούσα να διακρίνω τον ουρανό. Η στέγη ήταν κατασκεύασμα της μητέρας μου. Είχε μαζέψει διάφορα κομμάτια τσίγκου και τα είχε στερεώσει πάνω στα όρθια κλαριά που, δεμένα με πλεχτό χορτάρι, αποτελούσαν τους τοίχους της καλύβας της. Ήταν πολύ στενόχωρα εκεί μέσα. Η μητέρα μου υποχρεωνόταν να κοιμάται διαγώνια, για να χωράει.

Η μαμά κι η Νουρ είχαν ξυπνήσει πριν βγει ο ήλιος. Η Νουρ είχε ήδη γυρίσει απ' τα ψώνια στην αγορά κι η μητέρα μου βρισκόταν έξω απ' την καλύβα κι άπλωνε λίγα ρούχα να στεγνώσουν. Αντί για απλώστρες χρησιμοποιούσε τα κλαριά των κοντινών θάμνων κι ένα παλιό, γαλάζιο βαρέλι πετρελαίου. Λίγο πιο κει, μια κατσίκα έπινε το νερό της βροχής, που είχε μαζευτεί στο εσωτερικό ενός λάστιχου φορτηγού που στηριζόταν στον τοίχο της καλύβας.

Το ζώο με κοίταξε με την άκρη των ματιών του, που 'χαν το χρώμα του κεχριμπαριού και συνέχισε, ανενόχλητο, να σβήνει τη δίψα του.

Στη Σομαλία, δεν παραπονιόμαστε κι ούτε μας ενοχλεί που όλα ποτίζουν και γίνονται μούσκεμα, απ' το νερό της βροχής. Αντίθετα, ευχαριστούμε τον Θεό γι' αυτό το πολύτιμο δώρο. Σύμφωνα με το Κοράνι, το νερό είναι το κύριο συστατικό της ζωής. Το νερό κάνει το χορτάρι να πρασινίζει, κάνει τα ζώα να βρίσκουν άφθονη τροφή κι επιτρέπει στους ανθρώπους να κοιμούνται χορτάτοι. Το νερό είναι το γαλάζιο χρυσάφι της ερήμου. Προσευχόμαστε να βρέξει, περιμένουμε τη βροχή, πλενόμαστε με τη βροχή. Χωρίς βροχή δεν θα υπήρχε ζωή. Στη Σομαλία δεν έχουμε τέσσερις εποχές, όπως έχουν στη Δύση. Έχουμε δύο περιόδους κάθε χρόνο: την περίοδο της ξηρασίας, το *τζιλάλ* και την περίοδο των βροχών, το *γκου*. Στη Σομαλία, όταν υποδέχεσαι έναν επισκέπτη, του προσφέρεις νερό, έτσι του δείχνεις ότι είναι καλοδεχούμενος, είναι σημάδι σεβασμού· γι' αυτό ένιωθα σαν να με είχε καλωσορίσει ο Αλλάχ, την πρώτη εκείνη νύχτα. Το εξαντλητικό ταξίδι, ο μακρύς δρόμος μέσα στο λιοπύρι, οι δύσκολες μέρες της ξηρασίας είχαν φτάσει στο τέλος τους. Κι έτσι ήρθαν οι βροχές, ο Αλλάχ μας ευλογούσε με άφθονο νερό. Ένιωθα ότι η επίσκεψη στην πατρίδα μου, στην οικογένειά μου, είχε ξεκινήσει με τον καλύτερο τρόπο, με χαρά κι ευτυχία.

Επιτέλους είχα φτάσει σπίτι μου, στο αληθινό μου σπίτι. Ήμουν γεμάτη ευγνωμοσύνη. Σ' ευχαριστώ Θεέ μου, σ' ευχαριστώ Αλλάχ! Ευχαριστούσα τον Θεό, που μου επέτρεπε να περπατάω και να μιλάω, ήμουν τόσο ευτυχισμένη, ποτέ μου δεν είχα ξανανιώσει έτσι. Να, λοιπόν, που όλη η ταλαιπωρία κι όλες οι αναποδιές του ταξιδιού τελικά βγήκαν σε καλό. Όλοι μου οι φόβοι κι όλη μου η προηγούμενη στενοχώρια τώρα είχαν γίνει σκέτη χαρά. Τελικά, άξιζε όλη η αγωνία που είχαμε περάσει για να φτάσουμε ως εδώ. Ένιωθα σα να 'μουν άλλος άνθρωπος.

Μόλις είδα τη μητέρα, έτρεξα κοντά της, την αγκάλιασα και τη φίλησα.

«Ευλογημένος να 'ναι ο Θεός», της είπα. «Είμαι τόσο χαρούμενη που σε βλέπω και που είμαι κοντά σου τούτο το υπέροχο πρωινό». Δεν πρόλαβε να με χαιρετίσει, την έσφιξα επάνω μου, ακόμη περισσότερο. «Πόσο μου 'χεις λείψει! Σ' αγαπάω τόσο πολύ, μαμά, δεν μπορείς να καταλάβεις πόσο σ' αγαπάω!».

«Φύγε από πάνω μου», παραπονέθηκε, στο τέλος, εκείνη, «θα με πνίξεις».

Με κοιτούσε με τις άκρες των ματιών. Στα χείλια της διαγραφόταν ένα αχνό χαμόγελο. Έκανε, δήθεν, πως την ενοχλούσα, τα μάτια της όμως έλαμπαν από χαρά και περηφάνια.

«Γουόρις», μου είπε, «χαίρομαι που σε βλέπω. Σ' είχα για πεθαμένη. Έτσι μου 'χαν πει. Άλλοι πάλι μου 'χαν πει ότι είχες γίνει πόρνη. Και τώρα σ' έφερε ο Αλλάχ εδώ στο σπίτι μου, δεν μπορώ να το πιστέψω».

Πάντοτε μου 'κανε εντύπωση ο τρόπος που η μαμά έβλεπε τη ζωή. Στο λαιμό της πάντοτε φορούσε ένα κολιέ με μαύρες χάντρες και ένα φυλαχτό. Το φυλαχτό είναι ένα μικρό δερμάτινο πουγκί, που περιέχει χαρτάκια με αποσπάσματα απ' το Κοράνι. Το 'χε φτιάξει ειδικά γι' αυτήν, πριν πάρα πολλά χρόνια, ένας γουαντάντου, ένας άνθρωπος του Θεού. Ποτέ της δεν το αποχωριζόταν αυτό το πουγκί, έλεγε ότι την προστάτευε απ' τα κακά πνεύματα.

«Μαμά, έλα να σου δείξω τα δώρα που σου έφερα απ' τη Νέα Υόρκη», της είπα. Εκείνη έγνεψε εύγλωττα με τα χέρια της, σα να ήθελε να με διώξει από κοντά της:

«Άντε να δεις τον θείο σου, καλύτερα. Εμένα με είδες από τα χθες κιόλας». Αυτή ήταν μια κλασική αντίδραση της μητέρας μου, δηλαδή να σκέφτεται πρώτα όλους τους άλλους και μετά τον εαυτό της.

Από τη Νουρ είχα μάθει ότι ο θείος μου, αδελφός του πατέρα μου, ο θείος Αχμέτ, δεν ήταν καλά στην υγεία του· γι' αυτό έπρεπε, οπωσδήποτε, να τον δω. Η Νουρ έλεγε ότι ένα *τζιν*, ένα κακό πνεύμα, είχε μπει μέσα στο σώμα του θείου μου. Είχε πιάσει όλο το αριστερό μέρος του κορμιού του. Μα την αλήθεια, δεν τα πίστευα ολ' αυτά. Ο θείος μου είναι μεγαλύτερος απ' τον πατέρα μου, η αρρώστια θα μπορούσε να έχει πολλές αιτίες.

Όταν ήμουν μικρή, φρόντιζα τα κατσίκια του θείου μου. Τότε, αυτό που πιο πολύ απ' όλα επιθυμούσα να έχω ήταν ένα ζευγάρι παπούτσια. Τώρα, μεγάλη πια, καταλαβαίνω το γιατί. Βλέποντας γύρω μου αυτούς τους ξερότοπους όπου μεγάλωσα, γεμάτους αγκάθια και κοφτερές πέτρες, θυμήθηκα τις πληγές και τις γρατζουνιές στα γυμνά μου πόδια, όταν ήμουν μικρή. Στην έρημο υπάρχουν τεράστια αγκάθια, ικανά να διαπεράσουν ολόκληρη την πατούσα ενός παιδικού ποδιού. Εμένα, όταν ήμουν μικρή, μ' άρεσε όλη την ώρα να τρέχω και να χοροπηδάω από δω κι από κει. Είχα φοβερή ενέργεια, ήμουν ένα αεικίνητο παιδί. Σαν αποτέλεσμα, τα πόδια μου ήταν πάντοτε ματωμένα, γεμάτα πληγές. Όταν σκαρφάλωνα στα βράχια για να μαζέψω τις κατσίκες, ζήλευα τις οπλές, που προστατεύουν τέλεια τα πόδια αυτών των ζώων. Τις νύχτες, τα δικά μου πόδια πρήζονταν κι αιμορραγούσαν. Είχα ζητήσει απ' τον θείο μου να μου φέρει ένα ζευγάρι παπούτσια, σαν αμοιβή που φρόντιζα το κοπάδι του – τις κατσίκες τις πρόσεχα, τις περιποιόμουν, τις φρόντιζα κάθε μέρα, ενώ στις αναβροχιές τις πήγαινα σε απόμακρα μέρη για βοσκή. Συχνά, δεν προλάβαινα να γυρίσω πίσω έγκαιρα, παρά μόνο αφού είχε σκοτεινιάσει. Τότε ήταν που, πραγματικά, υπέφεραν τα πόδια μου. Πόδια και παπούτσια είναι δυο πράγματα που μ' εντυπωσιάζουν φοβερά, ακόμη και σήμερα. Αυτά είναι που προσέχω σ' έναν άνθρωπο, πρώτα απ' όλα. Ρούχα, δεν έχω πολλά. Τελικά, δεν με πολυενδιαφέρουν. Τα παπούτσια, όμως, τα λατρεύω. Αγοράζω συχνά άνετα, μαλακά παπούτσια. Ποτέ δεν φοράω ψηλοτάκουνα, γιατί μου δίνουν την αίσθηση ότι στέκομαι πάνω σε πέτρες. Γιατί να βασανίζω έτσι τα πόδια μου, χωρίς λόγο;

Τελικά, ο θείος Αχμέτ συμφώνησε να μου φέρει ένα ζευγάρι παπούτσια απ' το Γκελκάγιο. Τα ονειρευόμουν συνέχεια και φανταζόμουν ότι θα ήταν σαν να πατούσα σε μαγικό χαλί. Θα μπορούσα να πηγαίνω όπου ήθελα, χωρίς να πονάω, θα μπορούσα να τρέχω σαν στρουθοκάμηλος, να κυνηγάω τις αντιλόπες και να πετάω πέτρες ξοπίσω τους, για να τις κάνω να αναπηδούν και να φεύγουν, όπως όταν οσμίζονται ένα λιοντάρι που ψάχνει για θήραμα.

Όταν ο θείος μου γύρισε απ' το Γκελκάγιο, εγώ πλημμύρισα από χαρά, άρχισα να χορεύω και φώναζα: «Παπούτσια, παπούτσια!» Ο πατέρας μου είπε να ηρεμήσω και ν' αφήσω ήσυχο τον θείο μου, όμως εγώ δεν μπορούσα να συγκρατήσω τον ενθουσιασμό μου. Ο θείος μου άνοιξε την τσάντα του κι από μέσα έβγαλε ένα ζευγάρι φτηνές σαγιονάρες. Δεν ήταν τα γερά δερμάτινα πέδιλα, που εγώ είχα φανταστεί. Θύμωσα τόσο πολύ, που του πέταξα τις σαγιονάρες με δύναμη στα μούτρα.

Η Νουρ είχε ανάψει τη φωτιά, το πρωινό μας τσάι έβραζε. Στην αγορά είχε καταφέρει να βρει λίγο συκώτι και το 'χε ήδη μαγειρέψει για τη μαμά.

«Δεν μπορεί να φάει οτιδήποτε, έχει ακόμη εκείνες τις σφαίρες σφηνωμένες στο στήθος», μου εξήγησε η Νουρ. «Η μαμά κάνει συνέχεια εμετό. Είναι τόσο αδύνατη».

«Ναι, το βλέπω, έχει αδυνατίσει πολύ και φαίνεται ότι έχει πρόβλημα με το στομάχι της», της απάντησα.

«Ελπίζω το συκώτι να δυναμώσει το αίμα της», είπε η Νουρ κι έβαλε τη γαβάθα με το φαΐ δίπλα στη μητέρα μου, για να φάει. Η μαμά πήρε το φαΐ μπροστά της κι άρχισε να λέει μια προσευχή. Εκείνη τη στιγμή κατέφτασε κι ο μικρός Μοχάμεντ Ίνυερ. Πεινούσε, ήθελε συκώτι. Ήταν ακόμη μικρός για να φορέσει παντελόνια κι έτσι κάθισε με τον γυμνό του ποπό ακριβώς δίπλα στη γαβάθα της μητέρας μου. Εκείνη, σταμάτησε την προσευχή, τον κοίταξε και, πολύ ήρεμα, του είπε:

«Μικρέ, κράτα το κωλαράκι σου μακριά απ' το φαγητό μου».

Με πήραν τα γέλια και γελούσα ακόμη όταν ήρθε ο Ράγκε, ο γιος του θείου Αχμέτ.

Η μητέρα μου τον χαιρέτισε θερμά, κατόπιν γύρισε προς εμένα κι είπε:

«Να πας να δεις τον θείο σου. Μην τον αφήσεις να πιστέψει ότι προτιμάς το δικό μου σόι».

Ο Ράγκε, όταν το 'χα σκάσει, ήταν ακόμη μικρό παιδί. Θυμάμαι που τον πρόσεχα όταν είχε δουλειές η θεία μου. Τώρα ήταν εικοσάρης, ένα παλικάρι ίσαμε κει πάνω, που μιλούσε τέλεια αγγλικά. Τον συμπάθησα αμέσως. Τα μαλλιά του ήταν κουρεμένα σε παλιομοδίτικο στιλ: γύρω γύρω κοντά, μ' ένα τσουλούφι στο κέντρο του κεφαλιού. Στην πίσω τσέπη του παντελονιού του είχε μια ιδιόμορφη τσατσάρα, για άφρο μαλλιά, που την έβγαζε και χτενιζόταν κάθε τόσο.

Ο Ράγκε με συνόδεψε μέσα απ' το χωριό, μέχρι το σπίτι του.

Στη διαδρομή μέτρησα περίπου εξήντα κατοικίες, όλες υπό κατασκευή με ένα ή το πολύ δυο δωμάτια η καθεμία. Ήταν πρόχειρα καταλύματα, στημένα με υλικά κάθε λογής απ' την έρημο. Υπήρχαν, βέβαια, ορισμένα σπίτια, που ήταν χτισμένα με αληθινά οικοδομικά υλικά. Αυτά, όμως, ανήκαν στις λιγοστές πιο εύπορες οικογένειες του οικισμού κι ήταν χτισμένα με πλίθες ψημένες στον ήλιο, ενώ οι σκεπές τους ήταν από ολοκαίνουργη κυματιστή λαμαρίνα. Ορισμένες γυναίκες είχαν στήσει τα σπιτικά τους με οτιδήποτε μπορεί να φανταστεί κανείς: άχρηστα λάστιχα φορτηγών, πλεχτό χορτάρι, σκουριασμένους τενεκέδες. Μερικά σπίτια ήταν τετράγωνα, με τοίχους από όρθια ξύλα. Υπήρχαν και στρογγυλά, παραδοσιακά καλύβια, στηριγμένα στο έδαφος με τις μακριές ρίζες της ακακίας και σκεπασμένα με ψάθες από πλεχτό χορτάρι ή μουσαμάδες ή, ακόμη, και με πλαστικές σακούλες που θρόιζαν στον άνεμο. Τίποτε, που θα μπορούσε να φανεί χρήσιμο, δεν πήγαινε χαμένο. Περάσαμε ένα σπίτι που 'χε τις ψάθες σηκωμένες, για να στεγνώσει το εσωτερικό του, απ' τα νερά της βροχής. Υπήρχαν κι άλλα στρογγυλά, πλίνθινα σπίτια, που κατέληγαν σε κωνικές οροφές από ξερό χορτάρι. Η κάθε φυλή είχε και τη δική της ιδιόμορφη αρχιτεκτονική. Στο χωριό δεν υπήρχε τρεχούμενο νερό, ούτε ρεύμα κι ούτε, βέβαια, αποχετευτικό σύστημα. Δεν υπήρχαν καν σχέδια για μια, έστω και υποτυπώδη, υποδομή. Πιο κάτω είδα ένα κοτέτσι, στρογγυλό και με οροφή σε σχήμα κώνου. Μέσα καθόταν μια κοκκινωπή κότα, που με κοίταξε λοξά και κακάρισε, σα να μου έλεγε να την αφήσω στην ησυχία της. Ένα αγοράκι, το πολύ δυο χρόνων, μας πήρε από πίσω. Μπορούσε να πηγαίνει όπου ήθελε, δεν υπήρχε φόβος. Μπορούσε να τριγυρνάει τελείως ελεύθερο μέσα στο χωριό. Φορούσε μονάχα ένα μπλουζάκι τίποτε από κάτω. Τα δόντια του έδειχναν κάτασπρα με φόντο τη μαύρη επιδερμίδα του προσώπου του, ενώ το ντροπαλό του χαμόγελο ήταν πλατύ, σαν το στόμα της καμήλας.

Έτσι, ακριβώς, θυμόμουν την παιδική μου ηλικία, όπως την έζησα πριν πάρα πολλά χρόνια και πριν από τις αμέτρητες εμπειρίες που 'χω αποκτήσει από τότε. Το χωριό μοιάζει σα μια τεράστια χελώνα, που 'χει το κεφάλι της και τα πόδια της τραβηγμένα κάτω απ' το καβούκι της. Μια μαζεμένη χελώνα που αρνείται να σου δώσει σημασία, ακόμη κι αν αρχίσεις να χτυπάς το καβούκι της μ' ένα ξύλο. Η χελώνα θα περιμένει απλούστατα μέχρι να βαρεθείς και να φύγεις. Κατόπιν, θα ξεπροβάλει και θα βαδίσει, αργά, χωρίς ν' αλλάξει την αρχική της κατεύθυνση. Τούτος ο μικρός οικισμός δεν είχε απολύτως καμιά επαφή με τον υπόλοιπο κόσμο. Ο τρόπος ζωής δεν είχε αλλάξει σχεδόν καθόλου από τότε που είχα φύγει. Όμως, είχα αλλάξει εγώ.

Όταν ήμουν μικρή, ένιωθα ότι είχα τα πάντα, είχα όλα όσα χρειαζόμουν, εκτός, βέβαια, από ένα ζευγάρι καλά πέδιλα. Δεν είχα ιδέα ότι ήμασταν φτωχοί. Ακόμη και τώρα μου είναι δύσκολο να πιστέψω ότι η Σομαλία ανήκει στις πέντε πιο φτωχές χώρες του πλανήτη.

Οι καθημερινοί ήχοι του πρωινού, κοτόπουλα που κακαρίζουν, μωρά που κλαίνε, οι μυρωδιές από αναμμένα καυσόξυλα, από τις υγρές ψάθες, τα πάντα στο χωριό ξυπνούσαν μέσα μου κομμάτια του εαυτού μου, που 'χα χρόνια ολόκληρα να νιώσω. Ένιωθα ευδαιμονία, αλλά, συγχρόνως, ανησυχούσα για τα παιδιά που όλα τους ήταν ξυπόλυτα.

Ο θείος μου ζούσε με την κόρη του την Άσα και τον σύζυγό της. Το σπίτι τους ήταν τετράγωνο, πλίνθινο, με κυματιστή καινούργια λαμαρίνα για σκεπή. Η πόρτα ήταν βαμμένη σε ζωηρό γαλάζιο, διακοσμημένη με τη ζωγραφιά ενός κατακόκκινου διαμαντιού στο κέντρο κι άλλα μικρότερα μπλε γεωμετρικά σχήματα ολόγυρα.

Ο θείος Αχμέτ καθόταν έξω απ' το σπίτι σ' ένα μάιχιλις, ένα τρίποδο σκαμνί, τρία κομμάτια ξύλο, που πάνω τους είχε τεντωθεί ένα κομμάτι δέρμα. Τα μαλλιά του θείου μου ήταν άσπρα σαν της κατσίκας. Γύρω απ' τη μέση του, μ' έναν μεγάλο κόμπο μπροστά, είχε δέσει την παραδοσιακή σομαλική, αντρική φορεσιά, το μα-α-βάις. Στο κεφάλι φορούσε το χαρακτηριστικό φέσι των χατζί, δηλαδή εκείνων που έχουν ταξιδέψει ως τη Μέκκα για να προσκυνήσουν. Το Κοράνι ορίζει ότι κάθε πιστός πρέπει να κάνει αυτό το προσκύνημα, τουλάχιστον μια φορά στη ζωή του.

«Αφντόλκε! Αφντόλκε!» φώναξε ο θείος μου, κουνώντας το σώμα του μπρος πίσω. Με φώναξε με το παιδικό μου παρατσούκλι, Αφντόλκε, Μικρό Στόμα.

«Κάθισε εδώ, δίπλα μου, να σε δω από κοντά. Ω, Θεέ μου, είσαι τόσο αδύνατη. Δεν τρως καλά; Μήπως είσαι άρρωστη;»

«Όχι, θείε», γέλασα, «δεν είναι ανάγκη να έχει κανείς τεράστια οπίσθια, για να είναι υγιής».

«Δεν ξέρω, εμένα πάντως μου φαίνεσαι πετσί και κόκαλο. Πεινάς καθόλου;»

«Ναι, θείε», απάντησα. «Μόλις χθες φτάσαμε και δεν βλέπω την ώρα να φάω μια *άντζελα*». Οι μυρωδιές της μ' είχαν πάρει απ' την αρχή, αμέσως μόλις βγήκαμε απ' το αεροπλάνο και μ' αυτές τις μυρωδιές είχα ξυπνήσει εκείνο το πρωινό: υπέροχες μυρωδιές από φρέσκια *άντζελα*, ψημένη στη φωτιά.

Η *άντζελα* είναι μια τηγανίτα από ένα είδος σπόρια. Οι γυναίκες χτυπούν τα σπόρια μέσα σε ξύλινα γουδιά, μέχρι να γίνουν αλεύρι. Αποβραδίς, ανακατεύουν το αλεύρι με νερό και χτυπούν το μείγμα, μέχρι να γίνει μαλακό κι αφράτο. Μόλις σκοτεινιάσει, οι γδούποι απ' τα γουδιά ακούγονται σ' όλο το χωριό. Είναι σα ν' ανταγωνίζονται μεταξύ τους. Όσο πιο δυνατά τα χτυπήματα, τόσο το καλύτερο. Στη συνέχεια, αφήνουν τον χυλό όλη τη νύχτα για να δέσει. Το πρωί, οι γυναίκες ανάβουν φωτιά και βάζουν γύρω της τρεις μεγάλες πέτρες. Πάνω στις πέτρες βάζουν ένα ρηχό καπάκι ή ένα ταψί. Όταν το ταψί κάψει, ρίχνουν μέσα λίγο απ' τον χυλό, που τον αλείφουν προσεκτικά, ώστε να καλύψει όλον τον πάτο, όπως κάνουμε με τις γαλλικές κρέπες. Τέλος, σκεπάζουν το ταψί κι αφήνουν το μείγμα να ψηθεί για λίγα λεπτά της ώρας.

Ο θείος Αχμέτ φώναξε την κόρη του, την Άσα:

«Βάλε δέκα τηγανίτες για την *Αφντόλκε*. Φέρε και λίγο τσάι, για να πάνε κάτω. Κοιτάξτε την πώς έχει γίνει απ' την πείνα. Κι εγώ που νόμιζα πως είχαν μπόλικο φαΐ στην Αμερική».

«Θείε, δεν θα μπορέσω να φάω δέκα τηγανίτες. Τέσσερις μου φτάνουν».

Η Άσα, έφερε αρωματικό τσάι με γάλα κατσίκας και τις αχνιστές τηγανίτες σ' ένα στραπατσαρισμένο τσίγκινο πιάτο. Έσταξα λίγο τσάι, πάνω στις τηγανίτες, για να μαλακώσουν. Στην έρημο δεν χρησιμοποιούμε μαχαιροπίρουνα, πιάνουμε το φαΐ προσεκτικά με τα δάχτυλα. Είχα χρόνια να δοκιμάσω τηγανίτες κι έτσι, πάνω στην ανυπομονησία μου, ξεχάστηκα όταν έπιασα την πρώτη μπουκιά.

«Όχι! Σταμάτα, μη!» φώναξε ο θείος μου και πετάχτηκε από τη θέση του σαν εκνευρισμένη καμήλα για να με προλάβει, πριν βάλω το φαγητό στο στόμα.

«Αυτό είναι το αριστερό σου χέρι, αγάπη μου, είναι το αριστερό, δεν είναι το χέρι του φαγητού».

«Ω, συγγνώμη θείε», είπα, «συγγνώμη, ξεχάστηκα».

Είχα κατατροπιαστεί. Επειδή είμαι αριστερόχειρη, είχα πιάσει το φαγητό με το αριστερό, πράγμα που στη Δύση δεν έχει μεγάλη σημασία. Στη Σομαλία, όμως, είναι πολύ σημαντικό να γνωρίζεις ποιο χέρι πηγαίνει πού. Το δεξί χέρι χρησιμοποιείται για τα πάντα, εκτός απ' το να πιάνει τα ευαίσθητα σημεία του σώματος, αυτά που θεωρούνται ακάθαρτα. Στη Σομαλία δεν έχουμε χαρτί υγείας. Μετά από την ανάγκη μας, πλενόμαστε με το αριστερό χέρι με νερό. Πάντοτε με το αριστερό, ποτέ το δεξί χέρι. Το αριστερό είναι για τα ακάθαρτα σημεία του σώματος και το δεξί για όλες τις άλλες ασχολίες, όπως το να τρως, να κόβεις, να πιάνεις αντικείμενα ή ν' αγγίζεις τους άλλους.

Ο θείος μου κούνησε το ασπρισμένο του κεφάλι:

«Τόσον καιρό που έλειψες από κοντά μας, ξέχασες όλα όσα ήξερες». Κατόπιν, με κοίταξε, αυστηρά: «Πώς μπόρεσες να το ξεχάσεις αυτό, κοπέλα μου; Στη Σομαλία μπορείς να ξεχάσεις τα πάντα, αλλά το να κρατιέσαι καθαρή ποτέ».

Εγώ πεινούσα τόσο πολύ, που σκεφτόμουν μονάχα πώς θα έβαζα, όσο πιο γρήγορα γινόταν, τις μπουκιές στο στόμα μου. Είχα ξεχάσει πώς τρώνε οι Σομαλοί. Έτρωγα σα να βρισκόμουν ακόμη στη Νέα Υόρκη κι όχι στη Σομαλία. Στην πατρίδα μου δεν υπάρχουν καταστήματα φαστ-φουντ. Δεν μπορεί κανείς, ούτε καν να διανοηθεί, ότι μπορεί να φάει, περπατώντας στον δρόμο ή κάνοντας κάποια άλλη δουλειά ταυτόχρονα. Είχα μεγαλώσει με την ιδέα ότι το φαγητό είναι δώρο απ’ τον Αλλάχ και, επομένως, κάτι που πρέπει να του δείχνεις μεγάλο σεβασμό. Όταν ήμουν μικρή δεν τρώγαμε για να απολαύσουμε τη γεύση, αλλά για να γεμίσουμε το στομάχι μας και να επιβιώσουμε. Στη Σομαλία δεν αρπάζεις το φαγητό μπουκώνοντας το στόμα, γρήγορα γρήγορα, χωρίς να το σκέφτεσαι. Κάθεσαι χάμω, λες μια μικρή προσευχή ευχαριστίας και γεύεσαι προσεκτικά κάθε μπουκιά. Εγώ είχα ορμήσει στο φαγητό χωρίς προσευχή, χωρίς σεβασμό και, επιπλέον, με το αριστερό χέρι.

Στη συνέχεια, πήρα μια βαθιά ανάσα και ξαναπροσπάθησα απ’ την αρχή. Προσευχήθηκα στον Αλλάχ για τον θείο μου, για τη σημερινή ημέρα και για το φαγητό. Έφαγα την άντζελα, αργά και προσεκτικά. Ήταν υπέροχη. Καθώς έτρωγα, άρχισα να παρατηρώ τον θείο μου. Είχε ένα αραιό, κάτασπρο μουστάκι, ενώ στο πρόσωπό του είχαν μείνει λιγοστές τρίχες. Φορούσε ένα γκρίζο και μαύρο καρό μα-α-βάις. Με μια πιο προσεχτική ματιά, είδα ότι ακουμπούσε το σώμα του πάνω στον τοίχο του σπιτιού μ’ έναν περίεργο τρόπο. Το σαγόνι του κρεμούσε όταν μιλούσε, ενώ τα λόγια του έβγαιναν αργά,

177

με πολλή δυσκολία. Ο Μοχάμεντ συνέχεια του ζητούσε να επαναλαμβάνει τις φράσεις του, για να καταλαβαίνουμε τι έλεγε.

«Τι έπαθε ο πατέρας σου;» ρώτησα την Άσα, όταν εκείνη μας έφερε κι άλλο τσάι. «Γιατί γέρνει έτσι περίεργα προς τη μια πλευρά;»

«Μια νύχτα πήγε για ύπνο κι όταν ξύπνησε δεν μπορούσε πια να κουνήσει το αριστερό του χέρι και πόδι. Η δεξιά πλευρά είναι εντάξει, η αριστερή, όμως, έχει μείνει παράλυτη».

«Ω, Θεέ μου!» αναφώνησα. «Κι ο γιατρός τι σας είπε;»

«Δεν υπάρχει γιατρός εδώ».

«Τον πήγατε σε νοσοκομείο;»

«Όχι, είναι μακριά κι ο πεθερός μου δεν μπορεί να περπατήσει».

«Μα, πώς είναι δυνατόν;» είχα μείνει κατάπληκτη. Ο άνθρωπος είχε ξυπνήσει μισοπαράλυτος και ακόμη δεν τον είχαν πάει σε νοσοκομείο!

«Και πότε συνέβη αυτό;»

«Πριν λίγες μέρες», απάντησε η Άσα. «Δόξα τω Θεώ, όμως, σήμερα είναι καλύτερα».

Η Άσα έδειχνε λίγο μόνο πικραμένη για το τι είχε συμβεί, ενώ προπαντός ευγνωμονούσε τον Αλλάχ που ο θείος εκείνο το πρωί ένιωθε λίγο καλύτερα.

Να, λοιπόν, τι εννοούν στην οικογένειά μου όταν λένε πως ό,τι σου συμβαίνει είναι γραφτό. Ο θάνατος είναι θέλημα του Αλλάχ και πρέπει να το δεχόμαστε σα μέρος της ίδιας της ζωής. Καταλαβαίνω πώς σκέφτονται οι δικοί μου αλλά, δεν έχουν μάθει ότι η αρρώστια είναι κάτι που μπορεί να θεραπευτεί. Εκείνοι δεν πιστεύουν σε γιατρούς και σε χειρουργούς. Καταλαβαίνω τον τρόπο που σκέφτονται, αλλά πιστεύω ότι αγνοούν εντελώς ότι, σε τέτοιες περιπτώσεις, κάτι μπορεί να γίνει.

«Θείε», είπα, «πες μου τι συνέβη».

«Ξύπνησα ένα πρωί και δεν μπορούσα να κουνήσω την αριστερή μου πλευρά», είπε ο θείος μου. Έδειχνε στενοχωρημένος, αλλά ήρεμος. «Δεν πονάει, αλλά δεν μπορώ να σηκώσω το αριστερό μου χέρι, δεν μπορώ να το χρησιμοποιήσω καθόλου. Και το πόδι μου, όταν περπατάω, σέρνεται πίσω μου».

«Κατάλαβα».

«Η μητέρα σου μου έδωσε να πιω ένα ρόφημα από κοπανισμένο αυγό στρουθοκάμηλου και φλούδες από κάποιο βότανο».

Παρ' όλο που είχα αρκετή εμπιστοσύνη στα φάρμακα της μητέρας μου, ήθελα να μάθω ακριβώς τι είχε πάθει ο θείος μου. Κοίταξα τον Ράγκε και είπα:

«Θα τον πάρουμε μαζί μας, όταν πάμε στο νοσοκομείο, για να βρούμε τον πατέρα μου».

Ο Ράγκε κούνησε τους ώμους του:

«Για ποιο λόγο; Πώς μπορούν να τον βοηθήσουν εκεί;»

«Τουλάχιστον, θα μάθουμε τι έχει πάθει και ίσως μας γράψουν κάποιο φάρμακο. Μπορεί να χρειάζεται εγχείρηση», απάντησα.

Η Άσα βοήθησε τον πεθερό της να πλυθεί. Έφερε νερό σε μια μικρή λεκάνη και μ' ένα κομμάτι ύφασμα του έπλυνε πρόσωπο και χέρια. Στη συνέχεια, τον βοήθησε να φορέσει ένα γαλάζιο πουκάμισο και ένα τζιν μπουφάν. Εκείνη του σήκωνε το παράλυτο χέρι και του το περνούσε στα μανίκια. Κάποιος συγγενής είχε ταξί και του ζήτησα να μας πάει στο νοσοκομείο στο Γκελκάγιο. Όταν ήρθε το αμάξι, η Άσα βοήθησε τον θείο μου να καθίσει στο πίσω κάθισμα μαζί μου, ενώ ο Μοχάμεντ κι ο Ράγκε κάθονταν μπροστά. Το ταξίδι για το Γκελκάγιο, την κοντινότερη πόλη, θα διαρκούσε τρεις ώρες. Δεν μ' ένοιαζε, όμως, καθόλου να ξανακαθίσω σε αυτοκίνητο, τώρα που θα πηγαίναμε στο νοσοκομείο για να βρούμε τον πατέρα μου και για να βρούμε γιατρούς και φάρμακα που ίσως θα βοηθούσαν τον θείο μου.

Η έρημος της Σομαλίας δεν μοιάζει καθόλου με αμμουδερή παραλία. Είναι μια έρημος από κοκκινωπό χώμα, γεμάτο άσπρες πέτρες και χαμηλούς αγκαθωτούς θάμνους. Μοιάζει περισσότερο με τη γούνα μιας λεοπάρδαλης. Μόλις βρέξει, αμέτρητα φυτά αρχίζουν να προβάλλουν μέσα απ' το έδαφος, ενώ οι θάμνοι και τα κλαριά των δέντρων γεμίζουν πράσινα φυλλαράκια. Στη διαδρομή έμεινα άφωνη από την τόση ομορφιά. Η φριχτή ζέστη είχε εξαφανιστεί από την ξαφνική καταιγίδα. Το χώμα ήταν βαθυκόκκινο, είχε σχεδόν το χρώμα του αίματος. Ο αέρας, φρέσκος και δροσερός, έκανε την αναπνοή ένα μοναδικό συναίσθημα. Γιατί δεν μιλούν γι' αυτά τα πράγματα οι εφημερίδες; Γιατί κυνηγούν μονάχα τις καταστροφές και τα προβλήματα; Είναι αλήθεια ότι στη μικρή, φτωχή μου χώρα κυριαρχεί η οδύνη, αλλά, παρ' όλ' αυτά, η πατρίδα μου διατηρεί μια ξεχωριστή ομορφιά. Γιατί τα δάκρυα να μην είναι σταγόνες βροχής;

Δεν αργήσαμε να φτάσουμε σ' ένα οδόφραγμα, όπου μας σταματήσανε ένοπλοι φρουροί. Ο Ράγκε είπε ότι πάντοτε υπάρχουν δυνάμεις ασφαλείας στα σύνορα μεταξύ περιοχών που ελέγχονται από διαφορετικές φυλές.

«Ει», ψιθύρισα απ' το πίσω κάθισμα, «πιστεύεις πως τα χρησιμοποιούν αυτά τα όπλα;»

«Φυσικά και τα χρησιμοποιούν. Ελέγχουν τα πράγματα που μεταφέρεις ή αν έχεις ύποπτους συνεπιβάτες. Πίστεψέ με, μ' αυτούς οτιδήποτε μπορεί να πάει στραβά. Μπορεί απλά να μην τους αρέσεις. Αν είσαι από διαφορετική φυλή και σου ζητήσουν λεφτά ή κάτι άλλο, καλύτερα να τους δώσεις ό,τι έχεις. Έτσι επιβιώνουν, δεν τους πληρώνει κανείς, δεν υπάρχει οργανωμένος στρατός.

«Εύχομαι να μη μας πειράξουν», είπα, ενώ η καρδιά μου χτυπούσε δυνατά.

Σταματήσαμε κι ένας απ' τους στρατιώτες περιεργάστηκε το αυτοκίνητο. Πληρώσαμε τα απαραίτητα τέλη κι εκείνος μας άνοιξε την μπάρα για να περάσουμε. Οι υπόλοιποι φρουροί δεν μας έδωσαν καμιά σημασία.

Όταν ήμασταν παιδιά, τρέμαμε στο άκουσμα της λέξης Άμπα, Πατέρα. Τώρα, που σκεφτόμουν τον πατέρα μου, ένιωθα αντιφατικά συναισθήματα. Έπρεπε οπωσδήποτε να τον ξαναδώ. Ήθελα να τον κοιτάξω καταπρόσωπο, να του δείξω τι είχε απογίνει εκείνο το μικρό κοριτσάκι, που εκείνος κάποτε διαφέντευε. Να του δείξω το πρόσωπό μου, που τώρα ήταν διάσημο σ' όλον τον κόσμο, απαθανατισμένο σε εξώφυλλα περιοδικών και σε ταινίες κινηματογράφου. Ήθελα να του υπενθυμίσω εκείνα τα λόγια, που με είχαν πληγώσει βαθύτατα: «Δεν είσαι παιδί μου. Δεν ξέρω από πού έχεις έρθει». Ίσως αυτά τα λόγια ήταν η αιτία που δεν είχα επιστρέψει στην πατρίδα μου, τόσον καιρό.

Δεν ξέρω πώς περίμενα να είναι το νοσοκομείο στο Γκελκάγιο, αλλά η καρδιά μου ράγισε όταν φτάσαμε. Τα περισσότερα κτίρια δεν ήταν παρά μισοτελειωμένα ντουβάρια, ενώ υπήρχε μονάχα μια μικρή αποθήκη φαρμάκων, που ήταν και η υποδοχή των ασθενών στο συγκρότημα. Φαινόταν σα να είχαν αρχίσει να χτίζουν και, πριν καλά καλά φτάσουν στα μέσα της οικοδομής, τα είχαν παρατήσει. Πουθενά γύρω δεν έβλεπα τούβλα κι άλλα υλικά, για να αποτελειώσουν τα κτίρια.

Ο Μοχάμεντ κι ο Ράγκε βοήθησαν τον θείο μου να βγει απ' το αμάξι και να περπατήσει ως τη μικρή αποθήκη. Ο θείος μου έβγαλε έξω το ένα του πόδι και, στηρίζοντας το σώμα του στους δυο άντρες, τράβηξε έξω με τα χέρια του και το άλλο.

Καθώς περιμέναμε τον γιατρό, έριξα μια ματιά στον χώρο γύρω γύρω. Μονάχα δυο αίθουσες φαίνονταν έτοιμες. Στη μια, υπήρχαν ίχνη ενός ιατρικού εξοπλισμού· ένα μικροσκόπιο και λιγοστά μπουκάλια φαρμάκων. Τίποτε άλλο δεν υπήρχε, ούτε ιατρικά όργανα, ούτε ντουλάπια για φάρμακα ή άλλα υλικά. Από τα ξύλινα παντζούρια έμπαινε λίγο φως κι έτσι μπορούσα να δω τα άδεια ράφια και τα λιγοστά μπουκάλια, σκορπισμένα εδώ κι εκεί. Οι τοίχοι του δωματίου ήταν βαμμένοι μ' ένα λεπτό στρώμα μπογιάς, γαλάζιοι στο κάτω μέρος και ροζ προς το ταβάνι. Στον ένα τοίχο, μέσα σ' ένα ξύλινο πλαίσιο, κρεμόταν ένας πίνακας για οφθαλμολογικές εξετάσεις. Στην τουαλέτα υπήρχαν στοιβαγμένα πλακάκια. Υπήρχε και μια λεκάνη, που, όμως, δεν είχε ακόμη τοποθετηθεί. Αυτό ήταν όλο κι όλο. Η μοναδική ιατρική εγκατάσταση σε μια ακτίνα πολλών χιλιομέτρων. Τι θα μπορούσαν να κάνουν οι γιατροί; Τι θα μπορούσαν να προσφέρουν σε ασθενείς και τραυματίες; Εκεί μέσα δεν υπήρχαν δυνατότητες για ακτινογραφίες, ούτε καν για αιμοδοσία.

Τελικά, εμφανίστηκε μια νοσοκόμα, που προσφέρθηκε να μας οδηγήσει στην αίθουσα όπου νοσηλευόταν ο πατέρας μου. Ξαφνικά, ένιωσα αδυναμία και τρόμο. Ποιον θα έβλεπα; Τον βασιλιά που κάποτε ήξερα ή κάποιον εντελώς διαφορετικό άνθρωπο; Πήρα βαθιές ανάσες κι ακολούθησα τους άλλους.

Το δωμάτιο ήταν γεμάτο κόσμο. Οι περισσότεροι ήταν συγγενείς του πατέρα μου. Κάποιοι αναγνώρισαν τον Μοχάμεντ, τον φώναξαν με τ' όνομά του και τον χαιρέτισαν με αγκαλιές και φιλιά. Ο αδελφός μου γύρισε προς εμένα και είπε:

«Εδώ είναι η αδελφή μου, η Γουόρις».

Κάποιοι με αναγνώρισαν και με φώναξαν κοντά τους, εγώ, όμως, δεν μπορούσα ν' αναπνεύσω εκεί μέσα, ήθελα μονάχα να δω τον πατέρα μου.

«Μοχάμεντ», είπα, «μην πεις τίποτε άλλο. Θέλω πρώτα να χαιρετίσω τον πατέρα μας».

Γλίστρησα μέσα απ' τον κόσμο κι έφτασα κοντά στον ασθενή.

Ο πατέρας μου βρισκόταν ξαπλωμένος πάνω σ' ένα στενό κρεβάτι. Δίπλα του κάθονταν δυο συγγενείς. Φαινόταν μισοκοιμισμένος, με επίδεσμο στα μάτια και τα χέρια του σταυρωμένα πάνω στο στήθος, έμοιαζε λίγο με πεθαμένο. Τη στιγμή που τον αντίκρισα, ένιωσα να χάνομαι, να εξατμίζομαι σα σταγόνες νερού που πέφτουν στη φωτιά. Ένα κύμα από δάκρυα φούντωσε μέσα μου. Το μόνο που μπορούσα να κάνω ήταν να του σφίξω το χέρι και ν' αφήσω τα δάκρυα να κυλήσουν στα μάγουλα. Δεν ήθελα να με δουν που έκλαιγα. Δεν ήθελα ν' ακούσουν τ' αναφιλητά μου. Έβαλα το πρόσωπό μου κοντά του κι άφησα να περάσουν λίγες στιγμές, με τα δάκρυα να τρέχουν. Φαινόταν χάλια, αλλά μέσα μου ευχαριστούσα τον Αλλάχ που επιτέλους τον είχα βρει. Τα έβαλα με τον εαυτό μου, που είχα αφήσει να περάσει τόσος καιρός, που δεν είχα έρθει πρωτύτερα να βοηθήσω την οικογένειά μου. Τα μαλλιά του είχαν ασπρίσει εντελώς και στο πρόσωπό του υπήρχαν μόνο λίγες αραιές τούφες άσπρα γένια. Ήταν κάτισχνος, τα μάγουλά του βαθουλωμένα. Έμοιαζε σα να είχε καταρρεύσει, έδειχνε εύθραυστος, απροστάτευτος και τσακισμένος.

«Ποιος είναι;» ρώτησε.

Τον φίλησα ψιθυρίζοντας:

«Εγώ είμαι, μπαμπά, η Γουόρις».

«Ποιος;»

«Πατέρα, είμαι εγώ, η Γουόρις».

«Η Γουόρις;» αναρωτήθηκε με χαμηλή φωνή. «Κάποτε είχα μια κόρη, που την έλεγαν Γουόρις, αλλά δεν έχω πια, έχει χαθεί, δεν ξέρουμε τι της συνέβη. Σε παρακαλώ, μη με κοροϊδεύεις».

«Μπαμπά, μπαμπά, εγώ είμαι, στ' αλήθεια!»

«Ποια Γουόρις; Η κόρη μου έχει φύγει, εδώ και πολύ καιρό, δεν θα εμφανιζόταν έτσι απ' το πουθενά».

«Πατέρα, εγώ είμαι».

«Τι; Εσύ είσαι στ' αλήθεια, Γουόρις; Κόρη μου, κόρη μου, σε είχα για πεθαμένη», είπε, γυρίζοντας το κεφάλι προς τη μεριά μου και σφίγγοντάς μου το χέρι.

«Τι έπαθαν τα μάτια σου;» ρώτησα. Φοβόμουν, όμως, ν' ακούσω την απάντηση.

«Καλά είμαι, καλά είμαι, δόξα τω Θεώ, δεν έχω τίποτε. Πριν δυο μέρες έκανα μια εγχείρηση στα μάτια», είπε, σαν να ετοιμαζόταν να διηγηθεί μια μικρή περιπέτεια.

«Πού έκανες την εγχείρηση, σε νοσοκομείο;» τον ρώτησα.

«Στην έρημο».

Δεν μπορούσα να το πιστέψω:

«Τι σου έκαναν, πατέρα;»

«Μου 'κοψε το μάτι, με μαχαίρι. Ήθελε να βγάλει τη μεμβράνη που το κάλυπτε».

«Ήταν γιατρός;» ρώτησα. «Ποιος θα έβαζε μαχαίρι στο μάτι ενός ανθρώπου, στην έρημο;»

«Είπε πως ήταν γιατρός», αναστέναξε ο πατέρας μου.

Του χάιδεψα το χέρι, ρωτώντας τον:

«Μπαμπά, πήρες κάτι για τον πόνο;»

«Παιδί μου», είπε εκείνος, «πού να ξέρεις τον πόνο που τράβηξα. Με το ένα μάτι βλέπω μόνο σκιές. Στο άλλο είμαι τυφλός. Τον ένιωθα που μ' έκοβε, έπρεπε να μένω ακίνητος όλη την ώρα».

«Μα, αυτό είναι τόσο τρελό!» ξεφώνισα. «Είναι δυνατόν ν' αφήσεις κάποιον άγνωστο να σου κόψει το μάτι;»

«Γουόρις! Γουόρις! Πραγματικά είσαι εσύ, η κόρη μου!» είπε ο πατέρας, που τώρα με είχε αναγνωρίσει για τα καλά. «Δεν έχεις αλλάξει καθόλου. Πάντοτε ήσουν αντάρτισσα και να, τώρα, το πρώτο που κάνεις είναι να μας βάζεις τις φωνές».

Τα λόγια του τον έκαναν να δείξει για λίγο τον παλιό του εαυτό, έναν δυνατό και τρανό πολεμιστή. Εγώ συνέχισα τα κλάματα. Εκείνος, σφίγγοντας τα χέρια μου, αστειεύτηκε:

«Να με κλάψεις όταν θα έχω πεθάνει. Ακόμη, όμως,

βαστιέμαι. Έτσι μου έρχεται να σηκωθώ και να πάω να βρω άλλη μια παχιά γυναίκα».

Αυτός ήταν ο πατέρας μου, ακριβώς όπως τον θυμόμουν. Έτοιμος να αστειευτεί, ακόμη κι όταν ήταν ξαπλωμένος στο κρεβάτι, τυφλός κι αδύναμος. Τον παρατήρησα για πολλή ώρα. Αυτός ο γέρος άντρας ήταν, λοιπόν, ο πατέρας μου. Για μένα, ήταν ακόμη όμορφος, παρ' όλα τα βάσανα και την ηλικία, που τον είχαν κάπως αλλάξει. Το πρόσωπό του είχε ένα τέλειο, στενόμακρο σχήμα. Ακόμη κι οι ρυτίδες που είχε αποκτήσει, απλώς, υπογράμμιζαν αυτήν την τελειότητα.

Ο πατέρας μου ήταν νομάδας όλη του τη ζωή. Έχει περάσει από πηγάδια, βοσκότοπους και ερημιές, αλλά ποτέ δεν έχει βγει έξω απ' το Κέρας της Αφρικής, ποτέ του δεν πήγε σε μεγάλη πόλη, με αυτοκίνητα και τηλέφωνα. Ποτέ του δεν έμαθε για τη σύγχρονη ιατρική. Έκανε αυτό που πάντοτε έκαναν οι πρόγονοί του, πήγε σ' ένα μάγο της ερήμου που προσπάθησε να του κάνει καλά τα μάτια του μ' ένα μαχαίρι και με μια προσευχή στον Αλλάχ. Δεν είχε θυμώσει μ' αυτό που συνέβη, το είχε αποδεχτεί, όπως θ' αποδεχόταν οτιδήποτε άλλο κακό είχε σειρά, χωρίς δάκρυα και χωρίς πίκρα. Αυτά είναι που δεν μπορούν να προσφέρουν οι γιατροί κι οι χειρουργοί: αποδοχή και ψυχική γαλήνη.

Άξαφνα, άκουσα μια γνώριμη φωνή δίπλα μου. Ήταν ο αδελφός μου, ο Μπούρχααν. Το πρόσωπό του ήταν τόσο όμορφο που, αν ήταν κορίτσι, ο πατέρας μου σίγουρα θα ήταν ευτυχισμένος. Οι φυλές θα συναγωνίζονταν ποια θα πληρώσει το μεγαλύτερο τίμημα για τη νύφη. Το πρόσωπό του έμοιαζε με ζωγραφιά κι η επιδερμίδα του ήταν απαλή σαν βρέφους. Άπλωσα το χέρι μου κι άγγιξα την τελειότητα σ' αυτό το πρόσωπο. Κατόπιν, τον αγκάλιασα σφιχτά. Ο Μπούρχααν δεν έχει το ύψος του Μοχάμεντ, τα χαρακτηριστικά του είναι πιο αρμονικά, συνδυάζουν ό,τι καλύτερο, από τον πατέρα και τη μητέρα μας εξίσου.

185

Ο Μπούρχααν μου διηγήθηκε ότι είχε βρει τον πατέρα σε πολύ άσχημη κατάσταση. Είχε φριχτά πρηξίματα και ανυπόφορους πόνους. Όλες οι φλέβες του κεφαλιού είχαν εξογκωθεί κι ο υψηλός πυρετός τον είχε τρελάνει. Ο Μπούρχααν είχε φοβηθεί ότι ο πατέρας θα πέθαινε ή θα χανόταν στις ερημιές, όπου καραδοκούσαν οι ύαινες, που δεν θα δίσταζαν να του ορμήξουν. Ο Μπούρχααν τον πήγε αμέσως στο νοσοκομείο, όπου κατέφτασαν και άλλοι συγγενείς για να τον βοηθήσουν και να τον περιποιηθούν. Στη Σομαλία, τα μέλη μιας οικογένειας, ποτέ δεν αφήνουν κάποιον δικό τους μόνο του σε νοσοκομείο. Πολλές φορές, κατασκηνώνουν ακόμη κι έξω απ' το νοσοκομείο, για να βρίσκονται σε συνεχή επαφή με τον ασθενή, να προσεύχονται γι' αυτόν και να του μαγειρεύουν ειδικά φαγητά.

«Πατέρα», είπα, «θα σε πάρουμε μαζί μας στο σπίτι, για να μπορούμε να σε περιποιούμαστε καλύτερα. Έχουμε αυτοκίνητο κι έτσι δεν χρειάζεται να περπατήσεις».

«Σπίτι, ποιο σπίτι;» ρώτησε εκείνος.

«Θα έρθεις να μείνεις μαζί μ' εμένα και τον Μοχάμεντ, στο σπίτι της μητέρας», του απάντησα.

«Όχι, ποτέ δεν θα ξαναπάω στο σπίτι αυτής της γυναίκας», εναντιώθηκε ο πατέρας μου.

«Πατέρα», του είπα, «έλα μαζί μας, για να μπορέσουμε να σε περιποιηθούμε. Ο Μοχάμεντ κι εγώ θα μείνουμε μόνο για λίγες μέρες στη Σομαλία. Σ' αγαπάμε, σε θέλουμε κοντά μας, να σε βλέπουμε και να σε προσέχουμε μέχρι να φύγουμε».

«Όχι», επέμενε εκείνος, «δεν θα έρθω. Ελάτε εσείς στο δικό μου σπίτι».

Ο Μπούρχααν του υπενθύμισε ότι στο δικό του σπίτι, στη μέση της ερήμου, δεν θα υπήρχε κανείς να τον προσέχει. Ο Μοχάμεντ, επίσης, τον παρακάλεσε θερμά να έρθει μαζί μας. Στο τέλος, συμφώνησε. Ζητήσαμε απ'

τον γιατρό να του γράψει εξιτήριο και κανονίσαμε να περάσουμε να τον πάρουμε αργότερα το ίδιο απόγευμα.

Κατόπιν, ζήτησα κάποιον γιατρό να δει τον θείο μου, να μας πει τι έχει και τι θα μπορούσαμε να κάνουμε γι' αυτόν. Η νοσοκόμα μας οδήγησε στην αποθήκη φαρμάκων. Φορούσε λευκή, ιατρική μπλούζα, αλλά από πάνω είχε ριγμένη μια κίτρινη μαντίλα, στο χρώμα της ζαφοράς. Η μαντίλα σκέπαζε το κεφάλι της, τους ώμους της κι έφτανε μέχρι τη μέση της. Μου φάνηκε περίεργο που μια επαγγελματίας είχε σκεπασμένο το πρόσωπό της στον χώρο εργασίας.

Στο φαρμακείο μας περίμενε ο γιατρός. Η νοσοκόμα στάθηκε πίσω του, για να τον βοηθήσει, αν χρειαζόταν. Ο γιατρός πήρε λίγο αίμα απ' το μπράτσο του θείου μου. Ο θείος μου δεν έδειξε ότι κατάλαβε το τσίμπημα της βελόνας. Ίσως, το έκανε για να φανεί δυνατός. Ήταν ήρεμος, με μεγάλη υπομονή, αλλά στους κροτάφους παρατήρησα ότι οι φλέβες του είχαν φουσκώσει. Ο γιατρός του κοίταξε τα μάτια, του πήρε την πίεση και τον χτύπησε μ' ένα μικρό σφυρί στα γόνατα, για να ελέγξει τ' ανακλαστικά του. Επίσης, άκουσε την καρδιά του και περιεργάστηκε το εσωτερικό των αυτιών του. Ο θείος, όλη την ώρα, κοιτούσε εμένα κι όχι τον γιατρό. Όσο εγώ φαινόμουν ν' αποδέχομαι τη διαδικασία της εξέτασης, εκείνος δεν διαμαρτυρόταν.

Το πρόσωπο του γιατρού, ειδικά στα μάγουλα, ήταν γεμάτο κρεατοελιές. Στον λαιμό του κρέμονταν ένα ζευγάρι γυαλιά. Στο χέρι, φορούσε ένα χρυσό ρολόι, με μπρασελέ που του έπεφτε μεγάλο και ανεβοκατέβαινε στον καρπό του, σε κάθε του κίνηση. Ήταν ήρεμος και μου μιλούσε αγγλικά, με μεγάλη προσοχή. Προτιμούσα να μιλάω μαζί του στ' αγγλικά, τα μιλούσε πολύ καλά, παρά στα σομαλικά. Δεν είχα λέξεις για όλες αυτές τις δύσκολες ιατρικές ορολογίες στη δικιά μου γλώσσα.

«Τι έχει ο θείος μου;» ρώτησα. «Θα μπορέσετε να τον βοηθήσετε;»

«Θα του γράψουμε κάποια φάρμακα», είπε εκείνος.

«Θα γίνει καλύτερα;»

«Είναι υπερτασικός κι έπαθε εγκεφαλική συμφόρηση».

«Ω, Θεέ μου!», αναφώνησα, αν και δεν ήξερα τι ακριβώς σήμαινε αυτό. Ακουγόταν, όμως, πολύ σοβαρό.

«Έχει περάσει εγκεφαλικό επεισόδιο. Αν και ελαφριάς μορφής, το επεισόδιο τον άφησε παράλυτο στη μια πλευρά».

Ο γιατρός ζήτησε απ' τον θείο μου να σηκώσει ψηλά το αριστερό του χέρι. Ο θείος μου, με πολύ μεγάλη προσπάθεια, το σήκωσε μέχρι το ύψος του ώμου.

«Ο Αλλάχ θα σε γιατρέψει», του είπα, για να τον ενθαρρύνω.

«Όσο υποχωρεί η ένταση στον εγκέφαλο, τόσο καλύτερα θα νιώθει ο θείος σας», είπε ο γιατρός.

Μας έγραψε μια συνταγή και μας έδωσε ένα στρογγυλό μπουκαλάκι με χάπια.

«Πρέπει να παίρνει αυτά τα φάρμακα κάθε μέρα», είπε υπογραμμίζοντας τη λέξη «κάθε».

Υπήρχαν οδηγίες στο εξωτερικό του μπουκαλιού, καθώς κι ένα λεπτό χαρτάκι με πιο αναλυτική περιγραφή στο εσωτερικό του. Απ' ό,τι κατάλαβα, ήταν γραμμένα στα γερμανικά ή στα γαλλικά. Στο χωριό, έτσι κι αλλιώς, κανείς δεν θα ήξερε να τα διαβάζει.

«Τι θα γίνει όταν τελειώσουν τα χάπια;» ρώτησα. Το ταξίδι για το Γκελκάγιο διαρκούσε πάνω από τρεις ώρες κι ήξερα πως δεν υπήρχε φαρμακείο στο χωριό, ούτε κάποιος άλλος ασφαλής τρόπος, για να προμηθευτεί φάρμακα η οικογένειά μου. Μπορούσαν, βέβαια, να δώσουν σε κάποιον χρήματα για τους φέρει φάρμακα, αλλά συνήθως τα χρήματα εξαφανίζονταν ή τα φάρμακα που έφταναν δεν ήταν τα σωστά.

«Υπάρχουν αρκετά φαρμακεία εδώ στο Γκελκάγιο», είπε ο γιατρός. «Φέρνουν φάρμακα απ' την Ευρώπη». Έλπιζα τα φάρμακα στο μπουκαλάκι να έφταναν για να γίνει καλά ο θείος μου. Δεν πίστευα ότι θα κατάφερνε να βρει άλλα.

«Υπάρχει κάτι που δεν πρέπει να τρώει;» ρώτησα. Σκεφτόμουν ότι η διατροφή είναι κάτι που θα μπορούσε να ελέγξει μόνος του ο θείος.

«Μήπως πρέπει να προσέχει τη ζάχαρη;»

Ένιωθα σαν να έπρεπε, συνέχεια, να πιέζω τον γιατρό για να μάθω περισσότερα, δεν μου εξηγούσε σχεδόν τίποτε. Ήθελα να ξέρω πώς είχε γίνει το κακό. Πώς είναι δυνατόν να ξυπνάει κάποιος ένα πρωί και να είναι μισοπαράλυτος; Ο γιατρός, όμως, μετρούσε τις λέξεις του:

«Όχι ζάχαρη, όχι αλάτι. Μπορεί να φάει οτιδήποτε άλλο».

«Πόσον καιρό βρισκόσαστε εδώ;» τον ρώτησα. Πίσω απ' την καρέκλα του, στον τοίχο, υπήρχε ένα χειρόγραφο δίπλωμα με το όνομά του. «Δρ Αχμέτ Αμπντιλάχι», έγραφε το χαρτί. Αναρωτιόμουν αν ήξερε ότι οι νομάδες τρώνε όσο ζωικό λίπος και γάλα μπορούν να βρουν, ενώ τα φρούτα και τα λαχανικά σπανίζουν.

«Εδώ, στην Πούντλαντ;» ρώτησε εκείνος. Δεν είπε καν στη Σομαλία ή στη σομαλική έρημο. Χρησιμοποίησε το παλιό όνομα της χώρας.

«Ναι, εδώ στην Πούντλαντ».

«Πήρα το δίπλωμά μου στην Ιταλία, το 1970. Είμαι νευροχειρουργός».

Αποφάσισα να φανώ ειλικρινής μαζί του:

«Αυτό που έχετε στήσει εδώ είναι ένα τίποτε. Πιστεύετε ότι βοηθάτε τον κόσμο έτσι;»

«Το νοσοκομείο εδώ πρόκειται να γίνει ένα απ' τα καλύτερα σ' ολόκληρο το Κέρας της Αφρικής», μου απάντησε με σοβαρότητα. «Είναι κατακαίνουργιο. Επιδοτείται από τη Μεγάλη Βρετανία. Όταν θα είναι έτοιμο, θα μπορούμε να κάνουμε ακόμη και χειρουργικές επεμβάσεις».

«Ποιο είναι το πιο συνηθισμένο ιατρικό περιστατικό εδώ;» τον ρώτησα.

«Δεν μπορώ να πω με σιγουριά», απάντησε.

«Είναι το AIDS;»

«Υπάρχουν τέτοια περιστατικά, αλλά δεν είναι υπερβολικά πολλά».

«Γιατί δεν θέλετε να μου πείτε ποια τελικά είναι η πιο συνηθισμένη αιτία, που φέρνει τον κόσμο στο νοσοκομείο;»

«Κοιτάξτε, εγώ είμαι χειρουργός. Πρέπει να ρωτήσετε κάποιον άλλον».

Πραγματικά, προσπάθησα να μάθω περισσότερα από άλλους εργαζόμενους στο νοσοκομείο, αλλά κανείς δεν φάνηκε πρόθυμος να μου μιλήσει. Ρώτησα κι έναν γιατρό που φορούσε προστατευτική μάσκα στο πρόσωπό του κι ήταν σκυμμένος πάνω σ' ένα βραστήρα:

«Πόσον καιρό είσαστε εδώ;»

«Μονάχα έναν μήνα», μου απάντησε.

«Ποιο είναι το πιο συνηθισμένο περιστατικό που έχετε συναντήσει, μέχρι στιγμής;»

«Η φυματίωση», είπε και συνέχισε αυτό που έκανε πριν.

Αφού βρισκόμασταν στο Γκελκάγιο, ο Μοχάμεντ κι εγώ αποφασίσαμε να πάμε για ψώνια στο κέντρο της πόλης. Απ' τη στιγμή που είχα φτάσει στην πατρίδα μου, δεν μπορούσα να πάρω το μυαλό μου απ' το φαγητό, ακριβώς επειδή τα τρόφιμα εκεί είναι τόσο δυσεύρετα. Ξαφνικά, το φαγητό είχε γίνει τόσο σημαντικό. Να βρούμε τρόφιμα. Να αγοράσουμε φαγητό. Να έχουμε κάτι να φάμε. Είχα ξεχάσει τι σημαίνει να μην έχεις το καθημερινό σου ψωμί ή να μην έχεις τα ντουλάπια σου γεμάτα ζυμαρικά, αλεύρι και ζάχαρη κι ένα ψυγείο να ξεχειλίζει με αυγά, γάλα και βούτυρο.

Ψάξαμε για κάποιο μαγαζί ή αποθήκη με ψωμί, τυρί και κονσέρβες, αλλά δεν βρήκαμε. Στην έρημο δεν υπάρχουν ψυγεία. Τα τρόφιμα πρέπει να καταναλώνονται την ίδια μέρα που τα αγοράζεις, αλλιώς χαλάνε. Στην πόλη δεν βρήκαμε πολλά φαγώσιμα, παρ' όλο που είχαμε λεφτά. Τα μικρά μαγαζάκια ήταν σχεδόν όλα άδεια. Ο Μοχάμεντ ρώτησε κάποιον να μας πει πού βρισκόταν το σουκ, η κεντρική αγορά.

«Η αγορά έχει κλείσει εδώ και καιρό. Έχουν φύγει όλοι», απάντησε ο περαστικός.

Ήταν ένας πανύψηλος άντρας, που έπρεπε να σκύβει χαμηλά, για να βλέπει μέσα στο αμάξι μας. Μας περιεργάστηκε για πολλή ώρα. Κατόπιν, έδειξε εμένα και ρώτησε:

«Τι είναι αυτά τα πράματα;»

Προφανώς είχε ενοχληθεί, που δεν είχα το κεφάλι μου σκεπασμένο με μαντίλα. Στο πίσω κάθισμα έκανε ασφυκτική ζέστη, αλλά ο τρόπος που με κοιτούσε εκείνος ο άντρας μ' ενόχλησε κι έτσι φόρεσα τη μαντίλα μέχρι να φύγει. Γιατί άραγε ανταποκρίθηκα στις απαιτήσεις ενός γερο-νομάδα; Φαίνεται, είμαι γνήσια Σομαλή, μέχρι το μεδούλι.

Στη συνέχεια, σταματήσαμε μπροστά από ένα μικρό μαγαζί, που η πόρτα του ήταν ορθάνοιχτη. Μπροστά απ' την είσοδο υπήρχαν άδεια μεταλλικά βαρέλια που έμοιαζαν παραπεταμένα. Όταν μπήκαμε μέσα, ένας νυσταγμένος άντρας με τουρμπάνι, σηκώθηκε και στάθηκε όρθιος, πίσω από τον πάγκο του μαγαζιού. Στα ράφια υπήρχαν λίγα τόπια ύφασμα, στοιβαγμένα σε ντάνες, ένα κουτί μπαταρίες και μερικά ζευγάρια πλαστικά παπούτσια. Ο μαγαζάτορας έδειχνε καχύποπτος απέναντι σε ξένους. Ο Μοχάμεντ κι εγώ, στο Άμπου Ντάμπι, είχαμε αλλάξει περίπου εκατό δολάρια σε σομαλικά σελίνια. Μας είχαν δώσει ακριβώς 2.620 σελίνια το δολάριο, σ' ένα μάτσο τσαλακωμένα, μισοσκισμένα και λιγδιασμένα χαρτονομίσματα. Όλα είχαν τυπωμένη πάνω τους την εικόνα του Σιάντ Μπαρέ. Νομίζω ότι μετά απ' αυτά δεν εκδόθηκαν άλλα επίσημα χαρτονομίσματα στη Σομαλία. Ο καταστηματάρχης, όμως, δεν ήθελε να δεχτεί τα σελίνια μας.

«Τα χρήματά σας περνάνε μόνο σε άλλες περιοχές της Σομαλίας», είπε, μ' έναν απότομο τρόπο, επιστρέφοντας τα λεφτά στον αδελφό μου. «Εδώ, σε μας, περνάει μόνο το εθνικό νόμισμα της Δημοκρατίας της Πούντλαντ, που έχει πάνω την εικόνα του Μοχάμεντ Έγκαλ, του ηγέτη της επίσημης κυβέρνησης».

Όταν γυρίσαμε στο αυτοκίνητο, ρώτησα τον αδελφό μου:

«Πώς μπορεί να υπάρχουν κάποιοι που δέχονται μόνο ένα είδος νομίσματος κι όταν θες ν' αγοράσεις κάτι σου ζητάνε να πληρώσεις μόνο μ' αυτό;»

«Έτσι είναι τα πράματα εδώ».

Πιο κάτω, συναντήσαμε μια γυναίκα που πουλούσε κάτι μικρά πράσινα πορτοκάλια. Είχε, επίσης, τσάι, μπαχαρικά και λίγα τρόφιμα, όλα τυλιγμένα μέσα σε μικρά, σφιχτά πακέτα, φτιαγμένα από παλιές εφημερίδες. Αγοράσαμε ρύζι σε εφημερίδα, που ήταν διπλωμένη σε χωνί.

Αργά το απόγευμα, όλοι ήμαστε κουρασμένοι κι είχαμε πεινάσει. Σταματήσαμε για φαΐ δίπλα σ' ένα κτίριο που έμοιαζε με γκαράζ. Όμως, όπως αποδείχτηκε, ήταν ένα αληθινό και καλό εστιατόριο. Παρ' όλο που ήταν αργά, είχαν αρνάκι, γίδα, ρύζι και ζυμαρικά. Επίσης, μπορούσες να παραγγείλεις τσάι, φρέσκο χυμό από πεπόνι ή παπάγια, καθώς και νερό. Πεινούσα πολύ κι έτσι απόλαυσα ένα υπέροχο γεύμα. Ήπια ένα μεγάλο ποτήρι χυμό πεπονιού κι έφαγα μπόλικα μακαρόνια. Κρέας δεν έφαγα, γιατί δεν εμπιστεύομαι τα κρέατα που δεν έχω μαγειρέψει εγώ η ίδια. Ο μάγειρας έβαλε ένα κοφίδι στο τσίγκινο πιάτο μου να δοκιμάσω. Ήταν, όμως, πολύ σκληρό. Ακόμη δεν έχω καταλάβει γιατί ποτέ τους δεν ψήνουν αρκετά το κρέας. Μόνο όταν το μαγειρεύουν με σάλτσα, το αφήνουν στη φωτιά μέχρι να γίνει τρυφερό και να λιώνει από μόνο του στο στόμα. Έτσι, έμεινα πιστή στα ζυμαρικά που είχα παραγγείλει. Επίσης, δεν εμπιστεύομαι το νερό τους. Γι' αυτό παρήγγειλα εμφιαλωμένο. Ήταν απίστευτο, είχαν νερό από πηγή! Ο σερβιτόρος μού έφερε ένα μπουκάλι, που έγραφε: «Νερό Πηγής, Αλί Μοχάμεντ Τζάμα». Γύρισα προς τον αδελφό μου και του είπα:

«Κάτι τέτοιο πρέπει να κάνουμε κι εμείς. Να στήσουμε μια επιχείρηση».

Ο Μοχάμεντ δεν ενδιαφέρθηκε, οπότε η προσοχή μας συγκεντρώθηκε στο φαγητό, κι έτσι φύγαμε γρήγορα, να πάμε να πάρουμε τους υπόλοιπους απ' το νοσοκομείο.

Ο αδελφός μου είχε την εντύπωση ότι εκείνος έπρεπε να διαχειρίζεται τα λεφτά, γι' αυτό πλήρωνε ο ίδιος τους διάφορους λογαριασμούς. Εγώ κρατούσα τα δολάρια, εκείνος τα σομαλικά χρήματα. Μπερδευόμουν συνέχεια με δυο διαφορετικούς προέδρους σε διαφορετικά χαρτονομίσματα. Ο ένας απ' τη φυλή των Χαουίγιε, ο άλλος απ' τους Ντααρούντ. Τα χαρτονομίσματα ίδιων ποσών είχαν διαφορετικές αξίες κι έτσι έπρεπε συνέχεια να ρωτάω:

«Σε τι ποσό αντιστοιχεί αυτό; Σε τι ποσό ετούτο;»

Ο Μοχάμεντ συνήθως έλεγε:

«Μη σε νοιάζει. Άσ' το, θα τα κανονίσω εγώ».

Εκείνος, γνώριζε τις διαφορές, ενώ εγώ φοβόμουν μη τυχόν με κοροϊδέψουν, οπότε με βόλευε κι εμένα που είχε αναλάβει να πληρώνει αυτός.

Όταν γυρίσαμε στο νοσοκομείο, ο θείος είχε ανεβάσει πυρετό κι έδειχνε εξαντλημένος, γι' αυτό αποφασίσαμε να επισκεφτούμε κάποιους συγγενείς που έμεναν στην πόλη. Ο θείος Αχμέτ έπρεπε να ξεκουραστεί λίγο, πριν ξεκινήσουμε το μακρύ ταξίδι της επιστροφής, πάνω σ' αυτούς τους κακοτράχαλους δρόμους.

Μέχρι να ξεκουραστεί ο θείος μου, εγώ ήθελα να πεταχτώ σε καμιά τράπεζα να χαλάσω δολάρια. Ο Μοχάμεντ επέμενε να έρθει μαζί μου οπωσδήποτε κι άρχισε να γκρινιάζει. Μ' εκνεύριζε φοβερά κι έτσι του είπα:

«Δεν θέλω να 'ρθεις μαζί. Γίνεσαι μπελάς».

«Άκουσε Γουόρις», είπε και τα μάτια του άστραφταν, «πρέπει να 'ρθω μαζί σου. Δεν ξέρεις τι πας να κάνεις».

«Μην ανησυχείς», του είπα. «Θα 'ρθει μαζί μου ο Ράγκε. Εσύ μείνε εδώ με τον θείο».

Ο Μοχάμεντ έγινε έξαλλος και βγήκε έξω απ' το σπίτι με φούρια. Τον ακολούθησα κι όταν τον ρώτησα ποιο ήταν το πρόβλημα, εκείνος μου είπε να μην έχω τόση εμπιστοσύνη στον Ράγκε.

«Ο Ράγκε είναι συγγενής, αλλά δεν είναι κι αδελφός σου», είπε και πρόσθεσε: «Μην του δώσεις λεφτά ν' αλλάξει στην τράπεζα, δεν θα μπορείς να ξέρεις σε τι τιμή τ' αλλάζει και τι ποσό θα σου δώσει πίσω».

Τελικά, ο αδελφός μου κι εγώ μοιάζουμε. Κι εγώ είχα γίνει έξαλλη, που συνέχεια προσπαθούσε να μου υπαγορεύει τι έπρεπε να κάνω ή να μην κάνω. Αγνόησα τις διαμαρτυρίες του και πήγα στην τράπεζα με τον Ράγκε.

Στις μουσουλμανικές χώρες, οι γυναίκες δεν μπαίνουν σε τράπεζες κι έτσι, όταν φτάσαμε, εγώ περίμενα απ' έξω. Έδωσα τριακόσια πενήντα δολάρια στον Ράγκε κι έμεινα στο αυτοκίνητο μέχρι να γυρίσει. Η τράπεζα έμοιαζε με τεράστια αποθήκη. Ήταν σαν ένα μεγάλο ξύλινο κουτί, με μια μικρή πόρτα. Ο Ράγκε δεν άργησε να επιστρέψει. Μου έδωσε ακριβώς όσα του είχα ζητήσει να μου φέρει. Όλα τα χαρτονομίσματα ήταν τακτοποιημένα σε τρία διαφορετικά μάτσα. Εκατό θα έδινα στον πατέρα μου. Διακόσια πενήντα θα πήγαιναν στη μητέρα μου και εκατό θα έμεναν για μας στο ταξίδι. Ο Ράγκε μού επέστρεψε κάθε σελίνι, ενώ πάνω σε κάθε μάτσο είχε γράψει και τ' αντίστοιχο όνομα. Του είχαν δώσει χρήματα κι απ' τα δυο ήδη νομίσματος που κυκλοφορούν στη χώρα. Σίγουρα, θα συναντούσαμε ανθρώπους που δεν θα δέχονταν παρά μόνο ένα απ' αυτά.

Όταν γυρίσαμε στο σπίτι των συγγενών μας, ο Μοχάμεντ, για κάμποση ώρα, δεν μου μιλούσε. Μου είχε γυρίσει την πλάτη και προσπαθούσε να κάνει πως με αγνοούσε. Ήταν ακόμη έξω φρενών. Ευτυχώς, εκείνη την ώρα, στο σπίτι άρχισε να μπαίνει κόσμος. Ήταν συγγενείς που είχαν μάθει για την επίσκεψή μας κι ήθελαν να μας χαιρετίσουν. Το σόι μας είναι τεράστιο. Έχω συγγενείς που ούτε καν είχα ακούσει γι' αυτούς, συγγενείς που ποτέ μου δεν είχα φανταστεί κι ούτε ποτέ ονειρευόμουν πως υπήρχαν.

Όλοι ήθελαν να με συναντήσουν και να με χαιρετίσουν. Ήταν ένα συναίσθημα περίεργο, υπέροχο κι απαίσιο συγχρόνως. Μου άρεσε που ήμουν μέλος μιας τόσο μεγάλης οικογένειας και συναντούσα τόσους πολλούς δικούς μου ανθρώπους, όλους μαζί. Το δύσκολο ήταν ότι πολλοί απ' τους συγγενείς πάντοτε χρειάζονταν ή ζητούσαν κάτι από μένα. Δεν ήξερα τι θα μπορούσα να τους προσφέρω. Κάποια στιγμή, ένας θείος μου, ο Αλί, φώναξε κοντά μας ένα μικρό κοριτσάκι.

«Η μικρή είναι πολύ άρρωστη», είπε. «Χρειάζεται τη βοήθειά σου».

«Τι έχει;» ρώτησα και πήρα το μικρό της χέρι στο δικό μου.

«Έχει μια βαριά αρρώστια».

«Μήπως, ξέρεις το όνομα της αρρώστιας;»

«Όχι, αλλά τα μαλλιά της έχουν πέσει, έχει χάσει βάρος, έχει γίνει πούπουλο κι έχει πάψει να ψηλώνει».

Δεν μπορούσα να δω τόσο καλά τη μικρή, επειδή φορούσε ένα μακρύ φόρεμα κι είχε τυλιγμένη μια μαντίλα γύρω απ' το κεφάλι της. Έτσι, έμοιαζε με οποιαδήποτε μικρή Σομαλή.

«Θέλω να την πάρεις μαζί σου στην Αμερική και να τη φροντίσεις», με παρακάλεσε ο θείος μου.

«Θείε», είπα. «Ειλικρινά, θα 'θελα να μπορούσα να σας βοηθήσω, αλλά δυστυχώς δεν γίνεται».

«Γιατί, καλή μου, δεν βοηθάς αυτό το κακόμοιρο παιδάκι;» συνέχισε εκείνος. «Αν την πάρεις μαζί σου, είμαι σίγουρος, θα γίνει καλύτερα. Εδώ, κανείς δεν μπορεί να τη βοηθήσει. Δεν υπάρχουν φάρμακα γι' αυτή την αρρώστια εδώ σε μας. Πρέπει να την πάρεις μαζί σου τη μικρή, για να τη φροντίσεις και να τη σώσεις».

«Σε παρακαλώ, θείε, έχω κι εγώ προβλήματα κι ένα σωρό υποχρεώσεις, που δεν μπορείς να φανταστείς. Επειδή ζω στη Δύση, αυτό δεν σημαίνει ότι ζω και σε πολυτέλεια».

«Τι προβλήματα έχεις εσύ;» απάντησε ο θείος. «Εδώ έχουμε πόλεμο και τρελαμένους στρατιώτες, που βαστούν όπλα. Δεν έχουμε νοσοκομεία, δεν έχουμε το καθημερινό μας φαγητό. Τι μπορεί να είναι χειρότερο;»

Δεν υπήρχε τρόπος να τον κάνω να καταλάβει ότι ήταν αδύνατον για μένα να πάρω ένα άρρωστο παιδί μαζί μου στη Νέα Υόρκη. Υποψιαζόμουν ότι η μικρή είχε λευχαιμία. Δεν μπορούσα να πάρω μια τόσο μεγάλη ευθύνη.

«Θείε», του είπα, «θα προσεύχομαι για τη μικρή, αλλά δεν μπορώ να την πάρω μαζί μου. Προσπάθησε να το καταλάβεις αυτό».

Χάιδεψα το χεράκι της μικρής, την αγκάλιασα, αλλά μετά σηκώθηκα και είπα ότι είχε περάσει η ώρα κι έπρεπε να φύγουμε, για να πάμε να πάρουμε τον πατέρα μου και τον Μπούρχααν.

Στον δρόμο για το νοσοκομείο, καθόμουν πάλι με τον θείο μου στο πίσω κάθισμα. Ο Μοχάμεντ κρατούσε ακόμη μούτρα και συνέχιζε να κάνει σα να με αγνοούσε. Καθόταν μπροστά και κοιτούσε τον δρόμο. Πήγαμε κατ' ευθείαν στο νοσοκομείο και πήραμε τον μπαμπά και τον Μπούρχααν.

Όταν φεύγαμε απ' το Γκελκάγιο, είχε ήδη σκοτεινιάσει κι έτσι δεν βλέπαμε πια το τοπίο. Πρέπει να ήταν πάνω από εκατό μίλια, για το χωριό της μητέρας μου. Μόλις βγήκαμε από την πόλη, ο πατέρας μου ρώτησε πού πηγαίναμε. Όταν του εξήγησα, εκείνος είπε ότι είχε αλλάξει γνώμη κι ότι δεν ήθελε πια να 'ρθει μαζί μας στο σπίτι της μαμάς.

«Όχι, δεν έρχομαι, με τίποτε!» επέμενε. Κι ήταν ένας γερασμένος άνθρωπος, με το πρόσωπό του σε επίδεσμο και τόσο αδύναμος που δεν άντεχε να περπατήσει.

Ο θείος Αχμέτ προσπάθησε να τον ηρεμήσει. Κάθονταν ο ένας δίπλα στον άλλο. Ο θείος έβαλε το χέρι του στοργικά πάνω στον ώμο του αδελφού του κι άρχισε να του μιλάει πολύ ήρεμα, πολύ απαλά. Ήταν πρώτη φορά στη ζωή μου που τους έβλεπα έτσι αγκαλιασμένους. Δύο ηλικιωμένοι άντρες, δυο αδέλφια. Ήταν μια όμορφη στιγμή, μια μικρή ανάπαυλα στα βάσανα που περνούσαν. Τους κοιτούσα και σκεφτόμουν πόσο τους έχει λυγίσει ο χρόνος.

Ο πατέρας μου όμως δεν έκανε πίσω.

«Πατέρα», του είπα, «μπορείς να έρθει για λίγες μέρες μόνο». «Έχουν περάσει τόσα χρόνια που δεν σε είδαμε. Ο Μοχάμεντ κι εγώ σε λίγες μέρες θα φύγουμε. Αν δεν έρθεις μαζί μας δεν θα σε δούμε καθόλου. Σε παρακαλώ, πατέρα, έλα μαζί μας!»

Τελικά, συμφώνησε να έρθει, αλλά πρώτα ήθελε να περάσουμε απ' το πλίθινο καλύβι του, για να πάρει κάποια πράγματα που θα χρειαζόταν.

«Πού μένεις, πατέρα;» τον ρώτησα.

«Προς τα εκεί», είπε, δείχνοντας με το αριστερό του χέρι στο πουθενά.

«Μα, πατέρα», απόρησα. «Έξω, είναι πίσσα το σκοτάδι, δεν φαίνεται τίποτε».

«Να πάτε προς τα εκεί που σας έδειξα!» επέμενε εκείνος με απότομη φωνή. «Ξέρω τι κάνω, κορίτσι μου, ακούς; Να πάτε προς τα εκεί που σας είπα!»

Τ' αδέλφια μου κι εγώ βάλαμε τα γέλια μ' αυτόν τον γερασμένο άντρα, που δεν έβλεπε, που δεν ήξερε καλά καλά τι είναι αυτοκίνητο, αλλά που επέμενε, φωνάζοντας, ν' ακολουθούμε τις οδηγίες του. Μέσα σ' αυτή την κωμικοτραγική σκηνή, ακόμη κι ο Μοχάμεντ ξέχασε τον θυμό του. Τυφλός κι αβοήθητος, ο πατέρας ήταν ακόμη αρχηγός της ομάδας.

Το μόνο φως που βλέπαμε ήταν απ' τους προβολείς του αυτοκινήτου, που φώτιζαν τον ανώμαλο χωματόδρομο. Ο πατέρας έδειξε αριστερά κι έτσι στρίψαμε απότομα, για να φύγουμε απ' τον δρόμο και να βρεθούμε στη μέση μιας απέραντης ερημιάς. Ο πατέρας μου συνέχισε να δίνει οδηγίες:

«Στρίψε από εδώ, όχι από εκεί, εδώ!»

Εμείς, όμως, δεν βλέπαμε τίποτε. Ξαφνικά ο πατέρας, απευθυνόμενος στον Μοχάμεντ, είπε:

«Πρέπει να υπάρχει μια τερμιτοφωλιά εδώ κοντά. Μπορεί να τη δεις, Ντάντούνε;»

«Ναι, ναι, τη βλέπω!» απάντησε έκπληκτος ο αδελφός μου.

«Και τώρα πάλι αριστερά», είπε ο πατέρας μου. Ήταν λες και περνούσε απ' αυτόν τον δρόμο κάθε νύχτα σ' όλη του τη ζωή. Δεν ξέρω πώς τα κατάφερνε. Είχαμε ορατότητα μόλις λίγα μέτρα μπροστά απ' το αυτοκίνητο και δεν υπήρχε δρόμος, ούτε καν μονοπάτι, δεν υπήρχε τίποτε. Ακολουθούσαμε μονάχα τις οδηγίες του τυφλού μας πατέρα.

Ύστερα από λίγο εκείνος είπε:

«Το βλέπετε;»

«Να δούμε τι, πατέρα;» ρώτησε ο Μοχάμεντ.

«Το σπίτι μου», ανακοίνωσε, με απόλυτη σιγουριά στη φωνή του. «Εκεί πάνω είναι το σπίτι μου».

Πραγματικά, στο βάθος, πάνω σ' ένα μικρό λόφο, μπορέσαμε να διακρίνουμε μερικές καλύβες που αχνοφαίνονταν στο σκοτάδι.

«Εδώ είμαστε», είπε ήρεμα ο πατέρας μου.

«Ποιο είναι το δικό σου σπίτι, πατέρα;» ρώτησα.

Ο πατέρας μου έμεινε για λίγο σκεφτικός, κατόπιν είπε:

«Νομίζω ότι είναι αυτό με την κόκκινη πόρτα». Κατόπιν, το ξανασκέφτηκε: «Δεν είμαι σίγουρος, ήταν στ' αλήθεια κόκκινη;»

«Πατέρα, δεν ξέρουμε ποιο είναι το σπίτι σου», είπα.

«Πρέπει να είναι κάποιο με κόκκινη πόρτα. Ανάψτε ένα φανάρι και ψάξτε για κόκκινο χρώμα στις πόρτες».

Δεν είχαμε άλλη επιλογή, έπρεπε να ψάξουμε τα καλύβια, ένα προς ένα. Αρχίσαμε με το πιο κοντινό. Ο Μοχάμεντ άνοιξε την πόρτα και φώτισε με τον φακό. Μέσα στο καλύβι, καθόταν μια φτωχιά γυναίκα, με τρία παιδιά. Ζητήσαμε συγγνώμη και συνεχίσαμε το ψάξιμο. Τελικά, βρήκαμε ένα καλύβι, που έπρεπε να ήταν του πατέρα μου. Μέσα, όμως, δεν υπήρχε τίποτε, μόνο το χωμάτινο πάτωμα. Πήγα πίσω στο αμάξι και ρώτησα τον πατέρα:

«Μπαμπά, τι ακριβώς ψάχνουμε να βρούμε στο σπίτι σου;»

«Τις πουκαμίσες μου».

Τον ρώτησα πού βρίσκονταν, αλλά δεν ήξερε να μου απαντήσει.

«Κάπου θα 'ναι, σε καμιά γωνιά», είπε.

Ξαναγύρισα στο καλύβι και σύρθηκα μέσα στα τέσσερα. Ψαχούλεψα με τα χέρια μου στο χώμα, από δω κι από κει, ώσπου βρήκα μερικά παραπεταμένα ρούχα. Δύο πουκαμίσες κι ένα στρατιωτικό μπουφάν. Όλα ήταν βρόμικα και λεκιασμένα από το χώμα της ερήμου. Στις μασχάλες υπήρχαν μεγάλα σημάδια από ιδρώτα, σε σχήμα μισοφέγγαρου. Τα ρούχα βρομούσαν ανυπόφορα. Τ' άφησα εκεί που τα είχα βρει και είπα στον πατέρα μου:

«Μπαμπά, αυτά τα ρούχα είναι για πέταμα, είναι παμβρόμικα. Δεν τα χρειάζεσαι».

«Να μου τα φέρεις», απάντησε εκείνος κοφτά.

Δεν υπήρχε κλειδαριά στην πόρτα κι έτσι, απλώς, την τραβήξαμε για να μη φαίνεται ανοιχτή και γυρίσαμε στο αυτοκίνητο. Πριν μπούμε μέσα, πρόσεξα ότι τρία μικρά αγόρια είχαν μαζευτεί γύρω απ' το αυτοκίνητο και μιλούσαν με τον πατέρα μου. Ρώτησα ποια ήταν αυτά τα παιδιά κι ο πατέρας είπε:

«Πρέπει να τα χαιρετίσεις. Είναι αδέλφια σου». Μου εξήγησε ότι τα είχε κάνει με μια γυναίκα που μόλις την είχε χωρίσει. Ζήτησα από τα παιδιά να σταθούν μπροστά στους προβολείς του αυτοκινήτου, για να μπορέσω να τα δω καλύτερα. Ήταν όλα τους πετσί και κόκαλο, με μεγάλα αθώα μάτια. Κανένα δεν πρέπει να ήταν πάνω από δέκα χρόνων. Δεν πρόφτασα να χαρώ για πολλή ώρα τους μικρούς ετεροθαλείς αδελφούς μου. Έπρεπε να φύγουμε κι έτσι εμπιστευτήκαμε τ' αγόρια στον Αλλάχ και στη γαλήνια έρημο. Ο πατέρας μου δεν αναφέρθηκε ξανά στο ζήτημα των παιδιών κι εγώ θεώρησα πως ήταν καλύτερο να μην κάνω άλλες ερωτήσεις. Έλπιζα να μάθω περισσότερα γι' αυτά απ' τη μητέρα μου, όταν θα είχαμε επιστρέψει στο χωριό.

Σ' όλη τη διαδρομή καθόμουν ανάμεσα στον πατέρα μου και τον θείο μου. Τους αγκάλιαζα και τους δυο, συνέχεια κι ένιωθα ευλογημένη. Είχα κοντά μου τον πατέρα μου, τον θείο μου, τους αδελφούς μου. Βρισκόμουν στην όμορφη πατρίδα και στο σπίτι μου, τι άλλο θα μπορούσα να ζητήσω; Σίγουρα, ήμουν εξαντλημένη και κουρασμένη, αλλά αυτό δεν με πείραζε καθόλου. Υπήρχαν τόσα πράγματα, που ήταν πολύ πιο σημαντικά. Δεν μπορούσα να σταματήσω να σκέφτομαι τη ζωή στη Νέα Υόρκη, όπου υπάρχει αφθονία και πολυτέλεια. Τη σύγκρινα με τον τρόπο που ζει η οικογένειά μου στη Σομαλία. Στη Δύση, οι περισσότεροι άνθρωποι έχουν άφθονα υλικά αγαθά, τόσα πολλά, που κυριολεκτικά δεν ξέρουν τι έχουν. Τα πράγματα της οικογένειάς μου μετριούνται στα δάχτυλα, ενώ όλοι τους πρέπει να δίνουν μάχη για το καθημερινό τους φαγητό. Παρ' όλ' αυτά, όμως, είναι καλοσυνάτοι κι ευτυχισμένοι. Στη Σομαλία, οι άνθρωποι σταματούν στον δρόμο για να πουν μια κουβέντα ο ένας στον άλλον και να γελάσουν λίγο. Έχω την εντύπωση ότι ο κόσμος στη Δύση νιώθει μέσα του ένα κενό, που με τα υλικά αγαθά προσπαθεί να το γεμίσει. Κάτι τους λείπει και ψάχνουν απεγνωσμένα να το βρουν. Ψάχνουν σε μαγαζιά, ψάχνουν στα κανάλια της τηλεόρασης. Έχω συναντήσει ανθρώπους στη Δύση, που μου έχουν δείξει στα σπίτια τους, δωμάτια, διακοσμημένα με κεριά, που τα χρησιμοποιούν μονάχα για προσευχές και διαλογισμό. Ολόκληρα δωμάτια, μόνο για τα κεριά! Στη Σομαλία, σχεδόν δεν χωρούσαμε να κοιμηθούμε όλοι μαζί στις ψάθες στο πάτωμα. Δεν υπήρχε, όμως, κανένα πρόβλημα. Χαιρόμασταν που ήμασταν όλοι μαζί. Ευχαριστούσαμε τον Αλλάχ που μας είχε συγκεντρώσει όλους σ' ένα μέρος. Στη Σομαλία, δεν χρειαζόμαστε ειδικούς χώρους στα σπίτια μας για τις προσευχές. Προσευχόμαστε ακόμη κι όταν χαιρετάμε ο ένας τον άλλον. «Μαζί σου να 'ναι ο Αλλάχ», λέμε πάντοτε. Στη Νέα Υόρκη χαιρετιούνται κοφτά και ψυχρά. Λένε: «Χαλό». Τι θέλουν να πουν μ' αυτό; Το «χαλό» δεν σημαίνει τίποτε. Χαλό. Αυτό δεν έχει κανένα νόημα, απ' ό,τι ξέρω. Πολλές φορές λένε και «Καλημέρα», αλλά δεν το εννοούν, το λένε έτσι, για τον τύπο. Στη Σομαλία, λέμε: «Θα σε δω αργότερα, αν θέλει ο Θεός». Κι ο Θεός, φαίνεται, ήθελε η πρώτη μέρα με την οικογένειά μου να είναι μια καλή μέρα. Ήταν μια υπέροχη μέρα που θα μου μείνει αξέχαστη.

*Η ομορφιά μιας γυναίκας
δεν βρίσκεται στο πρόσωπό της.*

ΠΑΡΟΙΜΙΑ ΤΗΣ ΣΟΜΑΛΙΑΣ

9

Κουβέντες της φυλής

ΟΤΑΝ ΤΕΛΙΚΑ ΦΤΑΣΑΜΕ ΣΤΟ ΧΩΡΙΟ, η μητέρα μου καθόταν κοντά στη φωτιά, χάιδευε τις κατσίκες της και διηγιόταν ιστορίες σε λίγους συγγενείς, που ήταν μαζεμένοι γύρω της. Όταν είδε τον πατέρα μου, που στηριζόταν πάνω στους ώμους των αδελφών μου, στράφηκε προς εμένα λέγοντας:

«Ω, Θεέ μου! Τον έφερες εδώ; Πώς τα πάει;»

«Ρώτησέ τον μόνη σου», της απάντησα.

Εκείνη τον πλησίασε και του είπε:

«Μπα; Τι έχουμε εδώ; Σε κλότσησε καμιά αφηνιασμένη καμήλα;»

Κι αγγίζοντας απαλά τον επίδεσμο, συνέχισε ν' αστειεύεται μαζί του με τον δικό της χαρακτηριστικό τρόπο:

«Καλέ, πώς τα πας εκεί μέσα;»

Κατόπιν, μου ζήτησε να πάω μαζί της, για να φέρουμε κουβέρτες, να του στρώσουμε να κοιμηθεί.

Όταν είχαμε μείνει μόνες μας, εκείνη μου είπε:

«Μου κάνει εντύπωση ότι ο πατέρας σου συμφώνησε να έρθει μαζί σας εδώ, στο χωριό».

«Γιατί να μην ερχόταν; Μήπως επειδή δεν ήθελε να τον δεις στην κατάσταση που βρίσκεται;»

«Όχι, Γουόρις. Είναι επειδή ο Μπούρχααν δεν έχει ακόμη πληρώσει το τίμημα της νύφης, για τη Νουρ», μου ψιθύρισε η μητέρα στ' αυτί. «Ο πατέρας σου έλεγε πάντοτε πως θα ξεπληρώσει αυτός το χρέος, όταν θα έχει χρήματα. Τώρα, όμως, έχουν περάσει δυο χρόνια από τότε που παντρεύτηκαν κι η Νουρ είναι έγκυος στο δεύτερο παιδί τους. Οι δικοί της έχουν αρχίσει ν' ανησυχούν και να γκρινιάζουν».

«Η Νουρ είναι τόσο γλυκός άνθρωπος. Την αγάπησα αμέσως μόλις την είδα».

«Ναι, και προσέχει πολύ τον Μπούρχααν κι εμένα. Ο πατέρας της, όμως, ανησυχεί τι θα γίνει αν τυχόν τη διώξει ο αδελφός σου. Είναι αλήθεια ότι η Νουρ ήταν μια καθαρή, παρθένα νύφη όταν παντρεύτηκε. Τώρα, οι δικοί της έχουν αρχίσει ν' απαιτούν τα χρήματα που τους χρωστάμε. Ο πατέρας σου υποσχέθηκε να χαρίσει στον Μπούρχααν κάποιες καμήλες, για να μπορέσει να ξοφλήσει το χρέος για τη γυναίκα του. Από την άλλη, όμως, έπιασε έναν ξάδελφό της και του είπε ότι η νύφη δεν αξίζει τόσες καμήλες. Είπε ότι η Νουρ είναι τεμπέλα, ότι δεν δουλεύει αρκετά κι επομένως δεν είναι υποχρεωμένος να πληρώσει».

«Μα, αυτό δεν είναι αλήθεια», είπα εγώ. «Η Νουρ ξυπνάει πρώτη το πρωί και δουλεύει περισσότερο απ' όλους. Είναι πραγματική νοικοκυρά».

«Όπως και να έχουν τα πράγματα, τα λόγια του πατέρα σου μαθεύτηκαν στο χωριό κι οι συγγενείς της Νουρ υποσχέθηκαν να ψάξουν να τον βρουν και να τον ξυλοκοπήσουν. Ο πατέρας σου τώρα ντρέπεται ακόμη και τη Νουρ, που έχει μάθει για τα προσβλητικά του λόγια», αναστέναξε η μητέρα μου.

Ίσως, ο πατέρας μου να μην είχε πια αρκετές καμήλες να δώσει στην οικογένεια της νύφης. Αυτό, όμως, δεν στέκει σα δικαιολογία, για να μην πληρώσει αυτό που έχει συμφωνηθεί. Στη Σομαλία, οι νύφες ανοίγονται με

206

βίαιο τρόπο τη νύχτα του γάμου τους. Συνήθως, η νύφη ανοίγει μόνη της, με μαχαίρι, το ραμμένο της αιδοίο. Το επόμενο πρωί η πεθερά την επιθεωρεί, για να δει αν πραγματικά κοιμήθηκε με τον γαμπρό, παρ' όλο τον πόνο που θα ένιωθε. Αν το αίμα στα σκέλια της είναι φρέσκο, η πεθερά τρέχει χορεύοντας και τραγουδώντας, για ν' ανακοινώσει τα χαρούμενα μαντάτα σ' όλο το χωριό. Έτσι έκανε κι η μητέρα μου. Ολόκληρο το χωριό είχε μάθει για τη γενναιότητα της Νουρ κι ότι ήταν μια καθαρή παρθένα, όταν την παντρεύτηκε ο Μπούρχααν. Στη συνέχεια, όλοι μπορούσαν να δουν πόσο σκληρά δούλευε η νεαρή σύζυγος. Επίσης, ήξεραν ότι η Νουρ έπρεπε πάλι ν' ανοιχτεί, για να γεννήσει την πρώτη τους κόρη και μετά να ράψει ξανά το αιδοίο της. Ήταν φανερό ότι ο πατέρας μου έψαχνε για δικαιολογίες, για ν' αποφύγει να πληρώσει το συμφωνημένο ποσό, γι' αυτό όλοι τον αποκαλούσαν δειλό και φτηνιάρη.

«Πρέπει να πάει να τους εξηγήσει ότι έχει χάσει τις καμήλες του κι ότι δεν έχει λεφτά να τους πληρώσει», είπα στη μητέρα μου. «Κι όχι να κάθεται να λέει ότι δεν αξίζει η νύφη».

Γυρίσαμε πίσω στους άλλους με τα χέρια μας γεμάτα κουβέρτες, μαξιλάρια και σκεπάσματα. Είδα τη Νουρ να καλωσορίζει τον Μπούρχααν. Παρ' όλο που τα αντρόγυνα δεν φιλιούνται δημοσίως, μπορούσα να δω, από την έκφραση του προσώπου της, πόσο αγαπούσε τον αδελφό μου. Στη συνέχεια, η Νουρ πλησίασε τον πατέρα μου, που στηριζόταν στον ώμο του Μοχάμεντ. Σ' ένδειξη σεβασμού, η γυναίκα κρατούσε το βλέμμα της χαμηλά, παρ' όλο που ο πατέρας μου δεν μπορούσε να τη δει.

«Καλωσόρισες, πατέρα», του είπε.

Εκείνος, μόλις αναγνώρισε τη φωνή της, τραβήχτηκε λίγο προς τα πίσω. Η Νουρ, όμως, πήρε τα χέρια του στα δικά της και, θέλοντας να τον ηρεμήσει, του είπε τρυφερά:

«Πατέρα, πρέπει να είσαι κουρασμένος. Έλα μαζί μου, σου έχουμε στρώσει ένα αναπαυτικό κρεβάτι να ξαπλώσεις».

Τι καλή και τι όμορφη γυναίκα που παντρεύτηκε ο αδελφός μου, σκέφτηκα. Είμαστε τυχεροί που έχουμε έναν τέτοιο θησαυρό στην οικογένειά μας.

Η μητέρα μου είχε στρώσει ό,τι κουβέρτες και μαξιλάρια είχε, ακριβώς έξω απ' την καλύβα της. Η Νουρ βοήθησε τον πατέρα να ξαπλώσει στα στρωσίδια, προσεκτικά και τρυφερά. Εκείνος ήταν πολύ κουρασμένος, αλλά δεν ήθελε να το δείξει. Ο ύπνος, όμως, τον πήρε αμέσως.

Τ' αδέλφια μου κοιμήθηκαν έξω με τον πατέρα, όπως όταν ήμασταν παιδιά:

Οι γυναίκες με τα μωρά κοιμούνταν μέσα στις καλύβες, ενώ οι άντρες και τ' αγόρια έξω, για να φυλάνε τα ζώα.

Όταν ξύπνησα το επόμενο πρωί ένιωθα σα μέσα σ' ένα όνειρο. Είχα τόσο πολύ πεθυμήσει να ξυπνήσω μαζί με όλη την οικογένειά μου. Τώρα, μου έλειπαν μονάχα οι αδελφές μου κι ο Αλήκε. Έξω, οι άντρες κοιμούνταν ακόμη. Έβαλα τα γέλια όταν είδα τρία ζευγάρια μακριά πόδια να εξέχουν απ' τα σκεπάσματα. Τα πόδια ήταν μπλεγμένα μεταξύ τους, δεν μπορούσες να ξεχωρίσεις ποιο πόδι ήταν ποιανού. Είχε βρέξει τη νύχτα και οι άντρες, μην έχοντας πού να πάνε, είχαν σκεπαστεί μ' ένα πλαστικό, που στις άκρες είχε βραχεί κι είχε γεμίσει λάσπες.

Η μητέρα μου είχε πάει να μαζέψει καυσόξυλα, ενώ η Νουρ είχε ήδη γυρίσει απ' την αγορά, όπου είχε ψωνίσει για να φάμε όλοι πρωινό. Είχε φύγει πριν χαράξει, για να είναι σίγουρη ότι θα έβρισκε τα καλύτερα τρόφιμα. Τη στιγμή που ξύπνησα, εκείνη έφτιαχνε ήδη *άντζελα* κι οι μυρωδιές μου είχαν σπάσει τα ρουθούνια. Όταν γύρισε η μητέρα μου είχε μαζί της τη γαλάζια της τενεκεδένια κούπα, γεμάτη με φρέσκο κατσικίσιο γάλα, για το τσάι μας. Είδε τους άντρες, που ακόμη κοιμούνταν και είπε δυνατά:

«Αυτοί θα κοιμούνται όλη μέρα;»

Η φωνή της ξύπνησε τους αδελφούς μου, που σηκώθηκαν αμέσως.

Το πρώτο που έκανα εκείνο το πρωί ήταν να πλύνω τις βρόμικες πουκαμίσες του πατέρα μου. Τις έξυσα με μια σκληρή βούρτσα, σε ρηχή λεκάνη. Στην έρημο δεν πρέπει να σπαταλάει κανείς πολύ νερό, γιατί το νερό πρέπει να κουβαληθεί στον καταυλισμό από πολύ μακριά. Όταν είχε φύγει η περισσότερη βρόμα απ' τις πουκαμίσες, τις έστυψα και τις κρέμασα στους αγκαθωτούς θάμνους, για να στεγνώσουν στον ήλιο. Όταν γύρισα, ο πατέρας μου ήταν ακόμη ξαπλωμένος στο κρεβάτι, κοντά στο καλύβι. Με άκουσε και φώναξε:

«Ποιος είναι εκεί;»

«Εγώ είμαι, πατέρα, η Γουόρις», απάντησα. Εκείνος είπε:

«Γουόρις, έλα εδώ. Πρέπει να σου μιλήσω».

Ήθελε να μου μιλήσει για τη διαφωνία που είχα την προηγούμενη μέρα με τον Μοχάμεντ, για τον ξάδελφό μας τον Ράγκε και τα χρήματα απ' την τράπεζα. Θυμήθηκα ότι τίποτε δεν διαφεύγει απ' την προσοχή του πατέρα μου. Μαθαίνει, αμέσως, τα πάντα. Είναι σα να ακούει όλα όσα ψιθυρίζονται γύρω του.

«Άκουσα ότι εσύ κι ο Μοχάμεντ μαλώσατε χθες το βράδυ για τον Ράγκε», είπε. Στη συνέχεια με συμβούλεψε να μην εμπιστεύομαι τον Ράγκε, ειδικά σε θέματα χρημάτων.

«Μα, γιατί;» αναρωτήθηκα. «Ο Ράγκε είναι ανιψιός σου. Ο Μοχάμεντ κι ο Ράγκε μεγάλωσαν μαζί, σαν αδέλφια! Ο αδελφός του αδελφού μου δεν είναι και δικός μου αδελφός;»

«Σίγουρα», είπε ο πατέρας μου, «αλλά δεν ξέρεις τίποτε γι' αυτόν, Γουόρις. Εσύ μόλις χθες ήρθες εδώ.

14

Μπορεί να σου δείχνει το καλό του πρόσωπο τώρα, αλλά δεν τον ξέρεις. Άκουσέ με. Δεν θέλω να έχεις καμιά σχέση μαζί του».

«Δεν καταλαβαίνω τι σας έχει πιάσει με τον Ράγκε», απάντησα. Πραγματικά, ο Ράγκε μιλούσε καλά αγγλικά και μπορούσα να συνεννοηθώ άνετα μαζί του. Εκείνος με καταλάβαινε, μπορούσα να του μιλάω για πράγματα που ποτέ δεν θα καταλάβαιναν ούτε ο Μοχάμεντ ούτε ο Μπούρχααν. Ορισμένες φορές, πιστεύω, τ' αδέλφια μου δεν ήθελαν να με καταλάβουν. Μάλλον, ήθελαν να με ελέγχουν, αλλά εγώ τα είχα καταφέρει τόσο καιρό μόνη μου και δεν υποχωρούσα όταν ένας άντρας προσπαθούσε να μου πει τι έπρεπε να κάνω.

Ο πατέρας μου στηρίχτηκε στο ένα του χέρι για να σηκωθεί και τότε είδα ότι πονούσε πολύ με την παραμικρή κίνηση που έκανε.

«Άκουσέ με, Γουόρις», είπε. «Τα γνήσια αδέλφια στρέφονται εναντίον των ετεροθαλών αδελφών τους. Όλα τ' αδέλφια μαζί στρέφονται εναντίον των ξαδέλφων τους. Κάθε οικογένεια εναντίον της άλλης. Κάθε φυλή στρέφεται εναντίον των άλλων φυλών. Έτσι έχουν τα πράγματα εδώ».

«Πατέρα», απάντησα, «εγώ δεν πιστεύω σ' αυτές τις φυλετικές διαμάχες».

Κάθισα δίπλα του, έπιασα το χέρι του και τον ρώτησα:

«Ποιο είναι το πρόβλημα με τον Ράγκε; Τι έχει κάνει και πιστεύεις ότι δεν αξίζει την εμπιστοσύνη σου;»

«Ο Ράγκε δεν είναι καλός γιος», επέμενε ο πατέρας μου. «Δεν νοιάζεται για τους δικούς του ανθρώπους. Ο Ράγκε, κανονικά, έπρεπε να φροντίζει τον πατέρα του και τα κοπάδια της οικογένειάς του. Όμως, δεν νοιάζεται για τίποτε. Είναι πολύ πονηρός. Αυτή την πλευρά του δεν την έχεις δει ακόμη, αφού μόλις έχεις έρθει εδώ».

Εκείνη τη στιγμή ήρθαν κοντά μας ο Μοχάμεντ κι ο Μπούρχααν. Είχαν ακούσει τι λέγαμε κι άρχισαν, με τη σειρά τους, να με δασκαλεύουν:

«Είσαι ανόητη και δεν βλέπεις τίποτε. Ν' ακούς αυτά που σου λέει ο πατέρας. Γιατί σ' αρέσει να διαφωνείς μαζί του;»

«Μη με ξαναπείτε ανόητη», τους είπα. Προσπάθησα να τους κάνω να σταματήσουν να με πιέζουν για να πιστέψω σε κάτι που δεν ήθελα. Ξέρω ότι, περισσότερο απ' όλους, μπορείς να εμπιστεύεσαι τους δικούς σου ανθρώπους, αλλά αυτό δεν σημαίνει πως αυτοί έχουν πάντοτε το δίκιο. Το ότι κάποιος δεν είναι συγγενής εξαίματος δεν σημαίνει, υποχρεωτικά, ότι πάντοτε θέλει να σε εκμεταλλεύεται. Δεν μπορούσα να καταλάβω για ποιο λόγο το θέμα αυτό ήταν τόσο σημαντικό και γιατί έπρεπε να σπαταλήσουμε όλο το πρωινό μας μιλώντας γι' αυτό. Όμως, έτσι είμαστε εμείς: κουβέντες, συζητήσεις, διαφορετικές γνώμες, τσακωμοί, αυτά είναι η ουσία της ζωής σε μια σομαλική οικογένεια.

Σε λίγο ήρθε κι η μητέρα μας. Το χαμόγελο στο πρόσωπό της πρόδιδε ότι μας ετοίμαζε κάποια έκπληξη.

«Γιατί χαμογελάς έτσι, μαμά;» τη ρώτησα.

Εκείνη απέφυγε να με κοιτάξει, σα να έκρυβε κάποιο μεγάλο μυστικό. Τα μάτια της έλαμπαν στον πρωινό ήλιο. Ξαφνικά, είδα έναν άντρα ψηλό, σχεδόν σαν τον Μοχάμεντ, να εμφανίζεται πίσω απ' το σπίτι και να έρχεται προς το μέρος μας. Ο άντρας σταμάτησε και με κοίταξε επίμονα. Του ανταπέδωσα το βλέμμα. Η μητέρα συνέχιζε να χαμογελάει, καθώς μου έλεγε:

«Δεν αναγνωρίζεις το μικρό σου αδελφάκι, τον μπέμπη μας;»

Η στάση και τα χαρακτηριστικά αυτού του άντρα κάτι μου θύμιζαν, αλλά δεν μπορούσα να τον προσδιορίσω. Για μια στιγμή, έκανε τάχα τον αλλήθωρο και μου έβγαλε τη γλώσσα του. Τότε μόνο τον αναγνώρισα. Ήταν ο

πιο μικρός αδελφός μου, ο Ρασίντ. Πόσο είχε μεγαλώ-
σει! Είχε γίνει ομορφόπαιδο, με λεπτό μουστάκι κι ένα
κοντό μούσι που φύτρωνε στο κάτω μέρος του σαγονιού
του. Ήταν ψηλόσωμος, με μακριά χέρια και πόδια, ενώ
το χαμόγελό του φανέρωνε δυο σειρές αστραφτερά και
υγιή δόντια. Φορούσε μια πρασινόχρυση κάπα ριγμένη
στους ώμους του κι από κάτω ένα πουκάμισο με καφέ
καρό. Ο Ρασίντ μόλις είχε γυρίσει απ' την έρημο, όπου
έβοσκε όσες καμήλες είχαν απομείνει απ' το κοπάδι του
πατέρα μου. Είχε έρθει στο χωριό για μερικά τρόφιμα
και δεν ήξερε τίποτε για την επίσκεψή μας. Μου φάνηκε
σα θαύμα που τον ξανάβλεπα! Να, λοιπόν, γιατί χαμο-
γελούσε έτσι μυστήρια η μητέρα μου. Τώρα, ήμασταν
όλοι μαζεμένοι, όλα τ' αδέλφια μου κι εγώ. Δεν μπορού-
σα να θυμηθώ κάτι τέτοιο σ' όλη την παιδική μου ηλικία.
Συνήθως, πάντα κάποιος θα έλειπε. Ο Μοχάμεντ ζούσε
στην πόλη. Απ' τους υπόλοιπους, πάντοτε κάποιος θα
είχε πάει να κουβαλήσει νερό ή θα βρισκόταν έξω στην
έρημο με τις καμήλες. Την εποχή που το 'χα σκάσει ο
Ρασίντ ήταν μωρό, δεν είχε ακόμη φορέσει παντελόνι.

Τώρα, τον έσφιξα πάνω μου κι ένιωσα το δυνατό του
σώμα στην αγκαλιά μου. Κατόπιν, ο Ρασίντ αγκάλιασε
τον Μοχάμεντ και τα δυο αδέλφια άρχισαν αμέσως τα
μεταξύ τους πειράγματα.

«Περιμένετε να φέρω τη φωτογραφική μου μηχανή»,
είπα. «Θέλω να τραβήξω φωτογραφία τους δυο όμορ-
φους αδελφούς μου».

Έτρεξα στο καλύβι κι άρχισα να ψάχνω στις τσάντες
μου για τη μηχανή. Όταν τη βρήκα κι επέστρεφα έξω, τ'
αδέλφια μου είχαν εξαφανιστεί. Η μητέρα μου είχε πάει
να ταΐσει τις κατσίκες με τις φλούδες απ' τα πορτοκάλια
κι όσο υπόλοιπο είχε μείνει απ' την *άντζελα*. Εγώ πήγα
ν' αναζητήσω τους αδελφούς μου.

Πίσω απ' το σπίτι της μητέρας μου, εκεί που τέλειωνε
το χωριό, υπήρχε μια φωλιά τερμιτών. Έμοιαζε μ' έναν

γιγαντιαίο, καφέ αντίχειρα, που έβγαινε λοξά μέσα απ'
το έδαφος. Ο Ρασίντ καθόταν σκαρφαλωμένος στην κο-
ρυφή. Θυμήθηκα ότι έτσι σκαρφάλωνα κι εγώ, όταν
ήμουν μικρή. Η μητέρα μου έλεγε πως οι τερμίτες
έφτιαχναν τη φωλιά τους με το σάλιο τους κι ότι έμοια-
ζαν με μια φυλή που δούλευε ομαδικά, για το καλό όλης
της κοινότητας.

«Εγώ σκαρφάλωνα σε φωλιές πέντε φορές πιο μεγά-
λες», φώναξα στον Ρασίντ από μακριά. Εκείνος έκανε
γκριμάτσες και, συνέχεια, μου έβγαζε τη γλώσσα του.
Ήθελα να σκαρφαλώσω κοντά του, αλλά δεν ήμουν κα-
τάλληλα ντυμένη. Φορούσα ένα μακρύ σομαλικό φόρε-
μα, που δεν μου επέτρεπε άνετες κινήσεις.

«Θα 'θελα να μπορούσα να βγάλω τούτο το στενό σε-
ντόνι που φοράω και τότε θα σου έδειχνα πως ξέρω κι
εγώ να σκαρφαλώνω», είπα στον Ρασίντ.

Όταν ήμουν μικρή έπιανα το πίσω μέρος του φορέμα-
τός μου, το έφερνα μπροστά, ανάμεσα στα πόδια μου
και το έδενα έτσι στη μέση μου, που τελικά έμοιαζε με
φαρδύ παντελόνι. Σκέφτηκα να δοκιμάσω το ίδιο κόλπο
εκείνη τη στιγμή, αλλά άλλαξα γνώμη κι αποφάσισα ότι
έχω πια μεγαλώσει. Εξάλλου δεν ήθελα να ντροπιάσω
τους δικούς μου.

Παρατήρησα τον Ρασίντ που καθόταν στην κορυφή
της φωλιάς κι ανακάλυψα πως ήταν ξυπόλυτος. Ολόκλη-
ρος άντρας και δεν είχε ένα ζευγάρι παπούτσια. Ο αδελ-
φός μου δεν είχε τίποτε να βάλει στα πόδια του. Οι πα-
τούσες του ήταν σκληρές, γεμάτες κάλους και χαρακιές.
Έμοιαζαν περισσότερο με δέρμα ελέφαντα. Σιγά σιγά
άρχισα να θυμάμαι πόσο σκληρό ήταν το έδαφος της
ερήμου: Κατάξερο χώμα, διάσπαρτο με κοφτερές πέ-
τρες, που κάποτε έκοβαν και τα δικά μου πόδια. Είχε
περάσει πολύς καιρός από τότε, αλλά να που τώρα ο
αδελφός μου, είκοσι χρόνων παλικάρι, δεν είχε να φορέ-
σει κάτι στα πόδια του. Αποφάσισα να του βρω οπωσ-

213

δήποτε ένα ζευγάρι γερά πέδιλα. Θα τα αγόραζα από κάποιο μαγαζί ή θα τα παράγγελνα να τα φτιάξει κάποιος παπουτσής. Με τίποτε δεν θ' άφηνα τον αδελφό μου να γυρίσει πίσω στην έρημο χωρίς παπούτσια. Του είπα:

«Ρασίντ, πρέπει να σου βρούμε ένα ζευγάρι παπούτσια, πριν ξαναφύγεις για να βοσκήσεις τις καμήλες».

«Και γιατί δεν μου δίνεις τα λεφτά να πάω να τ' αγοράσω μόνος μου;» απάντησε εκείνος.

Υποπτεύτηκα πως ήθελε τα λεφτά για να αγοράσει κχατ. Γι' αυτό του είπα:

«Να πάμε μαζί στην αγορά, για να διαλέξεις ο ίδιος όποια παπούτσια θέλεις».

Από μέσα μου ευχαριστούσα τον Αλλάχ, που μπορούσα ν' αγοράσω παπούτσια για τον αδελφό μου και φάρμακα για τον πατέρα μου και τον θείο μου.

Επιστρέψαμε στο σπιτάκι της μητέρας μας. Εκείνη είχε βάλει κι άλλα ξύλα στη φωτιά, για να ψήσει τσάι και λίγο ρύζι με φασόλια, για να φάμε μεσημεριανό.

«Τι έκαναν με τον θείο Αχμέτ στο νοσοκομείο;» ρώτησε ο Ρασίντ. «Έχω ακούσει πως ένα τζιν έχει μπει στο αριστερό πλευρό του σώματός του».

«Τον εξέτασε ο γιατρός και του έδωσε ένα μπουκαλάκι με χάπια», του απάντησα. «Δεν μπορώ να σου πω περισσότερα. Οι άνθρωποι εκεί δεν ήθελαν να μου μιλήσουν, δεν ήθελαν να χάνουν τον χρόνο τους μαζί μου».

«Ποιος ήταν ο γιατρός;» ήθελε να μάθει ο Ρασίντ.

«Τι εννοείς;» τον ρώτησα. «Είπε ότι είχε σπουδάσει στην Ιταλία κι ότι ήταν νευροχειρουργός».

«Όχι, εννοώ, από ποια φυλή καταγόταν».

«Δεν ξέρω, αλλά τι σχέση έχει αυτό;»

«Αν είσαι από άλλη φυλή δεν σε προσέχουν τόσο, όσο θα πρόσεχαν έναν δικό τους άνθρωπο».

«Ήταν γιατρός», απάντησα. «Δεν πιστεύω ότι οι γιατροί νοιάζονται από ποια φυλή είσαι. Μάλλον, δεν ήθελε

214

να μου πει πολλά επειδή είμαι γυναίκα. Συνήθως, θα έχει να κάνει με άντρες και θα θεωρεί πως οι γυναίκες είναι χαζές».

«Αυτό σίγουρα», συμφώνησε χωρίς δισταγμό ο Ρασίντ.

Κατόπιν, είδε ότι περνούσε από δίπλα μας η μητέρα και τη ρώτησε ποιος φορούσε εκείνη την ώρα τις σαγιονάρες. Όλοι μάλωναν συνέχεια για το μοναδικό ζευγάρι σαγιονάρες που υπήρχε στο σπίτι.

«Που είναι οι σαγιονάρες;» ρώτησε ο Μπούρχααν. «Πλησιάζει η ώρα της προσευχής και πρέπει να πάω στην τουαλέτα να πλυθώ».

Αυτή τη φορά η μητέρα μας χρειαζόταν τις σαγιονάρες, για να πάει να φέρει κάτι απ' το χωριό. Ο Μπούρχααν έπρεπε να περιμένει μέχρι να γυρίσει εκείνη, για να τις φορέσει αυτός και να πάει να πλυθεί. Όλη μέρα άκουγα τα ίδια και τα ίδια:

«Πού είναι οι σαγιονάρες;»

«Ποιος τις φοράει;»

Ειδικά την ώρα της προσευχής, όλοι ήθελαν να τις φορέσουν, για να πάνε να πλυθούν. Τέσσερις μεγάλοι άνθρωποι μάλωναν για ένα ζευγάρι πλαστικές σαγιονάρες απ' αυτές τις πολύ φτηνές, που χαλάνε σχεδόν αμέσως μόλις τις αγοράσεις. Το κομμάτι που πάει ανάμεσα στα δάχτυλα ξεκολλάει από τον πάτο κι έτσι γίνονται άχρηστες. Η μητέρα μου φορούσε δυο σαγιονάρες διαφορετικού χρώματος, όταν τη συνάντησα. Από τη μια σαγιονάρα, μάλιστα, είχε κοπεί η μισή σόλα. Τελικά, είπα στον Ρασίντ:

«Πάμε στην αγορά να βρούμε μερικά ζευγάρια. Έτσι δεν θα χρειάζεται να σπαταλάτε τον χρόνο σας, περιμένοντας κάθε φορά να έρθει η σειρά σας, για να φορέσετε τις σαγιονάρες».

«Γουόρις, ο χρόνος δεν είναι ιδιοκτησία μας. Πώς, λοιπόν, μπορούμε να τον σπαταλήσουμε;» απάντησε εκείνος.

Κατάλαβα ότι με κορόιδευε και γι' αυτό του είπα στ' αστεία:

«Το να μιλάει κανείς μαζί σου είναι σπατάλη χρόνου».

Τελικά, πήγαμε στην υπαίθρια αγορά οι τρεις μας: εγώ, ο Ράγκε κι ο Ρασίντ. Ο Ράγκε ήθελε να του αγοράσω ένα ζευγάρι μαύρες μπότες. Τον κοίταξα καλά καλά και τον ρώτησα:

«Τι θα τις κάνεις τις μπότες εδώ στην έρημο; Οι μπότες είναι για μέρη όπως το Λονδίνο».

Ο ξάδελφός μου, όμως, ήθελε πολύ να είναι μέσα στη δική του μόδα κι έτσι του αγόρασα αυτό που ήθελε. Επίσης, αγόρασα δυο ζευγάρια σαγιονάρες, λίγα μυρωδικά κι ένα μηχάνημα που αλέθει τα φρέσκα μπαχαρικά. Ο αδελφός μου, ο Ρασίντ, δεν βρήκε παπούτσια που να του αρέσουν και γι' αυτό αποφασίσαμε να ξαναπάμε στην αγορά μιαν άλλη μέρα. Του άρεσαν, όμως, τα δικά μου γυαλιά ηλίου και του τα χάρισα, για να του προστατεύουν τα μάτια απ' τον ήλιο της ερήμου, όταν έβοσκε τις καμήλες του πατέρα μας.

Το ίδιο βράδυ είχαμε μια ενδιαφέρουσα οικογενειακή συζήτηση για το σύστημα με τις φυλές στη Σομαλία. Ο πατέρας μου ανήκει στους *Ντάαροντ,* τη μεγαλύτερη φυλή στις κεντρικές και νότιες επαρχίες της χώρας. Η φυλή των *Μίτζερταϊν* θεωρείται παρακλάδι των *Ντάαροντ.* Η οικογένειά μου ζούσε πάντοτε στο Χαούντ, μια περιοχή που συνορεύει με την Αιθιοπία. Τ' όνομα του πατέρα μου είναι Νταχί Ντίρι. Η μητέρα μου κατάγεται από μια άλλη μεγάλη φυλή της χώρας, τους Χαουίγιε. Είχε μεγαλώσει στο Μογκαντίσου, την πρωτεύουσα της Σομαλίας. Όταν ο πατέρας μου πήγε να ζητήσει το χέρι της μητέρας μου, η οικογένειά της τον πρόσβαλε:

«Είσαι ένας *Ντάαροντ,* ένας άγριος. Δεν είσαι δικός μας άνθρωπος. Πώς θα καταφέρει κάποιος σαν κι εσένα να συντηρήσει την κόρη μας;»

Τελικά, ο πατέρας μου με τη μητέρα μου υποχρεώθηκαν να κλεφτούν για να παντρευτούν. Εκείνη έριξε μαύρη πέτρα πίσω της και δεν ξαναείδε ποτέ τους δικούς της. Τ' αδέλφια της σκορπίστηκαν στο εξωτερικό, η μητέρα μου ήταν το μόνο παιδί εκείνης της οικογένειας που χάθηκε στην έρημο.

Στη Σομαλία υπάρχουν τέσσερις μεγάλες φυλές: Οι *Ντιρ*, οι *Ντάαροντ*, οι *Ισαάκ* και οι *Χαουίγιε*. Οι περισσότεροι Σομαλοί ανήκουν σε κάποια απ' αυτές. Κι οι τέσσερις φυλές ασπάζονται το Ισλάμ κι έχουν μητρική γλώσσα τα σομαλικά. Υπάρχουν και μικρότερες φυλές, όπως οι *Ραχανβάιν* και οι *Ντίγκιλ*, αλλά αυτές ζουν στις νοτιότερες περιοχές της χώρας, κοντά στο Κισμάγιου.

Εγώ ανήκω σε μια φυλή καθαρής νομαδικής παράδοσης. Ελάχιστα μέλη των *Ντάαροντ* μένουν σε πόλεις. Η συνεχής μετακίνηση των νομάδων κάνει την καταγωγή να είναι πιο σημαντικό πράγμα από τη διεύθυνση κατοικίας τους που αλλάζει συνέχεια. Αυτό είναι κάτι που οι Ευρωπαίοι δεν έχουν καταλάβει. Όταν εκείνοι χάραξαν τα σύνορα της χώρας μας απέκλεισαν πολλούς σομαλούς νομάδες πίσω απ' τα σύνορα γειτονικών χωρών. Τ' αστέρια στη σημαία μας συμβολίζουν τις περιοχές όπου σήμερα ζουν Σομαλοί: την κυρίως Σομαλία, το Τζιμπουτί, το Ογκαντέν και τις σομαλικές περιοχές στην Κένυα. Πάντως, αυτή η ιστορία με τις διαφορετικές φυλές ποτέ δεν μου είχε φανεί τόσο σημαντική όταν ήμουν μικρή. Όμως, πάντοτε ένιωθα περήφανη που καταγόμουν από τους *Ντάαροντ*, γιατί θεωρείται η πιο γενναία φυλή που δεν έχει αίσθηση του φόβου. Τους αποκαλούν *Λα'Μπαχ*, που πάει να πει Λιοντάρι. Τώρα καθόμουν με την οικογένειά μου και προσπαθούσα να τους καταλάβω. Η φήμη της φυλής μας ήταν πάντοτε σημαντική για τον πατέρα και τ' αδέλφια μου. Επίσης, έχει παίξει σημαντικό ρόλο στα πολιτικά δρώμενα της χώρας. Ο Σιάντ Μπαρέ, όταν κατέλαβε την εξουσία, είχε δηλώσει πως θα καταπολεμούσε τις φυλετικές διακρίσεις. Στη συνέχεια, όμως, εκείνος ήταν που έδωσε αφορμή για να ξεσπάσουν φυλετικές διαμάχες. Κατά πάσα πιθανότητα, το έκανε σκόπιμα, για να στρέψει την προσοχή αλλού, μακριά από τα προβλήματα που ο ίδιος αντιμετώπιζε.

Το 1991, όταν η κυβέρνηση του Μπαρέ έπεσε κι ο ίδιος δραπέτευσε απ' τη χώρα, η κάθε φυλή προσπάθησε να επιβληθεί στις άλλες. Αυτές οι προσπάθειες των διαφορετικών φυλών να καταλάβουν την εξουσία στάθηκαν επιβλαβείς για τη χώρα μου κι άφησαν πίσω τους ένα χάος. Προσωπικά, θεωρώ ότι αυτές οι διαμάχες είναι ανόητες, πράγμα που είπα και στ' αδέλφια μου εκείνο το βράδυ:

«Οι φυλετικές διαμάχες είναι που έχουν καταστρέψει τη Σομαλία».

Ο Μπούρχααν απάντησε:

«Γουόρις, η φυλή των Ντάαροντ είναι η πιο μεγάλη κι η πιο δυνατή σ' όλη τη χώρα. Είναι η πιο σημαντική φυλή της Σομαλίας».

«Το ξέρω», του είπα. «Ανήκουμε στην πιο περήφανη και την πιο γενναία φυλή. Ακόμη κι αν θέλουμε ν' αποκρύψουμε την καταγωγή μας, ας πούμε για να σώσουμε τη ζωή μας, θα μας καταλάβουν ότι είμαστε Ντάαροντ. Όμως, σε μια κυβέρνηση, όλοι πρέπει να έχουν κάποιο λόγο».

«Ας ξεκαθαρίσουμε τα πράγματα απ' την αρχή», αντέταξε εκείνος. «Εγώ δεν δέχομαι εμείς οι Ντάαροντ, να μοιραζόμαστε την εξουσία μ' ανθρώπους από άλλες φυλές».

«Εμένα δεν μ' αρέσουν αυτές οι διαμάχες», του είπα. «Αυτές είναι που μας εμποδίζουν να λύσουμε τα πραγματικά προβλήματα του τόπου. Αν πας στο εξωτερικό θα καταλάβεις ότι στη Σομαλία, ουσιαστικά, υπάρχει μόνο ένας λαός! Καταγόμαστε απ' την ίδια χώρα, μιλάμε την ίδια γλώσσα, μοιάζουμε ο ένας με τον άλλον και σκεφτόμαστε με τον ίδιο τρόπο. Πρέπει να σταματήσουμε τους καβγάδες».

Η συζήτηση με είχε κάνει έξω φρενών. Για όλο τον υπόλοιπο κόσμο είμαστε ένα, είμαστε Σομαλοί, αλλά μεταξύ μας δεν μπορούμε να βρούμε μια λύση.

Η μητέρα μάς έφερε κι άλλο τσάι, ενώ ο Ρασίντ άρχισε πάλι να με πειράζει:

«Γουόρις, ποια είσαι; Μπορείς να μας απαγγείλεις τη γενεαλογική σου γραμμή;»

«Ανήκω στους Ντάαροντ», απάντησα.

«Ναι, αλλά στη συνέχεια ποια είσαι;»

«Είμαι η Γουόρις Ντίρι», είπα κι όλοι έβαλαν τα γέλια, ενώ εγώ συνέχισα διστακτικά:

«Λοιπόν, τ' όνομα του πατέρα μου είναι Νταχί, του παππού μου Ντίρι και μετά Μοχάμεντ, Σουλεϊμάν...»

Όλοι γελούσαν γιατί έπρεπε να πω περίπου τριάντα ονόματα και θυμόμουν μόνο τα πρώτα τρία.

«Εντάξει», είπα, «όλοι αυτοί είναι πεθαμένοι, τι τους θέλετε τώρα;»

Τη μητέρα μου τη λένε Φατούμα Αχμέτ Αντέν κι άρχισε να μας λέει όλα τα υπόλοιπα ονόματα των προπάππων της. Τα παιδιά παίρνουν το όνομα του πατέρα, αλλά, οι γυναίκες όταν παντρεύονται, διατηρούν το όνομα του δικού τους πατέρα. Τ' αδέλφια μου προσπάθησαν να μου μάθουν τα ονόματα όλων των προγόνων μας, αλλά εγώ δεν κατάφερνα να τα συγκρατήσω. Μιλούσαν διακόπτοντας ο ένας τον άλλον κι έτσι δεν μπορούσα να καταλάβω ούτε καν την προφορά απ' τα περισσότερα ονόματα. Μου ακούγονταν σα μουσική ραπ. Οι γενεολογίες των φυλών αρχίζουν από έναν κοινό πρόγονο και, στη συνέχεια, κάθε γενιά προσθέτει από ένα όνομα. Γενικά, θεωρείται ότι όσο πιο πολλά ονόματα κι όσο πιο πολλές γενιές τόσο μεγαλύτερο το γόητρο της οικογένειας.

Τελικά τους είπα:

«Εμένα, πάντως, απ' τη στιγμή που έφυγα από τη Σομαλία, όλ' αυτά μου ήταν άχρηστα και ποτέ δεν τους έδωσα τόση σημασία. Τι βοηθάει να θυμάσαι ένα σωρό ονόματα;»

Κατόπιν, στράφηκα προς τον Μοχάμεντ:

«Εσένα, Μοχάμεντ, τι σ' έχουν βοηθήσει όλ' αυτά τα ονόματα στην Ολλανδία; Έχουν προσφέρει τίποτε στη συντήρηση της οικογένειάς σου;»

Ο Μοχάμεντ, που μέχρι στιγμής ήταν σιωπηλός, σαν να σκεφτόταν κάτι πολύ δυσάρεστο, είπε:

«Όταν ο Αφβάινε, το Μεγάλο Στόμα, πήρε την εξουσία στη χώρα, άρχισε να σχεδιάζει διάφορες αλλαγές. Πρώτα απ' όλα, αποφάσισε να καθιερώσει σομαλική γραφή με λατινικούς χαρακτήρες κι άνοιξε σχολεία για να μάθουν όλοι γράμματα. Όταν δεν έβρισκε πια λεφτά για να πληρώνει τους δασκάλους, αποφάσισε ξαφνικά να στείλει όλους τους σπουδαστές στην επαρχία, για να διδάξουν στους νομάδες γράμματα. Είχε κάνει ολόκληρη εκστρατεία εναντίον του αναλφαβητισμού».

«Ναι, το θυμάμαι», είπα εγώ. «Ήταν τότε που ήρθες κι εσύ στην έρημο, για να μας μάθεις, εμένα και τον Γέρο, να γράφουμε και να διαβάζουμε».

«Ναι, αλλά ήμουν ένα παιδί της πόλης. Θεωρούσα τους νομάδες υπανάπτυκτους και χαζούς. Δεν ήθελα να είμαι στην έρημο. Δεν ήθελα να σας μάθω τίποτε».

«Κι αυτό το θυμάμαι», του είπα. «Μας κυνηγούσες να μας δείρεις με το μπαστούνι σου».

«Το Μεγάλο Στόμα», συνέχισε ο Μοχάμεντ, «τελικά διεύρυνε τις φυλετικές διαφορές πιο πολύ απ' όλους. Έκανε έντονες φυλετικές διακρίσεις και δεχόταν τους αντιπροσώπους των φυλών μονάχα σε ξεχωριστές συναντήσεις». Ο Μοχάμεντ αναστέναξε:

«Εκείνη την εποχή, υπήρξαν πολλές δολοφονίες μελών της φυλής των Ισαάκ. Δολοφονούσαν τους ανθρώπους, μόνο και μόνο επειδή ανήκαν σ' αυτή τη φυλή», κατέληξε σα να μην ήθελε να θυμάται άλλο εκείνα τα χρόνια.

«Γουόρις», πήρε τον λόγο ο Μπούρχααν, «μονάχα οι άνθρωποι της δικής σου φυλής θα σε βοηθήσουν, αν βρεθείς σε ανάγκη. Ο γιατρός στο νοσοκομείο δεν ήθελε να σου πει πολλά, επειδή δεν ήσουν απ' τη φυλή του».

«Οι γιατροί, όμως, πρέπει να βοηθάνε κάθε άνθρωπο», είπα, «ανεξάρτητα από την καταγωγή του».

«Για σκέψου και το πώς καταφέραμε να φτάσουμε ως εδώ», συνέχισε την κουβέντα ο Μοχάμεντ. «Μας έφερε ένας οδηγός απ' το δικό μας σόι. Μας βοήθησε γιατί ξέρει πως αν βρεθεί σε ανάγκη ο ίδιος, θα τον βοηθήσουμε κι εμείς, όσο μπορούμε».

Πρόσφατα, η Σομαλία, ύστερα από δέκα χρόνια, είχε επιτέλους αποκτήσει επίσημη κυβέρνηση και καινούργιο πρόεδρο. Χαιρόμουν πολύ γι' αυτό. Σκεφτόμουν ότι τώρα πια θα μπορούσαν να λυθούν πολλά προβλήματα. Όμως, ακούγοντας τους αδελφούς μου να συζητάνε, κατάλαβα πόσο δύσκολο θα ήταν να ενωθούν όλοι οι Σομαλοί κάτω από έναν πρόεδρο.

«Πώς θα μπορέσει να υπάρξει κράτος αν όλες οι φυλές δεν αποφασίσουν να συνεργαστούν μεταξύ τους;» ρώτησα.

«Αφού υπάρχουν δυο χώρες τώρα», απάντησε ο Μπούρχααν.

«Πώς γίνεται αυτό;»

«Η μια είναι στον βορρά και τη λένε Σομαλία κι η άλλη είναι η Νότια Σομαλία», συνέχισε ο Μπούρχααν. «Μετά έχουμε και τις βορειοανατολικές περιοχές, την Πούντλαντ, γύρω απ' το Γκελκάγιο. Καταλαβαίνεις τώρα γιατί υπάρχουν διαφορετικά νομίσματα; Το ένα νόμισμα είναι απ' την εποχή του Σιάντ Μπαρέ και το άλλο το καθιέρωσε ο Μοχάμεντ Ιμπραχίμ Εγκάλ στη Νότια Σομαλία».

Όταν ήμουν μικρή οι γέροντες της φυλής έλυναν τα προβλήματα. Αν είχες χτυπηθεί με κάποιον και του είχες βγάλει το μάτι, η φυλή του θα απαιτούσε να αποζημιωθεί

221

το κακό. Αυτό είναι που λέγεται το τίμημα του *ντίγια*. Αντιπρόσωποι των δυο φυλών θα μαζεύονταν κάτω από ένα δέντρο και θα συζητούσαν μέχρι να συμφωνηθεί το μέγεθος της αξίας, με την οποία θα μπορούσε ξεπληρωθεί το χαμένο μάτι. Φυσικά, το μάτι μιας γυναίκας δεν είχε ποτέ την ίδια αξία μ' ένα αντρικό μάτι. Όλα τα μέλη της φυλής θα έπρεπε να συμβάλουν με κάποιο αγαθό για το ξεπλήρωμα του *ντίγια*. Συνήθως έπρεπε να δώσουν στα μέλη της άλλης φυλής ορισμένα ζώα απ' τα κοπάδια τους. Τώρα, θα μπορούσε κάποιος να διαμαρτυρηθεί και να πει ότι μένει στο Μογκαντίσου, ότι δεν έχει καμιά σχέση με τον θύτη κι ότι δεν προτίθεται να πληρώσει εκείνος για τα σφάλματα του άλλου. Η απόφαση των γερόντων, όμως, θα έπρεπε να είναι σεβαστή απ' όλους. Αυτό προσπαθούσα να εξηγήσω στ' αδέλφια μου:

«Χρειαζόμαστε μια κυβέρνηση βασισμένη σε νόμους και κανόνες κι όχι στις αντιθέσεις των διαφορετικών φυλών».

Κανείς, όμως, δεν ήθελε να μ' ακούσει. Κανείς δεν μπορούσε να φανταστεί πώς θα μπορούσε να λειτουργήσει μια τέτοια κυβέρνηση. Ο Μοχάμεντ επέμενε ότι αυτοί οι παλιοί τρόποι διευθέτησης των προβλημάτων είχαν πεθάνει προ πολλού μια για πάντα.

«Κανείς δεν σέβεται πια τους γέροντες», είπε. «Εδώ οι ίδιοι οι πολέμαρχοι πολλές φορές δεν μπορούν να ελέγξουν τα στρατεύματά τους».

Τ' αδέλφια μου συνέχισαν να μιλούν γι' αυτές τις βλακείες περί ανωτέρων και κατωτέρων φυλών. Έτσι, πήγα και κάθισα με τις γυναίκες, απόμερα. Είδα το φεγγάρι που έβγαινε νωρίς τ' απόβραδο, μέσα απ' τα σύννεφα και φώτιζε με το απαλό του φως το σπίτι μου στην έρημο.

Εκείνη την ώρα, η μητέρα μου πήγαινε στους γείτονες, για να τους δώσει μια κούπα με κατσικίσιο γάλα. Τέσσερις γίδες ήταν όλη κι όλη η περιουσία της. Παρ' όλ'

αυτά πρόσφερε στη γειτόνισσα απ' το λιγοστό καθημερινό της γάλα. Την είδα να γλιστρά ανάμεσα στις σειρές από μικρά καλύβια, πίσω απ' τους αγκαθωτούς θάμνους που τα περιέβαλλαν. Στο χέρι της κρατούσε εκείνη την ίδια παλιά τενεκεδένια κούπα μ' ένα κόκκινο λουλούδι ζωγραφισμένο πάνω της. Φορούσε το ίδιο φόρεμα, όπως πάντοτε, ενώ γύρω απ' το κεφάλι της είχε τυλιγμένο ένα παλιό μαντίλι. Στα πόδια της φορούσε τις ίδιες χαλασμένες και παράταιρες σαγιονάρες. Σε λίγο, έσκυψε, πέρασε το κατώφλι και μπήκε στο γειτονικό σπιτάκι για μια σύντομη επίσκεψη. Μετά από λίγα λεπτά ξαναβγήκε, τεντώθηκε, έβαλε τα χέρια της στη μέση και στάθηκε για λίγο, κοιτάζοντας το τελευταίο φως του δειλινού, που έσβηνε στον μαύρο φόντο του νυχτερινού ουρανού. Επέστρεψε με την άδεια κούπα στο χέρι και την κρέμασε στο ειδικό καρφάκι έξω απ' το καλύβι της. Αυτή ήταν η μητέρα μου. Αυτή ήταν η καλοσύνη που είχα μάθει από μικρή, το πρότυπο μιας καλής γειτόνισσας.

«Μαμά, έλα κάθισε κοντά μου. Θέλω να σου δείξω τα πράγματα που σου έφερα», την παρακάλεσα. Η μητέρα μου ποτέ δεν καθόταν σ' ένα σημείο. Βρισκόταν σε συνεχή κίνηση, απ' το πρωί μέχρι το βράδυ. Κανονικά, ήθελα να της δώσω όλα όσα της είχαν λείψει στη ζωή της. Μου χαμογέλασε ειρωνικά κι αναστέναξε μ' έναν αστείο τρόπο:

«Φαντάζομαι τι σαβούρα θα μου έχεις φέρει», αστειεύτηκε.

Σίγουρα, όμως, μέσα της θα αναρωτιόταν αν θα μπορούσε να βρεθεί κάτι χρήσιμο ανάμεσα στα πράγματα που της είχα φέρει απ' τη Νέα Υόρκη. Έριξε ένα βλέμμα τριγύρω και είπε:

«Όχι εδώ έξω, Γουόρις. Αν κάποιος δει ότι χαρίζεις πράγματα, σε λίγο θα έχεις όλο το χωριό εδώ να σου ζητιανεύει».

Είχε δίκιο. Μπορεί οι άνθρωποι να μην ζητούσαν δώ-

223

ρα φανερά, αλλά θα κάθονταν και θα με κοιτούσαν επίμονα μέχρι να φιλοτιμηθώ να δώσω σε όλους κάτι. Με τη μητέρα μου και τη Νουρ μπήκαμε μέσα στο καλύβι κι ανάψαμε ένα λυχνάρι φεϊνούς.

Η Νουρ, σαν αρπαχτικό πουλί, έπεσε αμέσως πάνω στις τσάντες μου. Έβγαζε πράγματα στην τύχη και συνέχεια ρωτούσε:

«Τι είναι αυτό; Τούτο πώς το χρησιμοποιείς;»

«Ηρέμησε λίγο και περίμενε», της είπα. «Μόνο εγώ ξέρω τι έχουν μέσα οι τσάντες. Θα σου πω, αν μπορείς να κάνεις λίγο υπομονή».

Έβγαλα ένα βάζο με κρέμα καρύδας και τους είπα:

«Αυτό εδώ είναι κρέμα κακάο, μοιάζει με το δικό μας σούμπακ».

Δεν πρόλαβα ν' ανοίξω το βάζο, για να τους δείξω το περιεχόμενο κι είχαν ήδη βάλει μέσα τα δάχτυλά τους κι οι δυο, για να το δοκιμάσουν, γλείφοντάς τα.

«Τι αηδία! Είναι απαίσιο. Να γιατί είσαι πετσί και κόκαλο, Γουόρις. Τέτοια φαγητά τρώτε στη Νέα Υόρκη;»

«Καλέ, δεν το τρώνε αυτό. Είναι κρέμα για τα χέρια και για την επιδερμίδα».

«Τι; Δεν μπορείς να το μαγειρέψεις;» ρώτησε η μητέρα μου.

«Όχι, είναι για το πρόσωπό σου, για τα ξερά σου πόδια, για το δέρμα σου».

«Πάντως, μυρίζει ωραία. Είσαι σίγουρη ότι δεν τρώγεται;»

«Ναι. Είναι μόνο για το δέρμα. Μην το τρώτε».

«Καλά, καλά, δεν θα το φάμε. Το δικό μας σούμπακ, όμως, είναι πολύ καλύτερο. Μπορείς και να μαγειρέψεις μ' αυτό και να το βάλεις στο δέρμα», είπε η μαμά, κουνώντας αδιάφορα τους ώμους της και δίνοντάς μου πίσω το βάζο.

Στη συνέχεια, έδωσα στη μητέρα μου ένα μπουκάλι παιδικό λάδι.

«Τούτο δω τι είναι πάλι;» ρώτησε εκείνη, γυρνώντας ανάποδα το μπουκάλι.

«Είναι λάδι. Κι αυτό μπορείς να το βάλεις στο δέρμα σου, ακόμη και στα μαλλιά σου, όπως και το άλλο», απάντησα.

«Εντάξει», είπε εκείνη, αλλά, αντί να πάρει μόνο μια σταγόνα, πίεσε το μπουκάλι τόσο δυνατά, που το περιεχόμενο χύθηκε στο χωματένιο πάτωμα.

Η μητέρα μου τρόμαξε και πήδηξε προς τα πίσω, οπότε ολόκληρο το μπουκάλι έφυγε απ' τα χέρια της κι έπεσε στο πάτωμα.

«Τι είναι αυτό το πράγμα;» αναρωτήθηκε, τρίβοντας τα χέρια της με ό,τι είχε απομείνει.

«Μύρισέ το μαμά», της είπα. «Είναι για το δέρμα και ειδικά για το δέρμα των μωρών».

Η μητέρα μου μύρισε τα χέρια της πολλές φορές και χτύπησε επιδοκιμαστικά τα χείλια της.

«Α! Είναι πολύ ωραίο. Μ' αρέσει πραγματικά, Γουόρις», είπε κι άρχισε να τρίβει με το λάδι τα μπράτσα της. «Αυτό θα μου το δώσεις να το κρύψω κάπου».

«Όχι, μαμά», της είπα. «Δεν είναι τίποτε το ιδιαίτερο. Είναι μονάχα λάδι για μωρά. Αν κάποιος χρειαστεί, μη διστάσεις να του δώσεις. Θα σου φέρω όσο θες την επόμενη φορά».

«Παιδί μου, δεν ξέρω πότε θα σε ξαναδώ», απάντησε εκείνη. «Και τούτο εδώ μου φαίνεται πολύτιμο, δεν θέλω να το χάσω».

Κι άρχισε να ψάχνει σε μια γωνιά, όπου είχε φυλαγμένα τα προσωπικά της αντικείμενα. Βαθιά, στον πάτο ενός καλαθιού, βρήκε ένα κλειδί. Έψαξε λίγο ακόμη και βρήκε ένα ταλαιπωρημένο, ξύλινο κουτάκι, που το ξεκλείδωσε κι έβαλε μέσα το μπουκάλι με το λάδι πολύ προσεχτικά.

«Φαίνεται πολύτιμο, εδώ μέσα δεν θα το πειράξει κανείς», είπε, χαϊδεύοντας το κουτάκι, πριν το ξανακρύψει στη γωνίτσα ανάμεσα στα πράγματά της.

Επίσης, είχα φέρει αρκετά μικρά καθρεφτάκια για όλους, αλλά κι έναν μεγάλο, ξεχωριστό καθρέφτη για τη μητέρα μου. Ήθελα, επιτέλους, να δει τον εαυτό της σε αληθινό καθρέφτη. Ήθελα να δει πόσο όμορφη ήταν. Πολλοί λένε ότι εγώ είμαι όμορφη, αλλά, μόνο αν είχα πάρει έστω και μια σταγόνα απ' την ομορφιά της μητέρας μου, θα μπορούσα να το πιστέψω. Πάντως, ακόμη κι αυτή η ελάχιστη ομορφιά, που έχω πάρει απ' τη μητέρα μου, μ' έχει βοηθήσει πολύ στη ζωή μου. Χρωστάω πολλά στη δική της ομορφιά.

Άρχισα να βγάζω τον μεγάλο καθρέφτη απ' το περιτύλιγμά του. Ήταν πανέμορφος, με ασημένιο χερούλι και στο ξύλινο πλαίσιο είχε σκαλιστά φύλλα, που ενώνονταν σε υπέροχα λουλούδια από την πίσω πλευρά.

«Μαμά», είπα, «σου έχω φέρει κάτι πολύ ιδιαίτερο».

«Μα γιατί, Γουόρις;» απάντησε εκείνη. «Δεν χρειάζομαι τίποτε το ιδιαίτερο».

«Μαμά», είπα, «έλα, κάθισε κοντά μου να δεις τι σου έχω φέρει».

Όταν πήρε τον καθρέφτη στα χέρια της, κοίταξε, με αμηχανία, την πίσω πλευρά πρώτα. Της γύρισα το καθρέφτη, ώστε να δείχνει το πρόσωπό της και της είπα:

«Κοίταξε τον εαυτό σου, δες πόσο όμορφη είσαι».

Η μητέρα μου, όταν τελικά, είδε μέσα στον καθρέφτη, νόμιζε πως κάποιος κρυβόταν πίσω απ' αυτόν. Τρόμαξε και τραβήχτηκε απότομα στην άκρη. Εγώ προσπάθησα να της εξηγήσω:

«Όχι, μαμά, μη φοβάσai. Δεν είναι κάποιος από πίσω, τον εαυτό σου βλέπεις».

Κράτησα τον καθρέφτη μπροστά της. Εκείνη κοίταξε μέσα του, κατόπιν κοίταξε αλλού, μετά πάλι, ξανακοίταξε τον πρωτόγνωρο εαυτό της. Σιγά σιγά ξεθάρρεψε κι άρχισε να αγγίζει τον καθρέφτη με τα δάχτυλά της. Άγγιξε τα μαλλιά της, το πρόσωπό της. Στη συνέχεια, άρχισε να κάνει γκριμάτσες, κοιτούσε τα δόντια της, γυρνούσε το κεφάλι της από δω κι από κει, μελετούσε προσεκτικά κάθε λεπτομέρεια του προσώπου της. Τελικά, αναστέναξε:

«Ω, Θεέ μου! Αλλάχ! Φαίνομαι τόσο γερασμένη. Δεν ήξερα ότι φαίνομαι τόσο χάλια».

«Μητέρα», της ψιθύρισα, «πώς μπορείς να λες τέτοια πράγματα;»

«Μα, δείτε πώς είμαι!» απάντησε εκείνη, κοιτώντας μια εμένα και μια τη Νουρ. Τα μάτια της μας κοίταζαν όλο απελπισία μέσα στο σκοτάδι. «Πώς έχει γίνει έτσι το πρόσωπό μου;» αναστέναξε ξανά. «Κάποτε ήμουν μια όμορφη γυναίκα, αλλά ο πατέρας σας κι εσείς ρουφήξατε όλη μου τη ζωντάνια και την ομορφιά».

Μ' αυτά τα λόγια γύρισε τον καθρέφτη ανάποδα και μου τον επέστρεψε. Δεν ήξερα τι να πω. Είχα μείνει κατάπληκτη και πληγωμένη ταυτόχρονα.

Η μητέρα μου ποτέ της δεν υποκρίνεται. Πάντοτε λέει μ' ευθύτητα αυτό που νιώθει και σκέφτεται. Ποτέ δεν θα έκανε δήθεν ότι της άρεσε ένα δώρο, μόνο και μόνο για να μ' ευχαριστήσει. Έκρυψα αμέσως τον καθρέφτη στην τσάντα μου. Ήθελα να τον ξεφορτωθώ όσο πιο γρήγορα γίνεται. Η μητέρα μου δεν θα δεχόταν ένα δώρο, που δεν το είχε άμεση ανάγκη για τη ζωή της στην έρημο. Αν και τώρα ζούσε σε χωριό, συμπεριφερόταν ακόμη σα μια νομάδα, που δεν θέλει να μαζεύει πολλά αντικείμενα που είναι βαριά στις μετακινήσεις της. Για τους νομάδες τα σημαντικά πράγματα στη ζωή είναι τα κοπάδια τους, οι ιστορίες τους κι οι οικογένειές τους. Αυτά είναι τα ουσιώδη πράγματα της ζωής, οι πηγές της χαράς τους. Η ομορφιά της μητέρας μου βρισκόταν στον τρόπο που φρόντιζε την οικογένειά της, τους γνωστούς της, ακόμη και τα ζώα της. Την αληθινή ομορφιά δεν τη βρίσκει κανείς στην αντανάκλαση ενός καθρέφτη ή στο εξώφυλλο ενός περιοδικού. Τη βρίσκει στον τρόπο που ζει κανείς, τον αληθινό, τον πηγαίο.

Ο άντρας είναι η κεφαλή του σπιτιού.
η γυναίκα όμως είναι η καρδιά του.

ΓΝΩΜΙΚΟ ΤΗΣ ΣΟΜΑΛΙΑΣ

10

Πατέρες και άντρες

Η ΕΠΟΜΕΝΗ ΜΕΡΑ ΗΤΑΝ ΤΟΣΟ ΟΜΟΡΦΗ, που άρχισα να νιώθω ευλογημένη απ' τον Αλλάχ. Ο ουρανός ήταν πεντακάθαρος, μ' ελάχιστα μονάχα σύννεφα σε μεγάλο ύψος. Νωρίς την αυγή είχαμε δει αστραπές, σημάδια βροχής, αλλά τελικά ο ουρανός είχε καθαρίσει. Ο καύσωνας των προηγούμενων ημερών είχε εξαφανιστεί, τον είχε διώξει η βροχή. Το μεγάλο θαύμα, όμως, ήταν που είχε συγκεντρωθεί ξανά ολόκληρη η οικογένειά μου. Ήταν απίστευτο! Μια φωνή μέσα μου ψιθύριζε: «Δεν στο έλεγα εγώ ότι όλα θα πάνε καλά;» Πρέπει να ήταν το πνεύμαοδηγός μου, ο Γέρος.

Η μητέρα μου έστειλε τον Ρασίντ και τον Μοχάμεντ να πιάσουν ένα απ' τα κατσικάκια της, για να στήσουμε γλέντι. Έπιασαν κι έσφαξαν ένα μικρό αρσενικό, που όταν μεγάλωνε, έτσι κι αλλιώς δεν θα έδινε γάλα. Η μητέρα μου έκοψε το κεφαλάκι, το έβαλε σ' ένα καλάθι, το έγδαρε και του αφαίρεσε, πολύ προσεκτικά, τα μάτια. Ήθελε να φτιάξει ένα φάρμακο για τον πατέρα μου, επειδή το κεφάλι των κατσικιών θεωρείται ότι κρύβει πολλά ειδικά συστατικά, που μπορούν να βελτιώσουν την όραση και να δυναμώσουν τα μάτια και το μυαλό του ανθρώπου. Η μητέρα μου προσευχόταν συνέχεια, καθώς προετοίμαζε το γιατρικό. Όμως, δεν είχε πού να το βάλει να βράσει, γιατί στο σπίτι υπήρχε μονάχα μια κατσαρόλα κι εκεί έπρεπε να βάλει το υπόλοιπο φαγητό. Έτσι πήγε στον σκουπιδότοπο κι όταν επέστρεφε κρατούσε στα χέρια της έναν σκουριασμένο παλιοτενεκέ.

«Μαμά!» φώναξα. «Τι κάνεις εκεί; Δεν μπορείς να χρησιμοποιήσεις αυτόν τον τενεκέ. Είναι βρόμικος και γεμάτος μικρόβια. Θες να τον πεθάνεις τον μπαμπά;»

Εκείνη έβαλε τα χέρια στη μέση και με κοίταξε επίμονα, λέγοντας:

«Καρφί δεν μου καίγεται κι αν πεθάνει. Έτσι κι αλλιώς είναι γέρος κι άχρηστος πια. Μη σε νοιάζει».

«Μαμά, άφησέ με να πάω να δανειστώ μια κατσαρόλα από κάπου», την παρακάλεσα.

«Όχι! Και να μην ανακατεύεσαι στις δουλειές μου», είπε εκείνη, κουνώντας το δάχτυλό της μπροστά στο πρόσωπό μου. «Θα κάνω αυτό που θέλω εγώ και θα το κάνω έτσι όπως ξέρω. Πίστεψέ με, κακό σκυλί ψόφο δεν έχει, δεν πρόκειται να πάθει τίποτε ο πατέρας σου».

Πίσω απ' το σπίτι, άκουσα τον πατέρα μου που γελούσε μαζί μας και τότε μόνο σκέφτηκα πως το βραστό νερό θα σκότωνε τα μικρόβια στον τενεκέ.

«Φύγε απ' τη μέση, παιδί μου», συνέχισε η μητέρα μου. «Άσε με να κάνω τη δουλειά μου. Θέλω να το βάλω να βράζει από τώρα, γιατί θ' αργήσει να γίνει».

Ο τενεκές ήταν σκουριασμένος, γι' αυτό, πρώτα, τον έτριψε με άμμο και τον ξέπλυνε πολύ προσεκτικά. Κατόπιν, έβαλε το κεφαλάκι μέσα, το σκέπασε με νερό και, πριν βάλει τον τενεκέ στη φωτιά, πρόσθεσε λίγα αποξηραμένα βότανα, απ' αυτά που φύλαγε σ' ένα ειδικό, μικρό καλαθάκι. Η μητέρα μου είχε το νου της συνέχεια στο κεφαλάκι, που το σιγόβραζε όλη μέρα, για να της βγει καλό το γιατρικό.

Στη συνέχεια, η μητέρα μου έγδαρε το υπόλοιπο κατσικάκι και φύλαξε το δέρμα για να φτιάξει σχοινιά ή σκαμνιά. Κατόπιν, έσκαψε ένα λάκκο στο έδαφος, αρκετά μεγάλο ώστε να χωράει ολόκληρο το κατσίκι. Η Νουρ κι εγώ μαζέψαμε ξύλα, τα ρίξαμε στον λάκκο και τ' ανάψαμε. Σε λίγο ήταν έτοιμη μια ωραία θράκα, σκεπασμένη μ' ένα λεπτό στρώμα κάτασπρης στάχτης. Η μητέρα μου έστρωσε τα κάρβουνα, κι έβαλε πάνω τους το κατσίκι. Προηγουμένως, το είχε γεμίσει με ψωμί, σκόρδο, ντομάτες και ρύζι. Στη γέμιση είχε βάλει και πολλά απ' τα ειδικά, δικά της μπαχαρικά. Μαζί με τη Νουρ του είχαν ράψει την κοιλιά κι είχαν δέσει τα πόδια σφιχτά πάνω στο σφαχτό, έτσι ώστε να χωράει στον λάκκο.

Σε λίγο, ο τόπος είχε γεμίσει καπνούς κι υπέροχες μυρωδιές. Η μητέρα μου ήξερε ακριβώς πότε έπρεπε να γυρίσει το κατσίκι, για να καψαλιστούν σωστά κι οι δυο πλευρές, ώστε το κρέας να κρατηθεί ζουμερό από μέσα. Η Νουρ έφερε κι άλλα κάρβουνα και σκέπασε ολόκληρο το κατσίκι. Η μητέρα μου καθόταν δίπλα στη φωτιά κι έκανε αέρα, για να διατηρεί ζωντανή τη θράκα.

Όλοι μας πεινούσαμε πολύ κι οι μυρωδιές μας είχαν τρελάνει. Η μητέρα, όμως, μας έδιωχνε από κοντά της φωνάζοντας:

«Αφήστε το στην ησυχία του, για να ψηθεί καλά. Μην στέκεστε πάνω απ' τη φωτιά σαν όρνια. Θα σας πω εγώ πότε είναι έτοιμο το φαγητό».

Το κρέας ήταν υπέροχο και πολύ τρυφερό. Έλιωνε στο στόμα κι είχε μια μοναδική γεύση. Δυστυχώς, όμως, το πρόσωπο του πατέρα μας πονούσε πολύ κι ήταν τόσο πρησμένο, που ο κακομοίρης δεν μπορούσε να μασήσει. Ακριβώς πριν καθίσουμε όλοι να φάμε, η μητέρα μου είπε ότι το φάρμακό του τώρα ήταν έτοιμο. Το κεφαλάκι είχε λιώσει κι είχε γίνει ένας παχύρρευστος χυλός. Η μητέρα γέμισε μια κούπα και μου είπε:

«Άντε, Γουόρις, πήγαινε το φάρμακο στον πατέρα σου».

Κάθισα δίπλα στον πατέρα μου και του πρόσφερα την κούπα, λέγοντας:

«Ορίστε, μπαμπά, η σούπα σου είναι έτοιμη».

«Είναι αυτό που μαλώνατε το πρωί, για το πώς θα το φτιάξετε;» ρώτησε εκείνος.

«Ναι, μπαμπά. Όμως, είναι καλό, θα σου κάνει καλό στα μάτια».

«Α, δεν θέλω τώρα, δεν έχω όρεξη να το πιω», απάντησε ο πατέρας μου.

Η μητέρα μου, που είχε καταλάβει τι γινόταν, φώναξε από μακριά:

«Ει, τι σου λέει εκεί πέρα;»

«Μαμά, δεν θέλει να το πιει τώρα αμέσως», της απάντησα.

«Βρε τον άτιμο τον μπαμπόγερο!» ξεφώνισε η μητέρα δυνατά, για να την ακούσουν όλοι όσοι κάθονταν τριγύρω. «Εγώ όλη μέρα του έφτιαχνα ένα ειδικό φάρμακο κι εκείνος δεν θέλει να το πιει;» Κατόπιν, στράφηκε προς εμένα: «Γουόρις, αφού δεν θέλει, φέρε μου πίσω την κούπα, όπως είναι».

Όμως, πριν προφτάσω να σηκωθώ, είχε αλλάξει γνώμη:

«Όχι, καλύτερα άσ' την εκεί. Δεν θα του δώσουμε τίποτε άλλο μέχρι να πιει ολόκληρη την κούπα».

Ο πατέρας έκανε μια μωρουδίστικη γκριμάτσα αποδοκιμασίας, αλλά, θέλοντας και μη, ήπιε το φάρμακό του. Κατέβασε ολόκληρη την κούπα, μέχρι τον πάτο.

Η μητέρα μου συνέχισε να τον κατσαδιάζει μεγαλόφωνα, απ' τη θέση της, κοντά στη φωτιά:

«Άκου να δεις, τώρα βρίσκεσαι στο δικό μου βασίλειο. Είσαι τυφλός κι αβοήθητος. Θα κάνεις ό,τι σου λέω εγώ, μ' ακούς;»

Τι μπορούσε να κάνει ο πατέρας μου; Δεν είχε άλλη

επιλογή. Δεν μπορούσε να της απαγορέψει να τον φροντίζει. Έπρεπε να πίνει τα φάρμακα που του έφτιαχνε.

«Ποιες είναι οι άλλες γυναίκες του πατέρα», ρώτησα τη μητέρα μου, όταν βρεθήκαμε μόνες μας λίγο παράμερα. «Υπήρχαν τρία παιδιά στο σπίτι του, όταν πήγαμε. Μας είπε πως όλα ήταν δικά του».

«Θα σε γελάσω», απάντησε η μητέρα μου. «Εκείνος λέει ότι, ακριβώς λίγο πριν έρθεις, μόλις είχε ξεφορτωθεί μια απ' αυτές. Όμως, από άλλους έμαθα ότι εκείνη τον εγκατέλειψε».

«Γιατί;» ρώτησα. «Τι έγινε;»

«Να σου πω την αλήθεια, δεν έχω ιδέα. Εκείνος ποτέ δεν μου λέει τίποτε. Συνήθως, όμως, ζει με τη δεύτερη γυναίκα του», είπε αδιάφορη η μητέρα μου. «Φαντάζομαι τώρα θα τον ψάχνει κι όπου να 'ναι θα εμφανιστεί, για να δει αν έχεις φέρει και σ' εκείνη κάποιο δώρο».

Κατόπιν, γύρισε πίσω στις δουλειές της και στη φωτιά. Ήταν φανερό ότι δεν είχε διάθεση να μιλήσει άλλο γι' αυτό το θέμα.

«Μπούρχααν», είπα στον αδελφό μου. «Ο πατέρας ζει ακόμη μ' εκείνη τη γυναίκα που κάποτε την είχαμε κρεμάσει ανάποδα;»

Έλπιζα πως όχι. Δεν την έχω ξαναδεί εκείνη τη γυναίκα, από τότε που την είχαμε κρεμάσει στο δέντρο. Είχαμε όλοι μείνει άναυδοι όταν ο πατέρας μας, μια μέρα, είχε έρθει στον καταυλισμό με μια καινούργια γυναίκα που τον ακολουθούσε δυο βήματα πίσω του. Ήταν στην ηλικία μου, αλλά με κανέναν τρόπο δεν συμπεριφερόταν σαν μικρό ντροπαλό κοριτσάκι. Απ' την αρχή προσπάθησε να μας πάρει τον αέρα και να διατάζει εμένα και τα αδέλφια μου, λες κι ήταν αυτή η βασίλισσα της Σομαλίας κι εμείς οι υπηρέτες της. Έτσι, μια μέρα, όταν ο πατέρας μας έλειπε, όλα τ' αδέλφια μαζί την πιάσαμε και την κρεμάσαμε ανάποδα από ένα δέντρο. Μετά απ' αυτό η νεαρή γυναίκα έφυγε κι από τότε δεν την έχω ξαναδεί. Αναρωτιόμουν αν ο πατέρας ακόμη ήταν παντρεμένος μαζί της και τι θα συνέβαινε, αν εκείνη με ξαναέβλεπε μπροστά της.

«Δεν πιστεύω να θυμάται τι είχε γίνει τότε», είπε ο Μπούρχααν.

«Πώς τα καταφέρνει ο πατέρας με τρεις γυναίκες;» ρώτησα τον αδελφό μου.

Ο Μπούρχααν απάντησε με μια ιστορία:

«Μια φορά, ένας άντρας είχε τρεις γυναίκες, οι οποίες ζήλευαν πολύ η μια την άλλη. Γι' αυτό, μια μέρα μαζεύτηκαν, πήγαν στον άντρα τους και τον παρακάλεσαν να τους εξομολογηθεί ποια αγαπούσε περισσότερο. Ο άντρας είπε να κλείσουν όλες τα μάτια τους κι εκείνος θα άγγιζε στο πρόσωπο την πιο αγαπημένη. Οι γυναίκες έκλεισαν τα μάτια τους και περίμεναν. Ο άντρας, τότε, άγγιξε και τις τρεις, τη μια μετά την άλλη».

Όλοι έρχονταν για να δουν εμάς τους ξενιτεμένους συγγενείς. Ήθελαν να μας χαιρετίσουν και να δουν αν τους είχαμε φέρει κάποια δώρα. Εγώ, μη ξέροντας τι ακριβώς είχαν ανάγκη, είχα φέρει μαζί μου ένα σωρό μικροπράγματα: Λάδι για μωρά, κρέμα κακάο, κρέμες για τα μαλλιά, σαπούνια, χτένες, σαμπουάν, οδοντόβουρτσες κι οδοντόπαστες. Στον μικρό αδελφό μου, τον Ρασίντ, έδωσα μια γαλάζια οδοντόβουρτσα και μια οδοντόπαστα για αστραφτερά δόντια.

«Τι είναι αυτό;» ρώτησε ο Ρασίντ.

«Το λένε οδοντόβουρτσα. Βάζεις πάνω της λίγο οδοντόπαστα και μετά βουρτσίζεις τα δόντια σου. Να, κάπως έτσι», του είπα, δείχνοντας με το δάχτυλο πώς έπρεπε να κάνει.

«Α, μήπως είναι κάτι που σου εξαφανίζει τα ούλα και κάνει τα δόντια σου να πέφτουν;» κορόιδεψε εκείνος.

«Ακριβώς», αναστέναξα, γυρίζοντας τα μάτια μου προς τα πάνω. «Ακριβώς αυτό κάνει».

«Τότε δεν τα χρειάζομαι», είπε εκείνος, επιστρέφοντάς μου τα δώρα. «Έχω το δικό μου ξυλαράκι καντάι, για να καθαρίζω τα δόντια μου». Από την τσέπη του πουκαμίσου του έβγαλε ένα ξυλαράκι στο μήκος ενός δαχτύλου κι είπε: «Αν έχεις πονόδοντο αυτό εδώ μπορεί να σε βοηθήσει. Η οδοντόβουρτσα βοηθάει στον πόνο;»

«Όχι», του απάντησα.

«Εξάλλου, το καντάι αρέσει και στις καμήλες και στα κατσίκια. Πιστεύεις πως θα τους αρέσει κι αυτή η γαλάζια οδοντόβουρτσα;»

«Όχι, βέβαια. Η οδοντόβουρτσα είναι μονάχα για τα δικά σου δόντια».

«Κι αυτή η κρέμα στο σωληνάριο τρώγεται;»

«Όχι, πρέπει να τη φτύνεις, δεν είναι καλό να την καταπίνεις».

«Μα, πώς μπορείς να βάζεις κάτι στο στόμα σου, που δεν είναι καλό να το καταπίνεις;»

«Ξεπλένεις το στόμα σου μετά. Δεν σου κάνει κακό αν δεν το καταπιείς».

«Αυτό είναι σπατάλη νερού. Και τι κάνεις σε περίπτωση που δεν έχεις αρκετό νερό να ξεπλύνεις το στόμα σου;»

Σ' αυτό, ειλικρινά, δεν είχα κάτι να του απαντήσω, οπότε εκείνος άρχισε να μου μιλάει για το δέντρο απ' όπου βγαίνει το καντάι, η οδοντογλυφίδα της ερήμου, όπως λένε. Από τα μικρά κλαράκια του φτιάχνεις καντάι, ενώ, απ' τα μεγάλα μπορείς να φτιάξεις ακόντια. Το ξύλο του είναι εξαιρετικό καυσόξυλο, ενώ με τα μεγαλύτερά του κλαδιά μπορείς να πλέξεις κάλυμμα για να προστατεύεσαι απ' τους ανέμους. Η φλούδα του γίνεται έμπλαστρο, ενώ απ' τη μητέρα μας είχαμε μάθει ότι το τσάι απ' τα φύλλα αυτού του δέντρου καταπραΰνει τους μυϊκούς πόνους. Η μητέρα μου απ' τα ίδια φύλλα έφτιαχνε και μιαν αντισηπτική αλοιφή, που την έβαζε πάνω στις ανοιχτές πληγές.

«Τα σπόρια του περιέχουν ένα λάδι πολύ θρεπτικό»,

συνέχισε τη διάλεξη ο αδελφός μου. «Αν δεν έχεις τίποτε άλλο να φας, μ' αυτά μπορείς να επιβιώσεις. Με την οδοντόκρεμα μπορείς να επιβιώσεις σε περίοδο μεγάλης ξηρασίας;» αναρωτήθηκε ο Ρασίντ, κοιτώντας το καπάκι της οδοντόπαστας, διακοσμημένο όπως ήταν με τέλειες μικροσκοπικές πτυχές.

«Εντάξει, εντάξει», του είπα και ξανάβαλα τα δώρα πίσω στην τσάντα μου. Στη συνέχεια, ήθελα να του δώσω ένα ξυραφάκι για το ξύρισμα. Ούτε αυτό το δέχτηκε. Την οδοντόπαστα και την οδοντόβουρτσα τα πρόσφερα στη Νουρ, αλλά ούτε εκείνη δέχτηκε αυτά τα δώρα.

Ο Μπούρχααν μου είπε ότι το δέντρο του *κανταί* παράγει ένα ειδικό ρετσίνι που σκοτώνει τα μικρόβια στο στόμα.

«Εξάλλου», συνέχισε, «όταν τα δόντια μας μαυρίζουν από *κχατ* ή κάτι τέτοιο τα καθαρίζουμε μια χαρά με κάρβουνο».

Μου έδειξε τα δόντια του, που ήταν ίσια, κατάλευκα κι αστραφτερά.

«Εντάξει, εντάξει», επανέλαβα εκνευρισμένη. «Όλ' αυτά τα ξέρω. Στο κάτω κάτω κι εγώ εδώ γεννήθηκα. Μασάς το κάρβουνο μαζί μ' ένα κομμάτι απ' το ξύλο *κανταί* και, παρ' όλο που δεν είναι και τόσο νόστιμα, σε βοηθούν να διατηρείς λευκά κι υγιή τα δόντια σου».

«Ναι, έχουμε τα καλύτερα δόντια στον κόσμο», είπε ο Ρασίντ μ' ενθουσιασμό.

Τελικά, αποφάσισα να δώσω τις οδοντόβουρτσες και τις οδοντόπαστες σε άλλους συγγενείς. Στη Νέα Υόρκη, σκεφτόμουν πως στην έρημο, σίγουρα, θα χρειάζονταν οδοντόβουρτσες, επειδή δεν έχουν οδοντογιατρούς για τη φροντίδα των δοντιών τους. Ίσως νόμιζα ότι τα κατάλληλα δέντρα δεν θα υπήρχαν πια κι ότι δεν θα μπορούσαν πια να βρουν τα ειδικά ξυλαράκια τους. Μάλλον, έπρεπε να τους είχα φέρει ρούχα και παπούτσια. Πιο πολύ απ' όλα βέβαια θα χρειάζονταν τρόφιμα, αλλά δεν μπορούσα να φέρω, γιατί θα χαλούσαν στη διάρκεια του ταξιδιού.

Εκείνο το απόγευμα κάθισα παρέα με τον πατέρα μου. Τον βοήθησα να φτιάξει τα στρωσίδια του και του έβαλα κολλύριο. Όταν είδα το τραυματισμένο του μάτι, έβαλα τα κλάματα. Ήταν μολυσμένο, σε μοβ αποχρώσεις και πολύ πρησμένο. Ήξερα ότι μόνο ένα θαύμα θα μπορούσε να το κάνει καλά, ώστε να μπορέσει να το ξανανοίξει. Πώς μπόρεσε ο πατέρας μου ν' αφήσει κάποιον να του ανοίξει το μάτι με μαχαίρι; Δεν άντεχα να βλέπω αυτή τη σκούρα πληγή. Του έδωσα κάποιο παυσίπονο από αυτά που ευτυχώς είχα προνοήσει να φέρω μαζί μου.

Πάντως, για τον πατέρα μου, τουλάχιστον, είχα ένα καλό δώρο: τα σανδάλια που είχα αγοράσει στη Νέα Υόρκη. Όταν του τα έδωσα, εκείνος χάιδεψε το γερό δέρμα και πέρασε τα δάχτυλά του πάνω απ' όλη την επιφάνεια της σκληρής λαστιχένιας σόλας λέγοντας:

«Ξέρω σε ποιον θα φανούν χρήσιμα τούτα εδώ. Θα τα φυλάξω για τον αδελφό σου, τον Ρασίντ».

Όταν ο πατέρας έπρεπε να πάει να κάνει την ανάγκη του, χρειαζόταν βοήθεια, γιατί ήταν αδύναμος, δεν έβλεπε καλά και ζαλιζόταν. Εκείνος ήθελε να τον βοηθήσει η μητέρα μου, αλλά εγώ του είπα:

«Μπαμπά, αφού είμαι εγώ εδώ. Θα σε βοηθήσω εγώ».

«Υπάρχουν παντόφλες εδώ τριγύρω;» ρώτησε εκείνος.

Βρήκα ένα ζευγάρι άσπρες σαγιονάρες και τις έβαλα μπροστά στα πόδια του.

«Έλα να σε βοηθήσω, δώσε μου τα χέρια σου», του είπα.

«Δεν είμαι δα και τόσο τυφλός», διαμαρτυρήθηκε εκείνος. «Βάλε τις παντόφλες μπροστά μου και θα τις φορέσω μόνος μου».

Πραγματικά, με τα δάχτυλα των ποδιών του άρχισε

239

να ψάχνει στο έδαφος. Τις βρήκε, τις φόρεσε και μου είπε:

«Φώναξε τώρα τη μητέρα σου. Πες της πως τη θέλω κάτι».

«Δεν είναι εδώ, μπαμπά. Δεν ξέρω πού έχει πάει».

«Τότε θα την περιμένω», είπε εκείνος και κάθισε χάμω, με τα χέρια του σταυρωμένα γύρω απ' τα πόδια του.

«Μπαμπά, μπορώ να σε βοηθήσω εγώ», του είπα. «Είμαι παιδί σου κι έχω κι εγώ ένα παιδί. Μην ανησυχείς, μπορώ να σε βοηθήσω».

Ο πατέρας μου, όμως, αρνιόταν πεισματικά και δεν υπήρχε περίπτωση να μ' ακούσει. Έμεινε εκεί, σαν άγαλμα, καθισμένος στο χώμα μπροστά απ' το σπίτι, περιμένοντας τη μητέρα μου. Έμεινε έτσι πάνω από μια ώρα, περήφανος και πεισματάρης.

Αποφάσισα να προσπαθήσω να πάρω έναν υπνάκο, γιατί ακόμη δεν είχα ξεκουραστεί καλά μετά απ' το μακρύ ταξίδι. Έστρωσα λίγες κουρελούδες στο έδαφος έξω απ' το σπίτι και ξάπλωσα. Δεν κατάφερα, όμως, να κοιμηθώ, γιατί άνθρωποι έρχονταν, έφευγαν κι είχε πολύ φασαρία. Άκουσα μια γυναίκα που μίλησε λίγο με τη μητέρα μου και μετά ήρθε στο μέρος όπου ήμουν ξαπλωμένη.

«Γουόρις!» φώναξε η γυναίκα μ' ενθουσιασμό. «Τι κάνεις;»

Μισοκοιμισμένη ακόμη, αποφάσισα να μη σηκωθώ. Νόμιζα πως ήταν κάποια γειτόνισσα ή συγγενής, που απλώς ήθελε να πει ένα «γεια». Σίγουρα, δεν την αναγνώριζα.

«Γουόρις, δεν με αναγνωρίζεις; Έτσι δεν είναι;» είπε γυρίζοντας το κεφάλι στο πλάι, για να δείξει περισσότερη οικειότητα.

«Έχουν αλλάξει πολλά», απάντησα εγώ.

Πιο πέρα, ο πατέρας μου πάλι γελούσε. Κοίταξα τη

γυναίκα, με βλέμμα διερευνητικό. Φαινόταν να είναι περίπου στην ίδια ηλικία με τη μητέρα μου.

«Ρώτησε τον πατέρα σου ποια είμαι», συνέχισε η γυναίκα.

Ο πατέρας μου της φώναξε:

«Τι κάνει το μωράκι μας σήμερα;»

«Πάω να το φέρω», απάντησε εκείνη.

Ο πατέρας μου βαριανάσαινε και κρυφογελούσε, μέχρι που η γυναίκα γύρισε μ' ένα μωράκι στην αγκαλιά της.

«Δώσε εδώ τον γιόκα μου», της είπε ο πατέρας και τότε κατάλαβα ότι η γυναίκα αυτή ήταν η δεύτερη σύζυγός του.

Η γυναίκα έμοιαζε να έχει τα χρόνια της μητέρας μου, όμως, όταν την είχε παντρευτεί ο πατέρας μου, ήταν ακόμη κοριτσάκι, στη δικιά μου ηλικία.

Την αγκάλιασα και της είπα:

«Όταν έφυγα είχες μόλις γεννήσει ένα μωράκι και τώρα, ύστερα από τόσα χρόνια, πάλι έχεις μωρό».

Μέσα μου όμως παρακαλούσα να μη θυμόταν το περιστατικό με το κρέμασμα ανάποδα στο δέντρο. Έμεινε μαζί μας τρία μερόνυχτα και δεν αναφέρθηκε ποτέ σ' αυτό που της είχαμε κάνει τότε. Για να φτάσει στο χωριό της μητέρας μου είχε περπατήσει πολύ δρόμο με το μωρό στην πλάτη της. Ήταν ταλαιπωρημένη, πεινασμένη κι εξαντλημένη. Δεν είχε παπούτσια και τα πόδια της ήταν πληγιασμένα. Μ' αυτόν τον τρόπο γνώρισα άλλο ένα αδελφάκι, που ούτε καν υποψιαζόμουν ΄πως υπήρχε. Έτσι, ο μεγαλύτερος αδελφός μου είναι σαράντα χρόνων και ο μικρότερος τριών εβδομάδων. Ο πατέρας μού είπε:

«Η ζωή δεν έχει νόημα, αν δεν έχεις οικογένεια και παιδιά».

«Πατέρα», απάντησα, «δεν παίζει ρόλο πόσα παιδιά έχεις, το σημαντικό είναι τα παιδιά σου να είναι υγιή και δυνατά και να είναι όλοι ενωμένοι».

«Τι μου λες;» είπε ο πατέρας μου.

Εκείνο το βράδυ, γύρω απ' τη φωτιά, είχαμε μια συζήτηση για τους άντρες. Ο Μπούρχααν μου είπε ότι η νύφη μου, η Νουρ, αναρωτιόταν για ποιο λόγο δεν είχα παντρευτεί ακόμη.

«Δεν είναι και τόσο εύκολο», είπα. «Δεν είναι σα να έχεις μια καμήλα ή μια κατσίκα που μπορείς να τις αγοράσεις και μετά, αν δεν τις θέλεις πια, να τις πουλήσεις».

Η Νουρ με κοίταξε απορημένα. Ήξερα πως δεν καταλάβαινε όσα έλεγα. Στη Σομαλία οι γυναίκες μεγαλώνουν μαθαίνοντας ένα μοναδικό πράγμα: να υπακούουν τον άντρα. Η Νουρ κι η μητέρα της με ρώτησαν αν είχα παιδί.

«Βέβαια έχω», απάντησα. «Έχω ένα πανέμορφο αγοράκι».

Κι η μητέρα μου, αμέσως, ρώτησε:

«Σου μοιάζει καθόλου;»

«Μοιάζουμε σα δυο σταγόνες νερό», τη διαβεβαίωσα.

Εκείνη γύρισε τα μάτια της προς τον ουρανό, σα να απευθυνόταν στον Αλλάχ. Δεν είπε λέξη, μονάχα αναστέναξε βαριά. Όλοι έβαλαν τα γέλια, ειδικά ο πατέρας μου. Η μητέρα μου άρχισε να κουνάει το κεφάλι της, λέγοντάς μου:

«Αν το παιδί σου μοιάζει, έστω και τόσο δα, είμαι σίγουρη πως θα περάσεις πολλές αξέχαστες στιγμές μαζί του. Όμως, πρέπει να πω ότι τ' αξίζεις!»

«Κι ο πατέρας του πού είναι;» ρώτησε η Νουρ.

«Τον έδιωξα απ' τη ζωή μου».

«Μα, γιατί;» αναρωτήθηκαν όλοι μαζί.

«Επειδή ήταν άχρηστος τόσο για μένα όσο και για τον γιο μου», απάντησα. «Τουλάχιστον σε τούτη τη φάση της ζωής μας».

Οι συγγενείς γύρω απ' τη φωτιά γέλασαν, σα να είχα

πει κάτι πολύ αστείο. Κατά βάθος, όμως, τους είχα αναστατώσει. Η Άσα είπε:

«Πώς τον έδιωξες; Μάλλον εκείνος θα σε πέταξε έξω. Οι άντρες είναι που διώχνουν τις γυναίκες κι όχι το αντίθετο».

«Κι όμως εγώ τον πέταξα έξω», είπα.

Σ' αυτό το σημείο η νύφη μου σταμάτησε να γελάει και είπε με σοβαρό ύφος:

«Τελικά σε τούτη τη χώρα εμείς οι γυναίκες είμαστε αδύναμες. Δεν θα μπορούσαμε ποτέ να κάνουμε κάτι τέτοιο».

«Αδελφή μου», της είπα, «κι εγώ εδώ έχω γεννηθεί. Εδώ μεγάλωσα, όπως όλες σας. Έμαθα πολλά πράγματα εδώ, κυρίως το να πιστεύω στον εαυτό μου και να είμαι δυνατή. Δεν κάθομαι να περιμένω κάποιον άλλον να κάνει αυτό που πρέπει να κάνω εγώ. Απλά σηκώνομαι και το κάνω η ίδια.

Ο πατέρας μου καθόταν δίπλα μου όλη την ώρα της συζήτησης. Η μητέρα μου, όταν άκουσε τους άλλους να γελάνε, ήρθε πιο κοντά για να μάθει ποιο ήταν το αστείο. Οι γυναίκες είχαν βάλει τα γέλια, όταν τους είπα πως είχα μάθει να πιστεύω στον εαυτό μου, μεγαλώνοντας στη Σομαλία.

«Αν δεν με πιστεύετε, ρωτήστε και τ' αδέλφια μου που κάθονται εδώ μαζί μας», τις προέτρεψα. «Όλοι τους ξέρουν πώς ήμουν όταν ήμουν μικρή. Ρωτήστε και τους γονείς μου, αυτοί με μεγάλωσαν και με ξέρουν πολύ καλά».

Τότε, πήρε αμέσως τον λόγο ο πατέρας μου:

«Έχει δίκιο. Αν αποφάσιζε να κάνει κάτι, δεν μπορούσες να την εμποδίσεις. Είναι βράχος. Αγύριστο κεφάλι. Δεν υπάρχει περίπτωση να μην περάσει το δικό της. Πάντα το έλεγα πως είναι ξεροκέφαλη».

Γέλασαν όλοι τους με το αστείο, ειδικά ο θείος Αχμέτ.

243

«Ήρθες στη Σομαλία για να βρεις άντρα;» ρώτησε η Νουρ. Δεν μπορούσε να πιστέψει πως δεν ήμουν παντρεμένη και πως είχα λεφτά, πως δεν ήμουν ζητιάνα. «Όχι», της απάντησα. «Δεν ήρθα εδώ για να βρω άντρα. Είμαι ανύπαντρη με παιδί, αλλά δεν βιάζομαι να παντρευτώ. Όταν βρω κάποιον που μου ταιριάζει θα το σκεφτώ. Έτσι είμαι εγώ», κατέληξα, σταυρώνοντας τα χέρια μου στο στήθος. Δεν με ένοιαζε τι θα σκέφτονταν για μένα.

«Είσαι αυτό που είσαι», συμπλήρωσε ο πατέρας μου.

Τότε του είπα:

«Θυμάσαι όταν κάποτε μου είχες πει ότι δεν ήμουν δικό σου παιδί κι ότι δεν ήξερες από πού είχα έρθει; Ήθελες να με διώξεις, το θυμάσαι;»

«Μου φαίνεται πως ναι», είπε εκείνος.

Γύρισε το κεφάλι του προς το μέρος μου κι απ' τη φωνή του κατάλαβα πως ήταν συγκινημένος κι ότι είχε μετανιώσει για εκείνα του τα λόγια.

Βαθιά σιγή επικράτησε για λίγο γύρω απ' τη φωτιά. Είμαι σίγουρη πως όλοι σέβονταν το ότι, απ' όλη την οικογένειά μας, μόνο εγώ τα είχα καταφέρει μόνη μου κι ήμουν εντελώς ανεξάρτητη.

Κατόπιν, προσπάθησα να εξηγήσω στη μητέρα μου και στον πατέρα μου τι μου είχε κάνει εκείνος ο Μικρός Θείος, τότε που είχε έρθει μαζί μου να μαζέψουμε τις κατσίκες.

«Τι είπες ότι σου έκανε;» επανέλαβε πολλές φορές ο πατέρας μου.

Κανείς απ' τους γονείς μου δεν θυμόταν εκείνο το φριχτό απόγευμα, παρ' όλο που τους ρωτούσα επίμονα, αν μπορούσαν να το θυμηθούν.

«Όταν είχαμε απομακρυνθεί από τον καταυλισμό», άρχισα να τους διηγούμαι, «ο Μικρός Θείος όρμηξε πάνω μου και προσπαθούσε να με κρατήσει ακίνητη. Όταν τελικά κατάφερα ν' απελευθερωθώ, είχε ήδη πιτσιλήσει πάνω μου εκείνο το γλοιώδες σιχαμερό υγρό».

Οι λέξεις έβγαιναν δύσκολα απ' το στόμα μου. Η καρδιά μου χτυπούσε δυνατά κι είχα αρχίσει να ιδρώνω. Μου ήταν δύσκολο να μιλήσω για τον Μικρό Θείο. Όλοι με κοιτούσαν και ντρεπόμουν να συνεχίσω. Η μητέρα μου με κοίταξε και είπε:

«Τι είναι αυτά που λες, Γουόρις; Δεν μπορώ να καταλάβω γιατί εκείνος ο θείος σε είχε κάποτε ενοχλήσει».

«Μαμά, δεν ξέρω με σιγουριά, αλλά δεν πιστεύω πως ήταν καλός άνθρωπος».

«Κόρη μου, εγώ δεν μπορώ να θυμηθώ ούτε καν ποιος ήταν αυτός ο άντρας», είπε ο πατέρας μου.

Δεν μπορούσε να θυμηθεί κάποιον με το παρατσούκλι Μικρός Θείος. Του εξήγησα πως ήταν ένας φιλοξενούμενος, κάποιος που του είχαν δείξει την εμπιστοσύνη τους.

«Δεν μπορούμε να ξέρουμε τι σου συνέβη», απάντησε η μητέρα μου. «Έχουμε να δούμε τον Μικρό Θείο πάρα πολλά χρόνια».

Τότε εγώ ξέσπασα:

«Ελπίζω να έχει πεθάνει. Ελπίζω να έχει πάει στην κόλαση!»

Οι γονείς μου αναστατώθηκαν μ' αυτά τ' άσχημα λόγια μου. Η μητέρα με χάιδεψε το πόδι για να με παρηγορήσει και είπε:

«Μα, τι είναι αυτά τα λόγια; Δεν είναι σωστό να λες τέτοια πράγματα».

Τελικά, το πήρα απόφαση ότι δεν είχε νόημα ν' ανοίγω τέτοιες συζητήσεις μπροστά στη μητέρα μου και τον πατέρα μου. Γι' αυτούς το θέμα ήταν ταμπού. Θα μπορούσαν να νομίσουν πως ένα τζιν είχε μπει μέσα στο στόμα μου κι είχε καθίσει πάνω στη γλώσσα μου, κάνοντάς με να ξεστομίζω τέτοια λόγια.

«Μπορεί να μην το καταλαβαίνετε, αλλά εκείνος ο

άντρας μού έκανε κάτι πολύ κακό», προσπάθησα να κλείσω τη συζήτηση.

Όλοι κάθονταν σιωπηλοί και με κοιτούσαν. Ήθελα να τους πω ακριβώς τι μου είχε κάνει ο Μικρός Θείος, αλλά δεν μπορούσα να μιλήσω άλλο. Στη Σομαλία δεν μιλάμε γι' αυτά τα πράγματα ποτέ, μα ποτέ.

Η βαθιά σιωπή μού γαλήνεψε κάπως την ψυχή. Τώρα, τουλάχιστον, οι δικοί μου είχαν καταλάβει πως ο Μικρός Θείος μού είχε κάνει κάτι κακό. Το χειρότερο συναίσθημα ύστερα από μια σεξουαλική κακοποίηση είναι να αγνοούν την πράξη οι πιο κοντινοί σου άνθρωποι. Για πολλή ώρα κανείς δεν έλεγε τίποτε. Η μητέρα μού χάιδευε το πόδι κι έδειχνε στενοχωρημένη. Με κοιτούσε βαθιά στα μάτια, για να μάθει τα μυστικά που κουβαλούσα μέσα μου, αλλά δεν μου μιλούσε, κανείς δεν μιλάει γι' αυτά τα θέματα. Κι όταν οι κουβέντες γύρω απ' το σεξ είναι ταμπού, είναι εύκολο να ακρωτηριάζεις και να ράβεις τις μικρές κοπέλες που, σαν κι εμένα, δεν μπορούν να ξέρουν τι τους συμβαίνει, ούτε να μιλήσουν για τον πόνο τους. Πολλές φορές, μέσα από τον πόνο μπορεί κάτι να διδαχτείς. Γι' αυτόν τον λόγο, τον δικό μου προσωπικό πόνο τον θεωρώ δώρο από τον Αλλάχ. Ξαφνικά, ήξερα πως θα έπρεπε να αρχίσω μια εκστρατεία ενάντια στην πρακτική της γυναικείας εκτομής. Οι γυναίκες έπρεπε να ενημερωθούν για θέματα που έχουν να κάνουν με το σεξ. Κι οι άντρες έπρεπε να μάθουν περισσότερα τόσο για το γυναικείο σώμα όσο και για το δικό τους.

Η μικρή μου ξαδέλφη Αμίνα διέκοψε τις σκέψεις μου, αλλάζοντας θέμα:

«Όταν φύγεις, μπορείς να πάρεις μαζί σου ένα γράμμα που θέλω να πάει στην Αμερική;»

«Η Αμερική είναι πολύ μεγάλη», της είπα. «Θα χρειαστώ κάποια διεύθυνση».

Τα μάτια της ήταν ανήσυχα, ενώ τα δάχτυλά της έπαιζαν νευρικά με το ύφασμα του φορέματός της.

«Έχω τη διεύθυνση και θα σου τη δώσω», είπε.

«Ποιον έχεις στην Αμερική», τη ρώτησα, καθώς ήμουν περίεργη να μάθω ποιους μπορούσε η μικρή να γνωρίζει, σε μια τόσο μακρινή χώρα.

«Τον άντρα μου», είπε η Αμίνα με χαμηλή φωνή, αποφεύγοντας να με κοιτάξει στα μάτια.

«Και τι κάνει ο άντρας σου εκεί;» της είπα κουνώντας έκπληκτη το κεφάλι μου.

Η μικρή μάσησε τα λόγια της και φάνηκε να μην έχει ιδέα τι έκανε ο άντρας της στην Αμερική.

«Πόσο καιρό είσαστε παντρεμένοι», τη ρώτησα.

«Τέσσερα χρόνια».

Δεν μπορούσα να το πιστέψω! Κι η κοπελίτσα δεν πρέπει να ήταν πάνω από δεκαέξι χρόνων.

«Έχετε παιδιά;»

«Όχι. Εκείνος με παντρεύτηκε και, αμέσως μετά, έφυγε. Ελπίζω πως κάποτε θα γυρίσει, για να με πάρει μαζί του οπουδήποτε κι αν μένει».

«Δεν θα 'πρεπε να κάθεσαι να τον περιμένεις», της πρότεινα.

Τότε οι περισσότεροι γύρω μας πήραν ξαφνικές, βαθιές ανάσες. Η μητέρα μου πλατάγιασε ηχηρά τη γλώσσα της σ' ένδειξη αποδοκιμασίας γι' αυτό που είχα πει. Τελικά, αποφάσισα να πάρω μαζί μου το γράμμα, για να μην δημιουργήσω κι άλλα προβλήματα. Για την οικογένειά μου, τα λόγια μου ακούγονταν παράλογα, ίσως κάπως αστεία. Η ξαδέλφη μου είπε:

«Γουόρις, μιλάς σαν άντρας και δίνεις την εντύπωση πως είσαι πολύ δυνατή».

«Κι εσύ μπορεί να δυναμώσεις», της είπα. «Ποια νομίζεις πως είναι η διαφορά μας; Κι εγώ σε τούτον τον τόπο μεγάλωσα».

Για άλλη μια φορά, όλοι έβαλαν τα γέλια. Ένιωθα σαν τον τρελό του χωριού. Όπου και να πήγαινα, με ακολουθούσαν. Πιστεύω, το έκαναν, πρώτον, επειδή με περνούσαν για εύπορη και, δεύτερον, επειδή με θεωρούσαν λίγο τρελή και εντελώς διαφορετική απ' τους άλλους. Παρ' όλ' αυτά, ένιωθα περηφάνια κι ευγνωμοσύνη, που ήμουν πάλι μαζί με τους δικούς μου ανθρώπους. Ευχαριστούσα συνέχεια τον Αλλάχ. Ήταν σα θαύμα που ξανάβρισκα όχι μόνο τη μητέρα μου, αλλά κι όλους αυτούς τους συγγενείς, αδέλφια, ξαδέλφια, ανίψια, που ούτε καν φανταζόμουν ότι υπήρχαν.

Το πιο σημαντικό, όμως, ήταν που κατάφερα να κοιτάξω καταπρόσωπα τον πατέρα μου και να νιώσω ίση μαζί του. Διαφωνούσα με πολλά απ' αυτά που έλεγε και προσπαθούσα προσεκτικά να του εξηγήσω τον δικό μου τρόπο σκέψης. Όταν εκείνος δεν καταλάβαινε τι ακριβώς εννοούσα, με ρωτούσε για να του λύνω τις απορίες. Ήμουν σα δασκάλα κι εκείνος ήταν ο μαθητής μου. Κατά βάθος, του άρεσε αυτή η σχέση.

«Είστε σίγουρη πως αυτή εδώ είναι η κόρη μου;» αστειευόταν κάθε λίγο και λιγάκι. «Ποια είσαι εσύ;» με ρωτούσε συνεχώς. «Κι εγώ που νόμιζα ότι η κόρη μου έχει πεθάνει, εδώ και πολύ καιρό».

«Γιατί το νόμιζες αυτό, πατέρα;» τον διέκοψα κάποια στιγμή.

Κι ο πατέρας είπε:

«Τι καλό μπορεί να βγει, όταν μια κόρη το σκάει απ' τον πατέρα της; Το μόνο πράγμα που ήξερες ήταν να φροντίζεις κατσίκες και καμήλες. Στην αρχή, πίστευα πως σε είχαν κατασπαράξει τα λιοντάρια κι ότι οι ύαινες είχαν ρουφήξει το μεδούλι μέσα απ' τα κόκαλά σου. Στη συνέχεια, όμως, έμαθα πως ζεις στο Μογκαντίσου κι αργότερα στο Λονδίνο. Υπέθεσα τότε πως είχες γίνει πόρνη. Τι άλλο θα μπορούσε να πιστέψει κανείς; Έφτασες σε πολύ μακρινές χώρες, κόρη μου, πήγες πολύ μακριά. Ήταν σα να είχες ταξιδέψει ολομόναχη σ' έναν άλλον *χίντιγκι*, άλλον πλανήτη. Όμως, είσαι ακόμη ζωντανή και βλέπω ότι τα καταφέρνεις μια χαρά μόνη σου κι ότι μιλάς με υπευθυνότητα και αξιοπρέπεια».

Ο πατέρας μου ήταν περήφανος για μένα! Αυτό μ' έκανε να νιώσω ακόμη πιο δυνατή, έκανε το πάθος για ζωή μέσα μου να φουντώσει, αλλά, προπαντός, μ' έκανε να νιώσω κι εγώ περήφανη για τον ίδιο μου τον εαυτό.

Κάποτε ήμουν το μικρό κοριτσάκι που πάντοτε έτρωγε ξύλο απ' τον πατέρα της. Ο πατέρας μου σπανίως μου έδινε σημασία κι όταν κάποιες φορές με πρόσεχε, ήταν για να μου πει: «Ει, εσύ εκεί πέρα! Τράβα να κάνεις καμιά δουλειά. Άντε, κουνήσου!» Μ' αυτόν τον τρόπο του με είχε τρομοκρατήσει. Όταν ακόμη είχε το φως του, μ' έβλεπε σαν ένα ασήμαντο κοριτσάκι. Τώρα, μπορεί να 'ναι τυφλός, αλλά βλέπει με τα μάτια της ψυχής. *Αλλάχ μπαχ Βέιν*, Μέγας είσαι Κύριε!

Μια κόρη δεν είναι μουσαφίρης.

ΑΦΡΙΚΑΝΙΚΗ ΠΑΡΟΙΜΙΑ

11

Η ζωή στην έρημο

ΤΙΣ ΕΠΟΜΕΝΕΣ ΜΕΡΕΣ, κάθε απόγευμα έβρεχε. Μυριάδες βαριές σταγόνες, που έπεφταν απ' τα κατασκότεινα σύννεφα, πότιζαν τη γη. Τ' απομεσήμερο, όλοι μαζευόμασταν στην αυλή της μαμάς, κοιτάγαμε τα σύννεφα που πύκνωναν και περιμέναμε τη βροχή. Η περίοδος γκου, η περίοδος των βροχών, είχε πια αρχίσει για τα καλά. Φυσικά, κανείς δεν παραπονιόταν. Η κάψα κι ο καύσωνας είχαν εξαφανιστεί, ο τόπος είχε δροσίσει απ' το ευλογημένο άφθονο νερό.

Ο χείμαρρος, στη μέση του χωριού, που πριν λίγες μέρες ήταν κατάξερος, είχε τώρα γίνει κανονικό ποτάμι. Το καλυβάκι της μητέρας μου ήταν πλημμυρισμένο, όλη την ώρα. Όλα ήταν μούσκεμα, ακόμη κι οι φουκαριάρικες οι κατσίκες. Το μόνο καταφύγιο που έβρισκαν ήταν μέσα στα σπίτια, όπου στριμώχνονταν, τουρτούριζαν και το τρίχωμά τους έσταζε νερό.

Ο αδελφός μου, ο Μπούρχααν, έσκαψε ένα χαντάκι γύρω απ' το σπίτι του, για να εμποδίσει το νερό να μπαίνει μέσα. Όμως, όλοι χαμογελούσαν κι ήταν ευτυχισμένοι. Οι άνθρωποι της ερήμου λατρεύουν το νερό. Τα μωρά πλατσούριζαν κι έπαιζαν μέσα στους νερόλακκους και, δυστυχώς, έπιναν απ' τα λασπόνερα. Ήξερα σίγουρα ότι σύντομα θα τα έπιανε κοιλόπονος και θα έτρεχαν εδώ κι εκεί, κάνοντας την ανάγκη τους όπου βρουν. Οι γυναίκες μάζευαν νερό απ' το χείμαρρο με κουβάδες, που τους άδειαζαν σε μεγάλα βαρέλια. Άφηναν τη λάσπη να κατακαθίσει, για να χρησιμοποιήσουν το νερό αργότερα στο μαγείρεμα ή στο πλύσιμο.

Κάθε μέρα, σηκωνόμασταν με το χάραμα, γύρω στις έξι το πρωί, όταν λαλούσαν τα κοκόρια. Γύρω μας, τα μικρά πουλιά κουτσομπόλευαν τιτιβίζοντας και τα κοτόπουλα, κακαρίζοντας, κουβέντιαζαν μεταξύ τους. Μετά το σούρουπο, ο τόπος έπεφτε αμέσως σε βαθύ σκοτάδι. Δεν υπήρχαν φώτα πουθενά κι ο ορίζοντας χανόταν λίγο μετά τη δύση του ήλιου. Κοιμόμασταν νωρίς και ξυπνούσαμε με το πρώτο φως της αυγής. Έτσι κι αλλιώς δεν υπήρχαν πολλά πράγματα να κάνει κανείς το βράδυ στο φως των μικρών λυχναριών. Πολλές φορές, μάλιστα, δεν έβρισκες ούτε πετρέλαιο για τα λυχνάρια, σ' ολόκληρη την αγορά. Λόγω της έκρυθμης κατάστασης στη χώρα, οι προμήθειες δεν ήταν τακτικές.

Ο Μοχάμεντ έμενε στο σπίτι του θείου Αχμέτ. Εκεί μέσα, όπως στα περισσότερα σπίτια του χωριού, ήταν στενόχωρα. Φυσικά, στο χωριό, δεν υπήρχαν ξενοδοχεία ή ξενώνες. Τα δωμάτια των σπιτιών ήταν έτσι κι αλλιώς γεμάτα κι όταν έρχονταν επισκέπτες οι οικογένειες έπρεπε να στριμώχνονται ακόμη περισσότερο για να χωρέσουν.

«Κοιμήθηκες καλά;» ρώτησα τον Μοχάμεντ.

Ο Μοχάμεντ, αγουροξυπνημένος ακόμη, κούνησε το χέρι του πάνω απ' το κεφάλι του, σα να έδιωχνε μύγες.

«Την επόμενη φορά που θα 'ρθουμε, ελπίζω να 'ναι έτοιμο το καινούργιο δωμάτιο στο σπίτι του Μπούρχααν, για να μπορούμε να κοιμόμαστε όλοι σαν άνθρωποι», είπε με παραπονεμένη φωνή.

Ο αδελφός μου μπήκε στο σπιτάκι της μαμάς, κουτουλώντας, όπως πάντα, στο δοκάρι της πόρτας. Σε λίγο βγήκε πάλι έξω, κρατώντας στο χέρι του μια κίτρινη λεκάνη με νερό για να πλυθεί. Κάθισε σ' ένα σκαμνάκι στην αυλή, ακούμπησε προσεκτικά τα γυαλιά του σε μια πέτρα και, με τις μεγάλες φούχτες του, άρχισε να ρίχνει νερό στο πρόσωπό του και να πλένει το πάνω μέρος του σώματός του. Κατόπιν, γύρισε προς τον ήλιο, που μόλις έβγαινε, για να στεγνώσει. Στο τέλος, έπλυνε τα πόδια του, βγάζοντας και βάζοντας κάλτσες και παπούτσια, εναλλάξ, προσπαθώντας να κρατάει την ισορροπία του πάνω στο μικρό σκαμνί.

Οι θάμνοι και τα δέντρα, που τις προηγούμενες μέρες ήταν κατάξερα κι έμοιαζαν νεκρά, είχαν τώρα αρχίσει ντροπαλά να πρασινίζουν. Έχω την αίσθηση ότι το δέρμα μου είναι που πιστεύει ότι όλα τα φυτά στην έρημο έχουν αγκάθια, για να προστατεύονται. Κατά την περίοδο της τζιλάλ, την περίοδο ξηρασίας, τα αγκαθωτά φυτά, είναι σα να λένε στους περαστικούς: «Μη μας πλησιάζεις, δεν έχουμε τίποτε να σου δώσουμε, δεν βλέπεις ότι είμαστε εντελώς ξεραμένα;» Όμως, όταν πιάνουν οι βροχές, ο τόπος πρασινίζει αμέσως κι όλα τα φυτά αρχίζουν να φουντώνουν απ' τη χαρά τους.

Στο χωριό υπήρχαν κοινόχρηστες τουαλέτες. Η δυσοσμία που ανέδιδαν γινόταν αισθητή σε μεγάλη απόσταση. Οι τουαλέτες ήταν κάτι πρόχειρα κατασκευάσματα, έμοιαζαν με ξύλινα κουτιά, όπου ίσα ίσα χωρούσε να μπει κανείς. Τα κουτιά ήταν ξέσκεπα, με θέα τον ουρανό κι οι πόρτες τους δεν είχαν κλειδαριές, ούτε καν σύρτες. Κάθε τέτοιος χώρος είχε μια τετράγωνη τρύπα στο κέντρο του τσιμεντένιου πατώματός του, απ' όπου έβγαινε μια φριχτή μπόχα. Το πάτωμα, με τη σειρά του, ήταν πάντοτε βρεγμένο, βρομερό και γλιστερό. Προσπαθούσα να περιορίσω τις επισκέψεις μου εκεί, στο απολύτως αναγκαίο. Παρ' όλο που οι άνθρωποι της ερήμου είναι συνηθισμένοι να περπατούν στα πιο δύσβατα και στα πιο κακοτράχαλα μέρη, σ' εκείνες τις τουαλέτες κανείς δεν ήθελε να μπαίνει ξυπόλυτος. Αν κάποιος ήθελε να πάει στην τουαλέτα και, προς στιγμή, δεν έβρισκε να φορέσει κάτι στα πόδια σου, έπρεπε να περιμένει, για να δανειστεί από κάποιον περαστικό.

Απ' αυτές τις τουαλέτες επέστρεφα όταν είδα να με παρακολουθεί ένα τσούρμο μικρά χωριατόπουλα. Ένα απ' τα αγόρια ήταν μαύρο σαν κατράμι. Ποτέ μου δεν έχω ξαναδεί τόσο κατάμαυρο δέρμα να γυαλίζει με μοναδικό τρόπο στον ήλιο.

«Μαυράκι, Μαυράκι!» του φώναξα. «Δεν θες να μου χαρίσεις το δέρμα σου;»

Έβγαλα τη φωτογραφική μου μηχανή για να φωτογραφίσω τα παιδιά που με ακολουθούσαν. Τη βιντεοκάμερα την είχα αφήσει σπίτι, για να τραβήξω αργότερα την οικογένειά μου. Τ' αγόρια αποδείχτηκαν τέλεια φωτομοντέλα. Πόζαραν, έπαιζαν, χόρευαν, με κοιτούσαν και γελούσαν μεταξύ τους. Τα κάτασπρα δόντια τους έρχονταν σε τέλεια αντίθεση με τα μαύρα τους πρόσωπά. Κάθε παιδί φορούσε από ένα φυλαχτό στο λαιμό, με χαραγμένες πάνω του φράσεις απ' το Κοράνι. Στην έρημο, η παρουσία του Αλλάχ είναι συνέχεια αισθητή.

Η φωτογράφιση της δικιάς μου οικογένειας, όμως, δεν ήταν το ίδιο εύκολη υπόθεση μ' αυτή των μικρών παιδιών. Ο Μοχάμεντ, μόλις είδε να έρχομαι με τη φωτογραφική μηχανή στο χέρι, άρχισε να φωνάζει στους υπόλοιπους:

«Μην την αφήσετε να σας φωτογραφίσει! Πρέπει πρώτα να φτιαχτείτε και να ετοιμαστείτε. Μην την αφήσετε να σας τραβήξει φωτογραφίες, έτσι όπως είστε τώρα στα χάλια σας. Η Γουόρις θέλει να πουλήσει τις φωτογραφίες σε ξένα περιοδικά».

Όταν προσπάθησα να τον φωτογραφίσω τον ίδιο, εκείνος έβγαζε συνέχεια τη γλώσσα του έξω κι έκανε γελοίες γκριμάτσες, κουνώντας τα χέρια του μπρος στο φακό. Έτσι, δεν πέτυχα ούτε μια καλή φωτογραφία με τον

Μοχάμεντ. Ο Μπούρχααν, με τη σειρά του, είχε πιστέψει τα λόγια του Μοχάμεντ κι είχε πάει να κρυφτεί μέσα στο σπίτι του. Πού και πού, έβγαζε το κεφάλι του έξω απ' τα κάγκελα του παραθύρου, αλλά, μόλις είχα έτοιμη τη μηχανή, εκείνος αμέσως ξανακρυβόταν στο δωμάτιο.

Δεν άργησα να χάσω την υπομονή μου μαζί τους, βάζοντάς τους τις φωνές:

«Μα, είστε όλοι σας χαζοί; Δεν έχω σκοπό να πουλήσω τις φωτογραφίες σε περιοδικά. Ελάτε τώρα! Τις θέλω μονάχα για τον εαυτό μου, για να σας θυμάμαι. Το πολύ πολύ να τις δείξω σε κάποιους στενούς φίλους. Ελάτε! Μα, πού έχετε πάει κι έχετε κρυφτεί όλοι σας;»

Αφού δεν τα κατάφερα με τ' αδέλφια μου, δοκίμασα την τύχη μου με τη μητέρα.

«Μαμά, μαμά!», φώναξα. «Άφησέ με να σε τραβήξω μια φωτογραφία. Θέλω τόσο πολύ να την έχω μαζί μου, εκεί που θα 'μαι στην ξενιτιά, για να σε θυμάμαι».

Όμως, δίπλα μας ξεφύτρωσε πάλι ο Μοχάμεντ, λέγοντας στη μαμά:

«Όχι, μητέρα, όχι! Μην την πιστεύεις. Θέλει να σε βάλει στο εξώφυλλο κάποιου περιοδικού. Άκουσέ με που σου λέω».

Κι όλοι τους τον έπαιρναν στα σοβαρά. Εκείνος τους έλεγε να πλυθούν και να φορέσουν τα καλά τους, για να μη φαίνονται σκονισμένοι και βρόμικοι στις φωτογραφίες που θα πουλούσα.

«Αν τυχόν σας βγάλει καμιά φωτογραφία έτσι στα χάλια που είστε τώρα, να την πιάσετε όλοι μαζί και να τη δείρετε. Να της πάρετε τη μηχανή και να την κάνετε κομματάκια», συνέχιζε να τους λέει ο Μοχάμεντ.

Πήγα κοντά του κι εκνευρισμένη του είπα:

«Μοχάμεντ! Είσαι τρελός και το ξέρεις. Σταμάτα να λες τέτοιες βλακείες στον κόσμο».

Εκείνος, όμως, απολαμβάνοντας το παιχνίδι που έπαιζε, άρχισε να με δείχνει με το δάχτυλο και να επιμένει:

257

«Μην την ακούτε, λέει ψέματα».

Κατόπιν, το ύφος του αδελφού μου έγινε σοβαροφανές, καθώς ανακοίνωνε: «Προσέξτε καλά. Έχει σκοπό να πουλήσει τις φωτογραφίες. Συνεργάζεται με μεγάλα περιοδικά μόδας στο εξωτερικό».

Τελικά, δεν άντεξα και είπα:

«Ξέρετε ότι όλοι σας μοιάζετε με ταλαιπωρημένους πρόσφυγες; Το μόνο περιοδικό που μπορεί να θέλει τέτοιες φωτογραφίες είναι το National Geographic! Σ' αυτούς, λοιπόν, θα πάω. Μιλάω σοβαρά».

Δεν μπορούσα να το πιστέψω ότι μου δημιουργούσαν προβλήματα μόνο και μόνο για λίγες οικογενειακές φωτογραφίες που ήθελα να δώσω για εμφάνιση στο πιο κοντινό φωτογραφείο της γειτονιάς μου στη Νέα Υόρκη.

«Σε παρακαλώ, μαμά», ικέτευσα. «Άφησέ με να σε βγάλω έστω και μια μόνο φωτογραφία».

«Δεν μπορώ τώρα», είπε εκείνη, «έχω δουλειά».

Η μητέρα μου πάντοτε είχε δουλειά. Απ' το πρωί μέχρι το βράδυ, δεν σταματούσε ποτέ. Κοιμόταν τελευταία απ' όλους και σηκωνόταν πρώτη πρώτη.

«Σε παρακαλώ», επέμενα. «Κάτσε μια στιγμή ακίνητη. Θέλω να έχω μια δικιά σου φωτογραφία, για να τη δείχνω στον γιο μου. Να δει κι εκείνος τη γιαγιά του, να γνωρίσει τους συγγενείς του».

«Αν είναι έτσι, τότε δέχομαι», είπε αναπάντεχα η μητέρα μου και πήρε πόζα, μένοντας ίσια σα μπαστούνι κι εντελώς ακίνητη.

Όμως, αυτή τη φορά ήρθε ο Ρασίντ και στάθηκε μπροστά στο φακό, για να εμποδίσει τη φωτογράφιση, λέγοντας:

«Μαμά, πρέπει να ντυθείς, για να σε βγάλει φωτογραφία».

«Αφού ντύθηκα το πρωί», είπε εκείνη.

Ο Ρασίντ έπιασε στο χέρι του το καφετί παλιοφόρεμα της μαμάς και της είπε:

«Πήγαινε να βάλεις το φόρεμα που σου αγόρασα εγώ. Δεν μπορείς να φωτογραφηθείς φορώντας τούτο εδώ το κουρέλι».

Η μητέρα είπε στον αδελφό μου να την αφήσει στην ησυχία της, αλλά αμέσως μετά πήγε στο καλύβι της κι όταν επέστρεψε φορούσε ένα δεύτερο φόρεμα, πάνω απ' το παλιό. Ήταν ένα φόρεμα με βυσσινί γραμμές και κίτρινα λουλούδια. Η μητέρα μου είναι τόσο λεπτοκαμωμένη, που δεν φαινόταν σχεδόν καθόλου ότι φορούσε δυο φορέματα, το ένα πάνω στο άλλο. Ήταν όλη της η γκαρνταρόμπα.

Ξαφνικά, πριν προλάβω να οπλίσω τη μηχανή, η μαμά ντράπηκε και σκέπασε το κεφάλι με τη μαντίλα της. Ο Μοχάμεντ, που καθόταν στο τρίποδο σκαμνί του και συνέχιζε να κοροϊδεύει, της είπε πως στις φωτογραφίσεις πρέπει να βγάζει έξω τη γλώσσα της. Κι εκείνη τον άκουσε. Δεν μπορούσα να το πιστέψω!

Όταν τα πνεύματα είχαν ηρεμήσει, έπιασα τον Μπούρχααν και τον παρακάλεσα:

«Αδελφέ, βοήθησέ με να φωτογραφίσω λίγο και τον μπαμπά».

Ο Μπούρχααν κι ο Μοχάμεντ σηκώθηκαν και πήγαν να τον φέρουν. Ο πατέρας στηριζόταν στους ώμους των γιων του, που περπατούσαν πολύ προσεχτικά, για να τον φέρουν στο κέντρο της αυλής, χωρίς να σκουντουφλήσει.

Στο μεταξύ, είχα βγάλει τη βιντεοκάμερα και τους τραβούσα, λέγοντας:

«Ω, ορίστε, η πανέμορφη οικογένεια Ντίρι».

Παρατήρησα πως ο πατέρας μου, σκυφτός και καμπούρης όπως ήταν, δεν έφτανε πια σε ύψος τον Μοχάμεντ. Ο πατέρας μου, όταν κατάλαβε πως ήθελα να τον απαθανατίσω, έδιωξε απότομα από κοντά του τους δυο γιους του. Στάθηκε όρθιος μόνος του και, παρ' όλο που ήταν μισότυφλος και φορούσε επίδεσμο στο κεφάλι, ύψωσε το ανάστημά του, με περηφάνια κι αξιοπρέπεια. Ο πατέρας μου ποτέ δεν θα δεχόταν να φωτογραφηθεί με κάποιον να τον υποβαστάζει. Για μια στιγμή, μου θύμισε τον παλιό δυναμικό πατέρα που κάποτε ήξερα. Τη δύναμη της ψυχής του ποτέ δεν θα την έχανε.

Η Νουρ ήταν έγκυος οκτώ μηνών, αλλά κάθε μέρα κουβαλούσε πόσιμο νερό για το σπιτικό της. Το αγόραζε από ένα σημείο στην άλλη άκρη του χωριού, όπου υπήρχε βρύση στον αγωγό ύδρευσης. Πλήρωνε δέκα σελίνια για κάθε κουβά. Η Νουρ αγόραζε έξι γαλόνια νερό κάθε φορά. Μ' αυτά γέμιζε δυο κουβάδες, που τους κουβαλούσε μόνη της.

Μια μέρα την είδα που ερχόταν, πάνω απ' την κορυφή του γειτονικού λόφου. Κάθε τόσο σταματούσε για να πάρει ανάσα. Μόλις την είδα, έτρεξα κοντά της, για να τη βοηθήσω. Την ίδια ώρα, τ' αδέλφια μου κάθονταν στην αυλή του σπιτιού και συζητούσαν πολιτικά.

«Πού είναι αυτός ο άχρηστος ο άντρας σου;» ρώτησα τη νύφη μου. «Πάλι κάθεται και δεν κάνει τίποτε; Πώς τον ανέχεσαι;»

Η Νουρ δεν είπε τίποτε, μονάχα με κοίταξε για μια στιγμή.

Μετά το κουβάλημα του νερού, μες στο καταμεσήμερο, η Νουρ πήγαινε στην αγορά του χωριού, για να δει αν υπήρχαν τρόφιμα να ψωνίσει. Συνήθως, αγόραζε ρύζι σε χωνιά από παλιές εφημερίδες, ενώ πιο σπάνια έβρισκε κατσικίσιο κρέας. Τα μπαχαρικά τα έφερνε τυλιγμένα μέσα σε μικρά χαρτάκια. Έφταναν, κάθε φορά, μονάχα για το φαγητό της ημέρας, γιατί δεν υπήρχαν αρκετές προμήθειες ούτε μπαχαρικών.

Η Νουρ, γυρίζοντας απ' την αγορά, έπρεπε να μαζέψει καυσόξυλα και ν' ανάψει τη φωτιά. Όταν υπήρχε κρέας, το καθάριζε πολύ προσεκτικά, αφαιρούσε τα πολλά λίπη και το έκοβε σε μικρά κομματάκια, που τα έβραζε με λίγο λάδι, κρεμμύδια, ρύζι, μια-δυο ντομάτες και μπαχαρικά. Όλη την ώρα στεκόταν πάνω απ' τη φωτιά κι έκανε αέρα, για να την κρατάει ζωντανή. Όταν το φαγητό ήταν έτοιμο, έβαζε το ρύζι μέσα σ' ένα στρογγυλό ταψί, το έπλαθε σα μικρό λοφάκι και, στο κέντρο, έκανε μια γούβα όπου έβαζε το κρέας, περιχύνοντάς το με την πικάντικη σάλτσα. Κατόπιν, πρόσφερε το αχνιστό ταψί στους άντρες, μαζί με τσάι, όπου μέσα είχε ρίξει λίγα κομμάτια βούτυρο. Μέχρι να φάνε οι άντρες, εκείνη έπλενε τα κατσαρολικά. Στο τέλος, μάζευε ότι είχε απομείνει στο ταψί, πήγαινε πίσω στη φωτιά και, μόνο τότε, έτρωγε κι εκείνη μαζί με τα παιδιά.

Την ίδια μέρα που είχαμε φτάσει στο χωριό με τον Μοχάμεντ, είχε έρθει κι η μητέρα της Νουρ, με τα πόδια, απ' τον καταυλισμό της στην έρημο. Από τότε, συνέχισε να επισκέπτεται το χωριό σχεδόν κάθε μέρα. Η μητέρα της Νουρ ήταν από τις πιο όμορφες γυναίκες που έχω δει ποτέ μου. Ήταν πιο ψηλή από μένα, με πανέμορφα, πράσινα μάτια κι ένα τέλειο σχήμα προσώπου, σε πλήρη αρμονία με τα υπόλοιπά της χαρακτηριστικά. Όμως, όσον καιρό έμεινε κοντά μας, ποτέ δεν την είδα να φοράει τίποτε άλλο από ένα και μοναδικό κουρελιασμένο φόρεμα. Κάποτε, το ύφασμα θα ήταν κόκκινο ή πορτοκαλί, τώρα, όμως, φαινόταν σχεδόν γκρίζο. Πιστεύω ότι η φτωχή γυναίκα δεν είχε τίποτε άλλο να φορέσει πάνω της. Όμως, όπως όλες οι Σομαλές, έτσι κι η μητέρα της Νουρ ήταν μια περήφανη γυναίκα, που ποτέ δεν θα ζητούσε κάτι από άλλους. Φυσικά, κάθε μέρα, έτρωγε μαζί μας, σαν ισότιμο μέλος της οικογένειας. Έτσι κάνουμε στην πατρίδα μου.

Μια μέρα δεν άντεξα άλλο να βλέπω τον καθημερινό μόχθο της Νουρ κι έτσι της είπα:
«Νουρ, άφησε να μαγειρέψω εγώ σήμερα. Εσύ πήγαινε να δεις την όμορφη μητέρα σου».
Εκείνη μου χάρισε ένα γλυκό χαμόγελο και προσφέρ-

θηκε να πάει για νερό. Σκέπασε το κεφάλι της με μια γαλάζια μαντίλα κι έφυγε, με τους κουβάδες στα χέρια. Εγώ μάζεψα ξύλα κι άναψα τη φωτιά. Πάνω στα ξύλα έβαλα την κατσαρόλα, ισορροπώντας την όσο καλύτερα μπορούσα, για να μη γείρει και χυθεί το φαγητό. Κατόπιν, έβαλα μέσα ρύζι και φασόλια που τα σκέπασα με νερό.

Όμως, τα ξύλα ήταν μούσκεμα απ' τη βροχή κι η φωτιά δεν άργησε ν' αρχίσει να καπνίζει. Ξερά ξύλα δεν υπήρχαν, γιατί δεν είχαν φτιάξει ένα υπόστεγο να τα φυλάνε απ' τις νεροποντές. Φύσηξα για να ξανανάψει η φωτιά, αλλά δεν κατάφερα και πολλά πράγματα. Τα ξύλα συνέχιζαν επίμονα να καπνίζουν. Άρχισα να βήχω και τα μάτια μου έτσουζαν απ' τον καπνό κάθε φορά που φυσούσε προς τη μεριά μου. Κάτι πρέπει να έκανα λάθος. Δεν είχα μαγειρέψει σε φωτιά εδώ και είκοσι χρόνια. Για να πω την αλήθεια, ούτε όταν ήμουν μικρή, πριν το σκάσω απ' την έρημο, συνήθιζα να μαγειρεύω. Στη Δύση, στη Νέα Υόρκη και στο Λονδίνο, έτσι κι αλλιώς, δεν μαγειρεύουν στη φωτιά. Έτσι, δεν τα κατάφερνα μόνη μου κι αποφάσισα να ζητήσω βοήθεια. Φώναξα τον Μπούρχααν:

«Ει, αδελφέ! Έλα να με βοηθήσεις λίγο εδώ, σε παρακαλώ».

Ο Μπούρχααν, σκέφτηκα, κάτι περισσότερο από μένα θα ξέρει από φωτιές.

«Αυτά είναι γυναικοδουλειές», απάντησε εκείνος από τη θέση του, πάνω σε μια ψάθα όπου καθόταν, στη σκιά.

«Ει, χρειάζομαι οπωσδήποτε κάποιον να με βοηθήσει», επέμενα εγώ.

«Να φωνάξεις τη Νουρ», είπε ο αδελφός μου. «Το μαγείρεμα είναι δουλειά των γυναικών».

Ο Μπούρχααν μ' έβλεπε που δυσκολευόμουν με τα ξύλα, αλλά δεν ερχόταν να βάλει ένα χεράκι, γιατί το μαγείρεμα θεωρείται γυναικοδουλειά! Ο αδελφός μου δεν είχε τίποτε άλλο να κάνει, απλώς καθόταν εκεί αργόσχολος. Κι όμως δεν ήταν πρόθυμος να βοηθήσει. Έτσι μου ερχόταν να βγάλω το παπούτσι μου και να του το φέρω στο κεφάλι.

Άφησα τον Μπούρχααν και στράφηκα προς τον Μοχάμεντ:

«Εσύ δεν φαντάζομαι να είσαι τόσο γελοίος όσο ο αδελφός μας. Έλα να με βοηθήσεις με τη φωτιά, αλλιώς δεν πρόκειται να φάμε σήμερα».

«Α, όχι! Το μαγείρεμα δεν είναι δικιά μας δουλειά. Εμείς κάνουμε αυτά που είναι για τους άντρες».

«Και τι είναι για τους άντρες;» ρώτησα. Είχα αρχίσει να εξοργίζομαι μαζί τους. «Αν κάτι είναι να γίνει, πρέπει να γίνει!» φώναξα. «Τι είναι αυτά που μου λέτε τώρα; Εγώ κάνω μόνο αυτό κι εσύ μόνο εκείνο, τι είναι αυτά τα πράματα;»

Πήρα ένα κλαρί και το πέταξα πάνω τους. Εκείνοι γέλασαν και μου το πέταξαν πίσω, κοροϊδεύοντας. Εγώ, όμως, επέμενα:

«Δεν μπορώ να σας καταλάβω. Δηλαδή, αν δεν είχατε τις γυναίκες να σας μαγειρεύουν, τότε θα πεθαίνατε απ' την πείνα;»

Ο Μπούρχααν γέλασε:

«Φυσικά όχι. Τότε θα βάζαμε να μας μαγειρεύουν τα παιδιά».

Εκείνη τη στιγμή επέστρεψε η Νουρ, βαδίζοντας αργά, κάτω απ' το βάρος της φουσκωμένης κοιλιάς της και με τους γεμάτους κουβάδες στα χέρια της. Αμέσως, άφησε κάτω τους κουβάδες και καταπιάστηκε με τη φωτιά. Πρώτα έβγαλε από μέσα τη μεγάλη κατσαρόλα. Μετά άλλαξε θέση στα ξύλα. Γύρω γύρω έβαλε μεγάλα κούτσουρα και πάνω τους στήριξε σταθερά την κατσαρόλα. Στο τέλος κάθισε κοντά στη φωτιά κι άρχισε να κάνει αέρα, μέχρι που οι φλόγες ξαναφάνηκαν.

Εγώ πήγα και κάθισα με τους αδελφούς μου, για να κουβεντιάσω λίγο μαζί τους.

«Μια απ' τις χειρότερες συμφορές που έχουν οδηγήσει τη χώρα στην καταστροφή είναι το *κχατ*», τους είπα. «Εμείς, σήμερα, δεν έχουμε *κχατ*», απάντησε ο Ρασίντ. «Ναι, αλλά, αν σας βρισκόταν, δεν θα λέγατε όχι». Ήμουν στενοχωρημένη που ο μικρός μου αδελφός είχε αρχίσει αυτή την καταστροφική συνήθεια.

«Οι άντρες δεν φαίνεται να έχουν κανέναν σκοπό στη ζωή τους», συνέχισα. «Δεν έχουν μυαλό, σπαταλούν μονάχα τον χρόνο τους τεμπελιάζοντας και μασώντας αυτό το κουτόχορτο».

Μετά το φαΐ, πήγα και κάθισα με τη μητέρα μου. Μείναμε κουβεντιάζοντας μέσα στο καλυβάκι της, γιατί έξω έβρεχε. Αργότερα ήρθε και μια θεία μου με το μωρό της. Όταν η θεία χρειάστηκε να πάει στην τουαλέτα, τη ρώτησα αν μπορούσα να κρατήσω εγώ το μωρό. Ήταν ένα πανέμορφο αγοράκι κι είχα την αίσθηση πως, κατά κάποιο τρόπο, μου έμοιαζε. Πάντως, σίγουρα, ο μικρός με συμπάθησε και υπήρξε αμέσως κάποια επικοινωνία μεταξύ μας. Όταν τον κρατούσα εγώ σταματούσε να κλαίει κι όταν μιλούσα με τις άλλες γυναίκες εκείνος με κοιτούσε συνέχεια στα μάτια.

Η μητέρα μου σηκώθηκε για να πάει να φέρει μια κούπα γάλα να ταΐσουμε το μωρό. Στη Σομαλία δεν έχουμε μπιμπερό κι έτσι τα παιδιά μαθαίνουν από βρεφική ηλικία να πίνουν κατευθείαν από τις κούπες. Βάζεις το μωρό στα πόδια σου, πιέζεις προσεκτικά τα μάγουλά του, για ν' ανοίξει το στόμα του και τα κρατάς έτσι ώστε το παιδί να μπορεί να καταπίνει, σταγόνα σταγόνα, το γάλα. Ο μικρός είχε ένα τέλειο στοματάκι. Χαιρόμουν πολύ που κατάφερνα να τον ταΐζω, παρ' όλο που η μητέρα μου από πίσω γκρίνιαζε ότι δεν το έκανα σωστά.

Η μαμά, απ' την πρώτη στιγμή που έφερε την κούπα με το γάλα, είχε αρχίσει τη μουρμούρα της:

«Ω, Θεέ μου, αυτή κρατάει το παιδί στην αγκαλιά της; Αυτή θα το ταΐσει; Ξέρει πώς να το κάνει;»

Δεν μιλούσε σε κάποιον, απλώς μουρμούριζε μόνη της, αλλά δυνατά.

Την κοίταξα καλά καλά και της είπα:

«Μαμά! Ποια, τέλος πάντων, νομίζεις ότι είμαι; Με περνάς για άχρηστη; Δεν ξέρεις ότι κι εγώ είμαι μητέρα;»

«Ξέρω», είπε εκείνη ξερά.

«Κι είμαι περίπου τριάντα χρόνων».

«Ναι».

«Εσύ δεν με έχεις μεγαλώσει εδώ στην έρημο;»

Η μητέρα μου με κοίταξε και συμφώνησε:

«Εντάξει, ναι, έτσι είναι», είπε, αλλά απ' τον τόνο στη φωνή της μπορούσα να καταλάβω ότι δεν μου είχε εμπιστοσύνη.

«Έλα, κάθισε κοντά μου», της είπα. «Τα λόγια σου με πλήγωσαν».

Εκείνη μου έδωσε πάλι την κούπα, για να προσπαθήσω άλλη μια φορά να ταΐσω το μωρό. Το κράτησα σφιχτά πάνω μου, του άνοιξα προσεχτικά το στόμα με τα δάχτυλά μου και του έδωσα να πιει. Τα πήγαμε μια χαρά. Απ' το μικρό στοματάκι του δεν ξέφυγε ούτε μια σταγόνα.

«Παιδί μου», είπε η μητέρα μου. «Δεν το εννοούσα έτσι όπως το πήρες. Είχα μείνει με την εντύπωση πως, όλ' αυτά τα χρόνια, θα 'χες ξεχάσει τους δικούς μας τρόπους και πώς μεγαλώνουμε εμείς τα παιδιά».

Η μητέρα μου, σκέφτηκα, πιστεύει πραγματικά ότι έχω ξεχάσει όλα όσα κάποτε μου είχε μάθει. Γι' αυτό της είπα:

«Μαμά, μεγάλωσα τον γιο μου ταΐζοντάς τον ακριβώς με τον τρόπο που μου έχεις μάθει εσύ. Αυτά είναι πράγματα που ποτέ του δεν ξεχνάει κανείς. Εσύ μ' έμαθες να μεγαλώνω παιδιά με τον σωστό τρόπο! Και τώρα νομίζεις πως δεν ξέρω τι κάνω;»

«Με συγχωρείς, Γουόρις», είπε η μητέρα μου και με κοίταξε μ' ένα ντροπαλό, πλάγιο βλέμμα.

Νομίζω πως, τελικά, ήταν ευχαριστημένη μαζί μου.

Παρ' όλο που μαλώσαμε λίγο, μπορούσε να καταλάβει ότι ακόμη τιμούσα και σεβόμουν τους δικούς της τρόπους κι όλα όσα μου είχε μάθει. Το ότι έμενα σε διαφορετικό τόπο δεν σήμαινε υποχρεωτικά πως είχα ξεχάσει τα σημαντικά πράγματα στη ζωή.

Από μικρή είχα μάθει να βασίζομαι στον εαυτό μου. Πολλά πράγματα στην έρημο έπρεπε να μάθω να τα κάνω μόνη μου κι έτσι, για παράδειγμα, από μικρό κορίτσι είχα μάθει να κουρεύω τ' αδέλφια μου.

Τώρα, ο Ρασίντ παραπονιόταν ότι τα μαλλιά του είχαν μεγαλώσει κι ότι δεν υπήρχε κουρέας στο μικρό χωριό.

«Ο πατέρας είπε ότι αρκετά πια έμεινα στο χωριό. Σύντομα πρέπει να πάω πίσω στην έρημο για τα ζώα», είπε ο Ρασίντ. «Δεν μπορώ να κάθομαι εδώ να τεμπελιάζω και να περιμένω πότε θα περάσει κάποιος μπαρμπέρης».

Τότε, έβγαλα το ψαλίδι για να τον κουρέψω εγώ, αλλά, προς μεγάλη μου έκπληξη, όλοι τρομοκρατήθηκαν:

«Ωχ, όχι, όχι!» άρχισαν να φωνάζουν.

«Τι εννοείτε;» ρώτησα.

«Αυτό δεν μπορείς να το κάνεις!»

«Μα, αφού ξέρω να κουρεύω. Δεν μου έχετε εμπιστοσύνη;»

«Όχι, Γουόρις», είπε ο πατέρας, κουνώντας προειδοποιητικά το δάχτυλό του στον αέρα. «Το θέμα δεν είναι αν τα καταφέρνεις ή όχι».

«Τότε, ποιο είναι το θέμα;»

«Μια γυναίκα δεν κάνει να κόβει τα μαλλιά ενός άντρα!»

«Μα τι είναι αυτά που λέτε;» ξέσπασα, καθώς πάλι είχα αρχίσει να εξοργίζομαι με τις συνήθειές τους. «Ποια είναι η διαφορά, αν τον κουρέψει άντρας ή γυναίκα; Ποιος θα το καταλάβει; Οι καμήλες στην έρημο;»

«Θα τον κοροϊδεύει όλος ο κόσμος», είπαν όλοι με μια φωνή.

«Ποιος είναι όλος κόσμος; Θα τον κοροϊδεύετε εσείς;» ρώτησα.

«Μη νομίζεις. Όλοι θα τον κοροϊδεύουν», επέμενε ο πατέρας μας.

Δεν μπορούσα να δεχτώ αυτές τις ανοησίες και διαμαρτυρήθηκα:

«Τη στιγμή που ξέρω να κουρεύω και τα καταφέρνω καλά, ποιο είναι το πρόβλημα;»

Ο πατέρας μου προσπάθησε για άλλη μια φορά να μου εξηγήσει:

«Δεν είναι το θέμα αν ξέρεις, Γουόρις. Έτσι είναι οι συνήθειες εδώ».

«Πατέρα, σε παρακαλώ, μην υποτιμάς τη νοημοσύνη μου. Γνωρίζω τον πολιτισμό εδώ κι εκτιμώ τον τρόπο ζωής σας, αλλά ορισμένα πράματα πρέπει να διορθωθούν».

Η διαφωνία συνεχίστηκε χωρίς να βρίσκουμε άκρη.

«Πότε επιτέλους θ' αλλάξετε;» ρώτησα τ' αδέλφια μου. «Ας πάρουμε για παράδειγμα το θέμα της εκτομής των κοριτσιών. Οι γυναίκες είναι έτοιμες ν' αλλάξουν σ' αυτό το ζήτημα».

Μια βαριά σιωπή έπεσε ανάμεσά μας, σα σύννεφο που ξαφνικά κρύβει τον ήλιο. Ήξερα πως το θέμα ήταν ταμπού κι ότι οι άντρες δεν θα το συζητούσαν τουλάχιστον όχι μπροστά σε γυναίκες. Έτσι, προσπάθησα με κάτι διαφορετικό:

«Φωτογραφίες, όμως, με αφήνετε να σας βγάζω, παρ' όλο που πολλοί ακόμη πιστεύουν πως η φωτογραφική μηχανή μπορεί να τους κλέψει την ψυχή».

«Μονάχα οι ανίδεοι το πιστεύουν αυτό», είπε ο Μπούρχααν.

«Το ίδιο, όμως, δεν είναι κι όταν λέτε πως δεν κάνει μια γυναίκα να κουρέψει έναν άντρα;»

Όμως, μάταια προσπαθούσα. Η συζήτηση δεν οδηγούσε πουθενά. Ό,τι κι αν τους έλεγα, εκείνοι δεν ήθελαν να καταλάβουν, δεν ήθελαν ν' αλλάξουν τον τρόπο σκέψης τους. Πάντως, δεν μπορούσα να μείνω θυμωμένη μαζί τους. Κατά βάθος ήμουν τόσο ευτυχισμένη, που καθόμουν μπροστά από ένα καλυβάκι στην έρημο με τη μητέρα μου, τον πατέρα μου, τ' αδέλφια μου και άλλους συγγενείς, που είχα τόσα χρόνια να δω. Γι' αυτό τους είπα: «Ονειρευόμουν τούτη τη συνάντηση είκοσι ολόκληρα χρόνια, σχεδόν όλη μου τη ζωή. Δεν είμαι πάνω από τριάντα χρόνων! Ή μήπως είμαι;»

Ο πατέρας μου σήκωσε το κεφάλι του ψηλά και είπε: «Μου φαίνεται πως είσαι σαράντα».

Ο Μοχάμεντ κι εγώ μείναμε εμβρόντητοι. Η μητέρα μου προσπάθησε να βάλει τα πράματα στη θέση τους: «Αποκλείεται να είναι σαράντα χρόνων. Ο Μπούρχααν είναι περίπου είκοσι επτά χρόνων και γεννήθηκε δυο τρία χρόνια αργότερα απ' τη Γουόρις».

Η φωνή της, όμως, δεν ενέπνεε απόλυτη εμπιστοσύνη. Το πιο πιθανό είναι ότι δεν γνώριζαν τις ηλικίες μας πια, ούτε εκείνη αλλά ούτε κι ο πατέρας μας.

Δεν μ' ένοιαζε καθόλου που οι γονείς μου δεν τα πήγαιναν καλά με τις χρονολογίες. Βρισκόμουν κάτω απ' τον έναστρο ουρανό μιας γλυκιάς αφρικανικής νύχτας. Είχα ξεχάσει πόσα αστέρια καταφέρναμε να μετρήσουμε όταν ήμασταν παιδιά. Ίσως, όμως, όλ' αυτά τα χρόνια που είχα λείψει, ακόμη και τ' αστέρια να είχαν κάνει παιδάκια και να είχαν αυξηθεί στον ουρανό. Από πάνω μας απλωνόταν μια απίθανη ξαστεριά. Μου ερχόταν να σηκωθώ, να την αγγίξω. Τελικά, είναι αλήθεια αυτό που λένε: πουθενά αλλού δεν είναι σαν την πατρίδα σου. Μου άρεσε που ανήκα σε μια οικογένεια και δεν ήμουν μονάχη στον κόσμο. Είχα μετανιώσει πικρά που δεν είχα επιστρέψει στην οικογένειά μου πολύ νωρίτερα. Δεν είχα προλάβει να τους δω να μεγαλώνουν και να γερνάνε. Δεν βρισκόμουν κοντά τους τότε που με χρειάζονταν. Ο πατέρας μου είπε:

«Μη στενοχωριέσαι για μένα, Γουόρις. Είμαι γέρος, αλλά είμαι ακόμη δυνατός. Αύριο μεθαύριο θα πάω να βρω άλλη μια χοντρή γυναίκα, για να μου γεννήσει παιδιά, που θα μου προσέχουν τα ζώα».

Μου άρεσε που ο πατέρας μου ακόμη κατάφερνε ν' αστειεύεται. Τελικά, δεν είχα ποτέ πάψει να τον αγαπάω και, μέσα μου, πάντοτε πονούσα γι' αυτόν. Και τώρα, παρ' όλο που βρήκα το θάρρος να του πω ότι εκείνος έφταιγε που το 'χα σκάσει, ήξερα ότι τα λόγια μου δεν θ' άλλαζαν τίποτε στη ζωή που είχα διαλέξει. Το έχω πει πολλές φορές και το ξαναλέω τώρα: Θα 'θελα να μπορούσα να γυρίσω πίσω τον χρόνο, αλλά δεν μετανιώνω τίποτε απ' αυτά που έχω κάνει.

Το μονοπάτι της ζωής είναι κακοτράχαλο, αλλά, παρ' όλο που πάντοτε το περπατούσα ξυπόλυτη, με ματωμένα πόδια, δεν μετανιώνω για κανένα σημείο της διαδρομής. Ορισμένες φορές το έδαφος είναι πολύ σκληρό. Άλλες φορές είναι μαλακό και περπατιέται εύκολα. Όλα είναι εμπειρίες, όλα έχουν τον τόπο και τον χρόνο τους. Για πολλά χρόνια ονειρευόμουν να βρεθώ με όλους τους δικούς μου ανθρώπους μαζεμένους σ' ένα μέρος. Αυτό ήταν που πιότερο απ' όλα μου είχε λείψει. Τελικά, το όνειρο μιας ολόκληρης ζωής εκπληρώθηκε κι έζησα μιαν αξέχαστη βδομάδα με τους δικούς μου ανθρώπους. Ευλογημένος να 'ναι ο Αλλάχ, που έκανε το όνειρό μου να γίνει αληθινό.

*Το ν' αποκτάς μια κόρη είναι
σα ν' αποκτάς ένα πρόβλημα.*

ΓΝΩΜΙΚΟ ΤΗΣ ΣΟΜΑΛΙΑΣ

12
Σομαλικό Σχολείο

ΟΙ ΠΕΡΙΣΣΟΤΕΡΟΙ ΑΠ' ΑΥΤΟΥΣ που είχαν εγκατασταθεί στο χωριό της μητέρας μου, είχαν έρθει απ' το Μογκαντίσου, αναζητώντας στην ύπαιθρο μια πιο ασφαλή ζωή. Ήθελαν να ζήσουν κάπου όπου δεν κινδύνευαν καθημερινά από αδέσποτες σφαίρες κι από συνεχείς οδομαχίες μεταξύ των αντίπαλων ομάδων που σφετερίζονταν την εξουσία. Είχαν καταφτάσει σαν τα μυρμήγκια, ατέλειωτες ορδές, που είχαν κατακλύσει το χωριό. Είχε δημιουργηθεί σοβαρή έλλειψη πόσιμου νερού, δεν υπήρχε ρεύμα, δεν υπήρχαν γιατροί, ούτε στοιχειώδης ιατρικός εξοπλισμός, ενώ το πιο κοντινό νοσοκομείο βρισκόταν εκατοντάδες μίλια μακριά. Όταν ρώτησα αν στο χωριό υπήρχε σχολείο για τα παιδιά, ο Ράγκε απάντησε:

«Εγώ είμαι ο δάσκαλος».

«Υπάρχει σχολείο σ' ένα τόσο απόμερο χωριό;» τον ξαναρώτησα.

«Έλα μαζί μου για να σου δείξω», είπε εκείνος.

Πραγματικά, την προηγούμενη χρονιά, ο Ράγκε κι ένας μακρινός συγγενής απ' το Μογκαντίσου, είχαν αποφασίσει ν' ανοίξουν σχολείο στο χωριό. Χρηματοδοτήθηκαν απ' την UNICEF κι έστησαν μια μικρή σχολική αίθουσα, με χωματένιο πάτωμα και λαμαρίνες για σκεπή. Αυτό ήταν το σχολείο του χωριού. Ο Ράγκε είχε φοιτήσει στο Μογκαντίσου, όπου ο θείος μου κάποτε είχε τις επιχειρήσεις του. Ο ξάδελφός μου, εκτός από σοματικά, ήξερε να διαβάζει αραβικά, ιταλικά κι αγγλικά. Κι έτσι, μη βρίσκοντας άλλη δουλειά στο χωριό, σκέφτηκε να κάνει το επάγγελμα του δασκάλου. Τα αγγλικά του ήταν τέλεια κι ευχαριστιόμουν να κουβεντιάζω μαζί του.

«Αύριο το πρωί, πηγαίνοντας στο σχολείο, θα περάσω να σε πάρω μαζί μου», είπε. «Να είσαι έτοιμη από νωρίς».

«Μην ανησυχείς, θα 'μαι έτοιμη», του απάντησα, ανυπόμονη να παρακολουθήσω τα μαθήματα των παιδιών και να βοηθήσω την κατάσταση, όσο μπορούσα.

Νωρίς το επόμενο πρωί, ενώ οι σκιές ήταν ακόμη μεγάλες, ο Ράγκε έφτασε στο σπίτι και με φώναξε:

«Γουόρις, είσαι έτοιμη;»

«Φυσικά», του απάντησα και βγήκα έξω να τον συναντήσω.

Στην έρημο, ο πρωινός ήλιος είναι τόσο δυνατός, που σε κάνει να ξυπνάς νωρίς, πολύ νωρίς, με τις πρώτες ηλιαχτίδες. Γύρω στις έξι η ώρα, έχοντας ντυθεί κι έχοντας ήδη φάει πρωινό, ήμουν πάντοτε έτοιμη ν' αρχίσω τις ασχολίες της ημέρας. Βέβαια, κανένας κάτοικος της ερήμου δεν σκέφτεται τι ώρα είναι με το ρολόι. Όταν χαράζει όλοι σηκώνονται έτοιμοι να καταπιαστούν με τις δουλειές της ημέρας κι όταν σκοτεινιάζει πηγαίνουν κατ' ευθείαν για ύπνο.

Εκείνο το πρωί όταν βγήκα, σκυφτή όπως πάντα, απ' τη μικρή είσοδο της καλύβας, βρήκα τη μητέρα μου να κάθεται στην αυλή και να καθαρίζει τα δόντια της με ένα ξυλαράκι καντάι. Μόλις με είδε, έβγαλε το καντάι απ' το στόμα της και, πιάνοντας το φόρεμά μου, τίναξε το ύφασμα και είπε περιφρονητικά:

«Ω, Θεέ μου, μ' αυτό το κουρέλι θα βγεις στο χωριό;»

«Μαμά», παραπονέθηκα, «τι έχει το φόρεμά μου;»

Φορούσα ένα απλό σομαλικό φόρεμα, μια ντίραχ, για το σπίτι κι από κάτω ένα μεσοφόρι. Στο κεφάλι φορούσα μια μαντίλα που μου είχε δανείσει η Ντούρα στο Άμστερνταμ.

Η μητέρα μου κούνησε το κεφάλι της και σούφρωσε τα χείλια απογοητευμένη. Όταν σταμάτησε να με κρατάει απ' το φόρεμα, τραβήχτηκα λίγο προς τα πίσω, λέγοντάς της:

«Μαμά, τι σου φταίει το ντύσιμό μου; Δεν πηγαίνω κάπου επίσημα, στο σχολείο θα πάω μονάχα».

Εκείνη κοίταξε προς τον ουρανό, σήκωσε ψηλά τα χέρια της κι έκανε σα να είχε συμβεί κάτι το φοβερό, σα να ήθελα να βγω έξω με μίνι φούστα. Κατόπιν, κούνησε τα χέρια της προειδοποιητικά, μπροστά στο πρόσωπό μου και είπε:

«Δεν ξέρω τι συνήθειες έχετε εσείς εκεί πέρα που ζεις τώρα, αλλά στο ξεκαθαρίζω: Από τούτο εδώ το σπίτι δεν θα βγεις ντυμένη μ' αυτόν τον τρόπο! Θέλεις να με κάνεις ρεζίλι σ' όλο το χωριό, μ' αυτό το παλιοφόρεμα που βρήκες να φορέσεις;»

Δεν μπορούσα να καταλάβω τι κακό έβρισκε στο ντύσιμό μου.

«Μαμά, κοίταξέ με καλά», αναστέναξα, «είμαι ή δεν είμαι καθώς πρέπει ντυμένη; Το σώμα μου δεν είναι σκεπασμένο απ' την κορυφή ως τα νύχια;»

Με τη μαντίλα τυλιγμένη καλά στο κεφάλι, γύρισα απ' όλες τις πλευρές, για να με δει και να πιστέψει η μαμά. Εκείνη, όμως, επέμενε:

«Πήγαινε μέσα να αλλάξεις, να βάλεις κάτι άλλο για το σχολείο».

«Μα ποιο είναι το πρόβλημα;» ρώτησα. «Μπορείς να μου πεις τι λάθος έχω κάνει στο ντύσιμο, για να καταλάβω κι εγώ τι συμβαίνει;»

Ο Ράγκε που στεκόταν πλάι μας συμφώνησε με τη

μητέρα μου ότι το ντύσιμό μου δεν ήταν κατάλληλο. Μαζί κι οι δυο τους άρχισαν να μου φωνάζουν και να χαλούν τον κόσμο, σα να είχα προσβάλει τον ίδιο τον Προφήτη Μωάμεθ, έτσι όπως είχα ντυθεί. Έλεγαν πως το χρώμα του φορέματός μου παραήταν φανταχτερό κι ότι η μαντίλα δεν ταίριαζε καθόλου κι ότι έπρεπε αμέσως να πάω ν' αλλάξω και να βάλω κάτι πιο επίσημο. Λες και θα πήγαινα να συναντήσω τον πρόεδρο ή καμιά βασίλισσα. Εμένα, όμως, αυτά που έλεγαν μου φαίνονταν εντελώς παράλογα.

«Μήπως με κοροϊδεύετε;» τους είπα τελικά. «Ο τόπος εδώ πνίγεται στη βρόμα και στη σκόνη. Δεν έχω καμιά διάθεση να χαλάσω το καλύτερό μου φόρεμα, μόνο και μόνο για να πάω επίσκεψη στο σχολείο του χωριού! Στο θέμα του ντυσίματος, τουλάχιστον, κάτι παραπάνω έχω μάθει όλ' αυτά τα χρόνια. Έχετε ποτέ σας ακούσει για τον Αρμάνι ή για τον Γκούτσι; Μονάχα ένα απ' τα δικά τους φορέματα θα ήταν αρκετό για να θρέψει ολόκληρο το χωριό μια ολόκληρη βδομάδα».

«Μα πώς είναι δυνατόν να τρώγονται τα φορέματα;» ρώτησε η Νουρ, που είχε αρχίσει να παρακολουθεί την κουβέντα. Μόνο τότε κατάλαβα ότι δεν υπήρχε καμιά περίπτωση να καταφέρω να συνεννοηθώ μαζί τους.

Στις επιδείξεις μόδας, στο Παρίσι ή στο Μιλάνο, υπάρχουν σχεδιαστές υψηλής ραπτικής που διαλέγουν τα πιο ταιριαστά ρούχα για κάθε μοντέλο ξεχωριστά. Υπάρχουν ειδικοί μακιγιέρ που σε βάφουν, ενώ οι προσωπικοί κομμωτές προσέχουν τα μαλλιά σου, σα να 'ταν χρυσαφένια νήματα. Πριν βγεις στην πασαρέλα, περνάς από έναν αυστηρότατο τελευταίο έλεγχο, όπου ούτε η παραμικρή λεπτομέρεια πάνω σου δεν αφήνεται στην τύχη. Για μένα, αυτό λέγεται προσεγμένο ντύσιμο. Στο χώρο της μόδας υπάρχουν εκατοντάδες άνθρωποι που έχω ανταλλάξει απόψεις μαζί τους. Έχω πάρει μέρος σε πολλά τηλεοπτικά σόου. Κάτι, λοιπόν, ξέρω από εμφάνιση κι από ντύσιμο! Κι όμως, για την οικογένειά μου, όπως φαινόταν, δεν ήμουν παρά ένα ανόητο και άμυαλο κοριτσάκι. Δεν είχα κανένα τρόπο ν' αντιδράσω. Έπρεπε να κάνω ό,τι μου έλεγαν. Ποιοι; Αυτοί που μοιράζονταν όλοι μαζί ένα ζευγάρι χαλασμένες σαγιονάρες, αυτοί που ποτέ τους δεν είχαν παραβρεθεί σε επίσημο γεύμα και που δεν ήξεραν ούτε καν να χρησιμοποιήσουν ένα ασανσέρ;

Ο Ράγκε μας είχε γυρίσει την πλάτη. Ίσως ήταν ο μόνος που θα μπορούσε να με καταλάβει, αλλά τελικά δεν ήθελε ν' ανακατευτεί στη διαφωνία που είχα με τη μητέρα μου, η οποία συνέχιζε να με πιέζει:

«Γουόρις, πρέπει οπωσδήποτε να πας ν' αλλάξεις, έλα, πήγαινε μέσα, να σε χαρώ», είπε η μητέρα μου, καθώς με πήρε απαλά απ' το χέρι και με οδήγησε πίσω στη μικρή καλύβα.

Στη Σομαλία, κατά παράδοση, πάντοτε έδιναν μεγάλη σημασία στο ντύσιμο. Έτσι, ακόμη και σήμερα, παρ' όλη τη φτώχεια, την πείνα και την κακομοιριά, πρέπει, πρώτα απ' όλα, να προσέχεις την εμφάνισή σου, ειδικά αν είσαι γυναίκα. Τα υπόλοιπα φαίνονται να έρχονται σε δεύτερη μοίρα. Εγώ σκεφτόμουν τρόπους για αναβάθμιση του σχολείου, για βελτίωση της παροχής πόσιμου νερού και για καλύτερη ιατρική περίθαλψη. Τι σημασία θα μπορούσε να έχει ένα φόρεμα; Κι όμως η μητέρα μου ήταν αποφασισμένη, δεν υπήρχε περίπτωση να μην κάνω αυτό που εκείνη ήθελε. Μέσα στο μικρό καλυβάκι, έπρεπε να βγάλω τη δροσερή βαμβακερή *ντίραχ* και να βάλω το καλύτερο και πιο ακριβό φόρεμα που είχα. Από κάτω έπρεπε να φορέσω ένα δαντελωτό μεσοφόρι και στο κεφάλι μια αραχνοΰφαντη, μεταξωτή μαντίλα, που η μητέρα μου διάλεξε να ταιριάζει στο χρώμα με τα υπόλοιπα:

«Βάλε κι αυτήν εδώ», είπε. «Στερέωσέ την καλά. Έτσι μπράβο! Τώρα, επιτέλους, δείχνεις σα γυναίκα από καλή οικογένεια».

Στο μεταξύ ο ήλιος είχε ανεβεί αρκετά ψηλά κι είχα σκάσει απ' τη ζέστη μέσα στο μικρό καλυβάκι, που είχε γίνει φούρνος. Απ' το φόβο μην τυχόν ο Ράγκε αργήσει να πάει στο σχολείο εξαιτίας μου, τα είχα κάνει όλα άνω κάτω, βγάζοντας και βάζοντας ρούχα από την τσάντα μου. Παρ' όλη τη βιασύνη μου, έπρεπε να προσέξω να μη λερώσω το πιο καλό μου φόρεμα στις λάσπες του πατώματος. Η καλύβα ήταν χαμηλή και δεν μου επέτρεπε να σταθώ όρθια όταν άλλαζα ρούχα. Η μητέρα μου τα ήθελε όλα στην εντέλεια και με κράτησε μέσα μέχρι να φτιάξω σωστά και τη μεταξωτή μαντίλα, που έπρεπε να σκεπάζει ολόκληρο το κεφάλι μου. Φυσικά, η μαντίλα γλιστρούσε και δεν έλεγε να σταθεί στη θέση της, όσο επίμονα κι αν προσπαθούσα να τη στερεώσω. Τελικά, για σιγουριά, για να μη μου πέσει και τσαλαπατηθεί στις λάσπες, υποχρεωθήκαμε να την πιάσουμε πίσω στο σβέρκο, μ' έναν κόμπο. Όμως, αφού, μετά από πολλά, έκανα την έξοδό μου στην αυλή, βρέθηκα αντιμέτωπη με μια οικογενειακή χορωδία:

«Όχι! Όχι! Τα ρούχα είναι διάφανα! Έχεις αποτρελαθεί; Να φορέσεις κάτι από πάνω. Καμιά μπλούζα, δεν έχεις να βάλεις;»

Αυτό ξεπέρασε τα όριά μου. Χτύπησα το πόδι μου στο έδαφος και φώναξα αγανακτισμένη:

«Ε, όχι! Δεν θα φορέσω μπλούζα, γιατί έχω ήδη σκάσει απ' τη ζέστη κι είναι ακόμη νωρίς το πρωί».

Εκείνη τη στιγμή, σαν απ' το πουθενά, πρόβαλαν τ' αδέλφια μου. Κι οι τρεις, αγκαλιασμένοι, έστριψαν τη γωνία και μπήκαν στην αυλή. Όταν τους έχω ανάγκη μένουν μακριά μου, όμως τώρα ξαφνικά έπεσαν πάνω μου σαν ύαινες πάνω σε αδέσποτο κατσικάκι:

«Ει, τι νομίζει ότι κάνει αυτή;» είπαν με μια φωνή.

Ο Μοχάμεντ, ως συνήθως, πήρε εκείνο το επίσημο ύφος, λες κι ήταν το μεγάλο αφεντικό:

«Αποκλείεται να βγεις έτσι έξω», είπε κουνώντας το κεφάλι του.

Όλοι ήταν εναντίον μου, σε κανέναν δεν άρεσε το ντύσιμό μου. Τελικά, δεν άντεξα, παρέδωσα τα όπλα. Ντύθηκα ακριβώς όπως ήθελαν, για να ξεφύγω απ' αυτούς, όσο γινόταν πιο γρήγορα.

Στο δρόμο για το σχολείο ο Ράγκε γελούσε ασταμάτητα και με πείραζε για τα πρωινά παθήματά μου.

«Ράγκε, κόψε τ' αστεία», του είπα, «αλλιώς δεν θα έρθω στο παλιοσχολείο σου».

Τότε ήταν που εκείνος έσκασε στα γέλια.

Αυτή ήταν η επίσημη επίσκεψή μου στο σχολείο του χωριού. Ντυμένη με το καλύτερο και πιο ακριβό μου φόρεμα, έκανα την είσοδό μου σ' ένα τετράγωνο δωμάτιο από τούβλα που σε δυο σημεία τα είχαν τρυπήσει για να μπαίνει το φως. Η πόρτα της σχολικής αυτής αίθουσας ήταν ετοιμόρροπη, το πάτωμα χωματένιο και βρόμικο, ενώ για σκεπή είχε, ως συνήθως, λαμαρίνες. Κατά τα άλλα, η εμφάνισή μου άγγιζε την τελειότητα.

Στην αυλή του σχολείου γύρω στα εκατό παιδιά έτρεχαν κι έπαιζαν. Ο Ράγκε κι ο Αλί, που έλεγε ότι ήταν ο διευθυντής του σχολείου, ήταν οι υπεύθυνοι για την καλή λειτουργία του. Ο Ράγκε χτύπησε παλαμάκια και φώναξε στα παιδιά:

«Παραταχθείτε στη σειρά! Είναι ώρα να μπείτε για μάθημα».

Τα μαθήματα δεν αρχίζουν κάποια ορισμένη ώρα, σύμφωνα με το ρολόι, αλλά την ώρα που φτάνει στο σχολείο ο δάσκαλος.

Τα παιδιά υπάκουσαν τον Ράγκε και άρχισαν να μπαίνουν στη σειρά για ν' αρχίσουν τη σχολική τους μέρα. Τα κορίτσια έμοιαζαν με πολύχρωμα λουλούδια. Φορούσαν γαλαζοκίτρινα φορέματα και κόκκινα μαντίλια. Όλα τα φορέματα ήταν φτιαγμένα απ' το ίδιο ύφασμα, προφανώς, το μόνο που υπήρχε διαθέσιμο στην αγορά του χωριού. Ένα απ' τα κορίτσια είχε ένα καταστρόγγυλο πρόσωπο σα μπάλα, ενώ τ' αυτιά του πετά-

279

γονταν προς τα έξω μ' έναν αστείο τρόπο. Το στρογγυ-
λοπρόσωπο κοριτσάκι με κοίταξε ντροπαλά και μου χά-
ρισε ένα μεγάλο, γλυκό χαμόγελο, καθώς περνούσε από
κοντά μου, εκφράζοντας έτσι συμπάθεια και θαυμασμό.
Μου θύμισε λίγο τον ίδιο μου τον εαυτό, όταν ήμουν
στην ηλικία της. Είχε το θάρρος να με κοιτάξει κατ' ευ-
θείαν στα μάτια κι αυτό με έκανε να τη συμπαθήσω
αμέσως. Φυσικά, κολακεύτηκα που εκείνη πίστευε ότι
ήμουν κάποιο σημαντικό πρόσωπο.

Τα περισσότερα αγόρια φορούσαν κάτι σα σχολικές
στολές: Λευκά πουκάμισα, με γαλάζιο σιρίτι σε γιακά-
δες και μανίκια. Φορούσαν μπλε παντελόνια, που τα πε-
ρισσότερα ήταν υπερβολικά μεγάλα γι' αυτά τα κοκα-
λιάρικα παιδιά, με αποτέλεσμα τα φαρδιά μπατζάκια
τους να σέρνονται στο χώμα. Μόνο από θαύμα τ' αγόρια
δεν σκόνταφταν στα μπατζάκια τους, όπως εγώ στο μα-
κρύ φόρεμά μου.

Τα παιδιά ήταν τόσα πολλά, που μέσα στην αίθουσα
έπρεπε να στριμώχνονται το ένα δίπλα στο άλλο σα
σαρδέλες. Σκέφτηκα να περιμένω απ' έξω, ώσπου όλα
τα παιδιά να βρουν τις θέσεις τους και να ηρεμήσουν.
Στεκόμουν στην πόρτα και τα παρατηρούσα καθώς όλα
μαζί κάθισαν στο χωματένιο πάτωμα. Δεν υπήρχαν θρα-
νία, δεν υπήρχαν σκαμνιά, δεν υπήρχαν ούτε καν βιβλία.
Ορισμένα παιδιά είχαν μαζί τους ένα κομμάτι ύφασμα
για να κάθονται. Τα περισσότερα παιδιά, όμως, κάθο-
νταν κατ' ευθείαν πάνω στο σκληρό χώμα. Έβλεπα όλα
αυτά τα παιδικά μάτια που γυάλιζαν στο ημίφως αφο-
σιωμένα στον δάσκαλο, όλ' αυτά τα παιδιά που διψού-
σαν να μάθουν γράμματα, αλλά δεν είχαν τα απαραίτη-
τα βοηθήματα. Κι ήμουν περήφανη για τον ξάδελφό
μου, που ήταν ο δάσκαλός τους. Δεν μπορούσα να κατα-
λάβω γιατί ο πατέρας μου και τ' αδέλφια μου δεν είχαν
εμπιστοσύνη στον Ράγκε. Ήταν απ' τους λίγους που δεν
καθόταν όλη μέρα να παραπονιέται για την κατάσταση

στο χωριό. Ο Ράγκε προσπαθούσε να κάνει κάτι από μόνος του, να φέρει σε πέρας μια αποστολή.

Ο Ράγκε έδειχνε στους μαθητές ένα ένα τα γράμματα μ' έναν μακρύ χάρακα. Στην αίθουσα δεν υπήρχε μαυροπίνακας. Υπήρχε ένα κομμάτι νοβοπάν, που το είχαν βάψει με μαύρη μπογιά. Τα παιδιά άκουγαν τι έλεγε ο δάσκαλός τους με τόσο μεγάλη προσοχή ώστε δεν κατάλαβαν ότι τα τράβηξα φωτογραφίες, τόσο απορροφημένα ήταν. Κρέμονταν απ' τα χείλια του Ράγκε κι όσα είχαν μολύβια τα δάγκωναν αφηρημένα στις άκρες τους. Τα περισσότερα παιδιά, όμως, δεν είχαν ούτε ένα κομμάτι χαρτί. Το να έχει κάποιο παιδί μολύβι και χαρτί ήταν σημάδι πως ανήκε σε εύπορη οικογένεια. Λυπόμουν που έβλεπα όλες αυτές τις ελλείψεις και σκεφτόμουν τα παιδιά της γειτονιάς μου στη Νέα Υόρκη, που προτιμούσαν ν' αλητεύουν στους δρόμους, παρά να πηγαίνουν στο σχολείο, για να μάθουν γράμματα. Εγώ πάντοτε ευχόμουν να είχα πάει σχολείο, για να μάθω σωστή ορθογραφία κι ανάγνωση, να μπορώ να διαβάζω βιβλία χωρίς κόπο, αλλά, δυστυχώς, ποτέ δεν μου είχε δοθεί αυτή η ευκαιρία. Πάντοτε έπρεπε να δουλεύω για να τα βγάζω πέρα, ποτέ δεν είχα χρόνο να καθίσω σε σχολική αίθουσα. Αυτά τα λίγα που ξέρω τα έχω μάθει εντελώς μόνη μου.

Απορροφήθηκα τόσο πολύ σ' εκείνη τη σχολική αίθουσα, που ξέχασα την ανυπόφορη ζέστη και το στενόχωρο ντύσιμό μου. Για μένα, το σχολείο είναι ένας τόπος μαγικός. Ο Ράγκε μ' έφερε πίσω στην πραγματικότητα, ζητώντας μου να χαιρετίσω τα παιδιά.

«Χαίρομαι που σας γνωρίζω», είπα μπροστά σ' όλη την τάξη. «Ένα σχολείο είναι κάτι πολύ σημαντικό κι είσαστε τυχεροί εδώ που έχετε ένα δάσκαλο».

Τα παιδιά ήθελαν να μάθουν πού έμενα κι έτσι προσπάθησα να τους εξηγήσω πώς ήταν η Νέα Υόρκη.

«Τα σπίτια εκεί είναι τόσο ψηλά», τους είπα, «που οι στέγες τους σχεδόν χάνονται στον ουρανό. Οι δρόμοι είναι γεμάτοι αυτοκίνητα κι ολόκληρη η πόλη είναι σκεπασμένη με τσιμέντο κι άσφαλτο, δεν υπάρχει πια σχεδόν πουθενά χορτάρι».

Πολλά χέρια σηκώθηκαν στον αέρα κι ένα αγοράκι ρώτησε:

«Και τι τρώνε οι κατσίκες;»

«Δεν υπάρχουν κατσίκες στη Νέα Υόρκη».

«Τότε, πού βρίσκεται γάλα για να πιείτε;» συνέχισαν τα παιδιά τις ερωτήσεις και τις απορίες τους.

Στο τέλος της κουβέντας μας, ρώτησα ποια απ' τα παιδιά ήθελαν να έρθουν μαζί μου να ζήσουν στη Νέα Υόρκη. Όλα σήκωσαν τα χέρια τους. Όλα τα παιδιά ήθελαν να φύγουν απ' τη Σομαλία, για να πάνε στη Δύση. Φυσικά, δεν ήξεραν τίποτε για τη ζωή εκεί, απλά υπέθεταν πως θα ήταν καλύτερα από την πατρίδα τους.

Έξω στην αυλή ρώτησα τον «διευθυντή» για το σχολικό κτίριο. Μου είπε ότι η UNICEF είχε διαθέσει κάποια χρήματα, ώστε ν' αγοραστούν τα απαραίτητα οικοδομικά υλικά. Οι πατεράδες των παιδιών είχαν χτίσει τη σχολική αίθουσα με τα ίδια τους τα χέρια. Ο Αλί μου έδειξε την ταμπέλα της UNICEF, στην είσοδο του σχολείου. Όμως, το σχολείο είχε ήδη αποκτήσει υπερβολικά πολλούς μαθητές, ενώ κάθε πρωί όλο κι εμφανίζονταν καινούργιοι. Επίσης, τον ρώτησα για τον μισθό του προσωπικού. Μου είπε πως ήταν τυχεροί αν έπαιρναν τριάντα δολάρια τον μήνα, αλλά για πολύ καιρό τώρα δεν είχαν γίνει καθόλου πληρωμές.

«Πού και πού, περνάει κάποιος επίσημος και μας πληρώνει», είπε ο Αλί. «Όμως, δεν ξέρω αν υπάρχει σομαλικό υπουργείο παιδείας ή αν τα χρήματα προέρχονται απ' τον ΟΗΕ».

«Και πώς τα βγάζετε πέρα, χωρίς σταθερούς μισθούς;» τον ρώτησα.

«Εδώ, ο ένας βοηθάει τον άλλον. Μόνο έτσι τα βγάζουμε πέρα. Οι οικογένειες των παιδιών ποτέ δεν μας αρνιούνται ένα γεύμα, όσο υπάρχουν κάποια τρόφιμα στα σπίτια. Το δικό μου πρόβλημα δεν είναι τόσο το φαγητό. Είναι ότι χωρίς μισθό δεν μπορώ να ζήσω σαν άνθρωπος, να στήσω ένα δικό μου σπιτικό, δεν μπορώ να βρω μια γυναίκα, για να κάνω οικογένεια και παιδιά». Στη συνέχεια, ο Αλί με κοίταξε επίμονα και είπε: «Τώρα είδες πώς είναι η κατάσταση εδώ πέρα. Σκέφτηκα, μήπως εσύ θα μπορούσες να μας βοηθήσεις; Δεν είναι μονάχα που δεν μας πληρώνουν τακτικά. Το κυριότερο είναι πως στο σχολείο δεν υπάρχει καθόλου εξοπλισμός, δεν υπάρχουν βιβλία, τίποτε. Οτιδήποτε θελήσεις να μας προσφέρεις θα ήταν μεγάλη βοήθεια».

Φεύγοντας απ' το σχολείο, είδα έναν κόκορα να περιφέρεται στην αυλή. Ήταν γέρικος, αλλά περήφανος κι επιδεικτικός. Τριγυρνούσε από δω κι από κει, τσιμπολογώντας το χώμα για να βρει λίγους σπόρους να φάει. Νομίζω ότι ήμουν η μόνη που πρόσεξα εκείνον τον φουκαρά τον κόκορα. Σκέφτηκα ότι ακριβώς έτσι είναι κι η πατρίδα μου: φτωχή και περήφανη, αλλά κανένας στη Δύση δεν της δίνει σημασία.

Όταν γύρισα στο σπίτι η Νουρ μ' έπιασε και μου είπε: «Πρέπει να βρούμε χένα, για να γιορτάσουμε την επίσκεψή σου στο χωριό μας. Δεν μπορείς να φύγεις από δω χωρίς χένα».

Η ιδέα μου άρεσε πολύ. Το βάψιμο με χένα είναι μια αρχαία παράδοση, που τιμά τη γυναικεία ομορφιά. Στην Ανατολή, η χένα είναι σύμβολο χαράς κι ευχαρίστησης. Οι γυναίκες βάφονται με χένα τη νύχτα του γάμου τους, για να προσελκύσουν τον γαμπρό, καθώς κι όταν έχουν γεννήσει, για να καλωσορίσουν το νεογέννητο παιδί. Όταν μια γυναίκα συνέλθει από μια βαριά αρρώστια, βάφεται με χένα, για να ευχαριστήσει τον Θεό που την έσωσε. Επίσης, οι γυναίκες βάφονται με χένα σ' όλες τις μεγάλες γιορτές κι όταν θέλουν να βγουν απ' το σπίτι για να πάνε κάπου επίσημα.

«Θέλεις να με βάψεις εσύ;» ρώτησα τη Νουρ, αλλά εκείνη αρνήθηκε. Ήθελε να περιμένει να 'ρθει μια ξαδέλφη της ή μια γειτόνισσα για τη σημαντική αυτή τελετουργία. Εγώ, όμως, μιας και δεν ήξερα πότε κι αν θα έρχονταν οι άλλες γυναίκες, επέμενα:

«Έλα, Νουρ, κάν' το εσύ. Δεν μπορούμε να καθόμαστε και να περιμένουμε τις άλλες».

Νόμιζα ότι η Νουρ, αφού είχε μεγαλώσει στην έρημο, θα ήξερε να φτιάχνει σχέδια με χένα, όπως οι άλλες γυναίκες του χωριού. Παρατήρησα, όμως, ότι ούτε εκείνη αλλά ούτε κι η μητέρα μου είχαν πάνω τους σημάδια από σχέδια με χένα. Τα σχέδια της χένας μένουν στο δέρμα το πολύ καμιά δεκαριά μέρες. Έτσι, είναι καλύτερο να χρησιμοποιεί κανείς όσο το δυνατόν πιο σκουρόχρωμα μείγματα.

Τελικά, η Νουρ πείστηκε να πάμε στην αγορά να βρούμε χένα για να με βάψει η ίδια. Από νωρίς το απόγευμα, κλειστήκαμε στο καλύβι κι αρχίσαμε τη διαδικασία της βαφής. Η Νουρ διέλυσε τη σκόνη της χένας σε μια κούπα με ζεστό νερό, πρόσθεσε λίγο λάδι κι ανακάτεψε το μείγμα, ώσπου να γίνει παχύρρευστο κι ομοιόμορφο. Κατόπιν, το άφησε στην άκρη περίπου δέκα λεπτά, για να δέσει. Στη συνέχεια η Νουρ πήρε ένα ξυλαράκι, το βούτηξε στην κούπα κι άρχισε να φτιάχνει πάνω στο πόδι μου ένα σχέδιο, που έπιανε απ' τη γάμπα κι έφτανε ως τον αστράγαλο. Όμως, όσο πιο πολύ προχωρούσε το σχέδιο, τόσο περισσότερο έλιωνε το μείγμα της χένας πάνω στο δέρμα μου, μέχρι που το σχέδιο άρχισε να μοιάζει με μια μεγάλη μουντζούρα.

«Τι ακριβώς κάνεις εκεί;» ρώτησα τη νύφη μου.

Μόνο τότε η Νουρ μου αποκάλυψε πως ποτέ της δεν είχε μάθει να κάνει σχέδια με χένα. Δεν ήθελα να την πληγώσω και γι' αυτό της είπα ότι το σχέδιό της ήταν μια χαρά. Εκείνη ενθουσιάστηκε κι άρχισε να φτιάχνει σχέδια στο άλλο μου πόδι, με μεγάλη προσοχή. Στο μεταξύ, είχαμε πιάσει μια ζεστή και οικεία κουβέντα γύρω απ' την εγκυμοσύνη. Της πρόσφερα απ' τα πορτοκάλια που είχα βρει στην αγορά, αλλά εκείνη δεν δέχτηκε.

«Όταν ήμουν έγκυος με τον Αλήκε, πεινούσα πάρα πολύ κι έτρωγα όλη την ώρα», της είπα.

Τότε η Νουρ με κοίταξε μ' ένα λυπημένο βλέμμα και μου εκμυστηρεύτηκε:

«Δεν θέλω να τρώω πολύ, για να μη βγει μεγάλο το μωρό. Είχα πολλές δυσκολίες στη γέννα της κόρης μου. Υποχρεώθηκαν να με ανοίξουν για να χωρέσει να βγει το μωρό και μετά ξαναέραψαν την πληγή, για να κλείσει».

Δεν είχα λόγια να της απαντήσω. Κούνησα το κεφάλι μου και της χάιδεψα το χέρι. Γνωρίζω πολύ καλά πόσο δύσκολη είναι μια γέννα όταν σου έχουν κάνει εκτομή σε μικρή ηλικία. Πώς να βγει το μωρό μέσα από ένα τόσο μικρό άνοιγμα;

«Θα προσεύχομαι όλα να πάνε καλά για σένα», ήταν το μόνο που κατάφερα να της πω.

Τότε η Νουρ άρχισε ένα τραγούδι για τις γυναίκες, ένα πονεμένο *χουμπέγιο*, καθώς συνέχισε να ζωγραφίζει το πόδι μου με χένα. Εδώ οι γυναίκες πάντα τραγουδούν για τα προβλήματά τους:

> *Κόρη μου, οι άντρες μας αδικούν.*
> *Σ' ένα σπίτι χωρίς γυναίκα*
> *Κανείς δεν θ' άρμεγε τις καμήλες,*
> *Κανείς δεν θα σέλωνε τ' άλογα.*

Όταν η Νουρ τέλειωσε τα σχέδιά της, βγήκα έξω στον ήλιο, για να στεγνώσει η χένα πιο γρήγορα. Έκανε ακόμη ζέστη κι επειδή στο καλυβάκι είχα σκάσει έβγαλα τη μαντίλα και την μπλούζα, για να πάρω λίγο αέρα. Εξάλλου ήθελα ν' απολαύσω όσο περισσότερο μπορούσα τον απογευματινό ήλιο, γι' αυτό σήκωσα το φόρεμά μου ώστε να φαίνονται τα πόδια μου και ανέβασα τα μανίκια μέχρι τους ώμους. Τεντώθηκα και λιαζόμουν σαν σαύρα στον υπέροχο ήλιο της Σομαλίας. Πρέπει να ομολογήσω ότι τα σχέδια της χένας έμοιαζαν περισσότερο με πιτσιλιές από κόκκινη μπογιά κι έκαναν τα πόδια μου να φαίνονται σαν τα πόδια μιας παρδαλής κατσίκας. Δεν μ' ένοιαζε, όμως, καθόλου. Σημασία είχε αυτή η οικεία σχέση που είχαμε αναπτύξει με τη Νουρ, ότι νοιαζόμαστε η μια για την άλλη. Είναι πραγματική ευλογία να έχεις μια τέτοια νύφη. Τη Νουρ την αγάπησα πολύ.

Όμως, πάνω που είχα αρχίσει να νιώθω άνετα, κατέφτασε ο αδελφός μου ο Μοχάμεντ, που αμέσως άρχισε φωνάζει:

«Ει, τι κάνεις εσύ εκεί; Σε πέταξαν έξω απ' την καλύβα;»

Η Νουρ κι η μητέρα μου τον άκουσαν και πετάχτηκαν έξω για να δουν τι γίνεται. Μόλις με είδαν έβαλαν κι αυτές τις φωνές:

«Ω, Θεέ μου! Κοιτάξτε! Έχει ανεβάσει το φόρεμα μέχρι τη μέση. Γουόρις, σκεπάσου αμέσως, σκεπάσου! Έχεις τρελαθεί εντελώς;»

Κι οι τρεις τους έτρεχαν γύρω μου και κακάριζαν σαν τις κότες. Γύρισα προς τη Νουρ και της είπα:

«Νουρ, έτσι μου έρχεται να σε σπάσω στο ξύλο! Γιατί θέλεις συνέχεια να μου δημιουργείς προβλήματα;»

«Μα, δεν μπορείς να κάθεσαι έτσι έξω στην αυλή», απάντησε εκείνη, κουνώντας το κεφάλι της.

«Άφησέ με ήσυχη», της είπα. «Είσαστε όλοι σας τρελοί. Τι σας πειράζει που κάθομαι λίγο στον ήλιο; Έτσι κι αλλιώς κανένας δεν περνάει από δω, για να με δει. Δηλαδή τι να δει;»

Στο τέλος, η κατάσταση μου φάνηκε τόσο παράλογη, που έβαλα τα γέλια. Εκείνοι αναστέναξαν και συμφώνησαν μεταξύ τους:

«Αυτό το κορίτσι δεν έχει καθόλου αλλάξει. Έχει γίνει χειρότερη απ' ό,τι ήταν πριν. Έχει αποτρελαθεί εντελώς και τώρα πια ούτε που μας ακούει».

Κατά το σούρουπο, στο σπίτι της Νουρ ήρθαν για να κάνουν επίσκεψη δυο γυναίκες. Στα χέρια τους και στα πόδια τους είχαν τα πιο όμορφα σχέδια χένας που ποτέ μου είχα δει.

«Ποιος σας έφτιαξε αυτά τα υπέροχα λουλούδια;» ρώτησα.

«Μόνες μας τα φτιάξαμε», απάντησαν εκείνες.

«Και πού μένετε;»

«Στο διπλανό σπίτι».

Και τότε η Νουρ μου εξήγησε ότι αυτές ήταν οι γυναίκες που περίμενε για να μου κάνουν το βάψιμο με τη χένα. Και πρόσθεσε:

«Όμως, εσύ ήθελες να σου το κάνω εγώ».

Ούμι

Αραβική λέξη, που σημαίνει αγράμματος,
με την έννοια ανέγγιχτος από κάθε γνώση
που δεν προέρχεται απ' τον ίδιο τον Θεό.

13

Ούμι

Η ΜΗΤΕΡΑ ΜΟΥ, Ο ΘΕΟΣ ΜΑΖΙ ΤΗΣ, ποτέ της δεν μπορούσε να μείνει ακίνητη. Μια μέρα πριν την αναχώρησή μας, ξαφνικά, εξαφανίστηκε. Έψαξα σ' όλο το χωριό, αλλά δεν τη βρήκα. Ρώτησα τον Μοχάμεντ, τον Ρασίντ και τον Μπούρχααν, αλλά κανείς τους δεν ήξερε πού είχε πάει. Μονάχα όταν γύρισε η Νουρ απ' την αγορά, μου είπε πως η μητέρα μου είχε σηκωθεί νωρίς εκείνο το πρωί, πριν ακόμη λαλήσουν τα κοκόρια. Η Νουρ έδειξε με το χέρι της προς τα δυτικά, προς τα απόμακρα μπλε βουνά, που ήταν τα σύνορα της Σομαλίας με την Αιθιοπία. Με λίγη προσπάθεια, μες στο απογευματινό φως, κατάφερα να διακρίνω μια μικροσκοπική, ανθρώπινη φιγούρα, που βάδιζε κουβαλώντας ένα μεγάλο φορτίο στην πλάτη. Ήταν η μητέρα μου, που κινούνταν με φόντο τον ορίζοντα της ερήμου. Έμοιαζε με τζιν ή με κάποιο στοιχειό της φωτιάς, έτσι που τα κύματα του καυτού αέρα χόρευαν γύρω της. Πού και πού έσκυβε, μάζευε κάτι απ' το έδαφος και το πρόσθετε στο ογκώδες φορτίο. Προφανώς μάζευε καυσόξυλα, που τα τύλιγε στη μαντίλα της και τα κουβαλούσε στην πλάτη. Να γιατί η μαντίλα της ήταν πάντοτε σαν κουρέλι. Κουβαλούσε τα πάντα εκεί μέσα, από ξύλα μέχρι κατσίκες.

Συνέχισα να παρατηρώ τη μητέρα μου, που περπατούσε κοντά στον ορίζοντα, φορτωμένη με το τεράστιο δέμα με τα ξύλα. Σε λίγο άλλαξε κατεύθυνση κι άρχισε να βαδίζει προς ένα μέρος όπου, όπως μου είχαν πει, υπήρχε ένα πηγάδι. Σα να μην της έφταναν τα ξύλα, η μητέρα μου επέστρεψε στο χωριό, μέσα στην απογευματινή κάψα, κρατώντας στα χέρια της και δυο μπιτόνια γεμάτα νερό.

Δεν άντεξα να τη βλέπω έτσι, έτρεξα προς το μέρος της για να τη βοηθήσω.

«Μαμά, μαμά!» της φώναξα από μακριά. «Γιατί δεν μου είπες να έρθω μαζί σου, όταν έφευγες;»

Εκείνη κούνησε τους ώμους της και είπε:

«Αφού κοιμόσουν».

«Τότε γιατί δεν με ξύπνησες;» ρώτησα και πήρα τα μπιτόνια με το νερό απ' τα χέρια της.

Εκείνη δεν είπε τίποτε, μονάχα με κοίταξε, χαμογέλασε ειρωνικά και συνέχισε να περπατάει. Σκέφτηκα πως η μητέρα μου έχει τη δύναμη τριών ανθρώπων. Μια ζωή ολόκληρη στην έρημο κούτσουρα και νερό κουβαλούσε κάθε μέρα. Καθώς εγώ λικνιζόμουν στις πασαρέλες, σε Παρίσι και Μιλάνο, εκείνη περπατούσε στην έρημο και μάζευε τα ξύλα που της προμήθευε ο Αλλάχ. Κι όταν τα έκαιγε στη φωτιά, έστελνε στον Ύψιστο τις ευχαριστίες της με τον καπνό που αναδυόταν.

Όταν γυρίσαμε στο χωριό, η μητέρα μου κατέβασε το φορτίο απ' την πλάτη της κι αμέσως ρώτησε τη Νουρ αν είχε βρει τίποτε φαγώσιμο στην αγορά, όπου είχε πάει το πρωί. Ορισμένες φορές δεν έβρισκες τίποτε στην αγορά του χωριού, ακόμη κι αν είχες λεφτά. Η Νουρ εκείνη την ημέρα δεν είχε βρει καθόλου κρέας. Συνήθως οι μαγαζάτορες κρεμούν τα σφαχτάρια σε τσιγκέλια έξω απ' τα καταστήματα, για να βλέπει ο κόσμος ότι τα κατσίκια ή τ' αρνιά έχουν σφαχτεί με τον σωστό τρόπο. Όταν κάποιος διαλέξει το κομμάτι που του αρέσει, ο χασάπης διώχνει τις μύγες απ' το σφαχτό, κόβει το κρέας και το χρεώνει ανάλογα με το μέγεθος και με το μέρος του ζώου απ' το οποίο προέρχεται. Εκείνο το πρωί, όμως, δεν υπήρχε καθόλου κρέας διαθέσιμο, ούτε παΐδια, ούτε μπουτάκι, ούτε σπάλα ή οτιδήποτε άλλο. Η μητέρα μου είχε κουβαλήσει ξύλα με σκοπό να φτιάξει μια μεγάλη φωτιά, για ένα καλό αποχαιρετιστήριο γεύμα, αλλά δεν υπήρχε τίποτε άλλο για μαγείρεμα εκτός από ρύζι και κατσικίσιο γάλα.

«Χόγιο», φώναξε η μαμά τον Ρασίντ, με το χαϊδευτικό του όνομα.

Εμένα, όταν τύχαινε να του ζητήσω βοήθεια, με περιγελούσε. Τη μητέρα, όμως, την άκουσε και πήγε αμέσως κοντά της, για να δει τι ήθελε. Εκείνη του ζήτησε να πάει να φέρει ένα απ' τα τελευταία της κατσικάκια.

«Πήγαινε βρες τον Ούργκι Γιέρι, το Μωράκι μας», του είπε, δείχνοντας προς την κατεύθυνση όπου έβοσκαν τα κατσίκια πίσω απ' τη φωλιά των τερμιτών.

«Έι, μαμά, τι σκέφτεσαι να κάνεις με το κατσικάκι σου;» τη ρώτησα.

Εκείνη δεν μου έδωσε καμιά σημασία, μονάχα έσκυψε κι άρχισε να ετοιμάζει τη φωτιά.

«Μαμά», συνέχισα να την παρακαλάω, «δεν πρέπει να το σφάξεις. Πίστεψέ με, δεν θα πάθω τίποτε αν δεν φάω κρέας απόψε. Μην το σφάξεις, μόνο και μόνο επειδή φεύγω αύριο. Σε παρακαλώ, μαμά, δεν είναι ανάγκη να το σφάξεις. Κράτησέ το για σας».

«Γουόρις», είπε η μητέρα μου με αποφασιστικότητα. «Για μας έχει ο Θεός».

Η μητέρα μου ξεχειλίζει από πίστη κι έτσι επηρεάζει τους ανθρώπους γύρω της. Είχε τόση σιγουριά μέσα της ότι ο Θεός θα της έδινε τα απαραίτητα, που δεν μπορούσα να της φέρω άλλη αντίρρηση και σταμάτησα τα παρακάλια μου.

Ο Ρασίντ, φυσικά, την υπάκουσε αμέσως κι έφυγε για

να βρει το κατσίκι, παίρνοντας μαζί του ένα μεγάλο μαχαίρι για το σφάξιμο. Τις βροχερές περιόδους, όταν η έρημος πρασινίζει, τα κατσίκια δεν χρειάζονται πολύ φροντίδα και βόσκουν ελεύθερα από δω κι από κει. Ο Ρασίντ δεν άργησε να βρει τον *Ούργκι Γιέρι*. Έπιασε το κατσίκι στα χέρια του και το πήγε πίσω απ' την καλύβα, όπου, μαζί με τον Μπούρχααν, το πίεσαν να γονατίσει, με τεντωμένο τον μικρό του λαιμό. Το κατσικάκι είχε καταλάβει ότι κάτι κακό επρόκειτο να του συμβεί και πάλευε να ξεφύγει απ' τα χέρια των αδελφών μου, βελάζοντας με όλη του τη δύναμη. Τελικά, κατάφεραν να το κρατήσουν ακίνητο, με τα μικρά του μαύρα και καφέ ποδαράκια να φαίνονται έντονα στον φόντο του κατάλευκου σώματός του. Έτσι που ήταν γονατιστό μέσα στις λάσπες, με τεντωμένο το κεφαλάκι του, έμοιαζε σα να είχε πέσει κάτω για να προσευχηθεί. Δεν άντεξα να κοιτάξω όταν το έσφαζαν, ήταν τόσο όμορφο εκείνο το μικρό ζώο.

Έπρεπε να το σφάξουν με τον σωστό τρόπο, αλλιώς κανείς δεν θα δεχόταν να το φάει. Σημαντικό είναι ο λαιμός να κοπεί με τέτοιο τρόπο, ώστε το ζώο να πεθάνει γρήγορα και να μην πονέσει σχεδόν καθόλου. Αυτός είναι ο μουσουλμανικός τρόπος σφαξίματος.

Το συγκινητικό ήταν πως το κατσικάκι αυτό ήταν το αγαπημένο της μητέρας μου. Κάθε πρωί το έπαιρνε στην αγκαλιά της και το έξυνε κάτω απ' το σαγόνι του, όπου μόλις είχε αρχίσει να φυτρώνει ένα μικρό τραγίσιο γενάκι. Τα κατσίκια σήμαιναν τα πάντα για τη μητέρα μου. Της χάριζαν γάλα που συχνά ήταν η μόνη τροφή που υπήρχε για να χορτάσει την οικογένειά της. Γάλα, αυτή η λευκή θρεπτική ουσία που έτρεφε την οικογένεια του Μπούρχααν, τα ξαδέλφια, τα ανίψια, τα εγγόνια, αλλά και τους γείτονες. Τώρα, ήθελε να σφάξει το τελευταίο της ερίφι, για να κάνει αποχαιρετιστήριο γεύμα στον γιο της και στην κόρη της. Έτσι ήταν η μητέρα μου, μοιραζόταν με τους άλλους ακόμη και το τελευταίο της κομμάτι ψωμί, χωρίς να νοιάζεται για το αύριο.

Στο μεταξύ, είχαν σταματήσει τα επιθανάτια βελάσματα. Για λίγο επικράτησε μια βαθιά σιγή. Το μόνο που ακουγόταν ήταν τα περιστέρια του γείτονα, που γουργούριζαν. Η μητέρα μου, όπως πάντα, έμεινε απτόητη: Σήκωσε για λίγο το βλέμμα της κι αγνάντεψε τους απέναντι λόφους. Αυτή ήταν η μαμά. Το μόνο που της είχε απομείνει σ' αυτόν τον κόσμο ήταν πέντε κατσίκια. Τα δυο πιο μικρά τα έσφαξε για να τα φάμε, κατά τη σύντομη επίσκεψή μας στο σπίτι της.

Ο Ρασίντ σήκωσε το σφαχτάρι και το έφερε μπροστά στη μητέρα. Προηγουμένως είχε κόψει το κεφάλι του και το είχε βάλει σ' ένα σφιχτοπλεγμένο καλάθι, που έμοιαζε με μεγάλο χωνί. Η μητέρα μου πήρε ένα μαχαίρι και τ' ακόνισε πάνω σε μια πέτρα. Κατόπιν, έγδαρε το κατσίκι και του αφαίρεσε τα εντόσθια. Με το δέρμα θα έφτιαχνε κάλυμμα για ένα τρίποδο σκαμνί. Θα στερέωνε το τεντωμένο και μουσκεμένο γιδόπετσο στο πάνω μέρος του σκαμνιού κι όταν στέγνωνε, θα είχε άλλο ένα βολικό κάθισμα στο σπιτικό της. Στη συνέχεια η μητέρα μου τεμάχισε ολόκληρο το κατσίκι και αφαίρεσε προσεκτικά κάθε ψαχνό απ' τα κόκαλα κι απ' το κεφαλάκι. Τα δυο στριφτά μικρά κέρατα τα έδωσε στον εγγονό της, τον Μοχάμεντ Ίνυερ, για να παίξει. Όταν ο μικρός άρχισε να φυσάει μέσα τους για να δει αν θα έβγαζαν ήχο, το πρόσωπο της μητέρας μου έλαμψε για λίγο. Στη συνέχεια, ο πιτσιρίκος άρχισε να σκάβει στο χώμα με τα κέρατα και σήκωσε σκόνη, που πήγαινε κατευθείαν μέσα στην κατσαρόλα της μαμάς. Εκείνη άρχισε να φωνάζει, κουνώντας το μαχαίρι μπροστά στο πρόσωπο του παιδιού:

«Φύγε απ' την κατσαρόλα μου, αλλιώς θα στα πάρω πίσω τα κέρατα και θα τα φορέσω η ίδια στο κεφάλι μου».

Ο μικρός Μοχάμεντ της γύρισε την πλάτη κι έτρεξε

295

να βρει τους φίλους του, για να τους δείξει τα δυο καινούργια του παιχνίδια. Ήταν ελεύθερος να πηγαίνει όπου θέλει σ' ολόκληρο το χωριό, δεν υπήρχε κανένας φόβος.

Τ' αδέλφια μου κι εγώ προσπαθήσαμε να λογαριάσουμε πόσο χρόνων ήταν η μητέρα μας. Στη Σομαλία η ηλικία υπολογίζεται ανάλογα με πόσες γκου, βροχερές περιόδους, έχει ζήσει κανείς. Δεν μπορούσαμε, βέβαια, να πούμε με ακρίβεια, αλλά συμφωνήσαμε ότι η μαμά πρέπει να 'ναι περίπου πενήντα εφτά ως πενήντα οκτώ χρόνων. Το ότι μοιάζει με ογδόντα ή ενενήντα οφείλεται, πιστεύω, στις κακουχίες και στα βάσανα που έχει τραβήξει η δύστυχη σ' όλη της τη ζωή. Η σκληρή, καθημερινή πάλη για την επιβίωση έχει αφήσει ανεξίτηλα σημάδια στο σώμα και στο πρόσωπο της μητέρας μου. Η μαμά είναι, κυριολεκτικά, πετσί και κόκαλο. Τα πόδια της μοιάζουν, πραγματικά, σαν να είναι από δέρμα ελέφαντα, χοντρόπετσα, σκληρά και γεμάτα χαρακιές. Το βλέμμα της είναι θολό και τα μάτια της δεν αστράφτουν πια στον ήλιο. Δόξα σοι ο Θεός, που ακόμη έχει μέσα της τόση ζωντάνια, τόση δύναμη και πολεμάει απ' το πρωί ως το βράδυ, χωρίς σταματημό. Καθώς την έβλεπα, ολημερίς, να δουλεύει και να τραγουδάει, κατάλαβα ότι αυτό που της δίνει κουράγιο είναι η πίστη. Για να επιβιώσεις στην έρημο, πρέπει να πιστεύεις στον Θεό και σε όλες τις δυνάμεις που κρύβεις μέσα σου.

Αυτό, λοιπόν, ήταν: Και οι δυο μου γονείς επιβίωναν, χάρη στην πίστη τους στις μαγικές δυνάμεις της φύσης. Στην έρημο δεν υπάρχει κοινωνική πρόνοια, δεν υπάρχουν ασφάλειες ζωής, ούτε σύστημα συνταξιοδότησης. Ο πατέρας μου είναι τυφλός, η μητέρα μου μοιάζει με ρυτιδιασμένη γριούλα, όμως, έχουν κι οι δυο τους περισσότερη δύναμη από μένα. Τα μισά απ' τα παιδιά που γέννησε η μητέρα μου της πέθαναν πρόωρα, στο στήθος της έχει φυτεμένη μια σφαίρα κι όμως, παρ' όλες τις αντιξοότητες και τους κινδύνους που αντιμετώπισε στη ζωή της, ποτέ δεν το έβαλε κάτω. Πάντοτε συνέχισε να παλεύει, μ' όλο της το κουράγιο και με ζωντανές τις ελπίδες της.

Το ίδιο βράδυ πήγα να καθίσω λίγο με τον πατέρα μου. Εκείνος άκουσε θόρυβο και ρώτησε ποιος είναι.

«Εγώ είμαι πατέρα, η Γουόρις», απάντησα, πηγαίνοντας κοντά του.

Ο πατέρας μου ήταν ξαπλωμένος σε μια ψάθα και μόλις έφτασα πλάι του με ρώτησε:

«Πού είναι ο Μοχάμεντ; Είναι η ώρα να μου βάλει το φάρμακο στα μάτια».

«Δεν ξέρω, μπαμπά. Δεν φαίνεται κανείς εδώ τριγύρω».

«Κάποιος πρέπει να έρθει για να μου βάλει τις σταγόνες. Πού είναι ο Μπούρχααν; Πού είναι η μητέρα σου;» επέμενε ο πατέρας.

Εμένα με έβλεπε ακόμη σα μικρό κορίτσι κι έπρεπε να καταβάλω προσπάθεια για να τον πείσω ότι μπορούσα κι εγώ, όπως όλοι οι άλλοι, να τον βοηθήσω.

«Μπαμπά», του είπα, «τώρα είμαι πια μεγάλη, ψηλή σαν τ' αγόρια, ξέρω πια τι κάνω».

Μετά από πολλά, με άφησε να του βγάλω τον επίδεσμο και να του πλύνω το πρόσωπο με καθαρό νερό. Το πρόσωπό του δεν ήταν πια τόσο πρησμένο. Ο πατέρας μπορούσε να μασάει και να μιλάει με μεγαλύτερη ευκολία, αλλά το μάτι του ήταν ακόμη σε φριχτή κατάσταση. Ο βολβός ήταν ακόμη μια ανοιχτή πληγή στις αποχρώσεις του κίτρινου, γεμάτη πύον. Όταν του έβαζα το κολλύριο εκείνος είπε ότι ήδη είχε αρχίσει να βλέπει κάπως καλύτερα.

«Τι μπορείς να δεις;» τον ρώτησα.

«Βλέπω σκιές», απάντησε εκείνος. «Σκιές και χρώματα κι αμυδρές μορφές».

«Είναι δώρο απ' τον Αλλάχ, πατέρα. Αυτό μόνο μπορώ να πω. Ευλογημένος να είναι ο Αλλάχ, που κατάφερες κι επέζησες μετά απ' τη συνάντησή σου με τον μάγο-γιατρό. Πρέπει να ξαναπάς πίσω στο νοσοκομείο στο Γκελκάγιο, για να συνεχίσεις τη θεραπεία. Πατέρα, πώς μπόρεσες ν' αφήσεις ένα τρελό να βάλει στο μάτι σου μαχαίρι;»

«Δεν ξέρω», απάντησε εκείνος με χαμηλή φωνή.

Κατόπιν, του ξανατύλιξα τον επίδεσμο στο κεφάλι, για να μην πηγαίνουν σκόνη και μύγες στην πληγή. Μέσα στο τσάι του διέλυσα δυο παυσίπονα χάπια, γιατί δεν μπορούσε να τα καταπιεί ολόκληρα. Έτσι κι αλλιώς, δεν ήπιε πολύ τσάι. Να, λοιπόν, που τουλάχιστον τα παυσίπονα χάπια ήταν κάτι που είχα φέρει μαζί μου και είχε πρακτική αξία για τους δικούς μου.

Εκείνο το βράδυ, μετά το αποχαιρετιστήριο γεύμα, γύρισα προς στον πατέρα μου και είπα:

«Πατέρα, θα ξανάρθω να σας επισκεφτώ μιαν άλλη φορά και τότε θα μείνω περισσότερο. Αυτές οι οκτώ μέρες πέρασαν τόσο γρήγορα, θα 'θελα να μπορούσα να μείνω κι άλλο. Την επόμενη φορά θα κανονίσω να μείνω δυο ή τρεις μήνες κοντά σας».

Ο Μοχάμεντ συμφώνησε μαζί μου, κουνώντας καταφατικά το κεφάλι του. Ο Ρασίντ, όμως, δεν έχασε την ευκαιρία να κοροϊδέψει:

«Τότε θα προλάβεις να μάθεις ν' ανάβεις φωτιά, χωρίς να μας πνίγεις όλους στον καπνό».

«Δεν μιλούσα σε σας, άχρηστοι άντρες», απάντησα κι έπιασα απαλά το χέρι του πατέρα μου, εξηγώντας του πόσο θα 'θελα ο γιος μου να γνωρίσει τον παππού του και τους άλλους συγγενείς: «Την επόμενη φορά θα φέρω μαζί μου τον Αλήκε και τότε θα μείνουμε τουλάχιστον δυο μήνες. Και τότε θα έχω χρόνο να χαιρετίσω όλους τους συγγενείς και να δω όλα αυτά που δεν πρόλαβα τούτη τη φορά».

Ο Ρασίντ φαινόταν έκπληκτος και ρώτησε:

«Γουόρις, πόσον καιρό λείπεις απ' την πατρίδα;»
«Πάνω από είκοσι χρόνια».
«Και πόσο έμεινες εδώ αυτή τη φορά;»
«Μια βδομάδα».
Ο αδελφός μου δεν μπορούσε να το πιστέψει. Με περνούσε για τρελή που είχα κάνει ένα τόσο μακρύ ταξίδι για να μείνω στο χωριό λίγες μόνο μέρες. Ο πατέρας μου, όμως, είπε:
«Αυτό που έχει σημασία, Γουόρις, είναι ότι ήρθες».
Η τελευταία οικογενειακή βραδιά εξελίχθηκε σε μια ξεχωριστή συνάντηση για όλους μας. Ήταν μια μαγική βραδιά. Όταν σκοτείνιασε, απλώσαμε ψάθες και κουρελούδες γύρω απ' τη φωτιά και καθίσαμε όλοι μαζί σ' έναν κύκλο. Ευτυχώς δεν είχε πολλά κουνούπια, ενώ από πάνω μας απλωνόταν η υπέροχη ξαστεριά της ερήμου. Ακόμη κι οι κατσίκες πλησίασαν τη φωτιά και ξάπλωσαν στα πόδια της μητέρας μου. Την πιο γέρικη, την Ασπρούλα, την πήρε αμέσως ο ύπνος κι άρχισε να ροχαλίζει δυνατά κι όλοι έβαλαν τα γέλια μαζί της. Όλοι, εκτός απ' τη μητέρα μου.
«Μην την κοροϊδεύετε γιατί θα ξινίσει το γάλα της και δεν θα 'χουμε να πιούμε αύριο το πρωί», μας προειδοποίησε όλους η μαμά.
«Αφήνει και πορδές», παρατήρησε ο Ρασίντ, ενώ η μητέρα μου σούφρωσε το πρόσωπό της, αποδοκιμάζοντας το αστείο του.
Όταν όλα γύρω μας είχαν ησυχάσει, μίλησα και τους είπα πόσο ευτυχισμένη ήμουν που όλοι μας είχαμε επιτέλους μαζευτεί στον ίδιο τόπο. Ήταν θαύμα που καθόμαστε και πάλι μαζί ολόκληρη η νομαδική μας οικογένεια, γύρω απ' τη φωτιά, μπροστά απ' το μικρό καλυβάκι. Ήταν κάτι που δεν θυμάμαι να έχει ξανασυμβεί ποτέ.
«Πότε ήταν η τελευταία φορά που ήμαστε όλοι έτσι μαζεμένοι;» ρώτησα τους γονείς μου.
«Δεν έχει ξαναγίνει», απάντησε ο πατέρας μου.

«Οπότε, πραγματικά, απόψε είναι μια μοναδική βραδιά που μας χάρισε ο Θεός», είπα. «Τον ευχαριστώ απ' τα βάθη της καρδιάς μου».

Ο Μοχάμεντ καθόταν σιωπηλός και κοιτούσε τα δισεκατομμύρια αστέρια τ' ουρανού. Σίγουρα, θα σκεφτόταν την αυριανή μας αναχώρηση κι ίσως ότι ποτέ πια δεν θα ξανακαθόμαστε όλοι μαζί έτσι μαζεμένοι.

Η μητέρα μου κοιτούσε σκεπτικά τον συνεσταλμένο, μεγάλο της γιο για πολύ ώρα. Κατόπιν είπε:

«Μια φορά ζούσε ένας πάμπλουτος, διάσημος σουλτάνος...»

Δεν πρόφτασε ν' αποτελειώσει τη φράση της κι όλοι γύρω απ' τη φωτιά είπαν με μια φωνή:

«Χιέιγια! Η μαμά θα μας πει μια ιστορία!»

Οι φλόγες της φωτιάς καθρεφτίζονταν μέσα στα μάτια της, καθώς η μητέρα μου, τονίζοντας κάθε λέξη και κάνοντας νοήματα με τα χέρια της, συνέχισε να διηγείται:

«...Ο σουλτάνος αυτός φορούσε πανάκριβα ρούχα και τα δωμάτια του παλατιού του στο Μογκαντίσου ήταν στρωμένα με παχιά περσικά χαλιά. Είχε χτίσει το παλάτι του στις ακτές του Ινδικού Ωκεανού, για ν' απολαμβάνει τη δροσιά απ' την αύρα της θάλασσας. Το κελάρι του ξεχείλιζε από πολύτιμα πετράδια, ενώ αραχνοΰφαντα, αραβικά μετάξια, ανυπολόγιστης αξίας στόλιζαν το παλάτι. Στα δωμάτια έκαιγαν πάντοτε τα πιο σπάνια λιβάνια, ακόμη κι όταν ο σουλτάνος έλειπε απ' το παλάτι. Όμως, παρ' όλο τον μυθικό του πλούτο, ο σουλτάνος ένιωθε δυστυχής και δεν μπορούσε να καταλάβει το γιατί. Είχε πολλές γυναίκες, που τις αγαπούσε όλες, παρ' όλο που η μια ζήλευε την άλλη. Είχε γενναίους γιους, που χαιρόταν να τους βλέπει να παλεύουν μεταξύ τους. Είχε και τις πεντάμορφες κόρες του, η καθεμιά με τα δικά της καπρίτσια. Με τα φλουριά του μπορούσε ν' αγοράσει οτιδήποτε επιθυμούσε, αλλά παρ' όλ' αυτά ο σουλτάνος δεν ήταν ευτυχισμένος κι είχε χάσει τον ύπνο του.

Ένα πρωί, μετά από άλλη μια ξάγρυπνη νύχτα, ο σουλτάνος φώναξε τους υπηρέτες του και τους πρόσταξε:

"Να πάτε να βρείτε, έστω κι έναν αληθινά ευτυχισμένο άνθρωπο και να μου τον φέρετε εδώ μπροστά μου, για να του μιλήσω."

Οι υπηρέτες σκορπίστηκαν σ' όλη τη χώρα, αλλά μάταια έψαχναν. Πουθενά δεν κατάφεραν να βρουν έναν άνθρωπο, που ήταν πραγματικά ευτυχισμένος. Ώσπου μια μέρα κάποιοι υπηρέτες, περνώντας κοντά από ένα πηγάδι στην έρημο, άκουσαν ένα φτωχό νομάδα βοσκό να σιγοτραγουδάει, καθώς πότιζε τη μοναδική, κοκαλιάρικη καμήλα του. Ο βοσκός συνέχισε τ' ανέμελο τραγούδι του, καθώς άρμεξε το ζώο, ενώ το λίγο γάλα που πήρε το μοιράστηκε με τους υπηρέτες του σουλτάνου. Παρ' όλο που ήταν φτωχός και πεινασμένος, ο άντρας γελούσε κι αστειευόταν συνέχεια.

"Είσαι, στ' αλήθεια, ευτυχισμένος;" τον ρώτησαν οι υπηρέτες.

"Και γιατί να μην είμαι;" ανταπέδωσε την ερώτηση εκείνος.

Τότε οι υπηρέτες τον προσκάλεσαν να τους ακολουθήσει.

"Έλα μαζί μας στο παλάτι", του είπε ο πιο γέρος απ' τους υπηρέτες. "Ο αφέντης μας, ο σουλτάνος, θέλει να σε δει".

Ο βοσκός δέχτηκε την πρόσκληση κι έτσι έφυγαν όλοι μαζί απ' την έρημο του Χαούντ και πήγαν στη μεγαλόπρεπη πόλη του Μογκαντίσου. Ο νομάδας βοσκός δεν είχε ποτέ του ξαναδεί κάτι παρόμοιο. Υπήρχε γύρω του τόσος κόσμος, τόσα χρώματα, τόσες μυρωδιές και τόσα πολλά πράγματα να γευτεί κανείς! Στο παλάτι, ο σουλτάνος τον υποδέχτηκε με μεγάλες τιμές. Παρέθεσε προς τιμή του βασιλικό γεύμα, με πεντανόστιμα φαγητά, εξωτικά φρούτα και πλούσια διασκέδαση. Στο τέλος του έκανε δώρο και μια χρυσοκέντητη αρχοντική κάπα.

"Ποιο είναι το μυστικό της ευτυχίας;" τον ρώτησε ο σουλτάνος, ξαπλωμένος όπως ήταν στις αναπαυτικές μαξιλάρες του.

Ο φτωχός άντρας δεν ήξερε τι να απαντήσει στην ερώτηση του σουλτάνου. Η γλώσσα του είχε κολλήσει και δεν κατάφερε ν' αρθρώσει ούτε μια λέξη. Άλλωστε τι θα μπορούσε ν' απαντήσει; Δεν είχε ιδέα για το τι ήταν αυτό, που τον έκανε ευτυχισμένο, εκεί έξω στην έρημο. Απλώς, έτσι ένιωθε και δεν ήξερε το γιατί.

Ο σουλτάνος απογοητεύτηκε με τον βοσκό που δεν ήξερε να απαντήσει στην ερώτηση και τον έδιωξε απ' το παλάτι. Έτσι, ο φτωχός νομάδας ξαναβρέθηκε στην έρημο με τη μοναδική καμήλα του και την άδεια ξύλινη κούπα του. Όμως, δεν μπορούσε να ξεχάσει τα μεγαλεία και τα θαύματα που είχε ζήσει στη μεγάλη πόλη και στο παλάτι του σουλτάνου. Κι έτσι δεν έγινε ποτέ ξανά ευτυχισμένος», τέλειωσε η μητέρα μας τη διήγησή της.

«Χιέιγια!» φώναξα, γιατί ήξερα ότι η ιστορία έλεγε την αλήθεια.

Ο Μοχάμεντ, όμως, γύρισε την πλάτη του στη φωτιά και κουκούλωσε το κεφάλι του με την κάπα του.

Από πάνω μας, τ' αστέρια ήταν αναρίθμητα, φαινόταν σαν ο ουρανός να γεννούσε συνέχεια καινούργια. Γύρω μας δεν ακουγόταν ο παραμικρός ήχος. Ήμασταν τυλιγμένοι σε μιαν υπέροχη βαθύτατη σιγή. Στη Δύση, όπου κι αν πας, πάντοτε κάποιο αυτοκίνητο θ' ακουστεί να περνάει, έστω κι από πολύ μακριά. Στην απεραντοσύνη της ερήμου, όμως, η σιωπή είναι απόλυτη και σκεπάζει τα πάντα.

Όταν, γύρω απ' τη φωτιά, όλοι είχαν ησυχάσει κι όταν είχαν πάψει οι συζητήσεις, οι ιστορίες και τ' ανέκδοτα, η μητέρα μου, η Νουρ κι εγώ μπήκαμε μέσα στην καλύβα, για να κοιμηθούμε, μαζί με τα παιδιά. Πέρα απ' τους λόφους, σα να γελούσαν χαιρέκακα, ακούγονταν οι ύαινες. Ευτυχώς, όμως, κρατιούνταν σ' απόσταση και δεν πλησίαζαν το χωριό.

Εκείνη τη νύχτα δεν κοιμήθηκα καλά, γιατί είδα πολύ άσχημα όνειρα. Ονειρεύτηκα ότι περπατούσα με τη μητέρα μου. Είχαμε χαθεί κι ήμαστε εξαθλιωμένες γιατί είχαν περάσει μέρες ολόκληρες χωρίς νερό και φαγητό. Με τις τελευταίες μου δυνάμεις, σκαρφάλωσα ως την κορυφή ενός λόφου κι απ' την άλλη μεριά είδα ένα μικρό καταυλισμό: Μια καλύβα, μια φωτιά και μια τσαγιέρα πάνω στη θράκα. Έτρεξα αμέσως πίσω στη μαμά, φωνάζοντας:

«Μαμά, μαμά! Βλέπω ένα σπίτι, υπάρχουν άνθρωποι εκεί, έλα, έλα γρήγορα, έχουμε σωθεί!»

Κατηφόρισα την πλαγιά κι όταν έφτασα κοντά στην καλύβα, φώναξα:

«Είναι κανείς εδώ;»

Κανείς δεν απάντησε. Κανείς δεν βγήκε έξω απ' την καλύβα. Τότε είδα ότι η τσαγιέρα ξεχείλιζε από κάποιο περίεργο υγρό. Στην έρημο, για οικονομία νερού, οι νομάδες συχνά μαγειρεύουν στις τσαγιέρες. Όταν σήκωσα τα καπάκι της τσαγιέρας, βρέθηκα αντιμέτωπη μ' ένα φριχτό θέαμα: Η τσαγιέρα ήταν γεμάτη αίμα, που μέσα του έβραζαν ανθρώπινα μέλη. Πανικόβλητη, άφησα το καπάκι να πέσει χάμω και κοίταξα γύρω μου. Έντρομη ανακάλυψα ότι με πλησίαζαν δυο περίεργα πλάσματα, που είχαν ανθρώπινη μορφή, αλλά περισσότερο έμοιαζαν με λευκούς διαβόλους. Τα μάγουλά τους ήταν ρουφηγμένα προς τα μέσα και τα βλέμματά τους ήταν άδεια και θολά. Τα δυο αλλόκοτα πλάσματα έρχονταν όλο και πιο κοντά, από αριστερά κι από δεξιά μου. Όταν είδα τη μητέρα μου να κατηφορίζει την πλαγιά του λόφου, της φώναξα:

«Μαμά, μαμά, φύγε από δω! Μην έρχεσαι κοντά. Τρέξε, τρέξε, να ξεφύγεις».

Εκείνη, όμως, με κοίταξε και είπε:

«Όχι, Γουόρις. Τρέξε εσύ για να ξεφύγεις. Εμένα δεν με σηκώνουν πια τα πόδια μου».

Τα δυο *τζιν* βρίσκονταν σε απόσταση αναπνοής, αλλά δεν ήθελα να εγκαταλείψω τη μητέρα μου κι επέμενα:

«Έλα, μαμά, ας προσπαθήσουμε να ξεφύγουμε μαζί κι οι δυο μας».

Κι έτσι αρχίσαμε να τρέχουμε, όσο αντέχαμε, με τα *τζιν* να μας έχουν πάρει στο κατόπιν. Εγώ άνοιξα το βήμα μου κι έτρεχα γρήγορα, πολύ γρήγορα, αλλά η μητέρα μου έμεινε πίσω.

«Μαμά, χτύπησέ τα, κάν' τα να εξαφανιστούν!» της φώναξα, λαχανιασμένη.

«Τρέξε εσύ και μη σε νοιάζει, Γουόρις», απάντησε εκείνη.

«Γιατί μαμά; Εσύ τι θ' απογίνεις;»

«Τρέχα και μη σε νοιάζει. Θα τα καταφέρω εγώ».

Κοίταξα προς τα πίσω κι είδα τους διαβόλους να βγάζουν δυο χασαπομάχαιρα και να τα καρφώνουν στην πλάτη της μητέρας μου. Εκείνη έπεσε πληγωμένη στο έδαφος κι ήθελα να πάω κοντά να τη βοηθήσω, αλλά τότε εμφανίστηκε δίπλα μου άλλο ένα *τζιν* κι έπρεπε να τρέξω, να τρέξω, για να σωθώ. Όμως, παραπάτησα, έπεσα κι εγώ κάτω, το *τζιν* πλησίαζε, εγώ ούρλιαζα και τότε ξύπνησα απ' τις ίδιες μου τις φωνές.

Έπρεπε να ξεκινήσουμε νωρίς το άλλο πρωί, για να προλάβουμε να φτάσουμε στο Μπορσάσο το ίδιο απόγευμα. Όμως, δεν είχα καθόλου κουράγιο να σηκωθώ, γιατί ένιωθα μεγάλη θλίψη. Η μητέρα μου είχε σηκωθεί, πριν ακόμη χαθεί το φεγγάρι, κι είχε πάει με την ψάθα της έξω απ' το καλυβάκι για την πρωινή προσευχή. Έστρωσε την ψάθα στο έδαφος, γονάτισε πάνω της και στράφηκε προς την κατεύθυνση της ιερής πόλης της Μέκκας, τον ομφαλό του κόσμου. Κατόπιν, έσκυψε βαθιά κι άρχισε να προσεύχεται:

«Ένας είναι ο Θεός, ο Αλλάχ και προφήτης του ο Μωάμεθ», έψαλε.

Ω, πόσο μ' αρέσει η μελωδία αυτής της προσευχής κι ο αντίλαλός της στην έρημο! Για τη μητέρα μου η προσευχή αυτή είναι το τραγούδι της ζωής. Είναι το σταθερό της σημείο στη ροή του χρόνου. Η μητέρα μου ποτέ δεν έχανε την προσευχή της, όσο φορτωμένη με υποχρεώσεις κι αν ήταν η μέρα που είχε μπροστά της. Έλεγε: «Ανήκω στον Θεό. Αυτό είναι το πιο σημαντικό πράγμα στη ζωή μου. Είναι το μόνο που έχει πραγματική σημασία».

Η μητέρα μου πέντε φορές την ημέρα άγγιζε την αιωνιότητα.

Εμένα το σπίτι μου είναι γεμάτο ρολόγια. Φοράω ρολόι χεριού, παρακολουθώ το ημερολόγιο, κρατάω σημειωματάριο για ραντεβού, ακολουθώντας πιστά τα καθημερινά χρονικά πλάνα. Ο χρόνος φαίνεται να είναι αυτό που έχει τη μεγαλύτερη σημασία. Είναι οκτώ η ώρα, σκέφτομαι, πρέπει να τηλεφωνήσω στον ατζέντη μου. Δεν έχει σημασία τι γίνεται γύρω μου, αν κλαίει το μωρό ή αν χτυπάει η πόρτα. Οι δείκτες του ρολογιού δείχνουν ότι έχουν πάνω μας απόλυτη εξουσία. Είμαστε σκλάβοι και τα ρολόγια είναι οι αφέντες μας. Βρέχει-χιονίσει, δεν έχουμε άλλη επιλογή απ' το να υπακούσουμε στις εντολές των ρολογιών μας. Η μητέρα μου είναι δούλη του Θεού. Αντλεί τη δύναμη και την αξιοπρέπειά της απ' τον Θεό. Ενώ εγώ συνεχίζω να τρέχω αγχωμένη, μέσα στους δρόμους της μεγαλούπολης, χωρίς να ξέρω πού πηγαίνω.

Ένα κοπάδι αγριοπερίστερα ήρθε απ' τα ανατολικά. Τα πουλιά ήρθαν και κάθισαν στο σπιτάκι της μαμάς. Τα περιστέρια αυτά στη Σομαλία τα λέμε αγγέλους, γιατί στον λαιμό τους έχουν ένα δαχτυλίδι από μαύρα φτερά, που μοιάζει με τούσπαχ, ιερό φυλαχτό. Θεωρούνται ακόλουθοι των αγγέλων και καλός οιωνός. Για μένα ήταν ένα σημάδι απ' τον Αλλάχ, ότι Εκείνος θα προσέξει τη μητέρα μου.

Η αγαπημένη μου νύφη, η Νουρ, εκείνο το πρωί είχε

φτιάξει *άντζελα* για μένα. Κάθισε δίπλα στη θράκα κι έριχνε τον χυλό, που τον είχε ετοιμάσει απ' το προηγούμενο βράδυ, σιγά σιγά στο τηγάνι. Ο χυλός φούσκωνε και σε λίγο ήταν έτοιμες οι αγαπημένες μου τηγανίτες. Δυστυχώς, δεν θα μπορούσα να τις πάρω μαζί μου στο ταξίδι, αλλά τουλάχιστον μπορούσα να τραβήξω μερικές φωτογραφίες, που θα μου έφερναν στο νου αυτή την υπέροχη γεύση και τις ακαταμάχητες μυρωδιές.

Η Νουρ, μόλις είδε τη φωτογραφική μηχανή, σήκωσε το μαχαίρι και, μ' ένα φαρδύ χαμόγελο, έκανε πως με απειλεί.

«Φύγε από δω, άφησέ με ήσυχη!» είπε, βγάζοντάς μου τη γλώσσα της και κουνώντας πέρα δώθε το μαχαίρι. «Δεν βλέπεις ότι μαγειρεύω;»

«Από μακριά δεν μπορείς να μου κάνεις τίποτε μ' αυτό το μαχαίρι», της είπα.

Πραγματικά, πώς θα μπορούσε να με εμποδίσει. Βρισκόταν σε κατάσταση προχωρημένης εγκυμοσύνης και το στενό της φόρεμα δεν της επέτρεπε άνετες κινήσεις. Εξάλλου, η Νουρ ποτέ δεν θα άφηνε να καούν οι τηγανίτες, για να κυνηγήσει εμένα. Έτσι την τράβηξα φωτογραφίες, απ' όλες τις πλευρές, καθώς συνέχισα να την πειράζω.

Σε λίγο ήρθαν κι οι γείτονες, για να με αποχαιρετίσουν και για να δουν αν είχα κάποια δώρα γι' αυτούς. Ήξεραν πως δεν ήθελα να κουβαλήσω πίσω πολλά πράγματα, όταν θα επέστρεφα στην Αμερική.

«Άφησέ μας την κρέμα καρύδας! Άφησέ μας τη μαντίλα!» με παρακαλούσαν. «Έτσι κι αλλιώς εσύ δεν θα τα χρειαστείς εκεί που πηγαίνεις».

Δεν μου είχαν μείνει πολλά πράγματα, αλλά όλο και κάτι βρήκα να τους δώσω. Ένιωθα σαν έμπορος που ξεπουλούσε όλα του τα εμπορεύματα.

Υπάρχουν ώρες που ο ήλιος βιάζεται να διασχίσει τον ουρανό. Έτσι ήταν κι εκείνο το τελευταίο πρωινό. Να, λοιπόν, που η ροή του χρόνου δεν είναι σταθερή, ό,τι κι αν λένε τα ρολόγια. Ο πατέρας μου βρισκόταν ξαπλωμένος στο σπίτι του Μπούρχααν. Πήγα εκεί για να τον αποχαιρετίσω, πρώτον απ' όλους. Ένιωθα το σώμα μου βαρύ και δυσκίνητο, σα να ζύγιζα δέκα τόνους. Στη Σομαλία έχουμε μια λέξη που σημαίνει: η τελευταία κουβέντα με κάποιον πριν από ένα ταξίδι. Έβαλα τα κλάματα μόλις ο πατέρας πρόφερε αυτή τη λέξη, ξαπλωμένος όπως ήταν εκεί, αδύναμος κι αβοήθητος.

«Παιδί μου! Γιατί κλαις;» ρώτησε εκείνος.

«Θα 'θελα να δεις το πρόσωπό μου, πριν φύγω, πατέρα».

«Κούκλα μου, αφού ξέρεις πως έχω χάσει το φως μου».

Ο επίδεσμος κάλυπτε το ένα μάτι του. Το άλλο ήταν θολό, με σβησμένο βλέμμα. Κανένα δεν έβλεπε.

«Θα 'θελα να με έβλεπες», συνέχισα, «να έβλεπες το πρόσωπό μου, τα μάτια μου. Να με έβλεπες όπως είμαι, πατέρα. Έχουν περάσει είκοσι χρόνια από τότε που με είδες τελευταία φορά. Θυμάσαι πώς ήμουν τότε; Ήμουν ένα μικρό κορίτσι, τώρα είμαι μεγάλη γυναίκα. Πόσο θα 'θελα να μ' έβλεπες, μπαμπά».

Εκείνος σήκωσε το χέρι του κι εγώ το έπιασα και το έφερα στο πρόσωπό μου. Το οδήγησα να αγγίξει το μάγουλό μου, να νιώσει το σχήμα της μύτης μου. Τ' άγγιγμά του ήταν απαλό, σα ντροπαλό. Τα δάκρυά μου ήταν ασταμάτητα, έπεφταν στο χέρι του και έβρεχαν τα δάχτυλά του. Πόσο θα 'θελα να νιώσω κοντά μου εκείνον τον ατρόμητο και δυνατό πατέρα, που κάποτε ήξερα. Μου είχε λείψει εκείνος ο ρωμαλέος πατέρας, που με τρόμαζε πιο πολύ κι απ' τα λιοντάρια. Σα να 'χε διαβάσει τις σκέψεις μου, ο πατέρας μου είπε:

«Γουόρις, όλοι μας γερνάμε, όλοι μας αλλάζουμε, κανείς δεν μένει ποτέ πάντα ο ίδιος».

«Πιστεύω ότι υπάρχει μια αιτία για το καθετί, όμως

μονάχα ο Αλλάχ γνωρίζει αυτή την αιτία», ψιθύρισα κλαψουρίζοντας.

Στο μεταξύ, η ώρα είχε περάσει. Όλοι εκεί έξω με αναζητούσαν κι άκουσα τον Μοχάμεντ να φωνάζει και να πατάει την κόρνα του αμαξιού. Για μια τελευταία φορά γύρισα και κοίταξα τον πατέρα μου, λέγοντάς του:

«Πατέρα, πρέπει να φύγω τώρα».

«Περίμενε μια στιγμή. Έχω κάτι για τον εγγονό μου. Ένα ξάντεν-ξιρ», είπε εκείνος και μου πρότεινε μια μακριά τούφα από ουρά θηλυκής καμήλας, το παραδοσιακό δώρο των νομάδων για ένα νεογέννητο παιδί.

Αυτό μ' έκανε να ξαναβάλω τα κλάματα.

«Κάνε μου μια χάρη», είπε τότε ο πατέρας μου. «Μη σε δουν οι άλλοι να κλαις. Μόνη σου είπες ότι τώρα είσαι μεγάλη γυναίκα. Ακόμη δεν πέθανα. Να κλάψεις όταν πεθάνω. Τώρα, πήγαινε εκεί που πρέπει να πας».

Αυτός ήταν ο τρόπος του να μου πει ότι μ' αγαπάει. Ήθελε να με κάνει δυνατή. Αυτό τον είχε διδάξει η ζωή: Πρέπει να 'ναι κανείς δυνατός, για να επιβιώσει.

«Θυμάσαι πατέρα», συνέχισα εγώ, «προχθές, όταν καθόμαστας όλοι γύρω απ' τη φωτιά, κουβεντιάζοντας και κάποιος είπε ότι σου μοιάζω, ενώ οι άλλοι έλεγαν ότι μοιάζω περισσότερο με τη μαμά; Πατέρα, ξέρω ποια είμαι και πώς είμαι. Γι' αυτό, εκεί στη φωτιά, τους απάντησα ότι την επιμονή και τ' αγύριστο κεφάλι μου τα έχω πάρει απ' τον πατέρα μου, ενώ τα υπόλοιπα απ' τη μητέρα μου. Και τότε όλοι έβαλαν τα γέλια, αλλά εσύ, μπαμπά, ξέρεις ότι αυτή είναι η αλήθεια».

Κι εκείνος είπε:

«Γουόρις, τη δύναμή σου την έχεις πάρει από μένα. Να τη φυλάξεις αυτή τη δύναμη, για να την έχεις πάντοτε μέσα σου».

Ήξερα ποιο είναι το δώρο που περισσότερο απ' όλα χρειάζονταν οι δικοί μου, αλλά που ποτέ δεν θα μου το ζητούσαν. Γι' αυτό είπα στον πατέρα μου:

«Μπαμπά, μόλις φτάσω σε τράπεζα, θα σου στείλω λεφτά, για να πληρώσεις το τίμημα της νύφης στην οικογένεια της Νουρ».

Εκείνος πήρε το χέρι μου και το έσφιξε πάνω στην καρδιά του. Κατόπιν, μ' άφησε και γύρισε προς τον τοίχο. Είμαι σίγουρη πως έκλαψε κι αυτός, αλλά δεν ήθελε να τον δω που έκλαιγε.

Όταν βγήκα έξω και με είδε η μητέρα μου, έτσι κλαμένη όπως ήμουν, είπε:

«Α, έτσι ε; Για μένα ποτέ σου δεν έκλαψες. Για εκείνον, όμως, ξέρεις να κλαις».

«Μαμά, σε παρακαλώ, έλα μαζί μου στην Αμερική!» την ικέτεψα, πιάνοντας τα δυο της χέρια. «Σε παρακαλώ, έλα μαζί μου».

«Γουόρις, ξέρεις πως δεν μπορώ να έρθω μαζί σου, αφού έχω τον πατέρα σου και τον μικρό Μοχάμεντ Ίνυερ».

«Μαμά, σου το υπόσχομαι, μια μέρα θα 'ρθω πίσω να σε πάρω μαζί μου στη Νέα Υόρκη, στην Αμερική».

«Γουόρις, είμαι μεγάλη πια, δεν κάνω γι' αυτές τις χώρες. Ακόμη και στο Άμπου Ντάμπι, που πήγα με την αδελφή σου, δεν μου άρεσε καθόλου. Στα μαγαζιά είδα σωρούς από χρυσά κοσμήματα, ακόμη κι ένα ολόκληρο δέντρο φτιαγμένο από χρυσάφι. Στους δρόμους, όμως, βλέπεις μικρά παιδιά που τρώνε απ' τα σκουπίδια, γιατί δεν έχουν τίποτε άλλο να φάνε και κινδυνεύουν να πεθάνουν απ' την πείνα ή από καμιά αρρώστια, αλλά κανείς δεν τους δίνει σημασία. Σε τέτοιες χώρες δεν θα 'θελα να ζήσω».

«Μαμά, η Νέα Υόρκη δεν είναι έτσι».

«Εκεί, ποιους θα έχω να μιλάω. Εγώ μιλάω μονάχα σομαλικά. Και με ποιους θα κάνω παρέα; Όλοι μου οι φίλοι και γνωστοί είναι εδώ».

Η μαμά μ' έπιασε απ' το χέρι και με ξεπροβάδισε ως το αυτοκίνητο που θα μας πήγαινε στο Μπορσάσο, λέγοντας:

«Αγάπη μου, δεν θα μπορούσα ποτέ μου να ζήσω ούτε καν στο Άμπου Ντάμπι, που μοιάζει με την πατρίδα μας. Κάνει ζέστη, όπως εδώ, οι άνθρωποι πιστεύουν στον Αλλάχ και προσεύχονται πέντε φορές την ημέρα, όλα μοιάζουν με τα δικά μας. Όμως, πώς μπορούσαν να προσπερνούν χωρίς να νοιάζονται για εκείνα τα πεινασμένα, φτωχά παιδιά; Δεν μπορώ να το καταλάβω».

«Μαμά, σε παρακαλώ, σε χρειάζομαι κοντά μου».

«Εγώ, όμως, δεν χρειάζομαι την ξενιτιά, Γουόρις. Εδώ είναι η πατρίδα μου, αυτήν έχω μάθει, εδώ θέλω ν' αφήσω τα κόκαλά μου».

Τελικά, είχε δίκιο. Δεν θα μπορούσα να φανταστώ τη μητέρα μου στη Νέα Υόρκη. Δεν θ' άντεχε ούτε μια μέρα, θα την έπιανε κατάθλιψη. Θα της έλειπε ο δικός της τρόπος ζωής. Δεν θα μπορούσε να σηκώνεται τα πρωινά και να φεύγει πεζοπορίες. Στη Νέα Υόρκη, πού θα πήγαινε; Κανείς δεν θα εκτιμούσε ανέκδοτα με γιδοπορδές, ποιους θα είχε να λέει ανέκδοτα και ν' αστειεύεται;

«Δεν μπορώ ν' αφήσω τα μωρά μου», είπε η μητέρα μου, καθώς το αυτοκίνητο ήταν έτοιμο να ξεκινήσει. «Πρέπει να μείνω για να τα νταντεύω, ειδικά το πιο μεγάλο μωρό, τον πατέρα σου, σε περίπτωση που δεν καταφέρει να βρει άλλη γυναίκα».

«Μαμά», είπα εγώ. «Χρειάζεσαι, για αλλαγή, κάποιον να φροντίζει εσένα. Σε παρακαλώ, έλα μαζί μου».

Την ήθελα κοντά μου στη Νέα Υόρκη, αλλά μάλλον για εγωιστικούς λόγους. Την ήθελα για μου φέρει γαλήνη στο σπιτικό μου και στη ζωή μου.

Η μητέρα μου μ' έσφιξε απάνω της, με φίλησε στο μέτωπο και είπε:

«Όχι, Γουόρις. Θα μείνω στο μέρος που όρισε για μένα ο Θεός».

Η μητέρα μου είναι ο σταθερός κι ακλόνητος βράχος της οικογένειάς μας. Είναι σαν ένα δέντρο, με τις ρίζες του βαθιά μέσα στη γη, ενώ τα κλαριά του φτάνουν μέχρι τους ουρανούς.

«Αχ, μαμά», ξεφώνισα και την έσφιξα στην αγκαλιά μου για μια τελευταία φορά. Κατόπιν, χαιρέτισα όλους τους άλλους: τον Μπούρχααν, τον Ρασίντ, τον Ράγκε, τον θείο Αχμέτ, τη μικρή Άσα και τη Νουρ. Ο Ρασίντ χαμογέλασε δείχνοντας τ' αστραφτερά του δόντια και μου έδωσε καμιά δεκαριά ξυλαράκια καντάι για τα δόντια, που μόλις εκείνο το πρωί τα είχε μαζέψει κι ήταν φρέσκα φρέσκα. Ήθελε να τα πάρω μαζί μου στη Νέα Υόρκη. Γέλασα και τα έβαλα στην τσάντα μου. Ο Μοχάμεντ κι εγώ, μέσα απ' το αυτοκίνητο, κοιτούσαμε αυτούς που αφήναμε πίσω μας, να φαίνονται όλο και πιο μικροί, καθώς το αυτοκίνητο ανέβαινε τον λόφο, για να βρεθεί στον κεντρικό δρόμο για το Μπορσάσο.

Έκλαιγα, χωρίς σταματημό. Σκεφτόμουν τη μητέρα μου και πόσο την αγαπούσα. Έχει πάνω της εκείνη τη χάρη και την αξιοπρέπεια που εγώ ποτέ δεν πρόκειται ν' αποκτήσω. Γεννήθηκε Σομαλή και θα πεθάνει Σομαλή. Σέβεται τον τόπο που της όρισε ο Αλλάχ και, καθημερινά, τον ευχαριστεί γι' αυτόν τον λόγο. Δεν έχει ανάγκη ν' αμφισβητήσει το θέλημά Του, γιατί έχει βρει τη γαλήνη μέσα στον Θεό. Εγώ δεν κατάφερα ν' αποδεχτώ τη μοίρα μου. Το 'σκασα και χάθηκα στον κόσμο. Θα 'θελα να είχα κάτι από αυτή την ικανότητα της μητέρας μου, ν' αποδέχομαι τα πράγματα όπως είναι, αλλά δεν τα καταφέρνω. Βαθιά μέσα μου, όμως, ήξερα ότι η ζωή στην έρημο δεν ήταν για μένα. Και για να 'μαι ειλικρινής, δεν αναστατώθηκα, ούτε λυπήθηκα, που η μητέρα μου δεν ήθελε να έρθει μαζί μου. Καταλάβαινα ακριβώς πώς ένιωθε, όταν έλεγε: «Δεν είναι καθόλου δύσκολο να ζήσεις σ' ένα σομαλικό χωριό, αν έχεις γεννηθεί εκεί κι αν δεν έχεις δει άλλους τόπους».

Η μητέρα μου έχει κάτι πιο πολύτιμο κι απ' όλο τον πλούτο της Δύσης. Ξέρει ν' αποδέχεται τη μοίρα της κι έχει βρει τη γαλήνη στη ζωή της.

Οι γυναίκες είναι οι παγίδες του διαβόλου.

ΠΑΡΟΙΜΙΑ ΤΗΣ ΣΟΜΑΛΙΑΣ

14

Το ταξίδι της επιστροφής

Η ΔΙΑΔΡΟΜΗ ΤΗΣ ΕΠΙΣΤΡΟΦΗΣ για το μικρό αεροδρόμιο του Μπορσάσο ήταν εντελώς διαφορετική απ' την προηγούμενη, όταν πηγαίναμε προς το χωριό της μητέρας μου. Τούτη τη φορά ο δρόμος ήταν γεμάτος κόκκινη λάσπη και τεράστιους νερόλακκους. Σε ορισμένα σημεία έμοιαζε περισσότερο με ποτάμι. Μέσα στο αυτοκίνητο ταρακουνιόμασταν γερά, καθώς ο οδηγός προσπαθούσε ν' αποφύγει να κολλήσει τ' αμάξι στις λάσπες. Έπρεπε να κρατιόμαστε γερά, για να μη χτυπάμε συνέχεια τα κεφάλια μας και για να μην πέσουμε έξω απ' το αυτοκίνητο. Αν κολλούσαμε στη λάσπη δεν θα υπήρχε τίποτε άλλο να κάνουμε παρά να περιμένουμε να περάσει κάποιο άλλο αμάξι ή φορτηγό για να μας βοηθήσει. Πάντως, το τοπίο γύρω μας ήταν καταπράσινο και πανέμορφο. Μεγάλα άσπρα σύννεφα διέσχιζαν τον ουρανό κι η θερμοκρασία ήταν υποφερτή. Καθόμουν στο πίσω κάθισμα κι έκλαιγα, που έπρεπε ν' αφήσω πίσω τους γονείς μου. Προσευχόμουν στον Αλλάχ να γίνει καλά ο πατέρας μου, να ξαναβρεί το φως του. Ο Μοχάμεντ κι οδηγός του ταξί, ο Μούσα, κουβέντιαζαν για τον καύσωνα της ημέρας της άφιξής μας. Ο Μούσα είπε ότι κάποιοι που είχαν μείνει έξω εκείνο το μεσημέρι είχαν πεθάνει απ' τη ζέστη.

Η διαδρομή για το Μπορσάσο ήταν δύσκολη και ταλαιπωρηθήκαμε ακόμη περισσότερο γιατί βιαζόμαστε να φτάσουμε στο αεροδρόμιο πριν νυχτώσει. Ο Μούσα ήταν φίλος του Μοχάμεντ και καταγόταν απ' τη φυλή των Ντάαροντ. Δεν σταμάτησε να οδηγάει ούτε στιγμή. Έλεγε πως δεν είχε ξαναπάει ποτέ του στο Μπορσάσο και δεν μπορώ να καταλάβω πώς μπορούσε να προσανατολίζεται χωρίς χάρτη σ' αυτούς τους λασπόδρομους, που διακλαδώνονταν και δεν είχαν την παραμικρή σήμανση. Συχνά οι δρόμοι διακλαδίζονταν προς πολλές διαφορετικές κατευθύνσεις, χωρίς να υπάρχει καμιά ένδειξη για το ποια είναι η σωστή διαδρομή. Επίσης, στα σταυροδρόμια, καιροφυλακτούσαν τα τζιν κι ανησυχούσα μήπως κάποιο απ' αυτά πηδήξει μέσα στο αμάξι και μας δημιουργήσει προβλήματα. Ο Μούσα, όμως, δεν φαινόταν να έχει καμιά αμφιβολία για το ποιον δρόμο έπρεπε να διαλέξει κάθε φορά. Μας οδηγούσε μακριά απ' τον πρωινό ήλιο, με κατεύθυνση προς τα δυτικά, εκεί που μας περίμενε ο ήλιος που έδυε. Μέσα στην αραιή βλάστηση χοροπηδούσαν τρομαγμένα τα μικροσκοπικά ελαφάκια ντικ-ντικ πάνω στα κάτισχνα πόδια τους. Προσπεράσαμε μια μακρύλαιμη αντιλόπη, μια γκερανούκ, που στεκόταν στα δυο της πόδια και μασουλούσε απ' τη φυλλωσιά μιας ακακίας. Ήταν τόσο αφοσιωμένη στο γεύμα της, που δεν ενοχλήθηκε καθόλου απ' το αυτοκίνητό μας. Πιο κάτω, από την κορυφή του λόφου, ένας γερο-μπαμπουίνος, με το κοπάδι του, μας έκανε απειλητικά νοήματα, δείχνοντάς μας τα δόντια του και τα τριχωτά του μπράτσα.

Αργά το απόγευμα είχα πεινάσει πάρα πολύ, δεν άντεχα άλλο και είπα:

«Ει, πεθαίνω της πείνας εδώ πίσω κι έχω πιαστεί σ' ολόκληρο το σώμα μου. Γιατί δεν σταματάμε λίγο;»

Ο Μούσα συμφώνησε μαζί μου:

«Εντάξει. Ξέρω ένα μαγαζάκι εδώ κοντά, για να τσιμπήσουμε κάτι και να πιούμε ένα τσάι. Εκεί μπορούμε να σταματήσουμε».

«Και τι σερβίρουν εκεί;» ρώτησα.

Φανταζόμουν ένα καλό γεύμα: ένα μεγάλο πιάτο ρύζι, με πικάντικο κατσικάκι ή σις-κεμπάμπ. Έλπιζα να είχαν γάλα καμήλας που, κάθε μέρα, έψαχνα να το βρω στο χωριό της μητέρας μου, αλλά που ποτέ δεν υπήρχε. Η μεγάλη ξηρασία αυτής της χρονιάς είχε ως αποτέλεσμα οι καμήλες να μην κατεβάζουν γάλα. Το γάλα της καμήλας είναι πολύ θρεπτικό και θα μπορούσε κανείς να επιβιώσει πίνοντας μονάχα αυτό. Επίσης, φανταζόμουν ότι στο μαγαζί θα μπορούσαμε να βρούμε τα τριγωνικά ψωμάκια *ζαμπούζι*, που μ' αυτά σπάνε τη νηστεία του Ραμαζανιού. Δεν θα 'λεγα όχι και σ' ένα φλιτζάνι γλυκό τσάι, αρωματισμένο με βότανα. Γενικά, πεινούσα τόσο πολύ, που ένιωθα το στομάχι μου να πιέζεται στη ραχοκοκαλιά μου.

«Δεν ξέρω τι μπορεί να τους έχει μείνει τέτοια ώρα, μπορεί να μην τους έχουν μείνει πολλά φαγητά. Όμως, κάτι θα βρούμε για να τσιμπήσουμε. Είναι ένα καλό μέρος για φαγητό, έχω καθίσει εκεί πολλές φορές», απάντησε ο Μούσα.

Το αυτοκίνητο φρενάρισε και σταμάτησε στην άκρη του δρόμου, μπροστά από ένα ετοιμόρροπο υπόστεγο με τσίγκινη σκεπή, που προφανώς ήταν το εστιατόριο. Κοντά υπήρχε κι ένα πρατήριο βενζίνης και, στο βάθος, μερικές καλύβες. Το εστιατόριο ήταν πράγματι εκείνο το υπόστεγο, με κόκκινες λαμαρίνες για σκεπή. Η κουζίνα φαινόταν να βρίσκεται στο πίσω μέρος του μαγαζιού, από κει που έβγαινε κατακόρυφα, λόγω της απανεμιάς, ένας παχύς καπνός. Στο υπόστεγο έκανε δροσιά, γιατί ήταν χτισμένο κάτω από μερικά, ψηλά δέντρα. Μου έκανε εντύπωση ότι τουλάχιστον πενήντα ως εξήντα άντρες κάθονταν στους ξύλινους πάγκους, μπροστά από κάτι παμπάλαια, μεταλλικά τραπέζια. Πώς είχαν βρεθεί όλοι αυτοί σ' ένα τόσο μικρό μέρος; Και γιατί κάθονταν όλοι έτσι άπραγοι και σκότωναν τον χρόνο τους;

Ο Μούσα κι ο Μοχάμεντ άνοιξαν το βήμα τους και πέρασαν μπροστά μου, διασχίζοντας γρήγορα τον χώρο του εστιατορίου, πηγαίνοντας προς την κουζίνα. Όμως, μόλις εγώ πάτησα το πόδι μου μέσα στο υπόστεγο, ακούστηκαν διάφορα μουρμουρητά:

«Ε, όχι! Όχι, όχι!»

«Τι νομίζει πως κάνει αυτή;»

Αγνόησα τους άντρες που διαμαρτύρονταν και συνέχισα κατ' ευθείαν προς τα μέσα. Καθώς προσπαθούσα να περάσω τα τελευταία τραπέζια για να φτάσω στην κουζίνα, στο πίσω μέρος του μαγαζιού, ένας άντρας ήρθε και στάθηκε μπροστά μου. Προφανώς ήταν ο σερβιτόρος, αλλά δεν φορούσε ποδιά κι ήταν παμβρόμικος. Στάθηκε, φράζοντάς μου τον δρόμο κι όταν προσπάθησα να περάσω, μ' εμπόδισε λέγοντας:

«Με συγχωρείτε, με συγχωρείτε πολύ».

Τον αγνόησα κι εκείνος πρέπει να νόμιζε πως δεν ήξερα να μιλάω σομαλικά. Άρχισε να φωνάζει και να κουνάει τα χέρια του δυνατά μπροστά στο πρόσωπό μου:

«Ει, εσείς! Έι, έι!» κραύγαζε, αλλά εγώ συνέχισα να περπατάω προς τη μεριά του αδελφού μου. Δεν είχα καμιά όρεξη ν' απολογηθώ σ' έναν τύπο που βρομούσαν οι μασχάλες του κι είχε κατάμαυρα νύχια.

Ξαφνικά, πολλοί απ' τους υπόλοιπους άντρες άρχισαν να του φωνάζουν:

«Σταμάτησέ τη! Βγάλ' την από δω μέσα!»

Ο σερβιτόρος προσπάθησε να μου φράξει τον δρόμο, τώρα μ' έναν πιο αποφασιστικό τρόπο. Τον κοίταξα κατάματα, λέγοντάς του στα σομαλικά:

«Υπάρχει κάποιο πρόβλημα;»

Εκείνος αρνιόταν να με κοιτάξει στο πρόσωπο, αλλά προσπαθούσε να με διώξει με διάφορους ήχους, σα να 'μουν κανένα αδέσποτο ζώο, που έπρεπε να φύγει απ' τον χώρο του μαγαζιού.

«Δεν μπορείς να μείνεις εδώ μέσα», φώναξε. «Εδώ είναι μονάχα για άντρες, οι γυναίκες πρέπει να πάνε αλλού».

«Τι λες; Δεν μπορώ να φάω εδώ, αφού πεινάω;»

Ήξερα ότι, σε γενικές γραμμές, στη Σομαλία, οι γυναίκες δεν πηγαίνουν μόνες τους σε εστιατόρια, αλλά ποτέ μου δεν είχα ξανακούσει ότι απαγορευόταν να φάνε ακόμη και με τη συνοδεία αντρών.

Εκείνος επέμενε:

«Τούτο εδώ το μέρος είναι μονάχα για άντρες. Δεν επιτρέπονται οι γυναίκες».

«Μα, αυτό είναι γελοίο. Δεν θα ενοχλήσω κανέναν».

«Στο ξαναλέω ότι πρέπει να φύγεις αμέσως», μου φώναξε κατάμουτρα ο σερβιτόρος, καθώς όρθωσε την κορμοστασιά του για να δείξει τη δήθεν ανωτερότητά του. Είχα σοκαριστεί, δεν ήξερα τι να κάνω. Ο Μοχάμεντ κι ο Μούσα δεν είχαν καταλάβει τι γινόταν πίσω τους. Ο ένας ήταν απασχολημένος με το να διαλέξει φαγητό στην κουζίνα κι ο άλλος γκρίνιαζε γιατί βιαζόταν να γυρίσει στο αυτοκίνητο. Ο απεχθής σερβιτόρος δεν με άφηνε να πάω κοντά τους για να τους μιλήσω. Στεκόταν σαν απροσπέραστο τοίχος, ανάμεσα σ' εμένα και την κουζίνα. Είχα συγχυστεί, αλλά πεινούσα πάρα πολύ, γιατί όλη μέρα είχα μείνει νηστική. Όρθωσα, λοιπόν κι εγώ το ανάστημά μου, όσο μπορούσα και τον ρώτησα με αυθάδες ύφος:

«Και πού, λοιπόν, μπορούν να φάνε οι γυναίκες;»

«Εκεί έξω», είπε εκείνος, δείχνοντας με το κοκαλιάρικο δάχτυλό του μακριά πέρα απ' την είσοδο του υπόστεγου. Είχε πάρει ένα ύφος λες κι είχα προσβάλει με την παρουσία μου το βρομερό του μαγαζί, με το χωματένιο πάτωμα και τα ετοιμόρροπα τραπέζια, δεμένα με σύρμα για να κρατιούνται όρθια.

Στο μεταξύ, ο Μοχάμεντ γύρισε το κεφάλι του προς τα πίσω κι όταν με είδε κατάλαβε ότι κάτι δεν πήγαινε καλά. Προφανώς είχε γυρίσει για να δει πού είμαι, να μου ζητήσει λεφτά να πληρώσει το φαγητό του. Ο αδελφός μου ήρθε αμέσως κοντά μας και ζήτησε τον λόγο απ' τον λιγδερό σερβιτόρο.

«Τι συμβαίνει;» ρώτησε.

Ο σερβιτόρος τότε άλλαξε κι έγινε αμέσως πολύ ευγενικός, λέγοντας στον Μοχάμεντ:

«Ζητώ συγγνώμη, αλλά εδώ μέσα δεν επιτρέπονται γυναίκες. Οι γυναίκες πρέπει να πηγαίνουν σε μια άλλη αίθουσα, εκεί έξω».

Ο Μοχάμεντ κοίταξε τον σερβιτόρο από πάνω μέχρι κάτω, παρατηρώντας το ανήσυχο βλέμμα του και το λεκιασμένο πουκάμισό του. Οι υπόλοιποι άντρες είχαν σωπάσει. Κανένας δεν μιλούσε, όλοι περίμεναν με αγωνία, για να δουν τη συνέχεια. Ο Μοχάμεντ κούνησε το κεφάλι του, κοίταξε λίγο προς τη μεριά μου και ξαναστράφηκε στον σερβιτόρο:

«Ωραία, λοιπόν. Πού είναι η άλλη αίθουσα. Δείξε μας την αίθουσα των γυναικών».

Ο σερβιτόρος μας οδήγησε έξω απ' το υπόστεγο, όπου επικρατούσε σιγή ερήμου. Το μόνο που ακουγόταν ήταν οι σαγιονάρες του που σέρνονταν στο έδαφος. Μας πήγε γύρω γύρω απ' το υπόστεγο, πέρα απ' τα δέντρα, σ' ένα μέρος εντελώς διαχωρισμένο απ' το υπόλοιπο εστιατόριο. Εκεί, ακριβώς πίσω απ' τις τουαλέτες, μας έδειξε ένα ετοιμόρροπο καλυβάκι. Κατόπιν, έκανε μεταβολή και, σέρνοντας τις σαγιονάρες του, βιάστηκε να γυρίσει πίσω στο εστιατόριο.

Στις τουαλέτες, φυσικά, δεν υπήρχε λεκάνη, πλακάκια ή καζανάκι. Ήταν μια κλασική σομαλική τουαλέτα: Μια τρύπα στο έδαφος, αυτό ήταν όλο. Μια βρομερή τρύπα στο χώμα, γεμάτη μύγες και τεράστιες καφετί κατσαρίδες. Οι κατσαρίδες αυτές δεν διστάζουν μπροστά σε τίποτε και θα μπορούσαν άνετα να βγουν απ' την τρύπα, όταν κάθεσαι από πάνω και να σκαρφαλώσουν στο σώμα σου. Η μπόχα εκεί μέσα έκανε τα μάτια μου να τσούζουν, ενώ από κάθε χαραμάδα έβγαιναν χιλιάδες μύγες κι έρχονταν πάνω μας. Η «αίθουσα» όπου έτρωγαν οι γυναίκες βρισκόταν τοίχο τοίχο με τις τουαλέτες. Ουσιαστικά, δεν ήταν παρά ένα άδειο ετοιμόρροπο δωμάτιο, με χωματένιο πάτωμα. Δεν υπήρχαν ούτε καρέκλες ούτε τραπέζια, μονάχα ένας παλιός πάγκος με σπασμένο πόδι. Μου ερχόταν να βάλω τα κλάματα. Η μητέρα μου ούτε τις κατσίκες της δεν θα έβαζε σ' ένα τέτοιο μέρος. Οι άντρες κάθονταν σα βασιλιάδες κι απολάμβαναν το γεύμα τους στο εστιατόριο, ενώ οι γυναίκες έπρεπε να τρώνε μέσα σε αυτή τη βρόμα.

Ο αδελφός μου κι εγώ αλληλοκοιταχτήκαμε. Παρ' όλο που ο Μοχάμεντ παράσταινε πως ήταν ένας δυνατός Σομαλός άντρας, αυτό εδώ ξεπερνούσε κάθε όριο. Κούνησε το κεφάλι του και είπε:

«Πάμε να φύγουμε από δω πέρα».

Κάναμε πάλι τον γύρο του εστιατορίου και φτάσαμε στο αυτοκίνητο, όπου μας περίμενε ο Μούσα.

«Τι θα κάνουμε τώρα;» ρώτησε ο Μοχάμεντ.

«Δεν υπάρχουν άλλα μαγαζιά εδώ κοντά για να φάμε;» ρώτησα. «Πεθαίνω της πείνας».

«Κι εγώ το ίδιο», είπε ο Μοχάμεντ.

Ο Μούσα κούνησε αρνητικά το κεφάλι του:

«Δυστυχώς, δεν υπάρχει τίποτε εδώ κοντά».

«Γουόρις, μήπως είπες τίποτε κακό στον σερβιτόρο;» ρώτησε ο Μοχάμεντ. «Μήπως τον πρόσβαλες;»

«Ήταν προσβολή γι' αυτόν τον άθλιο, που μια γυναίκα πάτησε το πόδι της στο εστιατόριο», απάντησα.

«Ας μιλήσουμε με τον μάγειρα», είπε ο Μοχάμεντ. «Μου φάνηκε να είναι συμπαθητικός άνθρωπος».

Ο αδελφός μου πήγε, έπιασε τον μάγειρα και του είπε: «Συγγνώμη, αλλά δεν μπορώ ν' αφήσω την αδελφή μου να φάει σ' εκείνο το ελεεινό μέρος, παραείναι βρόμικο. Έτσι κι αλλιώς περαστικοί είμαστε. Θα τσιμπήσουμε κάτι και θα φύγουμε».

Ο μάγειρας άκουσε αυτά που του είπε ο Μοχάμεντ, όμως, στο τέλος, η αντίδρασή του ήταν όμοια μ' αυτή του σερβιτόρου:

«Μας συγχωρείτε, αλλά δεν επιτρέπονται γυναίκες εδώ μέσα».

Ο αδελφός μου επέμενε:

«Τι ακριβώς εννοείς όταν λες πως δεν επιτρέπονται γυναίκες εδώ μέσα; Εμείς πεινάμε. Θέλουμε να φάμε. Έχεις φαγητό;»

«Ναι, έχω».

«Το πουλάς ή όχι;» συνέχισε ο Μοχάμεντ.

«Ναι», απάντησε ο μάγειρας.

«Το σερβίρεις;»

«Ναι».

«Λοιπόν», είπε ήρεμα ο Μοχάμεντ, «η αδελφή μου είναι άνθρωπος, έτσι δεν είναι; Ποιο είναι το πρόβλημά σου; Απλά θέλουμε κάτι για να φάμε».

Ο μάγειρας δεν απάντησε κι ο Μοχάμεντ μη θέλοντας να τον πιέσει άλλο, είπε:

«Εντάξει, το σέβομαι ότι δεν επιτρέπεται να τρώνε μέσα στο εστιατόριο γυναίκες. Μπορείς, όμως, να αφήσεις την αδελφή μου να καθίσει απ' έξω να μας περιμένει, μέχρι να φέρουμε εμείς το φαγητό;»

Ο μάγειρας, όμως, ήταν αγύριστο κεφάλι:

«Όχι», είπε, κουνώντας αποφασιστικά το κεφάλι του. «Σας είπα ότι δεν επιτρέπονται γυναίκες στο εστιατόριο. Τελεία και παύλα».

Ο μάγειρας, φορώντας μια σκισμένη πουκαμίσα πάνω από ένα παλιό μα-α-βάις, σταύρωσε τα χέρια του πάνω στο στήθος του και πήρε ύφος μεγάλης αυθεντίας.

Ο αδελφός μου δεν άντεξε άλλο και είπε αγανακτισμένα:

«Ξέρεις κάτι; Να πας στον διάολο, εσύ και το μαγαζί σου, ηλίθιε!»

Κατόπιν, γύρισε προς τα μένα και μου είπε:

«Πάμε να φύγουμε!»

Εγώ δεν είπα κουβέντα, αλλά ένιωθα περήφανη όταν ακολούθησα τον Μοχάμεντ προς την έξοδο.

Μπήκαμε όλοι μας στο αυτοκίνητο και ξεκινήσαμε απότομα, αφήνοντας πίσω μας ένα σύννεφο σκόνης. Ο Μούσα, οδηγώντας, κοίταξε τον αδελφό μου και είπε:

«Δεν πειράζει. Έτσι κι αλλιώς το φαγητό τους εδώ είναι χάλια».

Εγώ χαιρόμουν αφάνταστα που ο Μοχάμεντ είχε πάρει το μέρος μου. Ήθελα να τον αγκαλιάσω και να τον φιλήσω. Εκείνος έδωσε προέκταση στο θέμα:

«Τούτη εδώ η χώρα δεν πρόκειται ποτέ να πάει μπροστά αν ο κόσμος δεν καταφέρει ν' αλλάξει κάποιες απ' αυτές τις παλιές, χαζές συνήθειες. Μερικές φορές είναι να τρελαίνεται κανείς μαζί τους».

Χαιρόμουν που ο Μοχάμεντ είχε αρχίσει να βλέπει κάπως διαφορετικά τα πράγματα.

«Είναι αυτή η πρωτόγονη νοοτροπία των νομάδων, που εμποδίζει την εξέλιξη της χώρας», είπα. «Προκαταλήψεις, όπως ότι οι άντρες κι οι γυναίκες πρέπει να τρώνε ξεχωριστά, ότι μια γυναίκα δεν μπορεί να κουρέψει έναν άντρα, ότι οι γυναίκες πρέπει ν' ακρωτηριάζονται και δεν έχουν σχεδόν κανένα δικαίωμα σε σχέση με τους άντρες. Εντάξει, σέβομαι τις παραδόσεις, δεν έχω σκοπό να προσβάλω τα ήθη και τα έθιμα, αλλά δεν μπορώ ν' ανεχτώ να μου συμπεριφέρονται μ' οποιονδήποτε τρόπο».

«Τα πράγματα πρέπει ν' αλλάξουν, Γουόρις», είπε ο Μοχάμεντ. «Αν συμπεριφέρεσαι απάνθρωπα στις γυναίκες, τότε θ' αρχίσεις να συμπεριφέρεσαι απάνθρωπα και σε μέλη άλλων φυλών κι οι διαμάχες δεν πρόκειται ποτέ να σταματήσουν. Πρέπει ν' αλλάξουν αυτά τα πράγματα, αν θέλουμε να πάμε μπροστά».

Τότε δάκρυσα, γιατί μέσα μου σκεφτόμουν ότι, πραγματικά, ο αδελφός μου είχε ήδη αρχίζει ν' αλλάζει κι ήμουν τόσο περήφανη γι' αυτόν.

Δώσε στον συγγενή αυτό που του ανήκει.
Δώσε σ' αυτόν που έχει ανάγκη.
δώσε και στον οδοιπόρο.
Αυτός είναι ο καλύτερος τρόπος
Να κερδίσεις την ευλογία του Αλλάχ.

ΣΟΥΡΑ 30, 38 ΚΑΙ 39, ΟΙ ΡΩΜΑΙΟΙ

15

Αυγή στην Έρημο

Ο ΜΟΥΣΑ ΜΑΣ ΟΔΗΓΗΣΕ ΓΡΗΓΟΡΑ μέσα από όλη την ενδο-
χώρα της Σομαλίας: Από τα σύνορα με την Αιθιοπία, μέ-
χρι τις ακτές του Ινδικού Ωκεανού. Περάσαμε πολλά
χωριά, όπως το Γκαρόουβε, το Νούγκααλ, το Κουάρντο.
Τα περισσότερα ήταν μεγαλύτερα από το χωριό της μη-
τέρας μου, αλλά ούτε κι αυτά είχαν ρεύμα, αποχετεύ-
σεις, σχολεία ή νοσοκομεία.

Υπήρχαν νερόλακκοι στον δρόμο, μεγάλοι σα λίμνες,
και τα ίχνη απ' τους τροχούς των οχημάτων στις λάσπες
ήταν πολύ βαθιά, έφταναν ως το γόνατο. Το δικό μας
αυτοκίνητο γλιστρούσε συνέχεια ντεραπάροντας και πή-
γαινε να κολλήσει στις επικίνδυνες λάσπες, όμως ο Μού-
σα πάντοτε έβρισκε κάπου να πατήσουν οι ρόδες, ώστε,
στρίβοντας προς την αντίθετη κατεύθυνση, να μας βγά-
λει πάλι σε ξερό έδαφος.

Λίγο πριν σκοτεινιάσει σταματήσαμε στην όχθη ενός
ποταμού, για να πλυθούμε και να ξεκουραστούμε λίγο.
Ευτυχώς ήταν βροχερή περίοδος και τα νερά έτρεχαν
άφθονα παντού. Από πάνω μας πέταγαν πανέμορφα,
πολύχρωμα πουλιά, που τα φτερώματά τους αντανα-
κλούσαν τις αχτίδες του ήλιου. Δυο παγόνια, μόλις μας

είδαν, χάθηκαν μέσα στη βλάστηση, στις όχθες του ποταμού. Τα παγόνια θεωρούνται καλός οιωνός, ειδικά αν τα πετύχεις σε ζευγάρι. Αντίθετα, κακός οιωνός θεωρείται το να δεις μονάχα φτερά από παγόνι στο έδαφος.

Ο Μοχάμεντ έβγαλε τα παπούτσια του και βούτηξε τα πόδια του στο νερό.

«Αχ, αν υπήρχαν τέτοια ποτάμια όλο το έτος, σ' όλη τη Σομαλία», είπα, «τότε η πατρίδα μας θα ήταν η πιο όμορφη χώρα του κόσμου!»

Ένιωθα σα διψασμένο λιοντάρι, ήθελα να βουτήξω το πρόσωπό μου στο ποτάμι και να πιω απ' το κρυστάλλινο νερό. Έπλυνα το πρόσωπό μου και τα χέρια μου και μου ήρθε όρεξη να κάνω μπάνιο στο ποτάμι. Έτσι, άρχισα να σηκώνω το φόρεμά μου ως τα γόνατα. Όμως, ο Μοχάμεντ με σταμάτησε και μου είπε να το ξανακατεβάσω αμέσως. Την ίδια στιγμή, μια καμήλα, με δεμένα τα μπροστινά της πόδια, για να μη φεύγει μακριά, πήδηξε μέσα στο νερό για να πιει και να δροσιστεί. Έδειξα την καμήλα στον Μοχάμεντ, λέγοντας:

«Ορίστε, έτσι ακριβώς νιώθω κι εγώ, σαν δεμένη καμήλα, φυλακισμένη όπως είμαι, μέσα σ' όλ' αυτά τα ρούχα και στις μαντίλες. Νιώθω παγιδευμένη, δεν μπορώ να κινηθώ με άνεση».

«Για να δούμε πότε θα πάψεις να θέλεις να τρέχεις από δω κι από κει», είπε ειρωνικά ο Μοχάμεντ.

Δεν υπήρχε περίπτωση ο Μοχάμεντ να με καταλάβει, δεν ήθελε ούτε καν να προσπαθήσει να δει τα πράγματα με τα δικά μου μάτια. Έτσι, βούτηξα τη μαντίλα μου στο νερό κι αρκέστηκα στο να πλύνω μ' αυτήν το πρόσωπό μου.

Ο Μούσα μας έδειξε μια χελώνα που περπατούσε αργά στην άκρη του δρόμου. Η χελώνα μας παρατηρούσε με τα μικρά μαύρα της μάτια, αλλά, μόλις την πλησίασα για να τη δω καλύτερα, εκείνη αμέσως κρύφτηκε μέσα στο καβούκι της.

«Ίσως είναι ένα πνεύμα-βοηθός, που έχει έρθει για να μου μηνύσει κάτι», είπα. «Πάντως, αν δεις χελώνα, σημαίνει ότι το σπίτι σου είναι ασφαλές».

Όταν νιώσαμε τις μυρωδιές απ' την αύρα του Ινδικού Ωκεανού και διακρίναμε τα πρώτα φώτα απ' το Μπορσάσο, η ώρα ήταν ήδη περασμένη, η πόλη είχε πάει για ύπνο. Στους δρόμους επικρατούσε βαθιά σιωπή και μπορούσα ν' ακούσω τα κύματα του ωκεανού που έσκαγαν με δύναμη στην παραλία, στην άκρη της πόλης. Ο Μούσα σταμάτησε έξω από ένα ξενοδοχείο κι ο Μοχάμεντ μπήκε μέσα για να δει αν υπήρχαν ελεύθερα δωμάτια και κάτι για να φάμε. Εγώ ήμουν τόσο εξαντλημένη που δεν σκεφτόμουν πια το φαΐ». Το μόνο που ήθελα ήταν ένα δροσερό ντους κι ένα κρεβάτι. Πάντως, ειλικρινά, δεν πίστευα ότι θα βρίσκαμε τίποτε ανοιχτό τέτοια ώρα. Στη Σομαλία συνηθίζουν να τρώνε το κύριο γεύμα της ημέρας το μεσημέρι και τα εστιατόρια κλείνουν νωρίς, πριν σκοτεινιάσει, γιατί οι διακοπές στο ηλεκτρικό είναι συνεχείς.

Πράγματι, με τα ξενοδοχεία φανήκαμε άτυχοι. Ο Μοχάμεντ προσπάθησε να βρει δωμάτιο, χωρίς αποτέλεσμα. Τελικά, ο Μούσα μας πήγε σ' ένα μικρό, λιτό ξενοδοχείο, σε μια πάροδο του κεντρικού δρόμου. Το κτίριο δεν έδινε και την καλύτερη εντύπωση, αλλά δεν μ' ένοιαζε πια καθόλου. Ήμουν πάρα πολύ νυσταγμένη κι ακολούθησα τον Μοχάμεντ ως τη ρεσεψιόν, ανυπόμονη να μπω σ' ένα δωμάτιο.

«Όχι, δεν υπάρχει δωμάτιο για απόψε», μας πληροφόρησε ο κοντόσωμος ξενοδόχος, που σηκώθηκε όρθιος κι έτριψε τα νυσταγμένα του μάτια. Ο ξενοδόχος είχε μια μικρή γενειάδα βαμμένη κόκκινη με χένα. Τα κάτασπρα μαλλιά, που πλαισίωναν το πρόσωπό του, έρχονταν σε έντονη αντίθεση με το κόκκινο της χένας.

«Και γιατί δεν υπάρχουν πουθενά δωμάτια;» ρώτησε ο Μοχάμεντ. «Έχουμε ρωτήσει σε πολλά ξενοδοχεία κι όλα είναι γεμάτα».

«Υπάρχει πολύς κόσμος που περιμένει την πτήση για το Άμπου Ντάμπι», είπε ο άνδρας και μας έδειξε το φουαγιέ που ήταν γεμάτο ανθρώπους.

«Δουλεύουν για διάφορα προγράμματα του ΟΗΕ και άλλων οργανισμών», συνέχισε. «Γίνονται αρκετά οικοδομικά έργα τούτη την εποχή. Κόσμος έρχεται, κόσμος φεύγει και συνήθως τα ξενοδοχεία είναι γεμάτα όλη την βδομάδα».

Τα λίγα δόντια που του είχαν απομείνει ήταν κατάμαυρα από τη συχνή χρήση κχατ.

«Το αεροπλάνο σήμερα δεν κατάφερε να προσγειωθεί, επειδή είχαν μπει κατσίκες στον διάδρομο προσγείωσης», εξήγησε γελώντας ο ξενοδόχος. «Ο πιλότος έγινε έξω φρενών και γύρισε το αεροπλάνο κατ' ευθείαν πίσω στο Άμπου Ντάμπι».

Εμένα, όμως, αυτό δεν μου φάνηκε καθόλου αστείο. Έπρεπε οπωσδήποτε να γυρίσω στη Νέα Υόρκη σε συγκεκριμένη ημερομηνία και δεν είχα καθόλου όρεξη να μείνω αποκλεισμένη στο Μπορσάσο καμιά βδομάδα, επειδή δεν μπορούσαν να κρατήσουν τους διαδρόμους ελεύθερους από ζώα. Εξάλλου, δεν είχαμε κάρτες επιβίβασης κι ούτε θέσεις κλεισμένες για τη συγκεκριμένη πτήση. Αυτά τα πράγματα τα οργανώνει κανείς επί τόπου, στο αεροδρόμιο, περιμένοντας στην ουρά. Κοίταξα ανήσυχη τον Μοχάμεντ λέγοντάς του:

«Λες να υπάρξει κάποιο πρόβλημα; Ελπίζω να μη χάσουμε την πτήση!»

«Θα πάω τώρα αμέσως στο αεροδρόμιο, για να δω τι γίνεται με τις θέσεις», είπε ο αδελφός μου, ενώ, γυρίζοντας προς τον ξενοδόχο, ρώτησε: «Υπάρχουν πολλά ξενοδοχεία στην πόλη;»

«Δεν πιστεύω να βρείτε ελεύθερο δωμάτιο για απόψε πουθενά», απάντησε αυτός. «Είναι αργά και στο Μπορσάσο δεν υπάρχουν πολλά ξενοδοχεία, ενώ η πόλη μας είναι πάντοτε γεμάτη κόσμο».

Καθώς στεκόμασταν εκεί και κουβεντιάζαμε για το τι έπρεπε να κάνουμε, μέσα στη ρεσεψιόν μπήκε ένας άντρας, που εγώ δεν γνώριζα καθόλου. Εκείνος, όμως, μας πλησίασε και μίλησε στον Μοχάμεντ.

«Είσαι ο Μοχάμεντ Ντίρι;» ρώτησε ο άγνωστος τον αδελφό μου.

«Ναι, ο πατέρας μου είναι ο Νταχί Ντίρι», απάντησε ο Μοχάμεντ.

Οι δυο άντρες άρχισαν να συζητούν για τον πατέρα μας, αλλά εγώ ήμουν τόσο νυσταγμένη που δεν μπορούσα να παρακολουθήσω τη συζήτηση. Ο άγνωστος άντρας είχε μια μεγάλη κοιλιά και στο κεφάλι φορούσε το χαρακτηριστικό κεντητό σκουφάκι εκείνων που έχουν κάνει το ταξίδι χατζί στη Μέκκα. Ξαφνικά, ο Μοχάμεντ μου φώναξε:

«Γουόρις! Εδώ είναι ο Χατζι-Σουλεϊμάν, ένας στενός συγγενής μας. Βαστάει τόσο απ' την πλευρά των *Μί-τζερταϊν*, όσο κι απ' τους Χαουίγιε».

Ο Χατζι-Σουλεϊμάν με κοίταξε για μια στιγμή και μετά στράφηκε προς στον Μοχάμεντ λέγοντας:

«Η αδελφή σου μπορεί να πάρει το δικό μου δωμάτιο για τη νύχτα».

Δεν μπορούσα να το πιστέψω ότι αυτός ο άντρας αμέσως είχε φανεί τόσο γενναιόδωρος. Έδινε το δωμάτιό του σε μια άγνωστη, μόνο και μόνο επειδή κατάγονταν κι οι δυο τους απ' τις ίδιες φυλές. Για μια στιγμή δεν ήξερα τι έπρεπε να πω. Στη Δύση, όταν σου κάνουν μια τέτοια προσφορά, πρέπει να λες: «Αχ, όχι. Δεν θέλω να σας διώξω απ' το δωμάτιό σας». Δηλαδή πρώτα αρνείσαι την προσφορά και, αν ο άλλος επιμείνει, μονάχα τότε τη δέχεσαι. Όμως, στην πατρίδα μου τα πράγματα είναι διαφορετικά, όπως άρχισα να τα ξαναθυμάμαι σε τούτο το ταξίδι. Υπάρχουν κανόνες φιλοξενίας, που πρέπει να τηρούνται. Αν αρνιόμουν την προσφορά του Χατζί, θα ήταν μεγάλη προσβολή γι' αυτόν. Έτσι, είπα:

«Ευχαριστώ! Ευχαριστώ πάρα πολύ!»

Ο Μοχάμεντ κι εγώ ακολουθήσαμε τον Χατζι-Σουλεϊμάν μέχρι το δωμάτιό του. Εκείνος πήρε τα πράγματά του, μου έδωσε το κλειδί και με συμβούλεψε να κρατώ συνέχεια κλειδωμένη την πόρτα, όχι μόνο όταν λείπω, αλλά ακόμη κι όταν είμαι μέσα στο δωμάτιο. Πριν φύγουν οι δυο άντρες, ρώτησα τον Μοχάμεντ πού θα έβγαζε εκείνος τη νύχτα.

«Θα κοιμηθώ έξω, μην ανησυχείς. Κάπου θα βρω να ξαπλώσω», απάντησε ο αδελφός μου κι έφυγε βιαστικά για το αεροδρόμιο, να δει τι γινόταν με την πτήση.

Μόλις μπήκα στο δωμάτιο, απογοητεύτηκα και μ' έπιασε κατάθλιψη. Δεν μπορούσα να το πιστέψω! Πρώτα απ' όλα έκανε φριχτή ζέστη κι όμως έπρεπε να κρατάω κλειδωμένη την πόρτα. Ένα μικρό παράθυρο που ήταν ανοιχτό δεν έμπαζε καθόλου δροσιά, γιατί έξω είχε άπνοια και δεν κουνιόταν φύλλο. Το δωμάτιο ήταν μες στη βρόμα και μύριζε αηδιαστικά από ιδρώτα και κάτουρα. Κι εγώ που είχα φανταστεί ένα δροσερό ντους και καθαρά φρέσκα σεντόνια. Τώρα, είχα μπροστά μου ένα τσιμεντένιο πάτωμα, ένα παλιό ντιβάνι και, στην οροφή, έναν ανεμιστήρα, που δεν λειτουργούσε. Σαν να μην έφταναν όλ' αυτά, το δωμάτιο του Χατζι-Σουλεϊμάν δεν είχε ούτε καν τουαλέτα. Σκέφτηκα τον Μοχάμεντ και ζήλεψα που θ' άπλωνε την κάπα του στην αμμουδιά και θα κοιμόταν πλάι στα κύματα, στον καθαρό αέρα της θάλασσας.

Το ντιβάνι δεν είχε στρώμα. Υπήρχε ένας άβολος σουμιές, στηριγμένος σε ξύλινο πλαίσιο, που πάνω του είχαν απλώσει μια ψάθα. Τι μπορούσα, όμως, να κάνω; Ήταν αδύνατον ν' αρνηθώ την προσφορά, γιατί θα έδειχνα αχάριστη και παραπονιάρα. Έπρεπε να βολευτώ, όπως όπως, στο σαράβαλο ντιβάνι μέσα στη βρόμα. Θα προτιμούσα να κοιμηθώ έξω, εκεί που θα κοιμούνταν οι άντρες, αλλά τώρα πια δεν μπορούσα ν' αλλάξω γνώμη.

Για πρώτη φορά στη Σομαλία, ένιωσα τυχερή που φορούσα μακρύ φόρεμα. Τυλίχτηκα σφιχτά στο ύφασμα και κουκούλωσα το κεφάλι μου με τη μαντίλα, για να προστατεύομαι απ' τις κατσαρίδες. Η φριχτή ζέστη δεν μ' άφησε να κλείσω μάτι, ενώ συνέχεια φοβόμουν μήπως εμφανιστεί κανένα ποντίκι. Πού και πού ακουγόταν γρατζουνιές, σαν κάτι να περπατούσε στο πάτωμα. Πέρασα όλη τη νύχτα προσπαθώντας να καταλάβω από τι προερχόταν αυτός ο θόρυβος, αλλά μέσα μου προσευχόμουν να μην το μάθω ποτέ.

Πριν ακόμη χαράξει άκουσα το κάλεσμα του μουεζίνη για την πρώτη προσευχή της ημέρας. Πρέπει να 'ταν γύρω στις τέσσερις το πρωί. Κάθε πρωί, τέτοια ώρα, ο μουεζίνης ανεβαίνει τα σκαλιά του τζαμιού μέχρι την κορυφή του μιναρέ κι αρχίζει τη χαρακτηριστική ψαλμωδία: «Ένας είναι ο Αλλάχ και προφήτης του ο Μωάμεθ». Η ψαλμωδία διαδίδεται, με τον αντίλαλο, προς όλες τις κατευθύνσεις. Μου έκανε εντύπωση που η προσευχή απλωνόταν πάνω από μια ολόκληρη πόλη. Πέντε φορές την ημέρα ακούγεται η ίδια προσευχή. Και τότε, κάθε φορά, για λίγο σταματά κάθε ασχολία και κάθε θόρυβος. Το μόνο που ακούγεται είναι η ιερή ψαλμωδία, που αντιλαλεί παντού. Μ' αυτόν τον τρόπο, εξάλλου, ξέρεις πάντοτε και τι ώρα είναι.

Το πρωί ήρθε ο Μοχάμεντ στο δωμάτιο, για να με πάρει να πάμε για τσάι. Περιμέναμε να 'ρθει κι ο Μούσα, αλλά εκείνος δεν εμφανίστηκε. Ο Μοχάμεντ είπε πως ο οδηγός μας, σίγουρα, θα είχε καταρρεύσει απ' την εξάντληση. Ο φουκαράς ο Μούσα οδηγούσε συνέχεια, χωρίς σταματημό, για να βγάζει ένα μικρό μεροκάματο.

Ο αδελφός μου, την προηγούμενη νύχτα, δεν είχε καταφέρει να βρει κάποιον υπεύθυνο για τις κρατήσεις των θέσεων κι έτσι πήραμε ταξί για να πάμε στο αεροδρόμιο πιο γρήγορα. Στο ταξί κάθονταν ήδη αρκετοί επιβάτες, ενώ κατά τη διάρκεια της διαδρομής ο ταξιτζής σταμάτησε αρκετές φορές για να πάρει κι άλλους. Μέσα στο αυτοκίνητο ήμασταν στριμωγμένοι σαν τις σαρδέλες, αλλά κανείς δεν παραπονέθηκε, γιατί μ' αυτόν τον τρόπο τελικά όλοι εξυπηρετήθηκαν.

Στο Μπορσάσο τα πρωινά κάνει πολύ ζέστη, επειδή εκείνη την ώρα συνήθως δεν φυσάει η αύρα της θάλασσας. Τ' αστραφτερά γαλάζια νερά φάνταζαν τόσο δροσερά, που μου ήρθε μια ακατανίκητη επιθυμία να κάνω μπάνιο. Έτσι, ρώτησα τον ταξιτζή:

«Από ποιον δρόμο πηγαίνει κανείς στη θάλασσα;»

Ο ταξιτζής, που είχε μια μεγάλη ουλή στο μάγουλο, δεν απάντησε κατ' ευθείαν σε εμένα, αλλά μίλησε στον αδελφό μου:

«Γιατί θέλει να το μάθει αυτό;»

«Ει, γιατί μιλάς στο αδελφό μου κι όχι σε μένα;» διέκοψα ενοχλημένη. «Εδώ είμαι κι εγώ, δεν βρίσκομαι πουθενά αλλού».

«Γιατί θέλει να πάει στη θάλασσα;» επέμενε εκείνος, μιλώντας στον Μοχάμεντ κι αγνοώντας το πρόσωπό μου.

«Δεν βλέπεις ότι τα ρούχα μου έχουν γίνει μούσκεμα απ' τον ιδρώτα;» του είπα. «Σκοπεύω να πάω στη θάλασσα για να κάνω μια βουτιά και να δροσιστώ».

Εκείνος συνέχισε να μιλάει μονάχα στον Μοχάμεντ:

«Καλύτερα να της πεις ότι εμείς εδώ δεν βουτάμε στη θάλασσα. Είμαστε λαός της ερήμου».

Όταν φτάσαμε στο αεροδρόμιο, ο Μοχάμεντ μπήκε μέσα στο ασοβάντιστο κτίριο, όπου στεγάζονταν τα γραφεία, ενώ εγώ τον περίμενα έξω στο αυτοκίνητο. Ο αδελφός μου, όμως, δεν επέστρεψε με καλά νέα. Η πτήση μας είχε ακυρωθεί και δεν υπήρχε άλλη για το Άμπου Ντάμπι, παρά μονάχα σε δυο μέρες. Έτσι έπρεπε να περιμένουμε καθηλωμένοι στο Μπορσάσο.

«Δεν το πιστεύω!» φώναξα. «Κάναμε μια ολόκληρη μέρα να φτάσουμε στο Μπορσάσο απ' το χωριό της μαμάς. Και τώρα πρέπει να περιμένουμε εδώ δυο ολόκληρες μέρες για την επόμενη πτήση! Μοχάμεντ, θα μπορούσα να είχα μείνει με τη μητέρα μου άλλες δυο μέρες. Γιατί ήρθαμε τόσο νωρίς; Θα μπορούσαμε να είχαμε έρθει αργότερα!»

«Υπάρχει μόνο ένα αεροπλάνο που κάνει αυτή την πτήση», είπε ο Μοχάμεντ. «Πρέπει να περιμένουμε στο Μπορσάσο για να είμαστε σίγουροι ότι θα βρούμε θέσεις. Δεν δίνουν κάρτες επιβίβασης νωρίτερα. Πρέπει να είμαστε εδώ και να περιμένουμε στη σειρά, για να βρούμε θέσεις, όταν φτάσει το αεροπλάνο».

«Μα, τι ανοργανωσιά είναι αυτή; Χάνουμε δυο μέρες άσκοπα. Δυο ολόκληρες μέρες, που θα μπορούσα να τις είχα περάσει με τους δικούς μας».

«Τι να κάνουμε;» απάντησε ο Μοχάμεντ. «Έτσι είναι τα πράγματα εδώ. Πάντως, μην ανησυχείς για την επιστροφή, θα μπούμε σίγουρα στο αεροπλάνο».

«Ινσαλλαχ, αν θέλει ο Θεός», είπα και σκέφτηκα πως το ίδιο θα 'λεγε κι η μητέρα μου, αν βρισκόταν στην ίδια θέση με μένα. Η μητέρα μου είχε πει πως ο Αλλάχ έχει ένα σχέδιο για το καθετί. Έτσι, αφού ήταν γραφτό να μείνουμε στο Μπορσάσο, αποφάσισα να περάσω αυτές τις δυο μέρες, μιλώντας στον κόσμο γύρω απ' την εκστρατεία του ΟΗΕ για τη Σομαλία. Ήθελα να γνωρίσω τις ανάγκες του λαού μου, για να μπορέσω να τον βοηθήσω.

Στη συνέχεια, ο Μοχάμεντ με σύστησε σε ακόμη έναν συγγενή, που κι αυτός γνώριζε τον πατέρα μας. Αυτή τη φορά επρόκειτο για τον κύριο Αμπντιλάχι Αντέν, τον διευθυντή του αεροδρομίου. Ο κύριος διευθυντής μας βοήθησε να κλείσουμε θέσεις στην επόμενη πτήση κι έτσι δεν θα ήμασταν υποχρεωμένοι να περιμένουμε στην ουρά. Ο Αμπντιλάχι ήρθε μαζί μας ως το κέντρο της πόλης κι έτσι πιάσαμε συζήτηση, με θέμα τις προσπάθειες που γίνονται για την αναβάθμιση του Μπορσάσο.

«Όταν διατηρείται ζωντανή η ελπίδα, ο κόσμος είναι πρόθυμος να εργαστεί για το κοινό καλό», είπε ο

Αμπντιλάχι. «Η καινούργια κυβέρνηση, ως ένα βαθμό, έχει καταφέρει να δημιουργήσει μια αίσθηση ασφάλειας. Κι αυτό είναι κάτι που το σέβεται ο κόσμος. Όλο και περισσότεροι έρχονται για να εγκατασταθούν στο Μπορσάσο. Η πόλη μεγαλώνει συνέχεια, μέρα με τη μέρα».

Κατόπιν, ο Μοχάμεντ αναφέρθηκε σε μένα:

«Η αδελφή μου είναι απ' τη Νέα Υόρκη. Είναι πρώτη φορά που ξαναέρχεται στη Σομαλία, ύστερα από είκοσι χρόνια».

«Χιέιγια! Νέα Υόρκη!» ξεφώνισε ο Αμπντιλάχι. «Έχω ακούσει πολλά γι' αυτήν την πόλη. Πρέπει να 'ναι ένα πολύ επικίνδυνο μέρος».

«Ίσως, κάποιες φορές», απάντησα.

«Εκεί δεν είναι που τρώνε σκύλους;» ρώτησε εκείνος.

«Όχι, δεν τρώνε σκύλους!» απάντησα.

Και τότε πετάχτηκε ο Μοχάμεντ:

«Εννοεί τα χοτ-ντογκ, τα ψωμάκια με το λουκάνικο, που τρώνε στην Αμερική και στην Ευρώπη. Όμως, τα χοτ-ντογκ δεν είναι από σκύλους, είναι από χοιρινό».

«Απαίσιο μέρος!» είπε ο Αμπντιλάχι, με υπερβολική έμφαση στον τόνο της φωνής του και μόνο τότε κατάλαβα ότι όλη την ώρα αστειευόταν μαζί μου. «Πότε θα 'ρθείτε κι εσείς οι δυο στη Σομαλία, για να ζήσετε;» ρώτησε. «Τώρα πια δεν υπάρχει φόβος εδώ. Πρέπει να γυρίσετε, πρέπει να φύγετε απ' τις ξένες χώρες, εκεί όπου τρώνε σκύλους και χοιρινό».

Ο Αμπντιλάχι προσπάθησε να πείσει τον Μοχάμεντ να επιστρέψει, για να εργαστεί και να ζήσει στη Σομαλία. Ο αδελφός μου, όμως, έκανε πως δεν τον άκουγε και κοιτούσε αλλού.

Μετά απ' το μεσημεριανό φαγητό ο Αμπντιλάχι μας πήγε σ' ένα άλλο ξενοδοχείο που ήξερε. Υπήρχε μονάχα ένα δωμάτιο ελεύθερο. Είχε δυο στενά ντιβάνια, αλλά τουλάχιστον ήταν καθαρό κι είχε δική του τουαλέτα. Ήταν ένα ταπεινό δωματιάκι, αλλά ο Μοχάμεντ κι εγώ το κλείσαμε αμέσως. Έτσι, επιτέλους, έκανα ντους κι ευχαρίστησα τον Αλλάχ για το ευλογημένο νερό. Δεν με πείραζε καθόλου ότι το νερό ήταν θαλασσινό, που το αντλούσαν απ' τον ωκεανό.

Σ' ένα κτίριο, με πρόσοψη από πυρότουβλα, που βρισκόταν κοντά στο καινούργιο μας ξενοδοχείο, υπήρχε μια ταμπέλα του ΟΗΕ. Ο Μοχάμεντ κι εγώ αποφασίσαμε να πάμε εκεί το ίδιο απόγευμα. Στη Σομαλία, τα μαγαζιά κι οι υπηρεσίες κλείνουν το μεσημέρι κι ανοίγουν ξανά αργά το απόγευμα, μετά το φαγητό και την ξεκούραση, όταν ο ήλιος έχει γείρει κι έξω έχει δροσίσει λίγο.

Μέσα στο κτίριο του ΟΗΕ εργάζονταν διάφοροι υπάλληλοι, που δεν ήταν όλοι τους Σομαλοί. Συναντήσαμε έναν ηλικιωμένο άντρα, που μας είπε ότι ήταν προϊστάμενος. Μας εξήγησε επίσης ότι ήταν ξένος, απ' τη Σιέρα Λεόνε. Πραγματικά, τα χαρακτηριστικά του δεν ήταν καθόλου σομαλικά. Είχε διαφορετικό πρόσωπο και διαφορετικό χρώμα δέρματος.

«Τι προγράμματα υπάρχουν για το Μπορσάσο;» τον ρώτησα αμέσως.

Εκείνος με κοίταξε κάπως περίεργα, αλλά εγώ συνέχισα να του μιλάω: «Το όνομά μου είναι Γουόρις Ντίρι και σε λίγες μέρες έχω μια σημαντική συνάντηση στην έδρα του ΟΗΕ, στη Νέα Υόρκη. Θα ήθελα κάποιες πληροφορίες για τις εργασίες που γίνονται εδώ σε σας».

Ο άντρας χτύπησε νευρικά το τραπέζι και, με τα δάχτυλα του άλλου χεριού, άρχισε να τραβάει το κάτω του χείλι. Ακολούθησε ένα μακρύ διάστημα σιωπής. Τελικά, ο διευθυντής στράφηκε προς τον Μοχάμεντ και του είπε με καχύποπτο ύφος:

«Για ποιον εργάζεστε κύριε; Τι θέλετε εδώ;»

Πριν προλάβει ο αδελφός μου ν' απαντήσει, εγώ επανέλαβα:

«Το όνομά μου είναι Γουόρις Ντίρι κι εργάζομαι για τον ΟΗΕ».

337

Ο άντρας έκανε πως με αγνοούσε εντελώς, λες κι ήμουν κάποιο υποδεέστερο πλάσμα. Κοιτούσε μονάχα τον Μοχάμεντ:

«Ποιος είστε, κύριε; Τι θέλετε εδώ;»

Έκανα ένα βήμα και στάθηκα ακριβώς μπροστά του, για να τον υποχρεώσω να με κοιτάξει.

«Συγγνώμη», του είπα, «σε σας μιλάω, δεν με ακούτε;»

Τότε εκείνος, κοιτάζοντας πάντοτε μονάχα τον Μοχάμεντ, άρχισε να φωνάζει, εντελώς εξαγριωμένος:

«Τι θέλετε εδώ; Τι θέλετε από μένα;»

Στο πίσω μέρος της αίθουσας κάθονταν δυο άλλοι νεότεροι άντρες, που παρακολουθούσαν τη συζήτησή μας. Ο ένας απ' αυτούς μου φάνηκε αρκετά συμπαθητικός και του είπα:

«Έι, αδελφέ! Βοήθησέ με, σε παρακαλώ, να συνεννοηθώ».

Εκείνος με κοίταξε, κατόπιν κοίταξε τον προϊστάμενο, που ακόμη φώναζε και, τελικά, στράφηκε προς στον διπλανό του, λέγοντάς:

«Πάμε να φύγουμε από δω μέσα γρήγορα».

Όλη αυτή η συμπεριφορά κίνησε τις υποψίες μου και μ' έκανε ακόμη πιο αποφασισμένη να μάθω τι ακριβώς γινόταν σ' αυτό το γραφείο. Στράφηκα ξανά προς τον ηλικιωμένο άντρα και, μιλώντας αργά, του είπα:

«Κύριε, μ' όλο μου το σεβασμό και να με συγχωρείτε, αλλά θα 'θελα να με κοιτάτε όταν σας μιλάω. Εγώ σας μίλησα, εγώ σας έκανα κάποιες ερωτήσεις, γιατί δεν απαντάτε σε μένα, παρά μονάχα στο αδελφό μου;»

Τότε ο άντρας, ακόμη πιο εξαγριωμένος, σήκωσε το χέρι του σα να ήθελε να μου επιτεθεί, αλλά σταμάτησε μόλις είδε ότι την ίδια στιγμή είχε σηκωθεί όρθιος κι ο Μοχάμεντ. Ο αδελφός μου, στην αρχή, δεν είπε κουβέντα. Απλά, ορθώθηκε σαν πύργος ανάμεσα σε μένα και τον προϊστάμενο. Κατόπιν, μίλησε στον άντρα με πολύ ήρεμη φωνή:

«Δεν έχουμε έρθει για να σας ελέγξουμε, κύριε. Θέλουμε μονάχα λίγες πληροφορίες».

Ο άντρας απ' τη Σιέρα Λεόνε άρχισε πάλι να τραβάει το κάτω του χείλι, λέγοντας:

«Πρέπει να μου δώσετε να καταλάβω τι ακριβώς ζητάτε».

Τότε ξαναπήρα εγώ τον λόγο:

«Με συγχωρείτε αν σας έκανα να νομίζετε ότι σας κατασκοπεύουμε. Θα ήθελα κάποιες πληροφορίες για την κατάσταση των γυναικών και των παιδιών, εδώ στο Μπορσάου. Ποιες ενέργειες κάνει ο ΟΗΕ εδώ, για να βοηθήσει την κατάστασή τους; Συγκεκριμένα, μαζεύω πληροφορίες για τον γυναικείο ακρωτηριασμό. Ξέρετε τι είναι αυτό;»

«Α! Σ' αυτό το θέμα δεν μπορώ να σας φανώ χρήσιμος», απάντησε ο άντρας. «Δεν είναι δική μου αρμοδιότητα. Πρέπει να πάτε σε άλλο γραφείο, να, εκεί απέναντι», είπε, δείχνοντας ένα κτίριο στην άλλη άκρη του δρόμου.

Πράγματι, στο απέναντι κτίριο υπήρχε επίσης μια ταμπέλα του ΟΗΕ. Μέσα στην αίθουσα κάθονταν έξι-εφτά άντρες, συγκεντρωμένοι σε μια παρτίδα σαξ. Για να παίξεις σαξ, χαράζεις στο χώμα τρία τετράγωνα, το ένα μέσα στο άλλο. Κάθε παίκτης βάζει δώδεκα πετραδάκια στις περιοχές που χωρίζουν τα τετράγωνα. Κάθε φορά που καταφέρνεις να βάλεις τρία πετραδάκια στην ίδια σειρά, κερδίζεις ένα πετραδάκι απ' τον αντίπαλο.

Οι άντρες δεν μας έδωσαν σημασία όταν μπήκαμε στην αίθουσα. Μονάχα όταν είχε τελειώσει η παρτίδα, μας χαιρέτισαν με επιφυλακτικότητα. Η αντίδρασή τους δεν διέφερε και πολύ από εκείνη του πρώτου γραφείου. Όλοι νόμιζαν ότι, με κάποιο τέχνασμα, σκόπευα να τους πάρω χρήματα. Κανείς δεν πίστευε πως είχα καλές προθέσεις κι ότι συνεργαζόμουν με τον ΟΗΕ εθελοντικά.

«Δεν ήρθα ψάχνοντας για δουλειά, ούτε θέλω να σας ενοχλήσω», τους είπα. «Μ' ενδιαφέρει να βελτιωθεί η

339

κατάσταση στη Σομαλία, την πατρίδα μου, που τόσο αγαπάω. Θέλω μονάχα να βοηθήσω, όσο μπορώ. Επιστρέφω στη Νέα Υόρκη αυτές τις μέρες, όπου έχω μια σημαντική συνάντηση με υψηλά πρόσωπα του ΟΗΕ. Θα 'θελα να τους παρουσιάσω κάποια στοιχεία και κάποιες πληροφορίες για την κατάσταση που επικρατεί εδώ. Θα 'θελα να μάθω για τις ελλείψεις και τα προβλήματα που έχετε, για να μπορέσω να σας βοηθήσω».

Οι άντρες στέκονταν εκεί, στηρίζοντας το βάρος των σωμάτων τους πότε στο ένα πόδι και πότε στο άλλο, ενώ εγώ συνέχισα να μιλάω, διαλέγοντας με μεγάλη προσοχή κάθε λέξη που έλεγα.

«Το πιο σημαντικό είναι να βρω και να παρουσιάσω κάποια στοιχεία για τις ελλείψεις και τις ανάγκες σας», επανέλαβα. «Δεν σας ζητάω χρήματα, είμαι εδώ για να βοηθήσω».

Εκείνοι βρίσκονταν σε αμηχανία, κανείς τους δεν έπαιρνε μια πρωτοβουλία για να με εξυπηρετήσει. Είχα βαρεθεί αυτή τη συμπεριφορά, είχα εκνευριστεί φοβερά και τους είπα απότομα:

«Μα, τι έχετε πάθει; Δεν θέλετε να με βοηθήσετε, για να σας βοηθήσω κι εγώ;»

Κανείς τους δεν είπε κουβέντα. Ό,τι κι αν τους έλεγα, δεν με εμπιστεύονταν, δεν ήθελαν να μιλήσουν σε μια γυναίκα.

Όταν φύγαμε άπραγοι από το γραφείο, ο Μοχάμεντ μου είπε:

«Γουόρις, οι γυναίκες δεν συμπεριφέρονται έτσι. Δεν μπορεί μια γυναίκα να μπαίνει μέσα σ' ένα γραφείο και να κάνει ερωτήσεις σε άντρες. Στη Σομαλία, αυτό είναι ανεπίτρεπτο».

«Μοχάμεντ, δεν με πείθεις», απάντησα. «Πώς είναι δυνατόν κάτι ν' αλλάξει σ' αυτή τη χώρα, αν όλοι σκέφτονται με τον παλιό τρόπο;»

340

Στο δρόμο μας για το ξενοδοχείο, περάσαμε έξω από ένα ακόμη κτίριο, με ταμπέλα του ΟΗΕ. Κοίταξα μέσα απ' το παράθυρο και είδα ότι εκεί εργάζονταν γυναίκες. Όταν μπήκαμε, όλες τους με χαιρέτισαν θερμά κι απάντησαν πρόθυμα στις ερωτήσεις μου. Επίσης, μου έδωσαν τη διεύθυνση της υπεύθυνης για τα προγράμματα του ΟΗΕ, που έχουν σχέση με την υγεία και την εκπαίδευση γυναικών και παιδιών. Μαζί με τον Μοχάμεντ πήγαμε και βρήκαμε τη γυναίκα σ' ένα γραφείο, σε μια περιοχή με λυόμενα σπίτια, στην άκρη της πόλης. Το όνομά της ήταν Άσα Άνταμς κι ήταν μια αξιοπρεπής γυναίκα με ευθείς τρόπους, που αποδείχτηκε και πολύτιμη πηγή πληροφοριών.

«Βασικά, η αποστολή μου εδώ αφορά όλα τα ζητήματα των γυναικών, ακόμη και το θέμα του FGM», είπε η Άσα. «Προσωπικά, είμαι εκπαιδευμένη μαία και προσπαθώ να διαφωτίσω τις γυναίκες σε θέματα υγείας. Το γραφείο μας προσφέρει στοιχειώδη ιατρική περίθαλψη, ενώ, παράλληλα, προσπαθούμε να ενημερώσουμε τις γυναίκες για τους κινδύνους που προέρχονται από τον ακρωτηριασμό. Τελικός σκοπός μας, βέβαια, είναι η εξάλειψη αυτής της πρακτικής, αλλά είναι πολύ δύσκολο να καταφέρεις τον κόσμο ακόμα και να μιλήσει γι' αυτό το θέμα. Είναι σχεδόν αδύνατον ν' αλλάξει κανείς τις συνήθειες του κόσμου. Η πρακτική της εκτομής είναι ευρύτατα διαδεδομένη σ' όλη τη χώρα, από αρχαιοτάτους χρόνους. Η Σομαλές μητέρες είναι τόσο εξοικειωμένες με την εκτομή, που δεν σκέφτονται ότι ίσως δεν είναι καλό για τις κόρες τους. Δεν μπορούν να φανταστούν τις κόρες τους να μεγαλώνουν, χωρίς να έχουν υποβληθεί στην επέμβαση. Είναι κάτι σαν πολιτιστική κληρονομιά».

«Έχεις απόλυτο δίκιο», απάντησα. «Η μητέρα μου δεν είχε ιδέα ότι μου έκανε κάτι κακό. Νόμιζε πως μ' αυτόν τον τρόπο θα έμενα αγνή και καθαρή».

«Στη Σαουδική Αραβία, κάποιες γυναίκες με πιο σύγχρονο τρόπο σκέψης, αφαιρούν μόνο την κλειτορίδα, ή, ακόμη, κάνουν μονάχα μια εικονική, τελετουργική εκτομή. Εδώ, στη Σομαλία, όμως, αφαιρούνται ολόκληρα τμήματα απ' το αιδοίο και η πληγή ράβεται για να κλείσει. Πρόκειται για μια απ' τις χειρότερες μορφές ακρωτηριασμού που, σ' επίσημη γλώσσα, λέγεται «φαραωνική ζώνη αγνότητας», όπου τα έσω χείλη και η κλειτορίδα αφαιρούνται και το άνοιγμα ράβεται.

«Είναι πραγματικά δύσκολο ν' αλλάξει κανείς τη φιλοσοφία που κρύβεται πίσω από τον ακρωτηριασμό και το ράψιμο του αιδοίου. Η μητέρα μου με υποχρέωνε να κοιμάμαι ανάσκελα, για να κλείσει ομοιόμορφα η πληγή μου. Έχει σημασία η πληγή να κλείσει επίπεδα, για να μη φαίνεται τίποτε μετά. Είναι δύσκολο ν' αλλάξει κανείς όλη αυτή τη νοοτροπία».

«Εδώ διδάσκουμε την εκτομή που λέγεται *σούνι*. Πρόκειται για μια τελετουργική πρακτική, που δεν περιλαμβάνει αφαίρεση οργάνων και ράψιμο. Δεν είναι εύκολο ν' αλλάξεις τη νοοτροπία του κόσμου, αλλά κάνουμε ό,τι μπορούμε. Δουλεύω πάνω σ' αυτό το θέμα έξι ολόκληρα χρόνια. Μερικές μοντέρνες γυναίκες στη Σαουδική Αραβία έχουν υιοθετήσει αυτή την εναλλακτική λύση».

«Κι έχετε δει κάποια αποτελέσματα μέχρι στιγμής;» τη ρώτησα. «Προσωπικά, στο χωριό της μητέρας μου, δεν κατάφερα να πείσω ούτε ένα άτομο να συζητήσει το θέμα μαζί μου. Ούτε ένας δεν ήθελε να μου μιλήσει! Όλοι με περνούσαν για τρελή».

«Εδώ κάνουμε ειδικά μαθήματα για τους κινδύνους τις μόλυνσης και δίνουμε πληροφορίες για τους θανάτους που προκαλούνται κάθε χρόνο απ' τον ακρωτηριασμό», απάντησε η Άσα.

«Εγώ έχω χάσει την αδελφή μου, την όμορφη αδελφούλα μου», είπα.

«Βασικά, βρισκόμαστε ακόμη στην αρχή και δεν

έχουμε κάνει ιδιαίτερη πρόοδο. Όμως, πρέπει να είμαστε ευχαριστημένες που ακόμη μας αφήνουν να λειτουργούμε. Κανείς δεν μας έχει διώξει ως τώρα κι αυτό είναι ένα μεγάλο βήμα για μας. Ειλικρινά, πιστεύω στην αποστολή μας. Τώρα που η χώρα χτίζεται απ' την αρχή, τώρα που η οικονομία συνέρχεται, ο κόσμος ξαναποκτά τις ελπίδες του και τότε τα πάντα είναι δυνατά».

«Πράγματι», είπα χαμογελώντας. «Υπάρχει ελπίδα, το νιώθω στην ατμόσφαιρα. Κάποτε, φοβόμουν να γυρίσω στην πατρίδα μου, γιατί φοβόμουν ότι κάποιοι θα μπορούσαν να μου επιτεθούν, επειδή είχα μιλήσει δημόσια ενάντια στον FGM. Στη Νέα Υόρκη, με προειδοποιούσαν ότι ίσως οι φανατικοί μουσουλμάνοι να με εμπόδιζαν να μπω στη Σομαλία ή ότι θα έπεφτα θύμα απαγωγής ή ακόμη χειρότερο. Όμως, να είσαι σίγουρη, Άσα, θα επιστρέψω εδώ και θα δουλέψουμε μαζί», της υποσχέθηκα. «Θέλω να σε βοηθήσω όσο μπορώ».

Στη συνέχεια της εξήγησα για το ειδικό ίδρυμα με τον τίτλο «Αυγή στην Έρημο» που σκέφτομαι να ιδρύσω και για τις προσπάθειες που γίνονται, μέσω ΟΗΕ, να συγκεντρωθούν χρήματα για τις γυναίκες και τα παιδιά της Σομαλίας.

«Άσα», της είπα, «μαζί μπορούμε να στήσουμε ένα ιατρικό κέντρο στο Μπορσάσο και να παραδίδουμε εκπαιδευτικά σεμινάρια στις γυναίκες. Μπορούμε, επίσης, να ιδρύσουμε κινητές ιατρικές μονάδες, που θα προσφέρουν ιατρική βοήθεια κι εκπαίδευση στις οικογένειες των νομάδων, σε απομακρυσμένες περιοχές».

Στο τέλος, την αγκάλιασα και τη φίλησα. Όσο υπάρχουν άνθρωποι σαν την Άσα, η ελπίδα ότι κάτι καλύτερο μπορεί να γίνει θα παραμένει ζωντανή.

Ο Μοχάμεντ έχει τόσο μακριά πόδια, που έπρεπε να κάνω δυο βήματα για κάθε δικό του βήμα. Δεν τον πρόφταινα στον δρόμο για το ξενοδοχείο, ειδικά μ' αυτό το μακρύ φόρεμα που φορούσα, που σερνόταν στις λάσπες και τυλιγόταν γύρω απ' τους αστραγάλους μου. Έτρεχα, κρατώντας το φόρεμά μου με τα δυο μου χέρια, για να περπατάω γρήγορα. Δυο γυναίκες, που κάθονταν στα σκαλιά ενός σπιτιού, με είδαν κι άρχισαν να σχολιάζουν: «Κοίταξέ την! Το φόρεμά της είναι πάνω απ' τους γοφούς της».

«Πω πω! Δεν μπορεί να 'ναι Σομαλή αυτή, ξένη θα 'ναι για να περπατάει έτσι ξετσίπωτη».

Το βράδυ, όταν πήγαμε για φαγητό, πήρα μαζί τη φωτογραφική μου μηχανή, για να τραβήξω φωτογραφίες απ' την πόλη και απ' τα διάφορα προγράμματα του ΟΗΕ. Μετά απ' το φαγητό κάναμε βόλτα μ' ένα νοικιασμένο αυτοκίνητο και σ' έναν τοίχο είδα ένα πανέμορφο πόστερ, με υπέροχα χρώματα, που πάνω του υπήρχε ζωγραφισμένος ένας χάρτης της Σομαλίας. Χωρίς να το πολυσκεφτώ, επειδή μου άρεσαν τα χρώματα, βγήκα έξω και τράβηξα μια φωτογραφία με φλας. Την επόμενη στιγμή ένιωσα μια πέτρα να με χτυπάει δυνατά στο πόδι. Αναπήδησα απ' τον πόνο και είδα ένα ολόκληρο καρότσι με σόδες να αναποδογυρίζει και τα μπουκάλια να θρυμματίζονται στο έδαφος. Μάλλον, το αγόρι που είχε πετάξει την πέτρα θα είχε, κατά λάθος, χτυπήσει το καρότσι και θα το είχε ρίξει χάμω. Σκέφτηκα ότι οι σόδες τώρα πήγαν κατ' ευθείαν στον Αλλάχ, αλλά χωρίς δεύτερη σκέψη πήδησα μέσα στο αυτοκίνητο, όπου με περίμενε ο Μοχάμεντ, χωρίς να μείνω για να δω τι θα γινόταν στη συνέχεια.

«Κάποιος μου πέταξε μια πέτρα!» φώναξα ταραγμένη στον αδελφό μου.

Εκείνος, καθαρίζοντας ήρεμα τα δόντια του με μια οδοντογλυφίδα, κούνησε το κεφάλι του αποδοκιμαστικά και, με ειρωνικό τόνο, μου είπε:

«Την επόμενη φορά θα σε πυροβολήσουν κιόλας».

«Είσαι τρελός! Θα μπορούσα να είχα τραυματιστεί σοβαρά».

«Γουόρις, στο έχω πει τόσες φορές, μην τραβάς φωτογραφίες, θα σε σκοτώσουν. Δεν είναι λίγοι αυτοί που ακόμη πιστεύουν ότι μια φωτογραφία μπορεί να κλέψει την ψυχή τους. Γι' αυτόν τον λόγο, αδελφούλα μου, αντιπαθούν τις φωτογραφίες. Για σένα μια φωτογραφία δεν σημαίνει τίποτε το ιδιαίτερο. Γι' αυτούς, όμως, το να φωτογραφίζεις είναι δείγμα ασέβειας. Να σου πω την αλήθεια, κι εγώ κάπως έτσι θα αντιδρούσα αν μια άγνωστη γυναίκα, ξαφνικά, έβαζε μια φωτογραφική μηχανή μπροστά στο πρόσωπό μου».

Την ίδια νύχτα, στο φουαγιέ του ξενοδοχείου, κάθονταν κάποιες καλλωπισμένες κυρίες κι έπιναν τσάι. Κάθισα μαζί τους και πιάσαμε την κουβέντα. Αποδείχτηκε ότι ήταν Σομαλές. Μια απ' τις κυρίες μου είπε:

«Ξέρεις, μοιάζεις καταπληκτικά μ' αυτήν τη γυναίκα που είδα στην τηλεόραση».

Μου έκανε εντύπωση ότι κάποιες Σομαλές έβλεπαν τηλεόραση, γι' αυτό ρώτησα:

«Πού μένετε;»

«Στη Σουηδία, μένουμε στη Σουηδία».

«Και είδες στη σουηδική τηλεόραση μια Σομαλή γυναίκα που μου έμοιαζε;»

«Ναι, αλλά δεν μπορώ να θυμηθώ τ' όνομά της. Ήταν σ' ένα γερμανικό πρόγραμμα».

Τότε κατάλαβα ότι πράγματι για μένα μιλούσε. Όμως, δεν της το είπα, αλλά για να ακούσω τη γνώμη της ρώτησα:

«Και τι έκανε αυτή η γυναίκα;»

«Μιλούσε για τη γυναικεία εκτομή».

«Εσύ τι πιστεύεις γι' αυτό το θέμα;» συνέχισα χαμηλώνοντας τη φωνή μου.

«Πιστεύω ότι επιτέλους έχει φτάσει ο καιρός ο κόσμος να μιλήσει γι' αυτό το ζήτημα. Είμαι περήφανη για εκείνη τη γυναίκα», απάντησε η κυρία, με μάτια που άστραφταν από ενθουσιασμό. «Στη Σομαλία, δεν μιλούν ποτέ για την εκτομή. Η γυναίκα που είδα στην τηλεόραση είναι μια γενναία γυναίκα, την αγάπησα αμέσως. Μας δίνει ελπίδες ότι τα πράγματα μπορούν ν' αλλάξουν. Μπράβο της!»

«Και δεν θυμάσαι τ' όνομά της», ρώτησα.

«Τώρα που το σκέφτομαι, μου φαίνεται τη λένε Γουόρις. Αλήθεια, δεν είσαι εσύ;»

«Όχι, εγώ δεν είμαι γενναία», είπα κι έσκυψα το κεφάλι. Ντρεπόμουν που τόσα χρόνια είχα φερθεί δειλά. Για ποιο λόγο είχα φοβηθεί να γυρίσω πίσω στη Σομαλία; Για ποιο λόγο νόμιζα πως θα με σκοτώσουν; Οι συμπατριώτες μου με ξέρουν και με αγαπούν! Όταν όλοι οι γνωστοί μου στη Νέα Υόρκη έλεγαν: «Μην πας στη Σομαλία, είναι πολύ επικίνδυνα εκεί, μην πας», εγώ τους άκουγα. Ποτέ δεν σκέφτηκα ότι γνωρίζω καλά τους συμπατριώτες μου κι ότι αυτοί δεν θα με πείραζαν. Όταν στις ειδήσεις έλεγαν πως η Σομαλία αποτελεί εμπόλεμη ζώνη, πάλι τους πίστεψα. Φτάνοντας, όμως, στην πατρίδα μου, δεν ένιωσα κάτι τέτοιο. Ήταν όπως είναι όλος ο κόσμος, σε πολλές άλλες χώρες της γης. Ούτε μια στιγμή δεν ένιωσα φόβο. Τα μόνα λόγια που άκουσα ήταν «Καλωσόρισες! Καλωσόρισες! Θέλεις να πάμε βόλτα, θέλεις να σου δείξω αυτό ή εκείνο; Εκείνο εκεί το έχεις δει; Τούτο εδώ το ξέρεις; Δεν μπορείς να φύγεις χωρίς να σου έχω δείξει το τάδε». Ίσως κάπου υπάρχουν και πολεμόχαρες φυλές που μάχονται μεταξύ τους. Εμένα, όμως, δεν με απείλησε κανένας στρατιώτης ή άλλος ένοπλος, τρελαμένος από κχατ. Είδα μια πανέμορφη χώρα και συνάντησα σχεδόν παντού υπέροχους ανθρώπους.

Είναι εύκολο να βγαίνεις και να μιλάς για κάτι που συμβαίνει κάπου μακριά. Είναι εύκολο να μιλήσεις για τον FGM σε μια αίθουσα με ξένους. Μπροστά στην ίδια σου την οικογένεια, όμως, είναι δύσκολο να μιλήσεις γι' αυτά τα πράγματα. Όταν παίρνεις το θάρρος ν' αμφισβητήσεις τα βαθύτερά τους πιστεύω, εκείνοι μπορεί να νομίσουν ότι έχεις στραφεί εναντίον τους. Στη Δύση είναι εύκολο να μιλάς για τον FGM. Η αληθινή μάχη, όμως, πρέπει να δοθεί στην ίδια τη Σομαλία. Ο Αλλάχ με οδήγησε πίσω στη χώρα μου, για να μου υποδείξει τρόπους για ν' αλλάξουν τα πράγματα. Προσεύχομαι να μου δώσει τη δύναμη να μιλήσω στους δικούς μου ανθρώπους, για να με ακούσουν και να με καταλάβουν. Αγαπάω βαθιά την πατρίδα μου, αλλά το ταξίδι αυτό μου έδειξε πόσο δύσκολο είναι ν' αλλάξεις τον τρόπο που σκέφτεται ο κόσμος. Παρ' όλ' αυτά, διατηρώ ζωντανή την ελπίδα μου. Αν με ρωτούσε κανείς πού θα ήθελα να 'μουν ακριβώς τούτη τη στιγμή, θα του απαντούσα μ' ένα αφρικάνικο τραγούδι:

Γεια σου, μητέρα Αφρική!
Πώς είσαι;
Εγώ είμαι καλά κι ελπίζω το ίδιο για σένα.

Γλωσσάριο

Άμπα: Πατέρας.

Άντζελα: Ένα είδος ξινής τηγανίτας.

Γκεμπάι: Λαϊκά σομαλικά τραγούδια.

Γκερανούκ: Μακρύλαιμη αντιλόπη.

Γκου: Η περίοδος των βροχών.

Γκουντίνο: Είδος φορέματος.

Γουαντάντου: Άνθρωπος του Θεού.

Ζαμπούζ: Τριγωνικά ψωμάκια, που μ' αυτά διακόπτουν τη νηστεία του Ραμαζανιού.

Καντάι: Ξυλαράκια από ένα ειδικό θάμνο για τον καθαρισμό των δοντιών.

Κχατ: Πράσινο φύλλο που περιέχει μια τονωτική ουσία, συγγενική της αμφεταμίνης. Δέκα φορές πιο δυνατή από την καφεΐνη.

Μα-α-βάις: Ανδρική κελεμπία.

Μάικιλις: Τρίποδο σκαμνί, από τρία κομμάτια ξύλο, που πάνω τους είχε τεντωθεί ένα κομμάτι δέρμα.

Μιντγκαάν: Οι γυναίκες που εκτελούν την εκτομή.

Μιτζερταϊν: Μια άλλη φυλή.

Μουριγιάαρ: Παιδιά του δρόμου, αλάνια.

Ντάαροντ: Η μεγαλύτερη και πιο σκληροτράχηλη φυλή σε όλη τη Σομαλία. Τους Ντάαροντ, χαϊδευτικά, τους λένε και Λίμπαχ, που σημαίνει λιοντάρι.

Ντίγια: Το τίμημα για να αποζημιωθεί το κακό που είχες κάνει σε κάποιον.

Ντηλ: Μακρόστενο, οβάλ στεγανοποιημένο καλάθι που βάζουνε το γάλα.

Ντίραχ: Σομαλικό φορέμα.

Νούρρο: Ένστικτο.

Ξάντερ-ξρ: Μια μακριά τούφα από ούρα θηλυκής καμήλας, το παραδοσιακό δώρο των νομάδων για ένα νεογέννητο παιδί.

Ουαντάντο: Ιερωμένος.

Ραχανβάιν: Μικρή φυλή της Σομαλίας.

Σάλσαλ: Τραγούδι της δουλειάς.

Σάρι: Ινδικό φόρεμα.

Σίφτα: Συμμορία ληστών.

Σουκ: Η κεντρική αγορά.

Σούμπακ Γκε: Βούτυρο.

Σούνα ή Σούνι: Είδος εκτομής. Πρόκειται για μια τελετουργική συμβολική πρακτική, που δεν περιλαμβάνει αφαίρεση οργάνων και ράψιμο.

Τζιλάλ: Η περίοδος της ξηρασίας.

Τούουγκ: Ξεροπόταμος.

Τούσπαχ: Ιερό φυλαχτό.

Χάαλ: Θηλυκιά καμήλα.

Χαγκαά: Η περίοδος της ξηρασίας.

Χαγκράλα: Είδος σκορπιού.

Χαντίθ: Συμπληρωματικό βιβλίο του Κορανίου με διάφορα σχόλια και ερμηνείες.

Χαονίγιε: Φυλή.

Χιέιγια: Σ' ακούω.

Χίντηγκι: Ο πλανήτης Αφροδίτη.

Χουμπέγιο: Πονεμένο τραγούδι.

Φεϊνούς: Λυχνάρι που λάμπει με απαλή φλόγα.

ΤΟ ΒΙΒΛΙΟ ΤΗΣ ΓΟΥΟΡΙΣ ΝΤΙΡΙ
ΑΥΓΗ ΣΤΗΝ ΕΡΗΜΟ
ΣΤΟΙΧΕΙΟΘΕΤΗΘΗΚΕ ΚΑΙ ΣΕΛΙΔΟΠΟΙΗΘΗΚΕ
ΣΤΟ ΕΠΙΤΡΑΠΕΖΙΟ ΕΚΔΟΤΙΚΟ ΣΥΣΤΗΜΑ
ΤΩΝ ΕΚΔΟΣΕΩΝ ΓΚΟΒΟΣΤΗ ΚΑΙ
ΚΥΚΛΟΦΟΡΗΣΕ ΤΟ 2002.